KB074783

명상 살인 2

DAS KIND IN MIR WILL ACHTSAM MORDEN

by Karsten Dusse

명상 살인 2

내 안의 살인 파트너

카르스텐 두세 | 전은경 옮김

세계사

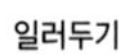

일러두기

본문 중 고딕체는 원서에서 이탤릭체로 강조한 부분입니다.

리나, 로자를 위해

차례

계속되는 이야기

불행한 유년 시절에 너무 늦은 시기란 없다.

행복한 유년 시절에도 너무 늦은 시기란 없다.

그러나 유년 시절은 과거다.

그 과거가 당신의 현재에 영향력을 행사할지,

그런다면 어떻게 행사할지는 오로지 당신 결정에 달렸다.

요쉬카 브라이트너, 『귀한 내면아이』

뚱뚱한 러시아 남자는 겁먹은 어린아이 같은 표정으로 자기 자동차 트렁크에 기어 들어갔다.

"이제 곧 드라간을 만나는 건가?" 보리스가 물었다.

"곧 만나." 나는 그를 달랬다.

나는 나 자신과 조화를 이루며 트렁크를 닫았다. 가치 판단 없이 사랑을 가득 담아. 다시 말해 명상하며.

그런 다음 보리스의 자동차 운전석에 앉아 모터를 빤히 노려봤다. 거짓말을 하긴 했지만 기분이 좋았다. 보리스는 드라간을 다시는 만나지 못할 터였다. 적어도 이번 생에서는 만날 수 없었다. 그는 일주일 전에 죽었으니까.

하지만 보리스는 죽지 않을 것이다. 나는 살인이 지겨워졌다. 언젠가는 그만둬야 했다. 그래서 보리스에게 적용할 다른 해결책을 사샤와 함께 생각해뒀다.

보리스를 트렁크에 실은 채 고속도로 주차장에서 출발했다. 새벽 3시 반이라 다른 차들은 거의 보이지 않았다. 안락하게 나를 감싸는 어둠 속을 15분 동안 달린 뒤 사샤에게 전화를 걸었다.

"미행하는 사람 있어?" 내가 물었다. 매우 건장한 이 불가리아 남자는 바로 그걸 알아내려고 조금 떨어져서 나를 따라오는 중이었다.

"아무도 없어. 모두 자네를 추월했어."

"잘됐군." 나는 마음이 놓여 숨을 길게 내쉬었다.

"이제 죽는 사람은 없겠지?" 사샤가 물었다.

"없어."

사샤 쪽에서도 안도의 한숨을 내쉬는 소리가 들렸다.

"유치원에서 만나." 내가 우리 계획을 다시 말했다.

"지하실 문이 열려 있어." 사샤가 대답하고 전화를 끊었다.

나도 전화기를 내려놓았다.

1

내면아이

> 우리 정서의 구조는 러시아 인형 마트료시카와 같다. 성인의 정서 인형 내부에서 뭔가 덜거덕거린다면 그 안에는 상처 입은 어린아이의 정서 인형이 들어 있다.
>
> 요쉬카 브라이트너, 『귀한 내면아이』

내 유년 시절에서 두 가지 요소는 분명히 잘못됐다. 바로 아버지와 어머니다. 유년기로부터 40년이 지나, 아내의 강요로 처음 내 내면아이에 몰두하게 됐을 때 그 사실을 알았다.

심리학 분야에서 명상이라는 주제로 지극히 긍정적인 경험을 하지 않았더라면 나는 내면아이를 완벽한 사기라 여겼을 것이다. 건강검진에서 항문외과 전문의가 발견해내지 못하는 것은 우리 안에 존재하지 않는다는 것이 나의 예전 생각이었다.

1년 전만 하더라도 내면아이에 관한 책은 임신부들이나 읽는 줄 알았다. 남성들에게 파트너의 생물학적 과정에 대해 정보를 아주 많이 주기는 하지만 그들 자신의 정신생활을 위해서는 별 의미 없는 책들 가운데 한 권이라고.

이제 나는 '내면아이'라는 심리학적 접근이 출산 준비와는 아무런 관계도 없다는 점을 잘 안다. 자궁과는 완벽하게 다른 분야에서 일어나는 일이다. 양성에게 모두 적용된다. '내면아이' 학설에 따르면 우리는 정서적으로 마트료시카처럼 만들어졌다. 성인의 정서 인형 내부에서 뭔가 덜거덕거린다면 그것은 상처 입은 어린아이의 정서 인형이 내는 소리다.

행복을 방해하는 것은 우리가 아니라 우리의 내면아이다. 유년 시절의 모든 상처를 지닌 내면아이는 우리의 일부이기 때문이다. 그러니 덜거덕거림을 멈추려면 내면아이를 치유해야 한다.

내면아이에 몰두하는 일은 내 문제의 원인을 없애는 데 이상적인 방법이라는 사실이 밝혀졌고, 나는 이 문제가 불러온 결과를 매일 신중하게 줄여갔다.

내 유년 시절에는 '시리'나 '알렉사'가 없었다. 집에서 전등을 켜거나 끄고, 음향기기를 조종하고, 온갖 멍청한 질문에 틀린 대답을 내놓는 괴짜는 '엄마'와 '아빠'였다. 그러니 내 유년 시절에서 뭔가 망가졌다면 이 두 분 때문이었다.

이런 인식을 품고 부부 문제와 미래에 대한 불안감, 일상적인 예민함과 살인 여러 건에 대한 책임을 부모님에게 편하게 미룰 수 있다는 점에서 마음이 놓였다.

내가 마흔세 살이 되어서야 내 내면아이의 아버지가 된 여러 이유 중 하나는, 지금 별거 중인 아내와 피임하지 않은 채 싸웠기 때문이다. 카타리나의 문제 해결 방식은 늘 무척 효율적이었다. 문제 발생의 원인이 되는 사람이 언제나 아내의 문제 해결에 책임이 있었다. 다시 말해 종말을 향해 치닫는 우리 결혼생활에서 싸움을 피할 피임 책임이 내게 있다는 것이었다.

가족과 함께 보낸 여름휴가 때 나는 유감스럽게도 바로 이 점에서 실패했다. 아내가 분명히 반대했는데도 알프스 어느 산장의 종업원에게 시비를 걸었기 때문이다. 아내가 보기에 이 사건은 지속적인 감정 기복 때문에 내가 상담치료를 받아야 할 이유로 충분했다. 아내는 그 종업원이 불행하게도 내 소소한 반칙으로 사망했다는 사실은 전혀 알지 못했다.

나는 좋은 남편이자 아버지였으므로 알프스에 머무는 동안 휴가 다음 주 일정으로 상담을 예약했다. 그러지 않으면 카타리나가 딸 에밀리와 함께 당장 떠나겠다고 한 말도 상담을 예약한 꽤 큰 이유 가운데 하나였다.

하지만 이때 이미 아내의 기분과는 전혀 상관없이, 내가 뭔가 해야 한다는 사실을 나 자신도 오래전부터 알고 있었다. 삶을 단순하게 즐기는 일을 내면의 뭔가가 계속 방해했으므로. 근심이 액체라면 명상 덕분에 이 기분이 내 마음이라는 통에서 큰 파도를 일으키지는 않았지만 어쨌든 가장자리까지 차오른 느낌이었다. 이따금 여기에 쓸데없는 걱정이 더해지면 살짝 넘치기도 했다. 그래서 다른 사람들이 볼 때 나는 사소한 일에도 금방 자제력을 잃었다.

지금까지 내 분노 폭발은 그저 사소한 일에 한정되었다.

밤에 집 건너편 공원에서 고래고래 소리를 질러대는 반사회적 인격장애자들에게 각 얼음을 던졌다.

짜증을 불러일으키는 의뢰인들에게는 변호사로서 일부러 틀리게 조언했다.

지하실에 가둬둔 포로에게 이유 없이 가끔 두 시간씩 늦게 음식을 가져다주기도 했다.

그러니까 짜증이 난다면 같은 상황에서 누구라도 할 만한 일들이었다. 들키기 전까지는.

하지만 산장 종업원을 계곡으로 추락하게 만든 건 질적으로 전혀 다른 이야기였다.

나는 이런 상승 작용을 원하지 않았다.

그렇게 9월 초 어느 비 내리는 저녁, 휴가에서 돌아온 지 일주일 되던 때 나는 다시 요쉬카 브라이트너의 문 앞에 섰다. 마지막으로 상담을 받은 지 거의 반년 뒤였다.

초인종을 누르기 전에 일단 문 앞에서 내 안을 들여다봤다. 지난 반년 동안 많은 것이 달라졌다.

그때는 봄이었고, 여름이 목전이었다.

지금은 가을이고, 겨울이 가까워졌다.

반년 전 나는 낮의 햇살을 받으며 새로운 힘을 가득 담고서 상담실을 나섰다. 신중한 생활 태도에 대한 새로운 지식을 말 그대로 마구 내뿜으며 활짝 피어나는 세상으로 나섰다.

이제 나는 삶의 밀물에 휩쓸려 다시 밀려났다. 벌써 어두워졌고, 내 양발 사이에서는 일찍 떨어진 색 바랜 낙엽 몇 잎이 바스락거렸다.

내 삶은 원래 어느 면에서 보더라도 행복해야 했다. 지난 반년 동안 나는 공적인 면과 사적인 면에 사랑과 마음을 듬뿍 쏟아부어 그 영역을 늘 꿈꾸던 대로 바꾸었다.

심신이 마비될 것 같은 대형 로펌의 정규직에서, 재정적으로 단단한 안전장치를 확보해둔 개업 변호사가 되었다.

카타리나와 나는 스트레스 쌓인 일상적 부부의 막다른 골목을 벗어나, 따로 살면서 나란히 두 갈래 인생길을 가는 부모라는 형태를 만들어냈다.

딸 에밀리는 내가 힘겹게 자리를 얻어낸 유치원 생활을 누리며 니모반의 쾌활하고 낙천적인 일원이 됐다.

그림처럼 아름다운 유치원의 오래된 건물에는 내 법률 사무소뿐 아니라 집도 있었다. 나는 주요 의뢰인이자 실종된 마피아 보스인 드라간을 위해 이 건물 전체를 관리했다.

지난 몇 달 동안 일어난 모든 변화는 반년 전 내가 드라간을 살해한 일과 관련이 많았다. 이 사실을 아는 사람이 없다는 점이 나에게는 꽤 중요한 행운이었다. 앞으로도 아무도 몰라야 하므로 나는 어쩔 수 없이 드라간의 이름으로 그의 범죄 조직을 계속 운영했다. 또한 드라간 일당에게는 그들의 보스가 여전히 살아 있다는 듯이 행동했다.

변호사라서 이런 일이 실제로 어렵지 않았다. 드라간의 마약과 매춘과 무기 판매를 위한 합법적 은폐 수단을 직접 고안했고 오랫동안 사실상 고문으로 일했으므로. 지금도 모든 사람 앞에서 바로 그렇게 계속했다. 그뿐이었다.

하지만 단 한 번의 실수나 경솔하게 터진 분노, 내 생활을 살피는 외부의 위험한 눈길은 내가 짜놓은 거짓 세계를 통째로 무너뜨릴 터였다.

그러니 내 모든 행동은 마피아와 경찰의 레이더를 피해야 했다. 종업원을 실수로 죽인 일은 비생산적이었다. 내 정신적인 삶뿐 아니라 그저 삶 전체를 위해서도.

내 인생의 오류는 단 하나의 오류도 일어나면 안 된다는 사실이었다.

내 현재는 과거보다 아름다울지 몰라도 미래는 엄청나게 두려웠다.

이것이 스트레스였다. 이 스트레스를 명상으로 다스릴 수 있었다. 하지만 원인이 사라진 것은 아니었다.

명상은 다람쥐 쳇바퀴를 늦췄지만 나는 어쩐 일인지 그곳에서 완전히 탈출하지는 못했다. 그래서 다시 요쉬카 브라이트너의 문 앞에 서게 되었다. 생각을 정리했으므로 흥분해 떠다니던 감정의 조각들은 어느 정도 명확해졌다. 그런데도 초인종 누르는 일을 망설였다. 브라이트너 씨에게 내 문제를 어느 정도까지 이야기할지 아직 확실하게 정하지 않았다는 점도 지금 주저하는 이유 가운데 하나였다.

우리 관계가 근본적으로 얼마나 부서지기 쉽고 불명료한지 매번 명확하게 밝히는 카타리나의 퉁명스러운 말들은 당연히 그에게 설명할 수 있을 거야.

결혼 생활이 좌초한 탓에 에밀리에게 느끼는 죄책감도 말해야지.

창피하긴 하지만 나의 소소한 분노 폭발에 대해서도 털어놓을 작정이었다.

이 모든 것을 이야기할 것이고, 브라이트너 씨도 분명히 도울 수 있을 터였다.

하지만 나를 무겁게 억누르는 사건들은 말할 수 없었다.

지난봄 저지른 살인에 대해서는 한마디도 하지 말아야 해.

그 후로 지속하고 있는 이중생활에 대해서도 입 다물어야지.

보리스 이야기도 물론 절대 하지 않을 거고.

내가 유치원 지하실에 포로로 잡아둔 러시아 마피아 보리스. 안락한 나의 세상을 당장 터뜨릴 수 있고 또 그 세상이 터지기를 바라는 유일한 인물 보리스.

내 삶과 딸의 삶을 구하려고 내가 반년 전 납치한 보리스.

하지만 살인이 싫어 그냥 살려두고 싶은 보리스. 내가 살인을 거부했다는 살아 있는 증거인 보리스. 그러나 나는 그를 평생 포로로 잡아둘 수도, 언젠가 풀어줄 수도 없었다. 그의 미래에 대해 나는 여전히 아무런 해결책도 찾지 못했다.

지금 살아 있는 게 부담스럽지만 죽더라도 똑같이 나에게 부담이 될 보리스.

보리스에 대해서는 말할 수 없겠군.

다시 말해 브라이트너 씨에게 모두 이야기할 수는 없다. 그저 지극히 평범한 후속 상담을 받으려고 방문한 척해야겠어. 지난 반년 동안 내 삶에 어떤 일이 새로 생겼는지 그와 함께 살펴보려고, 나사 몇 개를 조절하러 들렀다는 듯. 사소한 일상생활의 수많은 모기를 내 머릿속에서 어떻게 감정의 대형 코끼리로 만드는지 그에게 솔직히 설명한다면 우리가 나눌 말은 아주 많았다. 평소에는 기분 좋은 내 영혼의 도자기 상점을 거칠게 마구 돌아다니는 그 커다란 코끼리에 대해. 이런 각각의 문제들은 모두 명상 훈련을 통해 꽤 신속히 실제 핵심 부분으로 줄일 수 있었다고 솔직하게 인정할 생각이었다. 하지만 평안과 만족감이 잠시 이어진 뒤에는 어김없이 근본적인 불안과 초조와 냉기가 다시 모습을 드러냈다.

명상으로 거의 모든 문제를 잘 다룰 수 있다는 사실을 알게 됐다고, 하지만 왜 똑같은 문제가 매번 되살아나는지 모르겠다고 솔직히 말해야지.

이것이 대화를 나눠야 할 진실의 한 부분이었다. 그래서 지금 다시 요쉬카 브라이트너의 문 앞에 서 있었다. 초인종을 눌렀다.

실내에서 경첩이 삐걱이고 목재가 타일 위를 스치는 소리가 들렸다. 현관에 전등이 켜지더니 육중한 나무 문에 난 알록달록한 불투명 유리를 따뜻하게 비췄다. 잠시 뒤 문이 열렸다. 요쉬카 브라이트너가 내 앞에 서 있었다. 그는 내가 반년 전이 아니라 2분 전에 문을 나섰다는 듯 친근하게 인사를 건넸다.

"디멜 씨! 다시 오셔서 기쁩니다. 들어오세요."

"시간 내주셔서 고맙습니다."

악수를 나눈 뒤 그는 내가 들어갈 수 있도록 옆으로 비켜섰다. 나는 긴 복도를 지나 그의 상담실로 향했다. 상담실은 변함없었다. 의자 두 개, 책상 하나, 책장 하나, 유리 찻주전자가 놓인 소형 탁자 하나. 브라이트너 씨는 예전처럼 간편한 옷차림이었다. 여러 번 세탁해 바랜 청바지와 면 셔츠와 올이 굵은 카디건을 걸치고, 맨발에 펠트 실내화를 신고 있었다.

시간이 흔적도 없이 그를 스쳐 지나간 것 같지는 않았다. 오히려 그 자신이 시간이고, 세상이 흔적도 없이 그를 비껴간 것 같았다.

내가 재킷을 벗는 동안 그는 호기심 어린 눈길로 나를 빤히 바라봤다.

"달라지신 것 같네요." 그가 가치 중립적으로 말했다.

나는 나를 내려다봤다. 반년 전에는 맞춤 정장과 명품 옷을 입었다. 오늘은 나도 청바지에 티셔츠, 스웨터와 스니커즈 차림이었다.

"네…." 나는 웃으며 어깨를 으쓱했다. 일단 긍정적인 변화로 시작하게 되어 마음이 놓였다. "이제 옷을 갖춰 입어야 한다는 부담이 덜하답니다."

하지만 요쉬카 브라이트너의 눈에 띈 변화는 그것이 아니었다.

"눈을 말한 겁니다. 지난번에 마지막으로 봤을 때는 눈이 반짝였죠. 그런데 지금은 퀭하군요." 브라이트너 씨가 사랑이 듬

뿍 담긴 목소리로 솔직하게 말했다.

사랑 가득한 솔직함이란 때때로 잔인하다. 여기 온 지 20초도 되지 않아 이것이 단조롭게 흘러가는 후속 상담이 아니라 나 자신에게 힘겹게 몰두하는 시간이 되리라고 깨달았다. 내가 상담 예약을 청할 때 이미 브라이트너 씨는 그 사실을 분명히 알았던 것 같다. 하긴 그것이 그의 직업이니까. 그가 코듀로이 깔개를 씌운 안락한 크롬 의자들 중 하나를 가리켰다. 브라이트너 씨가 유리 찻주전자에서 녹차를 한 잔 따라주는 동안 나는 재킷을 팔걸이에 걸치고 의자에 앉았다. 그의 말에 대한 나의 침묵은 그 이야기가 사실이라고 인정하고도 남았다.

"오래간만에 뵙네요. 그동안 어떻게 지내셨나요?" 그가 물었다.

나는 미지근한 차를 한 모금 마시고 곰곰이 생각했다. 사람을 네 명 죽였고, 예전 고용주를 협박했고, 딸이 유치원에 자리를 얻도록 유치원의 예전 경영자를 위협해 지분을 팔라고 강요했고, 러시아 마피아를 납치했지. 이 중 이번 상담에서 다룰 만한 것은 전혀 없군. 휴가를 보내는 동안 나 때문에 어떤 종업원의 목이 부러진 사건도 당연히 언급하지 않을 작정이었다.

"직업상 변화가 있었습니다. 사표를 내고 지금은 프리랜서로 일하죠. 딸은 유치원에 다닙니다. 그리고 휴가도 다녀왔고요." 나는 더듬거리며 이것저것 다른 이야기를 했다.

“일단 일에서의 결정을 축하드립니다.” 브라이트너 씨는 내가 대형 로펌에서 분쇄기에 갈리듯 힘들어했다는 사실을 알았다. “그래서 옷차림이 달라졌군요. 그런데 눈 주위에 슬픔이 보이는 이유는 뭡니까?”

나는 아무 말도 하지 않았다. 대답하고 싶었지만 할 수 없었다. 눈 주위의 슬픔이 눈에서 액체로 변해 눈물이 되는 것이 느껴졌다. 그 질문 자체에 나는 압도당했다. 내가 슬프다는 걸 누군가 알아봐준 게 언제였더라? 그 사람 때문에 슬픈 게 아닌데도? 마음을 진정시키느라 두 번 심호흡했다.

“저는… 그게….” 나는 진실까지는 아니더라도 최소한 진실에 어긋나지 않을 말을 찾았다.

브라이트너 씨가 도움의 손길을 뻗었다. “무슨 말이든 괜찮습니다. 당신은 여기 왔어요. 그러니 그냥 말씀해보세요. 이유가 뭔가요?”

“아내 생각에는….”

“제 질문은 그게 아닙니다.” 그가 부드럽게 제지하는 바람에 나는 당황했다.

“네?”

“저는 아내분이 무슨 생각을 하는지 알려는 게 아니에요.” 그가 설명하며 순하게 웃었다. “그게 궁금하다면 당신이 아니라 아내분에게 묻겠죠. 저는 ‘당신’이 왜 여기에 왔는지 궁금한 겁니다."

"그게… 음… 왜냐하면…." 나는 무기를 겨눴다. 브라이트너 씨가 아니라 나 자신에게. 나는 삶의 모든 문제를 해결하고 소소하게 명상 업데이트나 하려는, 자주적이고 성공한 변호사가 아니었다. 브라이트너 씨나 나 자신에게 그렇게 연기할 수는 없었다. 삶 전체가 조만간 폭발해 산산이 부서질 거라는 불안 때문에 이곳에 왔다. 나는 최대한 솔직히 요약해 대답했다.

"제 인생이 어떻게 될지 모르기 때문입니다. 아내와도… 직업은 또 어떨지… 앞으로 닥칠 모든 일이…. 현재에는 저를 위한 시간이 없고, 미래는 불안하기만 해요…. 무엇부터 손대야 할지 모르겠습니다."

브라이트너 씨는 안심시키는 눈길로 나를 바라봤다. 연민의 눈길이 아니었다.

"그런데 있잖아요, 당신이 제게 전화해 상담 예약을 요청한 계기가 있을 겁니다. 그렇죠?"

"네." 산장 종업원 사건이 바로 그것이었다.

그래서 상담하러 오게 된, 예기치 못한 계기에 대해 이야기하기 시작했다. 이 일이 내 내면아이에 매우 깊이 몰두하는 첫 걸음이 될 줄은 미처 몰랐다. 내면아이는 내가 6개월 전쯤 안도하며 그만뒀던 일, 그러니까 명상 살인을 아주 가벼운 마음으로 조만간 재개하게 할 존재였다.

2

휴가

휴가의 의미는 차단이다. 일상에서 부정적인 영향을 끼치는 자극을 철저하게 차단할수록 긴장 완화는 극대화된다. 차단은 고립을 의미하지 않는다. 휴대전화로 들어오는 부담스러운 소식을 휴가지에서 만난 사람과의 대화로 대체하라.

요쉬카 브라이트너, 『추월 차선에서 감속하기—명상의 매력』

지난 휴가에 대해 이야기하는 건 안전한 영역이었다. 숨길 게 그다지 많지 않았으니까. 물론 창의적으로 돌려서 표현해야 하는 일도 있긴 했다. 가령 나에게 부담을 줄 종업원의 죽음 같은 것이 그런 경우였다. 하지만 그건 내 인생의 배가 향하는 항로에서 눈에 보이는 빙산의 일각으로 남아야 했다. 브라이트너 씨는 전문가라서 빙산 꼭대기만 보여도 충돌 위험을 분명히 알아차릴 터였다.

"저희는 지난주 알프스에 며칠 다녀왔습니다."

"저희가 누군가요?"

"아내 카타리나, 딸 에밀리와 저입니다."

"지금도 따로 지내시나요?" 반년 전 요쉬카 브라이트너는 우리더러 부부 문제를 더 신중하게 다루려면 공간을 분리하라고 제안했다. 그리고 그 아이디어는 카타리나와 나의 관계를 실제로 개선했다.

"네…. 긍정적으로 잘 이뤄지고 있답니다."

"별거하면서도 함께 여행을 떠날 정도로 말이죠?"

"흐음, 우리 둘은 훌륭한 아이에게 생명을 함께 선물했습니다. 따로 살긴 하지만 멋진 아이를 함께 나누고 있고요. 에밀리가 생활하는 상대방 삶의 일부는 사랑 가득한 일부로 영원히 남을 겁니다. 그러니 이런 기본적인 전제하에서 충분히 함께 여행할 수 있죠."

"두 분은 성관계를 합니까?" 브라이트너 씨가 불쑥 물었다.

"아내는 어떤지 모르겠지만 저는…."

"두 분이 같이 잠자리를 하는지 질문한 겁니다. 둘은 부부고

함께 여행하니까요. 함께 성생활도 하시나요?"

나는 이걸 어떻게 표현해야 할지 곰곰이 생각했다. 우리는 환상적인 성생활을 했다. 그러니까 환상 속에서만 섹스를 한다는 뜻이다. 어쨌든 내 쪽에서는 그랬다. 나는 언제라도 카타리나와 자고 싶었다. 잠자리에서 우리는 항상 잘 맞았다. 하지만 우리에게 좋은 결과를 가져다준 공간적인 분리는 유감스럽게도 육체적인 분리라는 결과도 낳았다. 나는 에둘러 표현했다. "여행에서 방 하나를 같이 쓰긴 했습니다. 하지만 겨우 '등을 대고' 함께 잤죠."

브라이트너 씨는 이해한다는 듯 고개를 끄덕였다. "알겠습니다. 『카마수트라』에는 등장하지 않는 체위죠. 성생활의 부재에 대해 아내분과 솔직하게 대화를 나눠본 적이 있나요?"

"아내는 저와 같은 침대를 쓸 때면 수면 안대와 귀마개를 사용한답니다. 그러니 무척 일방적인 대화가 되죠. 하지만 솔직히 말해 제가 여기에 온 이유는 성생활의 부재 때문이 아닙니다."

"2분 전까지만 해도 당신은 여기에 온 이유를 명확하게 표현하지 못했습니다. 그러니 일단 제게 전화한 계기부터 이야기하죠. 여기 온 이유는 그다음에 다루기로 하고요. 더 길게 방해하지 않겠습니다. 가족 여행을 가셨다고요. 계속 말씀해보세요."

"여행 시기는 일부러 그렇게 고른 겁니다. 카타리나는 10월 1일부터 예전 직장인 보험회사에서 팀장으로 반나절씩 일하기로 했어요. 에밀리는 이제 유치원에 잘 적응했고요. 9월은 방학이 끝난 때라 관광객이 가장 붐비는 성수기는 지났습니다. 그래서 함께 여행을 떠나기에 이상적인 시기였어요."

"왜 알프스로 가셨죠?"

세 살배기를 데리고 마요르카로 가서 여행 첫날, 그리고 특히 마지막 날을 공항에서 술에 취한 패키지 여행객들 틈에서 보내고 싶지 않았다는 말은 너무 세속적으로 들릴 것 같았다.

"저희는 산에 꼭 가고 싶었답니다."

산으로 결정한 뒤부터 그 말은 사실이 됐다. 우리는 알고이 지방 관광사무소에서 느긋한 감속 여행에 적합한 자그마한 가족 농장을 추천받았다. 이 추천은 최고였다는 사실이 증명됐다. 우리 목적지는 모든 면에서 최적했다. 농장은 두 마을 사이의 분지에 놓여 있어 목가적이었다. 통신망 서비스를 벗어난 곳이라는 점에서도 기대가 컸다. 이곳에서 디지털 디톡스는 일시적 유행이 아니라 수백 년을 이어온 전통이었다. 디젤 모터는 사람 사이를 떼어놓기 위해서가 아니라 원래 목적에 맞게 사람 사이를 연결하는 데 사용됐다. 소들은 기후 파괴범이 아니라 수천 년 전부터 그저 당연하게 여겨진 생계의 기반이었다. 밤에 창문을 열면 만취한 사람들이 와와 하고 떠드는 소리가 아니라 나무들이 솨솨 하고 흔들리는 소리가 들렸다. 전기 배터리는 아동용 킥보드가 아니라 소 울타리를 치는 데 사용됐다.

짧게 요약하면 이곳은 예전과 같았다. 다시 말해 괜찮았다.

"사실 여행도 완벽했습니다. 우리가 그 산장에 도착하기 전까지는 말이죠."

카타리나와 에밀리와 나는 두 시간을 걸어 땀에 젖고 목마르고 배고픈 상태로 그림처럼 아름다운 산장의 테라스에 도착했다. 산장은 알프스 알고이 북쪽, 수목 한계선 위쪽 자그마한 고원에 자리했다. 정오가 조금 안 된 시각이었고, 북향인데도 테라스 전체에 햇살이 비쳤다. 고원 한쪽이 급경사를 이루며 작은 계곡으로 이어졌고, 산장과 계곡은 화물 수송용 케이블카로 연결됐다. 그쪽 말고는 산장 전체가 알프스 초원 방목지로 에워싸여 있었다. 소 목에 달린 방울 소리는 해변에서 들리는 바닷물 소리와 효과가 똑같았다. 긴장을 풀어주는 소리 양탄자가 일상의 근심거리를 덮었다. 정확히 내가 바라던 그대로였다.

나는 한 시간 반째 어깨에 에밀리를 태우고 있었다. 딸의 눈으로 다시 한번 산꼭대기와 케이블카를, 소들이 풀 뜯는 초원을 본다는 게 기뻤다. 카타리나가 이렇게 느긋한 것도 무척 오랜만이었다. 다른 사람들 험담을 하지 않았다. 자연에서 좋은 인상을 받고 육체적으로 피로하기도 해 그저 자기 자신에게 침잠해 있는 것 같았다. 점심을 먹기에는 좀 이른 시간이라 소박하고 긴 의자들이 놓인 길쭉한 나무 테이블 열 개는 거의 비어 있었고, 어서 앉으라고 우리에게 손짓하는 듯했다. 두 자리에만 하이킹 손님들이 앉아 조용하고 느긋하게 음료를 마시고 있었다. 날씨가 환상적이어서 어느 자리에서든 탁 트인 알고이 지방의 그림 같은 풍경이 거의 100킬로미터까지 내다보였다.

"에밀리와 배낭을 내려놓자 가루 설탕을 뿌린 김이 오르는 카이저슈마른(오스트리아식 팬케이크—옮긴이) 한 접시와 얼음처럼 차가운 알름두들러(탄산음료—옮긴이) 한 병과 반짝반짝 윤이 나는 란트예거(납작한 반건조 소시지—옮긴이)만 있으면 완벽하게 행복하겠다고 생각했습니다. 그리고 화장실도요."

"왜요?" 브라이트너 씨가 물었다.

"용변이 급해서요."

"아니, 그게 아니라 왜 하필 그런 음식들의 조합이냐고 질문한 겁니다. 김이 오르는 접시, 가루 설탕을 뿌린 카이저슈마른, 얼음처럼 차가운 알름두들러, 반짝반짝 윤이 나는 란트예거. 모두 무척 구체적이고 눈에 보일 듯 그림 같은 표현이라서요."

"유년 시절의 한 장면이기 때문입니다. 제 어릴 때 추억을 에밀리에게 전해주고 싶었어요. 멋진 하이킹 뒤에 지치고 배고프지만 행복하게 딸과 카이저슈마른 먹기. 이게 이날 제가 세운 계획이었습니다."

"어릴 때 알프스에 자주 가셨나요?"

나는 곰곰이 생각해봤다. 부모님과 알프스로 여행을 간 건 단 한 번뿐이었다.

"아니요…. 그다지 자주 가지는 않았습니다."

"하지만 갈 때마다 카이저슈마른과 알름두들러와 란트예거를 먹었군요?"

잠시 생각해보다가 브라이트너 씨 집에서조차 갑자기 이 주제가 불편해진다는 사실을 깨달았다. "그게 중요한가요?"

"어쩌면 그럴 수도 있습니다. 자, 계속 말씀해보시죠."

그의 대답에 잠시 당황했지만 다시 말을 이었다.

"어쨌든… 카타리나는 양지에 앉아 있고, 에밀리는 산장 옆 초원 가장 가까이 있는 소에게 달려가고, 저는 화장실로 갔습니다."

산장 안쪽 화장실로 가는 길에 닐스를 만났다. 그는 산장 입구에 서서 알름두들러를 마시며 휴대전화로 소셜 미디어 계정을 확인하는 중이었다. 허리띠에 달린 주머니에 전자 주문 패드가 들어 있고 이름표를 달고 있는 걸로 미루어 산장 종업원이 확실했다.

나는 안에서 주문해야 할지, 아니면 바깥 테이블에서 바로 주문해도 되는지 상냥하게 물었다. 그는 나를 올려다보지도 않고 짜증스럽다는 말투로 "예, 예. 금방 갑니다"라고만 말했다. 그건 내 질문에 대한 대답도 아니고, 내가 산장 손님으로서 기대하는 환영 인사도 아니었다.

"전 그저 정중하게 물어보려던 건데…." 나는 이 산장에서 어쩔 수 없이 보내게 된 휴가의 일부를 평화롭게 만들고 싶어 다시 입을 열었다.

"지금은 쉬는 시간입니다." 서빙하러 금방 온다던 닐스는 몸을 돌려 휴식 시간을 시작하고는 오직 자기 휴대전화 시중만 들었다.

나는 눈에 들어오는 그의 모습을 조금 더 자세히 살펴봤다.

닐스는 기껏해야 20대 후반이었지만 최소 40년 동안 죽을 만큼 지루해한 사람처럼 보였다. 등산화와 등산 바지, 땀에 푹 젖은 상의 차림에 얼굴이 건강하게 그을린 손님들에 비해 닐스는 시체처럼 창백했고, 보라색 가죽 스니커즈에 검은 스키니 진과 금은박 반짝이가 달린, 지나치게 큰 진초록 브이넥 티셔츠 차림이었다. 반짝이들은 '지구를 살리자'라는 문장을 만들고 있었다. 베를린 프란츨라우어베르크에서 바리스타 흉내를 내는 게 더 나을 법했다. 그는 알프스 소녀 하이디가 베를린 베르크하인 나이트클럽에 있는 것처럼 이곳 알프스에는 어울리지 않았다.

175센티미터쯤 되는 키는 체중에 비하면 50센티미터쯤 더 커 보일 만큼 바짝 마른 체형이었다. 주변 풍경과 유일하게 어울리는 것은 헤어스타일이었다. 소가 핥은 것 같았으므로. 솜털 같은 콧수염은 알프스에도, 그의 얼굴에도 어울리지 않았다. 닐스는 최소한 일주일만이라도 그를 만나지 않으려고 알프스로 여행을 떠나게 만드는 종류의 사람이었다.

나는 "금방 갑니다"라는 말이 병참학적 장애물에 걸려 실패하지 않도록 화장실에 가기 전에 우리를 찾는 데 필요한 모든 정보를 알려줬다.

"알겠습니다…. 저흰 입구에서 세 번째 테이블에 앉아 있어요. 쉬는 시간이 끝나고 보면 금방 눈에 띌 겁니다. 바깥 테이블은 거의 모두 비어 있으니까요."

"예, 예." 닐스는 이번에도 나에게 눈길을 주지 않은 채 대답했다.

닐스와 내가 만나지 않았더라면 모두에게 더 나았을 텐데.

3

타인들

명상은 당신이 타인들에게서 받는 스트레스를 없애준다.

타인을 없애지는 않는다.

특히 타인들에 의해 계속 폭발하는 자극의 원인을 없애주지 않는다.

이런 원인은 당신 내면에 있다. 오직 당신 스스로 발견하고 없앨 수 있다.

요쉬카 브라이트너, 『귀한 내면아이』

원래는 아름답게 하이킹한 뒤에 나른하게 지쳐 나 자신에게 침잠해야 했다. 하지만 무슨 이유에서인지 종업원 닐스와 그의 거부하는 태도가 머리를 떠나지 않았다. 알프스의 하이킹 휴식 분위기로 상상하던 것과는 완전히 반대되는 모습이었다. 그러나 나는 명상하는 사람으로서 이런 사소한 짜증을 느긋하게 대하는 법을 배웠다. 화장실 칸에서 선 자세로 짧게 명상했다. 나는 아내와 딸과 함께 산에서 휴가를 보내는 중이다. 날씨가 최고다. 얼음처럼 차가운 알름두들러와 카이저슈마른과 란트예거 한두 개만 있으면 완벽한 날이 된다.

테라스에 가서 카타리나와 에밀리와 함께 앉았다. 그사이 에밀리의 관심은 소에서 부모와의 친밀함으로 바뀌어 있었다. 하이킹하는 손님으로 테라스가 점차 채워졌다. 다들 음식에 관심을 보이는 것 같았다. 단 한 사람만이 이렇게 커진 관심에 상관도 하지 않았다. 바로 닐스였다. 그는 그 후 10분 동안 부재하며 자신의 존재를 드높였다. 카타리나와 에밀리는 그동안 장엄한 전경을 지상 최대 규모 경기장 삼아 '네가 못 보는 걸 나는 봐'라는 스무고개를 했다. 에밀리는 게임을 하며 가장 좋아하는 음료를 마셨다. 내가 배낭에 넣어 땀 흘리며 산으로 지고 온 '과일 스무디'였다. 나는 목마르고 배고픈 상태로 그 옆에 앉아 테라스를 둘러봤다.

한 곳만 빼고 모든 테이블에 손님들이 앉아 있었다. 카타리나는 나더러 함께 게임하지 않겠느냐고 물었지만 내게는 그럴 여유가 없었다. 눈앞에 없는 종업원을 살피면서 타인에게는 보이는 것을 나는 못 보는 게임을 어떻게 한단 말인가. 명상을 위해 이미 오래전 멀티태스킹 습관을 버렸다. 종업원이 오지 않아 짜증이 났다.

"네가 못 보는 걸 나도 못 봐. 바로 종업원이야." 나는 무뚝뚝하게 말했다. 카타리나는 이날 처음으로 얼굴을 찌푸렸다. 아내는 내 유머에 공감하지 못할 때가 잦았다.

에밀리는 바뀐 규칙에 즐거워하며 흥분해서 게임을 이어갔다. "아빠가 못 보는 걸 나도 못 봐. 바로 유니콘이야!" 딸은 아직 카이저슈마른이 뭔지 몰라서 종업원 때문에 그 음식을 먹지 못한다는 사실에 나만큼 실망하지 않는 모양이었다.

마지막 남은 테이블에 사복 차림 군인 다섯 명이 앉았다. 카무플라주 무늬 배낭이 그들의 직업을 말해줬다. 나는 이제 우리가 많은 테이블 가운데 하나일 뿐이며, 카이저슈마른 주문이 점점 더 멀어진다는 사실에 격분하지 않으려 애쓰면서 명상으로 이 순간을 즐기려고 노력했다. 하지만 왠지 모르게 10분 전이 더 좋았다. 우리가 새로 들어온 유일한 손님이니 금방 서빙받을 수 있다고 기대한 때가.

오늘 아침 계곡 역 버스에서 "우리는. 독일에. 헌신합니다"라는 연방군 표어를 봤다. "우리는. 독일에. 서빙합니다"라는 표어가 지금 이 산장의 모토로 훨씬 더 나을 텐데.

"비요른, 사과 소스 없은 카이저슈마른 주문해줄래? 우린 잠깐 화장실에 다녀올게." 카타리나가 이 말로 나를 우울한 생각에서 벗어나게 한 뒤 에밀리와 화장실 쪽으로 갔다. 에밀리는 빈 과일 스무디 봉지를 테이블에 남겨뒀다.

자, 드디어 닐스가 겨드랑이에 메뉴판을 가득 끼고서 테라스로 나왔다. 그러고는 알아볼 만한 규칙도 없이 아무렇게나 여러 테이블에 나눠줬다. 나는 손님들이 도착한 순서를 알지 못하는 그의 무지를 내 신속함으로 상쇄할 기회를 잡았다.

"메뉴판 필요 없습니다. 바로 주문할게요. 카이저슈마른과 알름두들러… 그리고 란트예거 있나요?"

"그 고기 쪼가리 말인가요?" 그가 살짝 역겹다는 듯 되물었다. "제가 생각하기에 산장에서는 다들 채식만 해야 하는데. 하지만 뭐, 잠깐 기다리세요…."

닐스는 주문 패드를 나머지 메뉴판 위에 올려놓으려고 시도했지만 실패했다. 나는 다른 사람에게 돈을 받고 서빙하기로 지극히 자발적으로 결정한 사람이, 그 사람들에게 무상으로 가르침을 주려는 이유가 무엇일지 이해해보려고 했지만 역시 실패했다. 한 단계 더 돌진하기로 마음먹었다.

"컴퓨터 사용할 필요 없어요. 전 그저 단순한 세 가지 메뉴만 주문하려고…."

"잠깐만요. 일단 메뉴판부터 나눠줘야 해요." 닐스가 내 말을 가로채고는 메뉴판을 들고 다른 테이블로 갔다. 그는 서빙으로 빛을 내는 게 아니라 '지구를 살리자' 반짝이로만 빛났다. 지구를 살리자는 말은 70제곱미터도 안 되는 산장 테라스에서도 우왕좌왕하는 사람이 요구하기에는 너무 거창하지 않은가. 말문이 막히고 분노의 싹이 트기 시작한 나를 닐스는 혼자 내버려뒀다.

그 순간 카타리나와 에밀리가 돌아왔다. 에밀리는 즐거운 표정으로 내 무릎에 앉았다. 카타리나는 내 맞은편에 앉아 아까와 다름없이 텅 빈 테이블를 보고는 당황하며 비난하듯 물었다. "아직도 주문 안 했어?"

5분 전까지만 해도 나는 종업원의 부재를 불평했다는 이유로 악당 취급을 받았다. 그런데 지금은 드디어 나타난 종업원이 보인 태도 때문에 인신공격적인 비난을 받는 건가. 두 시간 반 동안 하이킹을 하며 얻은 느긋함은 사라졌다. 나는 속으로 흥분하기 시작했다. 무엇보다 내가 흥분한다는 사실에 더욱 흥분했다. 그런데 지금 이 냄새는 카이저슈마른 아닌가?

"주문하려고 했어. 하지만 에밀리가 못 본 유니콘이 아직도 오지 않은 종업원보다 체계적이었을 거야."

"흥분하지 마. 우린 휴가 중이야."

"우리는 그렇지. 하지만 종업원은 아니잖아."

우리 테이블을 다시 지나치던 닐스는 내가 주문하려던 메뉴를 잊었을 뿐 아니라 내가 뭔가 주문하려고 했다는 사실조차 잊었다. 그는 에밀리가 먹은 과일 스무디 봉지를 보고 손가락 끝으로 집어 들었다. 그러고는 주문을 받을 생각은 하지 않고 완벽한 세상을 향한 자신의 소망을 우리에게 피력했다.

"과일 스무디 한 봉지를 만드는 데 탄소 100그램이 배출된다는 사실을 아시나요? 저라면 알프스를 비닐 프리 존으로 만들 텐데 말입니다."

나는 환경친화적인 행위에 찬성한다. 그리고 무상으로 제공되는 새로운 지식도 모두 반긴다. 하지만 이 순간 나는 배가 고팠고, 한 가지는 아주 지겨웠다. 텅 빈 위장에 대고 종업원이 청하지도 않은 가르침을 주는 것.

"당신을 만들 때 당신 아버지 아랫도리가 비닐 프리 존이었겠지. 구상이 그리 성공적이지는 않았군."

내가 방금 이 말을 크게 했나? 카타리나가 경악해 종업원을 잡아당기려는 내 팔에 자기 손을 얹었다. 아무 관계도 없는 두 일을 즉흥적으로 연결해 모욕하는 데 사용한 내 능력에 나 자신도 조금 놀랐다. 이런 건 원래 내 방식과는 전혀 맞지 않았다. 바로 그 순간 다행스럽게도 긴장을 완화하기 위해 군대가 개입했다. 군인들이 요란하게 음료를 주문했다. 닐스는 아무 대꾸도 하지 않고 가장 시끄러운 테이블로 곧장 날아갔다.

"저 아저씨 아버지 어디가 비닐 프리 존이었다고?" 에밀리가 이렇게 질문한 덕분에 나는 비난을 퍼부으려던 카타리나에게서 벗어날 수 있었다.

“우리 아가, 아빠는 그냥 농담한 거야.” 카타리나는 에밀리에게 이렇게 설명하면서 내게는 농담할 기분이 아니라는 눈빛을 던졌다. 하지만 우리에게는 에밀리 앞에서 싸우지 않는다는 원칙이 있었다.

“아빠… 배고파.” 카타리나의 매서운 눈길을 피하다 이 말에 눈치 보기를 그만뒀다. 더 기다리기 불가능해지는 시점이었다. 나 그리고 음식과 관련된 내 유년 시절의 추억이야 무시당해도 좋았다. 하지만 음식이 필요한 내 딸의 현실적인 요구는 그런 꼴을 당해서는 안 되었다.

닐스가 다시 아무 체계도 없이 우리 테이블을 지나쳐 기다리고 있는 손님들에게 가려고 할 때 나는 행동을 개시했다. 반짝이 티셔츠 끝자락을 단단하게 움켜쥐고 우리 테이블로 잡아끌었다. 그러면서 이번에도 이 행동의 이유를 몰라 조금 놀랐다. 나는 육체적인 다툼을 경멸하는 사람 아닌가. 카타리나가 놀라 나를 바라봤다.

“잠깐! 우리 차례입니다.”

“전… 그냥 잠시….” 종업원이 더듬거리며 대답했다.

“잠시고 뭐고 난 주문해야겠어요. 지금 당장!” 나는 흥분이 약간 가라앉긴 했지만 아주 단호한 목소리로 말했다.

지금 당장 주문 패드를 꺼내지 않으면 내가 자기 티셔츠 끝자락을 놓아주지 않으리라는 걸 닐스가 깨닫고 나서야 드디어 우리가 주문할 길이 열렸다. 카이저슈마른 두 접시, 얼음처럼 차가운 알름두들러 한 병 그리고 테이크아웃용 란트예거 하나.

"그건 용납할 수 없는 거친 행동이었어." 닐스가 기죽어 우리 테이블에서 물러간 뒤 카타리나가 나를 야단쳤다.

"당신은 더 부드러운 방법을 알아?" 내가 물었다.

"그렇진 않아. 하지만 당신은 지난 몇 주 동안 정말 균형 잡혀 있었어. 산에서도 명상하면서 하이킹할 수 있잖아."

"명상하면서 주문할 수도 있지. 하지만 그러려면 신중한 종업원이 필요해. 저런 멍청이가 아니라."

"안 좋은 기분으로 이 아름다운 날을 망치지 마. 음식은 분명히 금방 나올 거야."

아름다운 날을 망치는 건, 문제 자체가 아니라 그 문제를 지적하는 사람이라는 게 삶에 대한 카타리나의 태도였다.

음식이 나오긴 했다. 하지만 바로 나오지도 않았고, 우리에게 온 것도 아니었다. 카이저슈마른 두 접시는 우리보다 훨씬 나중에 주문한 테이블로 향했다. 원래 내가 마셔야 할, 얼음처럼 시원한 알름두들러는 군인 중 한 명이 받았다. 그는 이미 오래전 받아놓은 밀 맥주 두 잔 사이에 그걸 마셨다. 닐스는 어느 테이블에서 뭘 주문했는지 알지 못하는 게 분명했다. 카타리나와 나는 따뜻한 햇살 속에서 음식을 기다리며 얼음 같은 침묵을 지켰다. 20분 뒤 드디어 우리 카이저슈마른과 미지근한 알름두들러가 나왔다. 하지만 접시가 빈 지 한참 뒤에도 란트예거는 여전히 주방에서 출발하지 못했다. 에밀리는 테이블을 떠나 얼음처럼 차갑고 맑은 물이 가득한 산장 테라스 앞 물통 옆에서 즐겁고 느긋하게 놀고 있었다. 저 물을 공짜로 바로 마실 수도 있었을 텐데.

그동안 나는 뭘 했지? 나는 분노가 끓어오르고 있었다. 카타리나도 그걸 알아채고는 분위기를 풀어보려 애썼다.

"카이저슈마른, 참 맛있었어!" 아내가 만족스러운 말투로 차분하게 말했다.

나는 아무 대답도 하지 않았다.

"왜 그래?" 카타리나가 다시 비난 섞인 어조로 물었다.

"저 멍청이가 내 란트예거를 잊었잖아."

"그럼 다시 한번 물어봐. 나한테 화풀이하지 말고."

"그게 문제가 아니야." 나는 고함치다시피 말했다. "난 1년 내내 일했어. 그런데 자기가 뭘 해야 할지 계획도 없는 멍청이한테 휴가 중에도 복종해야 하나?"

"하지만 소시지 하나 못 받는다고 이렇게…."

"지금 소시지가 문제가 아니야! 진짜 문제는…." 솔직히 말하자면 소시지 하나가 없다고 왜 이 정도로 화가 나는지, 진짜 문제는 무엇인지 나 자신도 알 수 없었다. 하지만 내면 깊은 곳에서 이루 말할 수 없이 명확한 어떤 감정을 느꼈다. '이루 말할 수 없이' 부당한 취급을 당했다는 감정이었다. 김이 오르는 카이저슈마른 접시와 얼음처럼 시원한 알름두들러 한 병과 반짝반짝 빛나는 란트예거를 바로 먹는 것… 이 세 가지는 얻을 만한 소소한 음식이었다. 그 이상은 바라지도 않았다. 그런데 아무것도 얻지 못했다. 내 안에서 어떤 어린 목소리가 크고 거의 알아듣지도 못할 만큼 높은 소리로 이 부당함에 대항해 고함질렀다. 카타리나는 소시지가 없다는 사실만 보았다. 하지만 내가 볼 때 이 종업원은 언제나 근심이 가장자리까지 가득 차 있는 통을 자신의 무지로 넘치게 만든 사람이었다.

"진짜 문제는 이번에는 예외적으로 내가 중요하다는 거지! 최소한 휴가 때 한 번만이라도 내가 원하는 대로 일이 진행되면 안 되나?"

"아, 이번에도 당신이 중요하다고? 당신은 자기밖에 모르는 이기주의자야. 알아?"

"내가 이기적으로 모든 비용을 내는 동안은 그 사실이 거슬리는 것 같지 않군."

테이블 네 개를 사이에 두고 있는 닐스는 내가 계산하겠다고 아무리 신호를 보내도 무시했다. 그에게 가려고 일어나는데 카타리나가 붙잡았다.

"그러지 마. 이런 건 아무 소용도…."

아내가 지금 나를 아이 대하듯 막은 건가? 나한테 그럴 순 없지. 나는 자리에서 일어나 닐스 옆에 가서 섰다.

"계산."

"금방 갑니다…."

"지금 당장. 저기 앞쪽."

나는 쿵쾅거리며 우리 테이블로 돌아왔다. 다른 테이블에 앉은 손님들이 이해한다는 표정으로 바라봤다. 나중에 생각해 보니 내가 아니라 카타리나를 완벽하게 이해한다는 표정이었던 것 같다.

"내가 계산해." 카타리나가 단호하게 말했다. "당신은 좀 걸으면서 일단 화부터 삭여."

내가 지갑을 건네려고 했지만 카타리나는 쌀쌀맞게 거절했다.

"난 현금을 항상 충분히 가지고 다녀. 남편이랑 따로 살면서부터."

아하, 그러니까 나는 재정적으로도 불필요하다 이거지. 닐스, 고마워. 당신이 하필이면 휴가 때 우리 부부를 다시 얼어붙게 했군.

"여긴 아주 빌어먹을 산장이야." 내가 말했다.

'저 녀석이 란트예거를 어디에 쑤셔 넣든 이제 상관 안 해.' 그렇게 생각했다.

"도와줘서 고마워!" 나는 화나서 쿵쿵거리며 자리를 떠났고, 마찬가지로 화난 아내는 그 자리에 남았다.

"명상 훈련 나부랭이는 도대체 왜 하는 거야?" 내 등에 대고 호통치는 아내 목소리가 들렸다.

그러게 말이야. 도대체 왜? 이런 모습은 나 자신에게도 낯설었다. 나는 결코 다혈질이 아니었다. 오히려 반대로 화를 삼키는 편이었다. 명상 덕분에 나는 지난 몇 달 동안 제대로 작동하며 살았다. 그런데 지금 반건조 소시지 하나가 없다는 이유로 이렇게 흥분한다고? 하지만 어쩌면 바로 그 이유 때문인지도 모른다. 몇 달 동안 모든 종업원이 내 요구를 아무렇게나 짓밟을 때마다 강철 같은 원칙으로 나 자신을 대한 데 지친 모양이었다. 그리고 아내가 나를 아이 취급하는 것도. 나는 굉장히 화가 났다. 하지만 한 가지 점에서는 카타리나가 옳았다. 닐스에게 또 시비를 거는 대신 이 막다른 골목을 스스로 빠져나와야 했다. 그래서 자리에서 일어나 흥분을 가라앉힐 만한 장소를 찾았다. 산장을 한 바퀴 돌아야겠다고 마음먹었다.

산장을 반 바퀴 돌자 화물 케이블카 적재 플랫폼이 불쑥 눈앞에 나타났다. 이곳에는 나밖에 없었다. 손님용 테라스에서는 화물 적재 플랫폼이 보이지 않았다. 나는 계곡으로 운송될 준비가 된 듯한 수많은 알름두들러 빈 상자 한가운데에 서 있었다. 적재 플랫폼은 술집 뒷마당처럼 보였고, 실제로 또 그렇기도 했다. 산장이 드리우는 그늘 덕분에 이곳은 안락하고 선선했다. 조용하고 공기도 맑았다.

"내면도 식힐 겸 양발을 어깨너비로 벌린 다음, 팔을 가볍게 늘어뜨리고 난간 옆에 서서 계곡을 내려다보며 제 숨소리에 귀 기울였습니다." 이야기에서 이 부분은 브라이트너 씨에게 자랑스럽게 말할 수 있었다. "선생님께 배운 대로 마음이 금방 가라앉았죠. 별로 나쁘지 않다, 지금 이곳에서 나는 배가 부르고, 이제 갈증도 없다, 딸은 소풍을 즐기고 있다, 나는 지금 휴가를 보내는 중이고, 케이블카를 타고 풍경을 즐기며 계곡 역으로 돌아가게 된다."

"흥분하셨다고요. 대부분 사람이 그렇죠. 흥분을 다시 가라앉히셨다고요. 그럴 수 있는 사람은 아주 드뭅니다. 그런데 뭐가 문제죠?" 브라이트너 씨가 물었다.

"부당함에 분노하며 저를 흥분하게 만들었던 목소리가 다시 들렸다는 게 문제입니다."

나는 설명을 이어갔다. 크고 거의 알아듣지 못할 만큼 높게 소리치던 어린 목소리는 내가 흥분을 가라앉히자 이렇게 끝내면 안 된다며 화를 냈다. 내가 원하던 산장에서의 하루를 닐스가 망쳤으니 나도 그의 하루에서 최소한 일부분이라도 망쳐야 한다고 말했다. 이 내면의 목소리가 어디에서 오든 그 목소리가 옳다고 느꼈다. 아주 소소하게 복수하면 기분이 좋아질 터였다.

자그마한 뒷마당을 둘러보는 동안 아이디어가 하나 떠올랐다. 화물용 케이블카는 빗장이 두 개 걸린 작은 문으로 막혀 있었다. 알름두들러 상자들은 문 옆에 세워져 있었다. 누군가 이 상자를 문 앞으로 밀어 살짝 기울어지게 한 다음 빗장을 열어 둔다면? 멍청한 종업원이 쌓인 상자 위에 다시 빈 상자를 올리려 할 때 비스듬해지겠지. 그러면 상자들이 쓰러져 문에 부딪힐 것이다. 문이 열려 빈 병과 상자 몇 개가 계곡으로 추락할 테고. 그 일로 닐스가 살짝 골치 아픈 상황을 맞을 테니 나로서는 만족하고도 남았다.

나는 위로 겹쳐진 빈 병 상자 세 개를 왼쪽으로 1미터 밀어 화물용 케이블카 문 앞에 가져다뒀다. 이 낮은 탑을 문 쪽으로 살짝 기울인 다음 맨 아래쪽 상자 밑에 납작한 돌을 끼웠다. 탑은 계곡 쪽으로 약간 기울어졌으나 쓰러지지는 않았다. 상자를 하나 더 올려야 쓰러질 터였다. 그러고 문빗장을 풀었다. 내 안에서 뭔가가 신나서 킥킥거렸다. 나는 이 소소한 장난이 분명히 성공할 거라고 어린아이처럼 즐겁게 기대하며 테라스로 돌아갔다.

계산을 막 끝낸 카타리나도 흥분이 가라앉은 상태였다. 나는 화해 표시로 말없이 한 손을 아내 어깨에 얹었다. 아내는 '당신—행동을—소화할—시간을—줘—난—당신에게—너무—실망했어'라는 괴로운 눈길을 보이며 내 손을 밀어냈다. 소리 없는 비난은 발화된 비난보다 굴욕적이었다. 매년 어머니 생신에 의무적으로 전화해 비난 가득한 어머니의 한숨 소리로 통화가 끝날 때도 이보다는 훨씬 덜 굴욕적이었다.

나는 배낭을 메고 이미 케이블카 쪽으로 달려간 에밀리를 따라갔다. 카타리나는 우리보다 20미터 뒤에서 말없이 터덜터덜 걸어왔다.

30분 뒤 케이블카를 타고 계곡 역으로 내려갈 때 산악경비대 구조 헬기가 보였다.

4

자책

> 자책은 의미가 없다. 문제를 해결해주지 않는다. 자책은 현실 문제를 당신의 생각 속으로 복사해 옮겨갈 뿐이다. 그곳에서 문제는 현실에서는 다다르지 못할 크기로 자라난다.
>
> 요쉬카 브라이트너, 『추월 차선에서 감속하기—명상의 매력』

헬리콥터는 알프스협회 산장 앞쪽 초원에 착륙하지 않고 화물용 케이블카 산간 역 위에 떠 있었다. 구조용 바구니와 산악구조대원 한 명이 줄을 타고 내려가는 듯했다. 그 일이 흔들리는 음료수 상자 몇 개와 빗장을 제대로 잠그지 않은 문과 어떤 연관이 있는 것 같아 기분이 좋지 않았다. 계곡에 도착해 그저 관광객의 호기심일 뿐이라는 목소리로 지금 저 위에서 무슨 구조 작업이 이뤄지는지 매표소 직원에게 물었다. 남자는 산악 철도의 다른 모든 직원과 마찬가지로 의용 산악 구조대라서 구조 작업에 대한 자세한 정보를 무전으로 이미 들어 알고 있었다.

"아주 좋지 않은 사고입니다. 종업원이 테라스에서 추락했어요."

이런, 빌어먹을. 장난의 결과가 도를 벗어났다. 몸이 싸늘해지는 듯했다.

"많이… 다쳤나요?"

"모르죠. 어쨌든 혼자 다시 올라가지는 못하는 것 같습니다. 동료들이 지금 그에게 내려가고 있어요."

최소한 다리 하나는 부러졌겠군. 제길, 이럴 생각은 없었는데. 그냥 조금 골치 아픈 일이 생기길 바랐을 뿐인데. 하지만 결과는 심했고 나는 벌써부터 한없이 후회했다. 그러나 아내나 나 자신에게 어린아이처럼 취급받지 않으려면 일어난 사실을 직시해야 했다. 나는 어처구니없는 일을 저질렀어. 하지만 자책한다고 닐스의 상황이 나아지지는 않아. 자기연민은 더더욱 도움이 되지 않을 테고.

"불쌍한 녀석." 매표소 직원이 혼잣말로 중얼거렸다.

카타리나는 나와 달리 종업원에게 관심이 전혀 없어 자리를 떠나려 했지만 내 안의 뭔가는 그에 대해 더 알고 싶어 했다.

"그 종업원을 아시나요?"

"아니요, 하지만 제 동생은 잘 압니다. 동생이 산장을 운영하거든요. 그 종업원은 북부 도시 출신인데, 자발적으로 여기에서 요식업 분야의 지속 가능성을 실습하려고 했답니다. 그게 뭔지는 알 수 없지만요. 어쨌든 그것도 이제 다 끝났네요."

"어쩌다 계곡으로 추락했대요?" 카타리나가 관심을 보였다.

"음료수 상자에 앉아 잠시 쉬려고 한 모양인데 계곡으로 추락했나봅니다. 빗장 잠그는 걸 잊었는지."

이제 산악철도 직원은 창구에서 기다리고 있는 관광객에게 티켓을 팔아야 했다. 그에게 산악 사고는 일상이었다.

우리는 산악철도 역을 나가 자동차로 향했다.

"안됐다. 당신은 그 종업원 때문에 유치하게 흥분했지." 카타리나가 나지막하게 말했다.

이 비난에 맞서 나를 변호할 설득력 있는 논거가 없었다. 오히려 반대였다. 다행스럽게도 카타리나는 가장 유치한 부분인 복수 행위를 전혀 알지 못했다. 그래서 나는 그저 아무 말이나 하려고 혼잣말을 작게 웅얼거렸지만 그런다고 상황이 나아지지는 않았다.

"그래… 알았어…. 하지만 그 종업원이 멍청하게 굴었잖아.

그러니까 내 말은… 지속 가능성 실습을 누가….” 더는 말을 이을 수 없었다.

“산장에서 멍청하게 군 사람은 한 명밖에 없었어. 바로 당신이었지. 난 계속되는 당신 변덕이 지겨워. 그러니 고치겠다고 지금 당장 약속해.”

“어떻게 해야 하는데?”

“명상 훈련 아주 좋았잖아. 오늘 저녁에 당장 브라이트너 씨에게 전화해서 당신 문제 상담할 시간을 예약해….”

“그러지 않으면?”

“그러지 않으면 여행은 여기에서 끝나.”

“그래서 선생님께 전화를 걸었습니다.” 나는 브라이트너 씨에게 설명을 마쳤다.

“종업원은 어떻게 됐나요?” 브라이트너 씨가 물었다.

“다리가 부러졌어요.” 아주 틀린 말은 아니었다. 다리도 부러졌으니까.

목도 부러졌고.

저녁에 브라이트너 씨에게 전화한 다음 인터넷에서 알아낸 소식이었다.

다행스럽게도 에밀리와 카타리나는 이미 잠자리에 들었다. 카타리나는 수면 안대와 귀마개를 하고 있었다. 두 사람 모두 내가 기절할 듯 놀랐다는 걸 알아채지 못했다.

내가 바라던 일이 아니었다. 나는 6개월 전 네 사람을 살해했다. 의도적으로, 신중하게. 내 가족과 나를 지키기 위해. 기쁜 일은 아니었지만 그와 관련된 스트레스는 명상으로 탁월하게 해결할 수 있었다. 이제 살면서 더는 폭력을 쓰고 싶지 않았다. 그런데 아무것도 아닌 일에 흥분한 바람에 젊은 사람이 목숨을 잃었다. 위쪽 산장에서 뭔가가 나를 평소와 달리 행동하도록 자극했고, 정도를 벗어나는 결과를 불러온 장난을 쳤다. 이게 사실이었다. 끔찍했다. 돌이킬 수 없었다. 그러니 이 사실을 직면해야 했다.

창백하고 싸늘하게 마비된 채 휴가지 숙소 소파에 앉아 떨면서 인터넷 지방 신문 기사를 노려보고 있을 때, 명상이 파멸에서 벗어나는 데 다시 한번 도움이 됐다. 아주 구체적으로 말하면 느긋함 영역에서였다.

숙소의 정적 속에서, 내가 바꿀 수 있는 일을 바꾸게 할 힘을 달라고 나지막이 빌었다. 그리고 내가 바꿀 수 없는 일을 받아들이는 느긋함과 이 두 가지를 구분할 지혜를 달라고.

닐스가 사망했다는 건 변할 수 없는 사실이었다. 그러니 힘이 아니라 느긋함이 필요했다. 이게 아주 어렵다는 점을 지혜로 깨달았다.

하지만 신중하게 생각할 때 여기에서 자책은 아무 도움도 되지 않았다.

내가 잘 지내지 못한다고 해서 닐스 상황이 나아지는 건 아니었다. 고해성사가 내 영혼의 괴로움을 일시적으로 덜어줄지는 몰라도 이 잠깐의 완화는 내 인생을 장기적으로 끔찍하게 악화시킬 것이다. 경찰에 자수한다면 조심스럽게 균형을 유지하던 내 이중생활은 닐스보다 빨리 계곡으로 추락할 터였다.

나에게 해를 끼칠 사람은 나뿐이었다. 나를 목격한 사람은 아무도 없었다. 그 아날로그 산장에서 우리는 아무런 디지털 흔적도 남기지 않았다. 카타리나는 현금으로 계산했다. 산악철도도 현금으로 매표했다. 관광용 카드로 할인받아 어차피 가격이 얼마 되지 않았다. 산장 목격자와 산악철도 CCTV와 관광용 카드 데이터로 내 신원이 확인됐다는 사실은 몇 주 뒤에나 알게 됐다.

내가 감정적으로 과잉반응 했다는 건 사실이다. 그 점에서 과거는 바뀔 게 없었고 미래에서만 다르게 행동할 수 있었다. 앞으로는 음료수 상자를 계곡 앞에 쌓고서 빗장을 빼라고 말하는 내면의 소리에 귀 기울이지 않도록 노력해야 했다.

바로 그 이유에서 나는 지금 브라이트너 씨에게 왔다.

"다리 골절이라고요." 브라이트너 씨는 비난하지 않고 객관적으로 말했다. 그는 나의 상담가지 닐스의 정형외과 의사가 아니니까. "어떤 느낌이었나요?" 나는 이 질문에 어떻게 대답해야 할지 잠시 고민했다.

"벌어진 일은 유감입니다. 의도한 게 아니었어요. 죄책감을 느끼지만 상황을 바꿀 수는 없어요."

나는 무엇보다 브라이트너 씨가 종업원 건강 상태와 관련해 계속 던지는 질문에서 최대한 빨리 벗어나고 싶었다.

"아내는 제가 안전문 빗장을 풀었다는 사실을 모릅니다. 종업원과 다툰 일만으로도 자기수양을 해야 한다고 생각하죠."

"하지만 아내가 원했다고 해서, 단지 그 이유로 제게 전화하신 건 아니죠?" 요쉬카 브라이트너는 내가 마치 페니스를 코뚜레와 바꿔 아무 의지도 없이 우유부단하게 부부의 서커스장에서 이리저리 끌려다닌다고 설명하기라도 했다는 듯 나를 빤히 바라봤다.

"아닙니다. 저는…."

"그러면 처음 질문을 다시 한번 드리죠. 왜 제게 전화하셨습니까?"

나는 곰곰이 생각했다. 하지만 이번에는 그저 잠깐이었다. 이제 그 이유를 명백하게 알게 됐으므로.

"산장에서 감정적으로 왜 그렇게 반응했는지 도무지 알 수 없어서요. 그게 저에게, 타인에게 좋지 않으니까요. 나중에 죄책감을 느낄 게 뻔한 행동을 왜 하는지 알고 싶으니까요. 그래서 여기 왔습니다."

종업원의 부상에 대해 설명한 건 원래 계획보다 훨씬 더 솔직한 행동이었다. 하지만 내 행동을 분석하려면 이런 솔직함은 필수였다. 앞으로 이런 일이나 다른 분노 폭발 때문에 내가 이중생활의 줄타기를 하며 균형을 잡고 있는 비밀스러운 행위에 쓸데없이 이목을 집중시킬지도 모른다는 이유 있는 불안에 대해서는 말하지 않았다. 미래에 대한 불안은 지금도 이미 너무 컸다.

5

어릴 적 장면

> 당신이 유년 시절에 대해 기억하는 머릿속 장면은 유년 시절에 그린 그림들과 어느 정도 비슷하다. 판타지로 가득하고, 현실과는 그다지 관계가 없다.
>
> 요쉬카 브라이트너, 『귀한 내면아이』

요쉬카 브라이트너는 내가 이야기하는 동안 차를 다 마셨다. 그는 내가 종업원의 서빙으로 흥분한 일에 대해 카타리나보다 훨씬 덜 충격받은 듯했다. 그가 자기 찻잔을 채웠다. 내 잔은 채우지 않았다.

“제가 지금 당신 찻잔이 넘칠 만큼 채우지 않으면 내면의 목소리가 당신더러 흥분하라고 말하나요?” 그가 비웃는 기색이라고는 전혀 없이 물었다.

“네? 아니요. 그럴 이유가 있나요? 전 차를 마시러 여기 온 게 아닙니다.”

“그렇죠…. 바로 그겁니다. 산장에서는 왜 흥분하셨죠?”

“이미 말씀드렸잖아요. 아름다운 어릴 적 추억을 아이에게 전해주고 싶었습니다. 그걸 멍청한 종업원이 방해했어요.”

“바로 그 점이 이상하다는 겁니다.” 브라이트너 씨가 의심을 드러냈다.

“무슨 뜻인가요?”

“당신은 변호사예요. 사실에 부합하는 진술은 상세하다는 걸 알고 계실 겁니다. 지어낸 진술은 과장되고 피상적이에요. 진실은 금은사 세공입니다.”

“여기가 법정입니까?”

“아니죠. 바로 그 이유에서 당신이 자기 자신에 대해 잘못된 판결을 내리는 일을 피하려는 겁니다. 제가 하고 싶은 말은 이거예요. 당신은 유년 시절 추억에서 좋아하는 음식을 무척 과장되고 피상적으로 묘사했어요. ‘김이 오르는’이나 ‘얼음처럼 차가운’ 또는 ‘반짝반짝 윤나는’이라고 말이죠. 그건 카이저슈마른이나 알름두들러 한 병, 란트예거를 한번 본 사람이라면 누구나 말할 수 있습니다. 사과로 했던 명상 훈련 기억하시나요?"

나는 고개를 끄덕였다. 우리는 반년 전 함께 사과 한쪽을 먹으며 의식적으로 모든 감각을 동원해 그것을 인지했다. 나중에 나는 사과가 빨갛고 반짝인다고 피상적으로 묘사하는 대신 사과를 자를 때 접시가 나지막이 달그락거리던 소리와 싱싱한 과육에서 흘러나온 과즙 향기, 입 안에 든 사과 조각의 차가운 느낌과 씹을 때의 소리와 혀에서 느껴지는 맛을 아주 상세히 말할 수 있었다.

"카이저슈마른을 정말 직접 먹은 기억이 있다면 녹은 버터와 달콤한 가루 설탕과 금방 만든 사과 소스가 얼마나 맛있는 냄새를 풍겼는지 묘사하실 수 있었을 겁니다. 혀가 입천장을 누르고 쿠션 같은 음식이 부서질 때의 그 폭신한 느낌이 얼마나 그리운지 말입니다. 건포도 껍질이 터져서 풍미가 폭발할 때의 느낌을 내면화하셨을 겁니다. 입에서 시작해 식도를 지나 위로 흘러가는 온기도 언급하셨겠죠."

나는 배가 고파지고… 기분이 나빴다.

"이것 보세요. 제가 다른 사람을 또 다치게 하기 전에 분노 폭발을 다스릴 수 있는 간단한 훈련 방법을 가르쳐주지 않으시겠어요?"

"앞으로 모든 분노 폭발을 완벽하게 피할 수 있는 방법을 알려드리고 싶습니다. 그런데 정보가 하나 더 필요해요."

"뭔가요?" 나는 퉁명스럽게 물었다.

"어릴 때 산에서 부모님과 카이저슈마른을 몇 번이나 드셨죠?"

나는 이제 정말 화가 났다. "죄송하지만 유년 시절로 생각의 여행을 떠날 마음은 정말이지 없습니다."

브라이트너 씨는 온화함을 잃지 않았다. "여행은 길지 않아도 됩니다. 하지 않으려는 마음만 멈추면 돼요. 과거 여행에서 짤막한 슬라이드 쇼를 만들어봅시다. 눈을 감으세요. 이제 개념을 세 가지 말하겠습니다. 기억이 어떤 장면을 눈꺼풀 안의 스크린에 투영하는지 그냥 살펴보세요. 괜찮습니까?"

이 자기 성찰을 얼른 끝내고 싶어 동의했다. 눈을 감았다.

"알겠습니다."

"부모님, 여행, 알프스 고원."

기억의 슬라이드가 바로 나타났다. 가죽 바지를 입은 자그마한 금발 소년이 생각에 잠긴 채 산장 테라스로 달려간다. 아마 나일 것이다. 배낭을 메고 심각한 표정을 한 아버지가 그 뒤를 따른다. 어머니는 20미터 뒤에서 아무 말 없이 터벅터벅 걷는다. 테이블마다 여러 가족이 앉아 있다. 어른들은 웃고, 아이들은 카이저슈마른을 먹는 중이다. 다음 장면. 내가 아버지에게 우리도 카이저슈마른을 주문할 수 있는지 묻는다. 산장에서 이미 눈길을 돌린 아버지는 그런 사치는 필요 없다면서 우리가 앉을 분수대를 가리킨다. 다음 장면. 아버지가 낡은 하이킹 배낭을 연다. 어머니가 우리를 위해 준비한 샌드위치를 꺼낸다. 다른 아이는 모두 알름두들러를 마시는데 나는 양손으로 분수대 물을 떠 마신다. 다음 장면. 아버지가 슈퍼마켓에서 사온 란트예거를 먹는다. 부모님이 말없이 음식을 씹는 동안 나는 분수대에 앉아 다른 아이들을 빤히 바라보며 카이저슈마른을 한번 맛보고 싶다고 생각하고 또 한다.

빈 슬라이드 칸이 나타났다. 슬라이드 쇼가 끝났다.

깊은 슬픔이 밀려왔다. 이건 음식에 불과한데… 아닌가?

내 슬픔을 알아챈 브라이트너 씨가 온화한 목소리로 나를 다시 현재로 이끌었다. "오래 하이킹한 뒤에 기분 좋은 부모님과 함께 알프스 고원에서 카이저슈마른을 먹었다는 건 당신의 유년 시절 추억이 아닙니다. 지금까지도 이루지 못한 어린 시절 꿈이죠. 맞습니까?"

"그런 의미에서는…."

"사실은 이루지 못한 어린 시절의 꿈을 딸과 함께 산장에서 실현하려던 겁니다, 실제로 경험한 추억을 전해주려던 게 아니라."

나는 어리둥절했다. "그게 무슨 차이가 있나요?"

"아주 큰 차이가 있습니다. 산장에서 어떤 종업원이 음식을 언제 가져다줬는지는 전혀 중요하지 않았어요. 누군가 당신의 유년 시절 소망을 막았다는 게 문제였죠. 게다가 이번에는 전혀 모르는 남이었습니다. 그래서 그 산에서 감정적으로 반응한 겁니다."

"그런 이유로 제가 그토록 심각하게 자제력을 잃었다고요?"

"산장에서 분노를 폭발한 사람은 당신이 아닙니다."

"그럼 누굽니까?"

"당신의 내면아이죠."

그때 난생처음 내면아이라는 말을 들었다. 내 인생을 바꾸게 될 말이었다.

6

어릴 적 기억

당신의 유년 시절에서 가장 좋은 점은 부정적인 일 대부분을 당신이 잊었다는 것이다.

요쉬카 브라이트너, 『귀한 내면아이』

내 호기심이 깨어났다. "제 내면아이가 누군가요?"

브라이트너 씨는 비유로 대답했다. "허벅지에 퍼런 멍이 있다면 일상생활에 방해될까요?"

"아닙니다."

"누군가 그 멍을 누른다면?"

"무척 아프죠."

"그렇죠. 내면아이도 마찬가지입니다. 당신의 내면아이에게는 심리적인 멍이 있어요."

평생 든 멍 개수보다 많은 물음표가 내 머리 위에 생겼다.

"무슨 말씀인지 모르겠군요."

브라이트너 씨가 찻잔을 내려놓았다. "내면아이는 깊은 심리적 과정을 설명하는 비유적 용어입니다. 당신의 내면아이는 아주 이른 유년 시절의 심리적 부상들이 저장된 무의식의 일부죠. 이런 부상의 결과가 퍼런 멍이라고 상상해보세요. 오래된 이 상처들은 평소에는 보이지도, 느껴지지도 않습니다. 상처 입은 아이가 당신 내면에 존재한다는 사실도 모르죠. 하지만 누군가 이 멍을 건드리면 내면아이는 아주 큰 통증을 느낍니다. 당신은 내면아이를 전혀 모르기 때문에 고함 소리를 들을 뿐, 누가 그렇게 소리치는지 알지 못하는 거죠."

"그게 산장에서의 분노 폭발과 무슨 연관이 있습니까?"

"산장 종업원은 수십 년 전 당신 부모님이 당신의 내면아이에게 들게 한 멍을 건드린 겁니다."

"정확히 말해 어떤 멍인가요?"

"부모님은 아마 당신이 어릴 때 당신 소망이 중요하지 않다는 걸 무척 강력하게 알려줬을 겁니다. 다른 아이는 모두 카이저슈마른과 알름두들러를 즐길 수 있었어요. 하지만 당신은 분수대 물과 샌드위치로 만족해야 했죠. 다른 아이들과 똑같은 즐거움을 누리고 싶다는 소망은 무시당했습니다. 이 일로 부모님은 즐거움이 사치라는 믿음까지 심어줬어요. '즐거움은 사치다'와 '네 소망은 중요하지 않다'라는 문구는 이른바 신조입니다. 당신 부모님이 아마도 알프스 초원뿐 아니라 유년 시절 내내 일상생활에서 당신에게 보여주던 신조겠죠."

"문장이 어떻게 멍을 불러일으킵니까?"

"그림 같은 비유를 계속 들어보겠습니다. 부모님의 신조가 배지에 쓰여 있다고 상상해보세요. 하나에는 '즐거움은 사치다!', 다른 하나에는 '네 소망은 중요하지 않다!'라고 쓰여 있다고 말입니다. 당신이 소망을 말할 때마다 배지에 달린 핀이 당신 영혼을 찔렀습니다. 그래서 멍이 생겼죠. 제 말을 믿으세요. 정말 이 신조들이 당신을 멍 들게 한 겁니다."

"그럴 수도 있겠네요. 하지만 이미 오래전 일입니다. 알프스 산장에서 카이저슈마른을 먹지 못하는 게 다리 골절처럼 큰일은 아니에요." 나는 미심쩍다는 듯 이의를 제기했다.

"종업원 닐스는 아마 다르게 볼 겁니다." 브라이트너 씨가 내 이의에 반박했다. "하지만 당신이 그렇게 생각하는 건 당연합니다. 유년 시절 이래 부모님 때문에 겪은 수많은 상처를 의식에서 밀어냈을 테니까요…. 치유한 게 아니라 밀어냈습니다! 그러나 당신 내면아이는 의식의 일부가 아니라 잠재의식의 일부입니다. 모든 상처와 신조가 지금까지도 그곳에 저장되어 있어요. '네 소망은 중요하지 않다'라는 신조 때문에 생긴 멍도 여전히 그곳에 있죠. 산장에서 당신의 순수한 잠재의식은 성인 의식이 오래전 밀어낸 경험을 다시 떠오르게 한 겁니다."

"구체적으로 말하면요?"

"당신은 예전에 부모님에게서 받은 것과는 완전히 다른 뭔가를 무의식적으로 딸에게 주려 한 거예요. 당신 자신과 딸에게 보상하려고 했어요. 그렇게 자기 자신의 소망도 이루려 했죠. 자신과는 다르게 딸은 즐거움이 좋은 것이라는 사실을 알아야 한다고 말입니다. 그런데 산장에서 누군가 거의 40년 전과 똑같이 그 일을 또 막았어요. 당신 소망을 무시한 겁니다. 카이저슈마른과 알름두들러? 그런 건 없었죠. 오히려 종업원은 묻지도 않았는데 란트예거와 과일 스무디를 금지하고 싶다고 말하기까지 했어요. 그 말은 당신 영혼의 푸른 멍을 걷어찼습니다. 그래서 내면아이가 비명을 지른 거고요. 조금 전 당신 내부에서 고음의 어린 목소리가 들렸다고 아주 명확하게 묘사하셨죠. 그 목소리가 당신의 내면아이입니다."

"내면아이가 저를 왜 그렇게 당황하게 했을까요?"

"당신의 의식을 당황하게 한 거죠. 잠재의식은 내면아이가 왜 분노하는지 알지만 의식은 모릅니다. 의식은 이 연관성을 이미 오래전에 밀어냈으니까요. 그래서 사실 매우 당연한 잠재의식의 행위에 의식이 당황한 겁니다."

일단 이 말을 소화해야 했다. 모두 아주 논리적으로 들렸지만 동시에 허무맹랑하기도 했다. 구체적으로 생각하는 데 시간이 좀 걸렸다. "그러니까 제 안의 아이가 오래전 경험 때문에 스트레스를 받는다는 거군요. 그리고 그 스트레스를 잠재의식에서 꺼내 제게 전달했고요."

"지극히 단순하게 표현하긴 했지만 맞는 말입니다."

"하지만 명상 훈련으로 내면아이가 제게 전달한 그 스트레스를 다시 없앨 수 있었어요, 아닌가요?"

"의식된 스트레스는 명상으로 제거했지만 내면아이와 그 아이의 스트레스는 잠재의식에 그대로 남았습니다."

"그런데… 제가 흥분을 가라앉혔는데도 제 내면아이는 그 종업원의… 으음, 뭔가 부러지도록 유치한 장난을 치겠다고 고집을 부렸다고요?"

"유치한 장난이 아니라 순진한 장난이죠." 브라이트너 씨가 내 말을 고쳤다.

"차이점이 뭡니까?"

"유치한 건 어른이 나이에 맞지 않는 행동을 한다는 뜻이라 비난하는 의미가 있습니다. 순진한 건 완벽하게 이해할 만한 아이의 행동이라 설명이 가능하고요. 알프스 산장 뒤쪽에서 일어난 일은 아이의 순진한 관점에서 보면 지극히 논리적입니다. 아이들은 현재를 살죠. 과도하게 반항하고 고집을 부립니다. 지금 당장 모든 걸 경험하고자 해요. 당신의 내면아이는 이렇게 말한 겁니다. '저 녀석이 내 하루를 망쳤다면 나도 그의 하루를 망칠 거야.' 아이는 그 일로 어떤 결과가 생길지는 고민하지 않아요."

브라이트너 씨와의 상담으로 한 가지 목표는 이미 이뤘다. 내면아이를 발견함으로써 닐스의 죽음에 대한 죄책감을 내게서 조금 떨어진 곳으로 유도해 해결해줄 출발점을 마련하게 됐다. 좋지 않은 결과로 번진 산장에서의 싸움은 나와 종업원 사이에서 벌어진 게 아니었다. 그 종업원은 내 내면아이와 다퉜다. 이 점에서 나는 심리적으로 작업할 수 있었다. 과일 스무디와 란트예거, 네 소망은 중요하지 않아 등등의 자세는 도대체 뭐란 말인가? 닐스는 나 때문이 아니라 멍을 누르는 데 대항해 싸운 내 내면아이 때문에 계곡으로 떨어졌다. 내면아이를 비난할 수는 없었다. 일단 형사상 책임을 질 수 있는 나이도 아닐뿐더러 그런 반응을 보이도록 닐스에게 강요당한 셈이었으므로. 그리고 부모님도 아주 잘못이 없지는 않았다. 후자는 내 내면아이를 멍 들게 했고, 전자는 산장에서 그 멍을 건드렸으므로. 하지만 이미 돌아가신 부모님에게 책임을 물을 수는 없었다. 내 내면아이가 아니라 전립선암과 심부전이 원인이었다. 이미 오래전 일이다.

7

기본 신뢰

> 사과는 나무에서 먼 곳에 떨어지지 않는다. 사과가 그 자리에서 싹을 틔우거나 새가 옮겨줘 새로운 고향으로 날아갈 수 있다고 아무도 믿어주지 않는다면 사과에게는 나무 그늘에서 썩어갈 것이라는 걱정만 남을 뿐이다.
>
> 요쉬카 브라이트너, 『귀한 내면아이』

나는 더 알고 싶었다. 내 내면아이는 어떨까. 난 왜 이제야 그 아이를 알게 됐을까. 그리고 무엇보다 내면아이가 또 다른 무분별한 행동으로 사람들의 관심을 불러 모아 나를 위험에 빠뜨리는 일을 어떻게 하면 막을 수 있을까.

"제 내면아이가 예전에 입은 상처를 떠올렸다는 이유로 사람들이 계곡으로 추락하지 않으려면 앞으로 어떻게 해야 할까요?"

"일단 지금 당신이 미래를 다시 긍정적으로 생각하고, 그 미래에 문제뿐 아니라 해결책도 있다고 확신하는 게 좋습니다."

나는 어리둥절해서 그를 바라봤다.

"음, 당신이 미래에 대해 불안하다고 말한 지 30분도 채 지나지 않았습니다. 산장에서도 그런 감정을 느끼셨죠."

그가 앞에 한 말은 맞았다. 브라이트너 씨가 내 내면아이 이야기를 꺼낸 뒤로 나는 미래에 대한 불안을 더는 생각하지 않았다. 보리스 생각도 하지 않았다. 내가 브라이트너 씨에게 하지 않겠다고 마음먹은 말들은 그 무엇도 생각하지 않았다. 하지만… 산장이 미래에 대한 불안과 관계있다니 이건 도대체 무슨 말인가.

"산장에서는 미래에 대해 불안해한 게 아니라 배가 고팠다고요!"

"가족과 산장에 있을 때 당신은 20분 뒤에 대한 신뢰조차 없었습니다. 종업원이 오지 않는 매순간 그 직후의 미래를 음울하게 봤죠. 그게 미래에 대한 매우 구체적인 불안이 아니라면 도대체 뭔가요?"

"그게 제 내면아이와 무슨 관계가 있습니까?"

"당신 부모님은 오랫동안 당신 소망은 중요하지 않다는 생각을 전달했죠. 당신은 중요하지도 않은 자신의 소망이 미래에 아무 문제 없이 이뤄질 거라고 얼마나 확신할 수 있었을까요?"

"그러니까 미래에 대한 불안도 부모님 책임인가요?"

"어쨌든 당신 부모님은 지금 당신 내면에 살고 있는 아이에게 최상의 기본 신뢰를 제공하지는 않았죠."

"기본 신뢰?"

"모든 게 잘될 거라는 기초적인 신뢰 말입니다. 아무 일도 일어나지 않을 것이며, 당신을 보호할 누군가가 있을 거라는 신뢰. 살면서 당신의 소망과 그 실현을 위해 합당한 공간이 마련될 거라는 신뢰. 이런 기본 신뢰를 지닌 사람은 미래와 긍정적인 관계를 맺습니다."

아주 많이 놀랐다. "미래를 전혀 걱정하지 않는 사람도 있나요?"

이런 낙천주의자들이 존재한다는 사실은 내가 그들 가운데 한 사람이 아니라는 것보다 더 놀라울 지경이었다. 브라이트너 씨는 내 질문에 낙천적인 미소로 대답했다.

"없는 기본 신뢰가 어떻게 하면 생길까요?"

브라이트너 씨는 아주 차분하게 차를 한 모금 더 마셨다. 소중한 미래 가운데 몇 초가 현재로 용해되는 건 아무렇지도 않다는 듯한 태도였다.

“우리는 구체적으로 당신 부모님의 어떤 신조가 당신의 내면아이에게서 신뢰를 빼앗았는지 살펴볼 겁니다. 이 상처를 치유하려고 시도할 수 있겠죠. 그렇게 해서 내면아이에게 당신이 그를 위해 여기 있다는 걸 알려줄 거고요. 당신은 성인입니다. 모든 게 잘 이뤄지도록, 당신 자신과 내면아이에게 아무 일도 일어나지 않도록 보살필 수 있을 겁니다. 앞으로는 둘이 서로 보호해준다는 말입니다.”

이런 상상은 아름다웠다. 지나치게 아름다웠다. “그렇게 간단하다고요?”

“간단하지 않아요. 힘든 과정일 겁니다. 하지만 제가 길동무가 되어줄 수 있죠.”

나는 다음 질문을 함으로써 이미 그 길에 들어섰다. “어떤 식으로 진행됩니까?”

“우린 당신의 유년 시절로 돌아가 내면아이가 어떤 상처를 입었는지 함께 살펴볼 겁니다. 어떤 신조 배지가 내면아이의 영혼에 고통스럽게 달려 있는지 말이죠. 그리고 내면아이가 어떤 신조에 굴복하고 어떤 신조에 저항했는지도 볼 겁니다.”

이것만으로도 이미 아주 이상했는데 점점 더 기괴해졌다.

“그 내면아이와 만나 어른으로서 도움을 제공하세요. 그런 다음 다양한 훈련으로 내면아이의 상처를 치유하도록 노력할 겁니다. 훗날 당신은 멍 없는 내면아이를 품게 될 거예요. 잠재의식에서 우러나오는 장난을 당신에게 치지 않는 내면아이죠."

브라이트너 씨의 능력을 아주 크게 신뢰하지 않았더라면 적어도 이때는 말도 안 된다며 웃었을 것이다. 하지만 그러지 않고 계속해서 신중하게 귀 기울였다.

"이 여정의 마지막에 당신은 믿을 만한 파트너가 될 내면아이를 지닐 겁니다. 인생의 행복을 방해하는 게 아니라 강화시켜줄지도 모르는 파트너 말이죠. 어떻습니까?"

브라이트너 씨는 언제나 나에게 솔직했다. 그러니 나도 솔직해지고 싶었다.

"아주 솔직하게 말인가요? 일단 모두 아주 바보 같은 소리로 들립니다."

내가 자기 질문에 솔직하게 대답했는데도 그는 전혀 기분 나빠하지 않았다. 오히려 아주 간단한 논거로 내 의심을 무력하게 만들었다.

"관계 맺을 때의 문제, 직업 문제, 미래에 대한 불안… 유년 시절의 상처가 이 모든 것의 원인이라면, 내면아이가 계속 잠재의식에서 튀어나와 당신이 의식적으로 도무지 설명할 수 없는 행동을 하도록 강요한다면, 이 여정에 나서지 않는 게 얼마나 더 멍청한 일이 될까요? 당신이 잃게 될 거라고는… 문제들

말고는 없지 않습니까?”

내가 보리스를 지하실에 가둔 일, 드라간을 살해한 일, 마피아 두 패거리를 속이는 일, 엄청나게 복잡한 이중생활을 하는 일이 내 내면아이와 관계있다면 어떻게 되는 걸까? 이 논리에서 뭔가 얻을 수 있었다. 어쨌든 그저 무시하기에는 지나치게 유혹적이었다. 브라이트너 씨의 도움을 받아 내 내면아이를 발견해보기로 마음먹었다. 단기간에 연이어 상담을 예약했다.

8

현실

불안은 앞으로의 어떤 일에 대해 느끼는 것이다. 겪고 있는 일에 느끼는 감정이 아니다. 현실이 아니라 불특정한 일에 대한 두려움이다. 그게 불안의 장점이다. 당신이 불안을 느낀다면 적어도 당신이 불안을 느끼는 사건이 전혀 일어나지 않을 거라는 희망도 있다.

요쉬카 브라이트너, 『추월 차선에서 감속하기—명상의 매력』

요쉬카 브라이트너는 괜한 말로 겁준 게 아니었다. 그 여정은 힘겨웠다. 이후 몇 주 동안 나는 내면아이에게 실제로 집중하는 일이 멍청함과는 전혀 거리가 멀다는 걸 깨달았다. 그 일은 고통스러웠다. 눈물을 많이 흘렸다. 그러나 해명과 치유의 힘이 있었다.

나는 내 마음의 지하실에서 수많은 허섭스레기를 환한 곳으로 끄집어냈다. 그 뒤편에서 내면아이를 찾기 위해서였다. 브라이트너 씨와 함께 내 유년 시절의 다양한 순간으로 되돌아가 내 기억과는 달리 모든 게 '평범'하고 '행복'하지는 않았다는 사실도 확인했다. 동시에 어릴 때 내 유년 시절을 '평범'하다고 받아들이는 일 말고는 달리 다른 가능성이 없었다는 점도 깨달았다. 내 부모님이 이 세상에서 가장 좋은 부모님이 아니라 내 세계에서 유일한 부모님이었다는 점도.

부모님의 어떤 신조들이 내 내면아이를 상처 입히고 불안하게 했는지 알게 됐다.

내면아이가 지금까지 어떤 공격과 방어 전술로 자신을 지켰는지도 이해하기 시작했다.

나는 내면아이를 시각화했다. 그 아이에게 형체를 부여하고 내 세계에서 한 자리를 내줬다.

내면아이와 연락했다. 아이에게 편지를 쓰고, 함께 이야기를 나눴다. 시간의 섬에서 단둘이 시간을 보내며 신뢰를 쌓았다. 내면아이는 내 대화 상대로 변했다.

3주 동안 집중 상담 여섯 회를 진행한 뒤에 파트너 상담치료가 끝났다. 나는 브라이트너 씨가 알려준 모든 것을 이론상으로 이해했다. 현실에서도 통할지는 일단 검증해봐야 했다.

어느 금요일 오후, 브라이트너 씨는 마치는 말 몇 마디와 함께 상담치료를 끝냈다.

"이제 이론적인 장비는 갖췄습니다. 그걸 지극히 의식적으로 현실에 적용해보세요. 내면아이의 소망을 들어주십시오. 뭐든지 들어주실 필요는 없습니다. 하지만 그 모든 소망은 당신의 삶에 뭔가 부재한다는 사실을 알려줍니다. 이 틈새를 신중하고 정성스럽게 채우세요."

나는 그게 무슨 말인지 이해했다. 그가 내주는 숙제도 알아들었다.

"다음 한 주 동안 내면아이를 아주 진지하게 대하도록 노력하십시오. 의식적으로 당신과 내면아이의 파트너 주간으로 인식하고, 그 아이에게 뭐가 필요한지 느껴보세요. 사소한 게 필요한 경우도 있을 겁니다. 어떤 때는 동등한 파트너가 되기도 하고, 또 어떤 때는 당신이 명확하게 이끌어줘야 하기도 할 테죠. 우리가 함께 훈련한 모든 것을 기억하세요. 당신이 내면아이를 일주일 동안 일상에 철저하게 동화시킬 수 있다면 나중에는 한 달도, 반년도, 평생도 그렇게 할 수 있습니다. 성공을 빕니다."

우리는 모두 다음 일주일을 얼마나 강렬하게 보내게 될지 상상하지 못했다. 브라이트너 씨와 나도 몰랐고, 내 내면아이는 말할 것도 없었다.

내면아이를 치유하는 데 최종적으로 쓰인 비용은 다른 사람들이 인공수정으로 진짜 아이를 낳는 데 들인 비용과 맞먹었다. 하지만 그 대신 나는 요쉬카 브라이트너의 개별 맞춤 상담 도서 『귀한 내면아이』를 받았다. 그 안에 결론과 훈련이 모두 요약되어 있어 우리가 다룬 내용을 언제든지 펴보고 기억을 되살릴 수 있었다. 그 책은 내 영혼의 아이를 위한 사용 설명서였다.

브라이트너 씨는 오래된 신문으로 만든 작은 쇼핑백에 무척 분위기 있게 책을 포장했다. 우연인지 브라이트너 씨가 일부러 장난을 친 건지 지금까지도 알 수 없지만 쇼핑백 겉면에는 "황금 아이는 어디에 있는가"라는 제목이 붙은 기사가 실려 있었다. 작년 헤센주의 어느 수도원 성당 지붕에 있던 황금 예수상이 도난당한 사건에 관한 기사였다. 나중에 알게 된 사실이지만 쇼핑백 겉면의 이 기사는 안에 든 책 못지않게 앞으로의 내 삶에 큰 영향을 끼치게 됐다.

나는 내면아이에 관한 책이 든 신문지 쇼핑백을 집어 들고 브라이트너 씨와 헤어졌다. 강해진 기분이었고, 오래된 많은 문제와 새로운 모든 문제를 앞으로 내 내면아이와 함께 해결하거나 줄이거나 피할 수 있다고 느꼈다.

사흘 뒤 나와 내면아이는 현실의 찬물을 뒤집어썼다.

월요일 새벽 5시 41분이었다. 침대에서 램수면 상태에 빠진 나를 휴대전화가 사정없이 깨웠다. 화면에 '사샤'라고 쓰여 있었다. 드라간의 전직 운전사 사샤는 고향 불가리아에서 환경공학을 공부하고 20대 후반 희망을 가득 품은 채 독일로 왔다. 신분증 없이 관청으로부터 미성년자라고 인정받는 일이 증빙 서류를 모두 갖추고도 환경공학 학위 취득을 인정받는 일보다 쉬웠을 것이다. 그 결과 사샤는 엔지니어가 아니라 마피아 보스의 운전사가 되는 한편, 완전히 바보가 되기 싫고, 또 대학 입학 자격도 인정받지 못했기 때문에 보육교사 교육을 받기로 결정했다.

사샤는 드라간의 죽음을 어렴풋이 짐작했고, 보리스가 지하실에 갇혀 있다는 사실도 아는 유일한 사람이었다. 그는 반년 전 드라간이 실종된 뒤 내가 드라간 일당의 적대감뿐 아니라 보리스의 위협에서도 벗어나도록 도왔다. 그 대가로 그는 내가 딸을 위해 드라간의 이름으로 마피아 방식을 통해 넘겨받은 유치원의 원장이 됐다. 드라간의 오른팔이었던 그는 아주 짧은 시간 안에 내 친구로 변했다. 우리는 함께 폭력을 꽤 많이 사용했고, 그 후 함께 폭력을 끊기로 맹세했다.

사샤는 나와 같은 건물에서 일만 하는 게 아니라 그 건물에 살기도 했다. 그러니까 유치원 위에 살았다. 그는 온종일 사랑을 가득 담아 놀라운 느긋함으로 유치원생들의 관심사를 살폈다. 그 일에 필요한 에너지는 매일 운동하며 얻었다. 그는 일을 시작하기 전 새벽마다 10킬로미터를 조깅했다. 사샤는 '얼리 버드'였다. 하지만 그가 조깅하기 전인 새벽 5시 반에 내게 전화했다는 건 좋은 징조가 아니었다. 내가 잠에 취해 미처 인사도 제대로 건네기 전에 사샤가 바로 용건을 꺼냈다.

"그가 사라졌어."

단 두 마디였다. 하지만 이 두 마디는 얼음처럼 차가운 경악을 내 신장에서 척추를 거쳐 목덜미까지 보내기에 충분했다. 미래에 대한 가장 큰 불안은 현재의 공포로 바뀌었다.

"그가 사라졌어"라는 말에는 오직 한 가지 의미밖에 없었다. 보리스가 지하실 감옥에서 사라진 것이다. 나는 눈을 감았다. 브라이트너 씨가 마련해둔 슬라이드 영사기는 내 눈꺼풀 안쪽에 아주 끔찍한 장면들을 자동으로 투영했다. 녹청이 낀 과거 순간들이 재빠르게 지나갔다.

청소년인 보리스와 드라간이 보였다. 가장 친한 이 친구 둘은 함께 마약을 팔기 시작한다.

젊은 청년인 보리스와 드라간. 근육질 두 남자는 처음 함께 매춘부들을 거리로 내보내고 홍등가의 거물로 성장한다.

보리스의 아내와 섹스하는 드라간이 보였다.

다음 장면에서 보리스는 자기 아내의 목을 벤다. 딸깍. 그다음 장면에서 보리스는 아내 몸통을 드라간의 집 문에 못 박는다. 둘은 갈라선다. 그때부터 두 사람은 각자의 패거리를 이끈다.

딸깍. 다음 장면. 드라간이 불길에 휩싸인 보리스의 대리인을 주차장에서 쇠막대로 때려죽인다.

딸깍. 내가 톱질한 드라간을 정원 쓰레기용 분쇄기에 집어넣는다.

딸깍. 보리스가 자기를 드라간에게 데려다주지 않으면 나와 내 딸을 죽이겠다고 협박한다.

딸깍. 보리스가 드라간 패거리의 이인자를 고속도로 주차장에서 폭발시켜 살해한다.

딸깍. 보리스가 자기 관리자들이 지켜보는 가운데 나더러 드라간에게 데려다달라며 자기 차 트렁크에 올라탄다.

딸깍, 딸깍, 딸깍. 보리스가 유치원 지하실에서 정신이 혼미한 상태인 장면, 고함을 지르고 분노하는 장면들이 빠르게 지나간다. 보리스가 없는 텅 빈 지하실이 보인다.

마지막으로 아주 시끄럽게 딸깍 소리가 난다. 녹청 없이 무척 또렷한 장면이 눈꺼풀 안쪽에 투영된다. 미래의 한 장면이다. 보리스가 카타리나와 에밀리와 내 시신 위에서 웃고 있다.

나는 눈을 뜨고 그 장면들을 몰아내려 머리를 흔들었다.

이 슬라이드 쇼는 아무런 도움이 되지 않았다. 내가 이미 손을 뗀 폭력을 더는 보고 싶지 않았다. 피하고 싶은 미래의 폭력은 더더욱 보기 싫었다. 하지만 나에게 선택의 여지가 있을까?

머릿속에서 모든 것이 빙빙 돌았다. 다행스럽게도 아직 침대에 누워 있어 무릎이 꺾이는 일은 없었다.

"누가 사라졌다고?" 나는 형식상 아무 말이나 물었다.

"보리스. 그가 사라졌어. 지하실이 비었어."

가장 끔찍한 악몽이 방금 현실로 변했다. 보리스를 지하실에 두는 일이 장기적인 해결책이 아니라는 사실쯤이야 나도 늘 알고 있었다. 간단하고 효과적인 대안은 그를 당장 죽이는 것이었다. 하지만 사샤도 나도 망설였다. 살인은 이제 끝내야 했으니까! 그래서 우리는 보리스를 살려뒀다. 지금 밝혀진 대로 그게 실수였는데도 그렇게 했다.

보리스가 사라졌다.

두 마디로 정리되는 이 사건이 발생하기 전까지 비교적 평화로운 우리의 비폭력 계획은 반년 넘게 아주 탁월하게 작동했다. 구조를 약간 바꾼 지하실에 누군가를 이렇듯 간단히 몇 달이나 가둬둘 수 있을 거라고는 전혀 상상하지 못했다. 그러니까 지하실에 갇힌 사람을 제외하고는 누구에게나 간단하다는 뜻이다. 사실 보리스는 어느 정도 제한을 받았다. 하지만 사실을 모르는 드라간과 보리스의 범죄 조직은 이 해결책을 아무 문제 없이 받아들였다. 보스가 사라진 뒤로 그들에게 나는 오히려 영웅이었다. 모두들 내가 드라간과 보리스를 산 채로 경찰에게서 성공적으로 구해내 안전한 장소로 데려다놓은 줄로 알고 있었다. 보리스의 조직원을 살해한 드라간을, 드라간의 조직원을 살해한 보리스를 범행 뒤에 내가 탈출시켰다고 믿었다. 나는 둘의 이름으로 그들 패거리 관리자들에게 소식을 전하고 변호사로서 격식을 갖춰 공식적으로 알림으로써 힘닿는 대로 이런 분위기를 견고하게 만들었다. 그렇게 반년도 더 전부터 두 범죄 조직을 내가 직접 운영해왔다.

드라간에게는 이 모든 일이 별로 상관없었다. 이미 죽었으니 그에 걸맞게 상황을 너그럽게 봐줬다. 하지만 보리스는 전혀 마음에 들지 않는 눈치였다. 사실 시간이 지나면 보리스에게 스톡홀름 신드롬이 생겨 사샤와 나를 인질범이 아니라 어느 정도 친구로도 봐줄 거라 기대했다. 하지만 그렇지 않았다. 보리스가 스톡홀름과 연결되는 점이라고는 그레타 툰베리의 태도와 약간 비슷하다는 것뿐이었다. 그는 기쁜 기미를 전혀 보이지 않았고, 기회만 생기면 우리가 공포에 빠지기를 바랐다. 이제 보리스는 우리를 그렇게 만드는 데 성공했다. 나에게 엿 먹었다는 걸 보리스 패거리가 알면 드라간 패거리도 의문을 품을 것이다. 그렇게 발생하는 첫 사망자는 사샤와 내가 될 터였다.

지금 공황 상태에 빠지는 건 아무 도움이 되지 않았다. 나는 지금 여기에 닻을 내리고 집중하려고 애썼다. 침대 가장자리에 앉아 맨발로 바닥을 디뎠다. 땅에 닿기 위해서였다. 일부러 크게 한 번 심호흡했다. 앞으로 닥쳐올 일이 두려웠다. 지금은 그다지 끔찍하지 않았다. 이 상황은 그저 텅 빈 지하실 한 칸이 있다는 것뿐이었다.

"어떻게 나갔지?" 말이 되는 질문을 다시 할 수 있게 된 내가 물었다.

"감방 문 자물쇠가 부서져 있었어. 바깥에서 연 거야."

그러니까 혼자 힘으로 도망친 게 아니라 누군가 풀어줬구나. 보리스의 부하들이 그를 지하실에서 구해냈다면 우리에게는 지금 이러고 있을 시간이 전혀 없었다.

"그걸 언제 알았어?"

"방금. 조깅하러 가려는데 지하실로 내려가는 복도 문이 잠기지 않고 그냥 닫혀 있더라고. 어제 분명히 잠갔는데 말이야. 그래서 다 괜찮은지 보려고 지하실로 내려갔지. 아니었어. 보리스 감방 문이 열려 있었어. 자물쇠가 열린 채 문 앞에 놓여 있었지. 감방이 비었어."

사샤와 내가 한 건물에 사는 건 무척 실용적이었으며, 함께 감시해야 할 포로가 있을 때는 더더욱 편했다. 그런데도 그 포로를 잡고 있기에는 역부족이었던 모양이다.

"보리스가 어제저녁에는 거기 있었어?"

"그랬지. 9시 반에 마지막으로 지하실에 가서 그에게 새 음료를 줬으니까."

그렇다면 보리스는 거의 여덟 시간 전부터 자유의 몸일 가능성이 있었다. 아주 긴 시간이었다. 내 뇌는 비상상황에 맞춰 돌아가기 시작했다. 가장 끔찍한 시나리오는 보리스가 곧장 복수에 착수하는 것이었다. 우리 가족이 어디에 사는지 보리스가 알 확률이 있던가?

확률만 있는 게 아니라 그는 실제로 알았다. 그것도 내가 직접 알려줬다. 지난 몇 달 동안 나는 그의 앞에서 장황하게 혼잣말하는 버릇이 들었다. 보리스가 지하실에서 이야기할 만한 새로운 경험을 그다지 하지 못한다는 단순한 이유에서도 상황이 그렇게 됐다. 참 별난 일이었다. 내 내면아이는 잠재의식의 지하실에 수십 년 동안 가둬둔 채 완전히 무시하고는 집 지하실에 있는 러시아 남자와는 자주 만나고 지내는 사이라니. 나는 그에게 내 일, 그의 패거리에게 일어난 새로운 소식, 내 사생활을 이야기했다. 지하실에 혼자 있는 보리스가 입이 무거운 대화 상대일 거라 여겼으므로.

하지만 이제는 상황이 달라졌고, 떠오르는 이성적인 반응이라고는 단 하나뿐이었다.

"알았어. 발터에게 당장 연락해." 나는 사샤에게 말했다. 발터는 드라간 일당에서 경비를 맡고 있었다. 공식적으로는 경호업체를 운영하지만 비공식적으로는 드라간의 옛 사업조합에서 이윤이 지극히 많이 남는 무기 거래를 진두지휘했다. "그의 부하들이 카타리나와 에밀리, 자네와 나를 각각 경호할 팀을 당장 꾸려야 한다고 전해. 그리고 이 건물에도 경비가 필요해."

"발터에게 뭐라고 말하지? 우리가 보리스를 지하실에 잡아뒀다는 걸 그가 알아내면 문제가 해결되는 게 아니라 더 많이 생길 텐데."

부정할 수 없는 사실이었다. 보리스의 실제 상황을 아는 사람은 사샤와 나뿐이었다. 다른 모든 사람과 마찬가지로 발터 역시 보리스와 드라간이 어떤 농장에 함께 살고 있다고 믿었다. 어른이 어린이에게 죽은 반려동물에 대해 들려주는 이야기가 이미 죽었거나 죽은 것과 다름없는 보스와 관련해 마피아에게도 아무런 문제 없이 적용된다는 게 우스꽝스럽기는 했다. 보리스의 농장이 우리 건물 지하실에 있다는 걸 알면 발터는 분명히 어리둥절할 터였다. 이 일을 어떻게 다뤄야 할지 전혀 알 수 없었다. 즉흥적으로 뭔가 생각해내야 했다.

"휴, 나도 모르겠어…. 그냥… 내가 그렇게 말했다고 해. 자네도 이유는 모른다고 말이야. 내가 나중에 발터에게 전화해서 이유를 말해야지. 그때까지 뭔가 떠오른다면…."

"좋아, 내가 발터에게 전화할게. 유치원은 어떻게 해야 할까?" 사샤가 물었다.

나는 곰곰이 생각했다. 유치원도 위험했다. 유치원이 지난 6개월 동안 보리스와 사샤와 내 집 사이에 놓여 있었다는 단순하고도 명료한 이유에서 그랬다. 보리스가 복수를 시작할 때 내가 유치원생들 뒤에 숨을 수는 없는 노릇이었다. 그러니 발터가 우리를 경호할 이유뿐 아니라 유치원을 일시적으로 닫는 그럴듯한 이유도 생각해내야 했다.

하룻밤 사이에 갑자기 유치원을 닫을 만한 이유로 뭐가 있을까? 밤에 뭔가 사건이 발생하면 닫겠지. 어떤 사건?

"유치원 유리창을 하나 깨뜨려." 나는 사샤에게 부탁했다.

"뭐라고?"

"누군가 도둑질하려고 유치원에 침입한 걸로 해." 넓은 의미에서는 맞는 말이었다. "그러면 오늘 유치원 문을 닫아도 되니까 말이야. 경찰이 오고, 아이들은 위험에 처하지 않고. 부모라면 누구나 이해할 테지."

"좋아. 발터에게 전화를 걸고, 침입을 꾸미고, 경찰에 알릴게. 확실하지 않으니 짭새들은 아마 건너편 공원의 반사회적 인격장애자들을 의심할 거야. 반 교사들을 통해 부모님들에게 소식 전하도록 할게."

"나는 발터에게 말할 이유를 생각해내야겠군. 그에게 전화한 뒤에 바로 자네에게 내려가지."

어제만 해도 이번 주에는 차분하게 내면아이와 함께 삶을 긍정적으로 바꿔야겠다고 생각했다. 내면아이가 또 분노 때문에 내 삶을 중장기적으로 폭파시키는 일은 없어야 하므로. 보리스가 사라졌다는 사실은 우리 둘의 삶을 순식간에 끝장낼 수도 있었다. 미래가 불안한 것은 물론이고 미래 자체가 모두 사라질까봐 두려웠다.

9

생각의 방랑

회전목마처럼 돌아가는 생각을 멈추고 싶다면 생각으로 방랑을 떠나라. 당신이 지금 머무는 방에서 시작하자. 눈을 감아보아라. 눈을 뜨고 있다면 뭐가 보일 것인가? 옆방에는 어떤 가구들이 있는가? 집의 나머지 부분은 어떤 모습인가? 생각으로 모든 공간을 두루 돌아다니고 지금 있는 방으로 돌아와라. 눈을 떠보아라. 돌아다닌 뒤에도 공간의 겉모습은 그대로라는 게 보인다. 하지만 당신의 내면은 몇 분 전과는 다르다는 사실을 확인하게 될 것이다.

요쉬카 브라이트너, 『추월 차선에서 감속하기—명상의 매력』

나는 전화를 끊었다. 손이 떨렸다. 한편으로는 불안했고 다른 한편으로는 분노했기 때문이다. 불안의 정적 속에서 내 심장이 빠르고 차갑게 뛰는 소리가 들렸다. 귀에서도 솨솨 소리가 위협적으로 들려왔다.

그런데 내 안에는 이것 말고 다른 소리도 있었다. 어린 목소리가 화를 내며 계속 단 하나의 단어를 외쳤다. **'탑시!'**

그래… 내 내면아이도 있었지. 이번 주 동안 내면아이에게 집중적으로 신경을 써야 해. 하지만 폭탄이 터져서 비행기가 땅으로 추락할 때 안전 지침이 뭐더라?

'압력 손실이 발생하면 즉시 코와 입에 산소마스크를 쓰세요. 그런 뒤에 함께 여행 중인 어린이를 돌보십시오.'

내 산소는 명상이었다.

나는 우리에게 신변 보호가 필요한 그럴듯한 이유를 아주 빠른 시간 안에 발터에게 설명해야 했다. 지금까지 해온 거짓말에 어긋나지 않는 한에서 어떤 핑계를 대야 할지 아이디어가 전혀 떠오르지 않았다. 이런 공황 상태에서는 수긍할 만한 그 무엇도 생각나지 않을 것 같았다. 우선 명상으로 내 불안부터 다스려야 했다. 그런 뒤에야 내면아이에게 신경 쓸 수 있었다.

일단 감정을 가라앉히려 모닝가운을 걸치고 맨발로 거실로 갔다.

발코니로 통하는 여닫이문을 열고 선 채로 명상을 했다. 신중하게 땅에 닿기 위해서였다. 다리를 어깨너비로 벌리고 거실 한가운데에 서서 바깥에서 들어오는 차가운 공기를 느꼈다. 발아래에서 거칠고도 따뜻한 바닥 널빤지가 느껴졌다. 딛고 선 바닥의 단단함이 나에게로 옮겨왔다. 목재의 따뜻한 힘이 다리를 거쳐 몸으로 흘렀다. 하늘이 눈에 보이지 않는 힘으로 내 머리를 당기고 곧게 유지시켰다. 척추도 똑바로 펴졌다. 어깨가 가볍게 내려가며 긴장이 풀렸다. 치유하는 에너지가 내 몸을 흘러가는 것이 느껴졌다. 눈을 감은 채 가볍게 몸을 앞뒤로 흔들었다. 그러는 동안 발이 몇 번이고 저절로 멎었다. 나는 시원한 공기를 들이마시고, 공기가 가는 길을 따라 코끝에서 기관지 모세관까지 갔다가 다시 돌아왔다. 이 얼마나 놀라운 느낌인가. 심호흡 다섯 번 만에 훨씬 차분해졌다.

주변의 좋은 점에 생각을 집중하려고 브라이트너 씨에게 배운 명상 훈련을 시작했다. 생각의 방랑이었다. 눈을 감고, 마치 처음 본다는 듯이 집 여기저기를 마음속으로 돌아다녔다.

나는 반년 전부터 이곳에 살았다. 지금 내가 서 있는 방은 가로 5미터에 세로 6미터, 높이 3미터 50센티미터다. 모던한 샹들리에가 달린 천장 주변은 석고로 간결하고도 아름답게 세공되어 있었다. 거리와 마주한 거실의 커다란 가로 창살 양문은 자그마한 발코니로 이어졌다. 그 맞은편의 여닫이문을 열면 주방이 보였다.

나는 이곳을 검소하지만 안락하게 꾸몄다. 100년이 넘는 세월 동안 닳은 마루 한구석, 발코니 앞에는 보풀이 보슬보슬한 양탄자가 깔려 있었다. 양탄자 위를 둥글게 돌아가는 엄청난 크기의 소파는 잠깐 졸기에 아주 그만이었다. 소파 앞에 놓인 지난 세기 초반의 낡은 여행 가방은 작은 테이블 역할을 했다. 그 맞은편 벽에는 커다란 텔레비전이 걸려 있고 그 아래에는 음향기기가, 그 옆에는 레코드판과 CD가 가득한 책장이 있었다. 소파와 주방 사이에는 무른 목재로 만든 오래된 식탁과 의자 세 개가 놓여 있었다. 그것 말고 다른 가구는 없었다.

나는 머릿속으로 방랑을 계속했다. 트인 주방을 지나면 왼쪽으로 자그마한 손님용 화장실이 있고, 그곳에는 변기와 세면대와 거울뿐이었다. 복도에서 뒤로 더 가면 에밀리 방이었다. 분홍빛 공주 침구가 놓인 작은 침대, 알록달록한 놀이용 양탄자, 연분홍 소형 옷장과 장난감 가득한 책장이 있었다. 벽에는 에밀리가 처음 그린 그림 몇 점을 액자에 넣어 걸어뒀다.

복도 가장 끝은 내 침실이었다. 박스 스프링 침대와 옷장, 침실에 붙은 욕실 문이 보였다. 침대 맞은편에는 이케아에서 구입한 가로 1미터 50센티미터 세로 2미터 규격의 원시림에 줄사다리가 걸린 복제품 사진이 걸려 있었다.

나는 머릿속에서 다시 거실로 돌아왔다.

거실은 시내 도로들 위에 높이 자리한 휴양지였다. 유일한 골칫거리는 맞은편 공원 놀이터에서 들려오는 소음이었다. 아이들이 내는 소리가 아니었다. 저녁마다 술에 취해 놀이터의 온갖 준수사항을 순서대로 어기고 깨진 유리 조각을 새벽에 잔뜩 남겨놓는 놈들이 꽥꽥거리는 소리였다. 내가 이곳에 사는 반년 동안 공원에서는 무장 강도 사건이 세 번 일어났고, 이른바 '만인을 위한 열린 책장'이 한 번 불탔다. 이 사건에 책임이 있는 놀이터 벤치의 신사 무리를 빼고 해 진 뒤 공원에 들어갈 엄두를 내는 사람은 아무도 없었다. 경찰도 마찬가지였다. 하필이면 경찰도 피해 가는 이 고객들 때문에 신중하게 손에 넣은 내 평화가 지속적으로 심하게 위협받았다.

'신사'라는 용어는 물론 반사회적 인격장애자들에게 사용한 잘못된 은유였다. 그들은 성인이고 남성이긴 했지만 에밀리의 유치원에 입학한다면 정신적인 미성숙 때문에 면접 때 연령 낮은 반에 배정될 것이 뻔했다.

그들의 행동에 대한 반감으로 나는 불면증에 시달릴 정도였다. 이런 일은 지금 훈련의 의미에 맞지 않았다. 나는 차분해지고 싶었으므로. 그런데 왜 이렇게 흥분할까?

산장에서의 일은 내 내면아이가 일으킨 첫 번째 분노 폭발이 절대 아니라는 사실을 브라이트너 씨에게서 배웠다. 산으로 여행을 가기 전에도 분통이 터져 집 발코니에서 어두운 공원을 향해 각 얼음을 던졌다. 휴지통에서 쓰레기가 타며 불빛이 일렁이고, 배경음악이라고는 쿵쿵거리는 스피커 소리와 취한 남자들의 목구멍에서 나오는 고함뿐인 어둠 속으로. 각 얼음이 목표물 없이 날아가고 3초 뒤 들린 가련한 비명으로 판단하건대 아마도 여러 슈퍼맨 가운데 한 명의 머리를 맞힌 모양이었다. 어느 정도 만족스럽긴 했지만 기본적인 상황은 변한 것이 없었다.

이제 나는 명상 훈련을 했는데도 느낀 분노가 사실은 내 내면아이의 분노임을 알게 됐다. 조용하게 자고 싶다는 소망이 무시당했으므로.

하지만 보리스가 지하실에서 사라진 지금, 이 모든 것은 그저 부차적인 일로 변했다. 긴장 완화 훈련이 무력해지는 것이 느껴졌다. 정신을 집중해야 했다. 생각의 방랑을 계속했다. 머릿속으로 집을 나가 건물의 나머지 공간들을 거닐었다.

집 아래층은 변호사 사무실이었다.

나는 드라간 그리고 보리스와 수익 높은 경제 자문 계약을 맺었다. 한 명과는 사후에, 다른 한 명과는 사흘 동안 굶긴 뒤에 체결했다. 그러니까 변호사 사무실은 무엇보다도 수상쩍은 두 조직을 관리하는 데 꼭 필요한 위장 수단에 지나지 않았다. 그리고 이 위장을 위해 시답잖은 일로 나를 성가시게 만드는 의뢰인을 어쩔 수 없이 계속 받았다.

다른 사람들의 싸움질에 끼어들어야 한다는 점 자체가 짜증

났다. 나는 싸움에 아무 관심도 없었다. 변호사 자격증을 따고 10년이나 지나서야 이걸 느끼다니 어쩌면 너무 늦었는지도 모른다. 변호사의 존재 근거는 직무 특성상 타인들의 싸움인 경우가 대부분이다. 하지만 삶에 대한 태도와 직업을 서로 맞추기에 늦은 때란 없지 않을까.

내가 맡은 의뢰인은 모두 이른바 '그런 척 의뢰인'이었다. 이들은 자기가 세상에서 가장 중요한 사람인 척했고, 나는 그들의 일에 관심이 있는 척했다.

상담 시간에 의뢰인들에게 정신이 살짝 나갔느냐고 고함지르며 묻고 싶었던 적도 여러 번이었다. 크고 둥글고 빨간 테를 두른 표지판에 검은 글씨로 80이라고 쓰여 있는데 왜 시속 180킬로미터로 달린단 말인가? 관리비를 제외한 월세가 2,200유로인 집에 살면서 관리비가 36유로 차이 난다고 불평하며 변호사가 써주는 편지 한 통에 120유로를 지출하려는 생각은 도대체 어떤 머리에서 나올까?

하지만 이런 상황에서 폭발하는 분노는 소리가 전혀 없었다. 나는 의뢰인들을 그냥 실패하게 내버려두고는 그래도 불행 중 다행이라고 말했다. 내가 음험하게 빈둥거리는 바람에 의뢰인의 운전면허가 취소되긴 했지만 나는 도저히 피할 길 없는 상황에서 최소 형벌을 이끌어냈다고, 내가 없었더라면 운전면허 취소 기간이 훨씬 길었을 거라고 무척 설득력 있게 설명했다. 그건 사실 틀린 말이었지만 두 자리 숫자가 쓰인 교통 표지판의 간단한 공고에도 부담을 느끼는 사람들은 이런 논거로도 쉽게 설득됐다.

이것도 내 내면아이와 관련이 있었다. 싸우기를 원하는 모든 의뢰인 때문에 평화롭게 살려는 내 소망이 무시당했으므로.

하지만 이 순간 나는 보리스만 감방에 다시 돌아온다면 유치하게 의도적으로 실패하게 내버려둔 의뢰인들의 사건을 자발적으로 다시 처리하고 싶었다. 나는 머릿속 방랑을 계속했다.

변호사 사무실과 유치원 사이 집에는 사샤가 살았다. 나는 머릿속에서 그 집을 지나 한 층 아래로 내려가 유치원 입구로 향했다.

의뢰인들이 짜증을 불러일으키긴 했지만 집에서 한 층만 내려가면 사무실로 갈 수 있다는 사실에 나는 지난 몇 달 동안 내적 충만감을 느꼈다. 그러다가 기분이 내키면 거기서 두 층 더 내려가 딸의 유치원에 갈 수도 있었다. 원할 때면 언제나 그랬다. 이제 이 모든 게 다 끝났다고?

유치원 인수는 드라간이 사망한 뒤 그의 패거리를 위해 내가 내린 최초이자 최고 결정이었다. 내 딸에게 유치원 자리가 하나 필요하다는 이유에서만이 아니었다. 유치원 자리는 종속성을 만들어낼 수 있는 탁월한 기회였다. 그래서 매우 객관적인 기준에 따라 분배됐다. 아동 복지(여기서 쓰인 Wohl이라는 단어는 '복지'라는 뜻과 '혹시'라는 뜻을 가진다—옮긴이)가 바로 그 기준이었다.

아이의 부모가 혹시 내 이해관계에 이익이 될 가능성이 있으면 그 아이는 자리를 얻었다.

아이의 부모가 혹시 내 이해관계에 해를 끼칠 가능성이 있으면 그 아이는 그 누구보다 먼저 자리를 얻었다.

아이의 부모가 혹시 내 이해관계를 해치려고 시도하면 그 아이는 유치원 자리를 잃을 터였다. 하지만 지난 반년 동안 이런 일은 일어나지 않았다.

유치원을 마피아 방식으로 인수하고 운영하는 일은 유치원생 아빠로서의 일과는 좀 다른 문제였다. 아빠 역할은 아주 즐거웠다. 어린 딸이 안전한 공간에서 아름다운 세상으로 점점 더 크게 발걸음을 떼는 모습을 지켜보는 일이 즐거웠다. 그런 딸을 힘닿는 대로 도우려고 나는 2주 전 니모반 학부모회 대표로 나섰다. 부대표는 막스의 엄마인 라우라로, 무척 매력적이었다. 나는 아버지로서의 열정을 강조하려고 오늘 저녁 모든 반의 학부모회 대표들을 집에 초대하기까지 했다.

그런데 하필 이런 상황이 되다니. 그래도 오늘 저녁은 아직 한참 남아 있었다. 하지만 내 생각은 다시 부정적인 쪽으로 미끄러졌다. 긍정적인 생각의 방랑에 집중해 건물을 돌아보려고 애썼지만 이미 여정의 끝에 거의 도착했다.

유치원 한 층 아래 넓은 지하 공간에는 창고 두어 개가 비어 있었다.

보리스가 자기 패거리에게 내가 지난 반년 동안 자기를 지하실에 가둬뒀다고 말하면 방금 머릿속으로 둘러본 이 모든 것은 순식간에 사라질 터였다. 폭력을 끊겠다고 다짐하지만 않았어도 나는 내가 비폭력적인 사람이라는 사실에, 가차 없이 보리스를 죽이지 않았다는 사실에 내 뺨을 후려쳤을 것이다.

그 순간 열린 발코니 여닫이문으로 덜그럭거리는 소리가 들렸다. 밤에 공원에서 주정뱅이가 놀이터 모래 상자 가장자리 돌판에 던진 병이 깨지는 소리처럼 요란하지는 않고 약간 둔탁한 소리였다. 누군가 담요를 감은 돌멩이로 유치원 사무실 유리창을 일부러 살그머니 깨는 것 같았다.

나는 눈을 떴다. 명상 훈련으로 한 가지는 이뤘다. 불안이 사라졌다. 이제는 화만 솟구쳤다. 내 안의 어린 목소리가 외쳤다.

'탑시!'

10

창의성

> 내면아이는 자연스러운 창의성의 무한한 원천이다. 아이일 때 당신은 판타지를 아무런 한계도 없이 홀가분하게 마음껏 펼쳤다. 그런데 어른이 되는 동안 창의적인 잠재력을 의식에서 밀어냈다. 하지만 내면아이에게는 모든 창의성이 여전히 존재한다. 그걸 이용하라!
>
> 요쉬카 브라이트너, 『귀한 내면아이』

탑시는 내가 여섯 살 때 우리 임대주택 지하실에서 두어 주 동안 남몰래 먹이를 주던 어린 고양이였다. 기껏해야 한 살 정도였고, 칠흑처럼 새까만 털에 네 발만 하얀 고양이였다. 나는 어느 날 불쑥 임대주택 마당에 나타난 고양이와 친구가 됐다. 고양이에게 먹이를 주고 지하실 한구석에 자리를 마련해줬다. 아버지가 고양이를 찾아내기 전까지 몇 주 동안 우리는 매일 함께 놀았다. 입주민 규정에 따르면 고양이는 금지였다. 아버지는 작은 사료 통을 빼앗고 지하실 열쇠를 가져갔다. 탑시는 2~3일 정도 밤에 야옹야옹 소리를 내다가 사라졌다. 고통스럽게도 부모님은 나에게 반복해 '네 소망은 중요하지 않다'라는 신조를 전했다. 그래서 나는 내면아이가 탑시를 통해 무슨 말을 하려는지 잘 알고 있었다. 내면아이는 누군가 자기 영혼의 퍼런 멍을 또 건드려 화가 났다. 그 누군가는 비밀스럽게 지키던 생명체를 우리의 의지와 달리 지하실에서 몰아냈다.

나는 보리스의 실종이 두려웠고, 내 내면아이는 그 사실에 화가 났다.

우리는 파트너 주간 사흘째를 함께하는 중이었다. 한 가지는 확실했다. 나는 '보리스'라는 문제를 내면아이와 함께 풀어갈 생각이었다.

지난 몇 주 동안 나는 내면아이의 요구를 진지하게 받아들여야 한다는 걸 배웠다. 내면아이와 문자 그대로 대화하는 법도 배웠다.

브라이트너 씨는 나에게 영혼의 바깥에서도 내면아이에게 상징적인 형체를 주라고 조언했다. 그래서 헝겊 인형을 하나 골랐다. 몇 달 전 딸에게 주려고 산 분홍색 앵무새 인형이었다. 그 헝겊 인형은 언어 칩이 내장되어 사람이 마지막에 한 말을 엄청나게 새된 목소리로 따라 했다. 인형은 어떤 재킷 주머니에나 들어갔다. 사자마자 언어 칩이 고장 나는 바람에 에밀리에게 인형을 선물하지는 않았지만 내 마음에 들어 잡동사니를 모아두는 상자에 넣어뒀다. 그사이 배터리가 바닥났다. 내면아이를 형상화할 뭔가를 찾다가 그 인형을 다시 꺼냈다.

나는 새 인형을 옷 주머니에 숨겨 보호하며 어디든 데리고 다녔다. 내면아이에게 집중할 때면 언제든 인형을 주머니에서 꺼내 대화를 나눴다. 어디론가 향하면서 내면아이와의 만남에 집중하고 싶으면 주머니에 든 새를 만지기만 해도 도움이 됐다. 방금도 고장 난 앵무새를 콤비 주머니에서 꺼내고 소파에 앉은 다음, 앞쪽 여행가방 테이블에 그것을 내려놓았다. 위협이 있지만 솔직하고 세심하고 사랑스럽게 내면아이의 요구를 돌보기 위해 정신을 집중했다. 요쉬카 브라이트너에게서 내면아이와의 대화를 위한 기본 지침을 받았다.

"내면아이와의 대화는 무척 간단합니다. 그 아이가 잘 지내는지 물어보세요. 당신 내면에 귀를 기울이고, 당신이 듣는 것에 대해 가치 판단을 하지 마세요. 소망과 걱정을 서로 솔직하게 이야기하는 것만으로 이미 당신과 당신의 내면아이에게 도움이 될 때가 많습니다.

상대를 향한 약간의 신뢰를 통해 겉보기에는 서로 다른 많은 요구

를 함께 충족할 수 있습니다."

나는 그사이 이 대화의 유용성을 확신하게 됐다. 내면아이와 나는 그때 이후로 아주 작은 자조(自助) 그룹을 만들었다.

숨을 들이쉬며 내 안의 호흡을 느꼈다. 숨을 내쉬었다. 그런 다음 내면아이와 대화를 시작했다.

'기분이 어때?'

맑고 순수하고 높은 목소리가 곧장 대답했다. 지난 몇 주 동안 이미 충분히 들은 목소리였지만 이렇게 흥분한 적은 없었다.

'화나. 우리가 갖길 원하는 걸 빼앗을 권리는 그 누구에게도 없어.'

"우리"라는 말이 마음에 들었다. 첫 번째 파트너 주간에 이 말을 듣게 되다니. 내면아이의 적극적인 분노가 마비시키는 내 불안, 이제 겨우 줄어든 그 불안보다 훨씬 마음에 들었다. 나는 늘 부모님이 내게 해주기를 바라던 대로 내면아이의 소망에 반응하려 한다는 사실을 지난 몇 주 동안 깨달았다. 그러니까 부모님이 실제로 내게 보여준 것과는 완전히 다른 반응이었다. 부모님이라면 내 내면아이에게 이렇게 대답했을 것이다.

'다른 생명체를 지하실에 두는 일은 사치야. 우린 그런 것 필요 없어. 네 소망은 중요하지 않아. 게다가 입주민 규정상 명백히 금지된 일이야.'

이런 말은 유년 시절은 물론 지금도 내 목적에 부합하지 않았다. 그래서 부모님이 내 내면아이에게 했을 법한 말과는 완전히 다르게 답했다.

'누가 보리스를 풀어줬는지 우리가 밝혀낼 거야. 약속할게. 우리가 그를 다시 데려올 거야. 그리고 그를 빼앗아간 사람에게 책임을 물어야지.'

하지만 그 방법을 도무지 알 수 없었다. 게다가 나야말로 보리스를 가둔 책임을 이제 곧 져야 할 것 같다는, 어느 정도 타당한 불안이 들었다. 하지만 그렇지 않아도 감정이 흔들리는 내면아이에게 그 말을 하는 건 분명히 비생산적인 일이었다. 그래서 나는 내면아이의 소망에 더 집중했다.

'그것 말고 다른 걱정거리는 없어?'

'보리스를 데려간 놈이 우리에게 아무 짓도 하지 못하게 해줘.'

어, 이것 봐라…. 내 내면아이도 조금 불안하구나. 이 점에서는 우리 둘이 바라는 바가 동일했다. 그러니 이 소망이 실현되도록 함께 작업할 수 있을 터였다.

'아무 일도 일어나지 않게 뭐든 할게. 발터가 우릴 보호하도록 함께 이야기를 하나 꾸며내는 건 어떨까?'

'왜 꾸며내? 그냥 사실대로 말하면 안 돼?'

내면아이에게 가장 먼저 거짓말을 가르치는 건 교육 측면에서 추구할 만한 일은 아닐 것이다. 하지만 교육적인 주장도 가끔은 현실 상황에 그냥 따라야 한다. 어쨌든 나는 내면아이에게 거짓말의 필요성을 그럴듯하게 포장해서 내놓을 수 있었다.

'우리가 이야기를 꾸며내야 하는 이유는… 보리스가 탑시랑 약간 비슷하기 때문이야. 발터는 우리 아버지처럼 어른이잖아. 보리스가 지하실에 있었다는 걸 발터가 알게 되면 나는 그에게 곤란한 일을 당해…. 예전에 아버지가 탑시 일로 우리에게 그랬던 것처럼 말이야.'

그 말이 먹혔다.

'보리스가 실종된 이야기를 발터에게 할 수 없다면 무슨 이유를 대야 하지?'

이제 나는 솔직해질 수 있었다.

'전혀 모르겠어.'

'그럼 내가 도와줄게.'

나에게는 내면아이가 한 명 있다. 그 아이가 나를 도우려고 한다. 6주 전이라면 나는 이 두 가지 모두 말도 안 되는 소리라고 생각했을 것이다. 내면아이와 나는 이렇게 브라이트너 씨가 바라던 대로 팀을 이뤄 첫 번째 과제에 도전하게 됐다.

일단 발터에게 설명할 창의적인 이야기가 필요했다. 나는 창의성의 원천인 내면아이에 대해 요쉬카 브라이트너와 자세히 대화를 나눴다. 그의 안내 책자 『귀한 내면아이』를 찾아봤다. 그 책은 여전히 오래된 신문지로 만든 쇼핑백에 든 채 식탁에 놓여 있었다. 책을 꺼내 해당하는 장을 찾았다. 내가 기억하는 문단을 금방 발견해냈다.

"어릴 때 우리의 창의성에는 한계가 없었다. 침대로 해적선을 만들고, 다 쓴 휴지 심을 통해 코끼리 언어로 이야기하고, 양탄자에 놓인 신발 한 짝 때문에 왜 바로 잠들 수 없는지에 대해 아주 놀라운 동화를 만들어낼 수 있었다. 우리에게 필요한 것은 침대와 휴지 또는 신발 한 짝뿐이었다. 그러다 어느 날엔가 누군가에게서 침대는 배가 아니고 코끼리 언어는 언어가 아니며 신발은 잠의 방해물이 아니라는 말을 들었다. 그렇게 말한 사람은 대게 부모다. 어른으로 성장하면서 우리는 주변에 있는 단 하나의 물건으로 온전한 우주를 창조하는 법을 잊었다. 하지만 우리 내면아이에게는 이 능력이 여전히 존재한다. 우리는 이 능력을 그저 깨우기만 하면 된다."

브라이트너 씨는 그때 두어 가지 훈련을 알려줬고, 나는 지난 몇 주 동안 성인의 책임감에서 출발해 순진한 기쁨이 점점 커지는 자연스러운 과도기를 거치며 이 훈련을 수행했다. 그의 지시에 따라 일주일에 두 번, 최소한 30분씩 내면아이와 창의적으로 놀았다. 훈련은 무척 단순했다. 집 어디에서든 바닥에 앉은 다음 앵무새를 상징적으로 내 옆에 내려놓았다. 내면아이와 내가 주변 2미터 안에 있는 물체로 만들어낸 환상적인 이야기에 푹 잠겨야 한다는 것이 훈련 지시사항이었다. 내면아이와 나는 이미 양말들로 만들어진 동물원을 방문했다. 훈련할 때 우연히 옷장 앞에 앉아 있었기 때문이다. 우리는 청소 도구함을 지나며 사파리 체험을 했고 냄비 우주선으로 우주를 날았다. 이 모든 일은 놀라울 만큼 잘 이뤄졌고, 나와 내면아이를 가까워지게 했으며, 창의적인 놀이에 대한 기쁨에 새롭게 불을 붙였다. 그러니 현재 상황에도 적용하지 못할 이유는 없지 않을까?

나는 안내 책자를 덮고 주위를 둘러봤다.

주변 2미터 안에 있는 어떤 물체가 내 신변 보호가 필요한 이유를 발터에게 그럴듯하게 설명할 토대를 제공할까?

오래 둘러볼 필요도 없었다. 내 눈길은 곧장 옛날 신문으로 만든 쇼핑백으로 향했다. 1년가량 된 기사 제목이 눈에 들어왔다.

"황금 아이는 어디에 있는가?"

신문지 쇼핑백을 가져와 기사를 읽었다. 세상에서 가장 유명한 아이 동상에 관한 기사였다. 육중한 황금 성모 마리아와 함께 프랑크푸르트 인근 어느 수도원 성당의 둥근 지붕에 있던 황금 아기 예수상은 어느 날 밤 헬리콥터와 운반용 어깨끈의 도움을 받아 지붕에서 뜯겨 하늘로 올라갔다. 순금 24킬로그램짜리였다. 이 사건은 대중매체로 알려져 독일뿐 아니라 전 세계적으로 관심을 끌었다. 도난당했던 헬리콥터는 사건

2~3일 뒤 발견됐다. 등록된 전과자들의 유전자와 지문도 남아 있었다. 흔적은 어떤 친족 일당의 것이었고, 스칸디나비아 소가족과는 거리가 먼데도 한 창의적인 기자가 범죄율 높은 이 집단을 '홀게르손 집안'이라 일컬었다. 이 기자는 사실과는 관계없는 이름을 붙여 사실대로 칭했더라면 일당에게서 받았을 공격을 피했다. 범죄자 대가족은 그때부터 공식적인 별명을 얻게 됐다.

홀게르손 집안 자체는 무척 너그러웠다. 어쨌든 국가의 다른 법규들은 완벽하게 거부하면서도 사회복지법이 제공하는 모든 열매는 선한 의지의 표시로 받아들일 정도의 너그러움을 보였다. 그래서 전국 거의 모든 대도시에 흩어져 사는 4,500여 명의 홀게르손 집안은 무척 잘 지냈다.

쇼핑백 겉면의 기사는 홀게르손 집안사람들이 순금 성가족을 납치할 때 헬리콥터에 남긴 지문과 유전자 흔적을 다뤘다.

이미 범죄자로 등록되어 있던 홀게르손 일원들은 순식간에 잡혔지만 아무도 입을 열지 않았다. 아기 예수는 흔적도 보이지 않았다.

내 내면아이와 나는 이 기사에서 뭘 만들어낼 수 있을까? 내 신변 보호가 반드시 필요하다는 결론을 이끌어낼 환상적인 이야기를 어떻게 엮어내지? 나는 내면아이의 창의성이 주도권을 쥐고, 기사 내용에 뒤이은 이야기를 술술 짜내는 것을 느꼈다. 처음에는 가느다랗던 실이 점점 굵어졌다. 그러다 신문 기사와 위태로운 내 목숨이라는 사실 사이에 그럴싸한 창의적인 연관성이 생겨났다. 어쨌든 발터에게 전화를 한 통 걸 수 있을 정도는 됐다. 나는 내면아이에게 감사를 전하고 앵무새를 모닝가운 주머니에 넣은 다음 휴대전화를 들었다.

벨이 두 번 울린 뒤 발터가 전화를 받았다. 이른 시간인데도 잠에서 완전히 깬 목소리였다.

“비요른, 사샤가 자네 둘이 위험에 처했다고 이미 알려줬어. 무슨 일이야?”

내 내면아이가 이야기를 만들어내는 창작 전문가라면 변호사인 나는 거짓말 판매 전문가였다. 나는 수많은 의뢰인에게 완벽한 거짓말을 늘어놓는 데 성공했다. 거짓말의 기초는 언제나 검증 가능한 진실이고, 이 기초 위에서 거짓말을 지어낼 수 있다. 진실은 1년도 더 된 신문에 실려 있었다.

“어떤 성당 지붕에서 도난당한 황금 예수상 기억해?” 내가 발터에게 물었다.

“홀게르손 집안? 헬리콥터로 훔친 그 사건?”

“바로 그거야.”

“그게 자네랑 무슨 관계가 있어? 1년도 더 된 사건이잖아. 예수상은 다시 나타나지 않았지.”

이제 아직 알려지지 않은 진실을 알고자 하는 상대방의 호기심을 깨울 차례다.

"그래, 적어도 홀게르손 집안사람들에게서는 찾지 못했지. 오늘 아침에 그 이유를 알게 됐어."

발터의 호기심이 깨어났다. "말해봐."

이렇게 되면 최대한 거짓말할 수 있다. 진위를 확인할 수 없으면 알려진 사실이 유일한 측량 막대가 된다. 내 내면아이가 꾸며낸 이야기는 진위 여부 확인을 모두 벗어나 있었다.

"보리스가 도난당한 예수상 사진을 어젯밤에 자기한테 보여줬다고 드라간이 조금 전에 알려왔어."

이 말로 드라간과 보리스가 살아 있다고 다시 한번 확인해 준 셈이었다. 그 둘은 아마 농장에 살 테지.

"그게 보리스랑 무슨 관계가 있어? 보리스는 홀게르손 집안과 사업상 거래가 없는데."

보시라! 사람들은 진위를 확인할 수 없는, 마음대로 만들어 낸 사실을 캐묻지 않고 그저 정리하려고만 한다. 이제부터 내면아이와 나는 동화를 늘어놓을 수 있다.

"마음 단단히 먹어! 보리스는 홀게르손 집안과 합의한 게 있었어. 둘 사이에 사업상 거래가 없었기 때문에 보리스는 그 조각상이 사람들의 기억에서 잊힐 때까지 1년 동안 숨겨주겠다고 약속했지. 그 1년이 어제 끝났어."

이 시점에 상대방은 고개를 저으며 떠나거나 이야기에 동참하게 된다.

“그런데 약속을 지킬 보리스가 자리에 없는 거지.” 발터가 즉흥적인 이야기를 받아들였다. 그의 머리는 내가 만들어낸 이야기에 이미 도착했다.

“없는 정도가 아니야.” 나는 그의 말에 동의했다. “아마도 마약에 상당히 취해 있었을 드라간에게 보리스는 황금 조각상이 자기 비상금이라고 말했어. 홀게르손 집안에 그걸 돌려줄 생각은 처음부터 전혀 없었던 거야. 그 생각이 바뀌지도 않았고 말이지.”

거짓말은 결혼할 때 하는 약속 같은 것이다. 영원히 지킬 필요는 없다. 최악의 경우에는 그저 당사자 가운데 한 명이 죽을 때까지만 지키면 된다. 보리스가 먼저 죽으면 그의 거짓말이 될 테고, 내가 먼저 죽는다면 죽기 전에 한 거짓말은 아무 문제도 되지 않는다.

홀게르손 집안에 관한 거짓말은 느닷없이 아주 특별한 장점을 지니게 됐다. 발터가 그 이야기를 믿었다.

“그러면 홀게르손 집안의 누군가는 무척 화를 낼 텐데.” 발터가 말했다.

“그렇고말고. 보리스가 실종됐고, 변호사인 내가 그의 일을 봐주고 있다는 건 다 알려진 사실이잖아. 보리스야 잡히지 않으니 홀게르손 집안사람이 그에게 분노를 쏟을 수 없지만 나한테는 그럴 수 있어. 15분 전 내가 사는 건물에 누군가 무력을 써서 침입했어. 신원을 알 수 없는 사람들이 유치원을 통해 여기로 들어오려고 했지. 정해진 마감일이 끝나자마자 말이야."

"이런, 빌어먹을."

잘 포장된 거짓말에 고급스러운 리본 장식을 달려면 속은 사람에게 신뢰라는 VIP 지위를 부여하면 된다.

"절대적으로 자네만 알아야 해. 드라간은 이 일을 어제 알았어. 보리스 부하들 중에 누가 연루됐는지는 나도 모르겠어. 이 일을 아는 사람은 드라간과 자네와 나뿐이야. 물론 사샤도 알지. 그도 생명이 위험할 테니까. 사샤도 나와 같은 건물에 살잖아. 이 일을 아는 사람은 이 정도에 그쳐야 해."

"알았어. 날 믿어. 신변보호팀을 이미 내보냈어. 카타리나와 에밀리를 보호할 팀도."

"그 팀은 눈에 띄지 않게 행동해야 해. 카타리나와 에밀리가 절대 눈치채면 안 돼." 다른 생각도 즉흥적으로 떠올랐다. "보리스의 부하들도 미행하는 게 좋을 것 같아. 혹시 누군가 그들에게 접근하는지 알아보려면 말이지." 예를 들어 보리스가 그럴 수도 있을 테니까.

"그래, 알겠어."

캐묻는 일은 일단 없을 터였다.

"고마워. 또 소식 전하자고."

놀면서 보내는 오후에 어린이가 짜내는 순진한 판타지와 어른의 거짓말 사이에는 중요한 차이가 하나 있다. 순진한 판타지는 그날 오후가 지나면 사라지지만 어른의 거짓말은 다르다. 훌륭한 거짓말로는 어디든 갈 수 있다. 하지만 나와 내면아이는 이 거짓말에서 어떻게 탈출할지 지금 바로 떠올려야 했다.

11

배드뱅크

> 경제적인 관점에서 내면아이는 '배드뱅크'다. 그곳에 모든 부정적인 감정을 기입하면 정신의 나머지 부분은 흑자가 된다.
>
> 요쉬카 브라이트너, 『귀한 내면아이』

서둘러 샤워하고 앵무새 인형을 바지 주머니에 넣은 다음 1층으로 내려갔다. 집을 나서는데 발터에게서 문자 메시지가 왔다. 경호팀이 이미 자리를 잡았다는 소식이었다. 마음이 놓였다. 사샤의 전화를 받은 지 45분도 지나지 않았다. 이제 6시 반이 조금 안 된 시각이었다.

1층 유치원은 입구가 따로 없고 다른 집들과 마찬가지로 오래된 건물의 계단실을 통해 들어갔다. 육중한 참나무 문짝의 자물쇠 위치가 부서져 있었다. 누군가 그 자리에 쇠지레를 댄 것 같았다. 나는 그쪽으로 가서 문을 열었다. 시원한 아침 공기가 계단실로 불어 들어왔다. 도로에 주차된 순찰차 한 대가 보였다. 경찰이 이렇게 빨리 현장에 나타났다는 것은 이 지역 조직범죄를 담당하는 강력반 반장의 아들이 우리 유치원에 다닌다는 사실과 분명히 연관이 있었다. 그는 '아동 복지' 차원에서 우선적으로 유치원 자리를 얻었다.

나는 바깥으로 나갔다. 입구 왼쪽으로 유치원 사무실 유리창이 보였다. 그 아래 지하실 창문과 달리 그곳에는 창살이 없었고, 유리창이 깨진 상태였다. 창틀과 문에 지문 감식 파우더가 칠해져 있는 걸 보니 이미 증거 확보가 진행 중인 듯했다.

계단실로 돌아가 건물 복도를 지나 유치원으로 들어갔다. 입구는 비어 있었다. 왼쪽이 사샤 사무실이었다. 유리창이 깨진 방이었다. 누군가 마구 뒤진 듯했다. 종이가 여기저기 흩어져 있었다. 하지만 유치원 나머지 영역은 평소와 다름없이 평화롭고 차분해 보였다. 니모반에서 어른 두 명의 목소리가 들렸다. 하나는 사샤, 다른 하나는 페터 에그만의 목소리였다. 페터는 내 대학 동창이자 드라간 실종 수사를 자기 아들 유치원 자리와 바꾼 관대한 경감이다.

"…범인이 금방 잡힐 것 같지 않아." 그가 사샤에게 막 이야기하고 있었다.

"피해가 그리 크지 않아 보이는군." 나는 이렇게 말하며 두 사람에게 다가갔다.

"비요른, 왔어?" 사샤가 인사를 건넸다. "그래. 놈들은 사무실만 뒤졌어."

페터 에그만이 보충 설명을 했다. "지금 상태로 봐서는 처음에 바깥문을 쇠지레로 열려다 실패한 것 같아. 그런 다음 유리창을 깨고 사무실을 뒤졌지. 문이 밖에서 걸려 있어서 의욕을 잃고 유치원 나머지 영역에 발 들이지 않고 도망친 것 같아."

"없어진 거 있어?" 나는 관심을 보이는 척하며 물었다.

사샤가 이미 살펴봤다는 듯이 대답했다. "어디에나 있는 소액 현금통에 든 것만 없어졌어. 50유로쯤 되지."

"누가 이런 짓을 할까?" 나는 이 즉흥 연극에 대사를 보탰다.

"세 가지 가능성이 있어." 우리 중 유일하게 연극할 필요가 없는 페터가 대답했다. "첫째, 전문적인 도둑. 건물 문의 흔적이 여기에 해당하지. 하지만 유치원 내부에서 보인 태도나 다급하게 행위를 멈춘 건 여기 해당하지 않아. 둘째, 마약 중독자. 이 사람들은 쇠지레를 가지고 다니기도 하지. 하지만 그걸 가지고 들어오지 않고, 걷어차서 열 수 있는 얇은 문 때문에 바로 포기할 만큼 멍청해. 소액 현금통이 없어졌지만 컴퓨터는 그대로 있는 걸 보면 두 번째일 가능성이 있어. 하지만 범인들이 장갑을 착용했다는 건 이 가설에 어긋나. 셋째, 반달리즘이야. 그런데 쇠지레와 장갑은 여기에 맞지 않아."

노련한 경찰이 최소한의 흔적만으로 세울 수 있는 가설들은 꽤 흥미로웠다. 네 번째 시나리오, 꾸며낸 침입은 여기 해당하지 않는 모양이었다.

내 내면아이는 여기에 다섯 번째 시나리오를 더하고자 했다.

'어쩌면 공원의 반사회적 인격장애자들인지도 몰라.'

나는 이들에 대한 분노를 날숨으로 신중하게 몰아낼 능력이 있었다. 각 얼음 분노 폭발 때만 예외였다. 그건 분명히 내면아이가 한 일이었다. 내 내면아이는 반사회적 인격장애자들을 지속적으로 극심하게 증오했다. 이해할 만한 정당한 이유에서 그랬다. 흥분한 것은 아이였다. 어쨌든 지난 몇 주가 흐르는 동안 나는 이 반사회적 인격장애자들에게 몇 번이고 반복해 도발당한 사람은 내가 아니라 내 내면아이라는 걸 알게 됐다. 침입 사건은 사샤와 내가 꾸며낸 일이니 공원의 반사회적 인격장애자들에게 아무 죄도 없다는 사실은 내 내면아이에게는 전혀 중요하지 않았다. 나는 내면아이를 달래려고 바지 주머니에 손을 넣어 차분하게 앵무새를 쓰다듬었다.

하지만 파트너 주간이라 내면아이의 소망을 완전히 무시하고 싶지는 않았다.

침입 사건을 꾸미라고 지시한 사람은 나 자신이니 내가 개인적으로 다른 사람을 의심한다면 도덕적으로 비난받을 일이 될 터였다. 그래서 다른 방법을 하나 찾아냈다.

"사샤 말로는 맞은편 공원에 출몰하는 놈들 짓일 수도 있다던데." 내가 말했다. 사샤가 아까 이 가설을 실제로 꺼냈으니 어느 정도 사실에 부합하는 말이었다.

"하지만 그럴 만한 근거가 전혀 없어." 페터가 설명했다. "누군가 밤에 공원에서 부적절한 행동을 한다는 사실만으로 그 사람이 침입했다고 의심하는 건 정당하지 않아."

"그쪽 단서는 찾지 않을 거야?"

"우리가 가지고 있는 자료에 근거해서 수사해야지."

이 대답은 나도, 내 내면아이도 만족시키지 못했다. 경찰이 심각한 인력난에 시달린다는 이유만으로 어느 정도 타당한 의심을 무시한다는 것은 정당하지 않았다.

"유치원은 얼마나 위험하다고 생각해?" 페터에게 물었다.

"위험은 다 지나갔다고 봐. 세 가지 시나리오 모두 범행을 또다시 시도하지는 않을 테니까. 유치원은 내일 아무 문제 없이 다시 열 수 있을 거야. 오늘 유리를 교체하고 청소 인력이 다녀간 뒤에 말이야. 1층 창문에 간단하게 창살을 다는 건 어떨지 생각해봐."

자가 격리. 독일에서 범죄율을 낮추는 합리적인 해결책이긴 했다. 독일 전역 유치원의 눈높이 위치 유리창에 창살을 다는 비용이면 범죄자 눈높이에서 싸울 경찰관 채용 비용으로도 분명히 충분할 텐데.

"제안 고마워. 네 부하직원들이 금방 와준 것도 고맙고." 나는 가려고 몸을 돌린 페터에게 인사했다.

"별소릴 다하는군. 내 아이의 안전과도 이어지니까."

사샤와 둘만 남았을 때 나는 사무실의 그럴싸한 혼란 상태를 둘러보며 그를 칭찬했다.

"잘했어."

"고마워. 이제 다시 치워도 될까?"

"나도 도울게. 그리고… 놈들이 출입문을 부수려고 시도한 것처럼 꾸민 건 탁월한 아이디어였어. 쇠지레는 어디서 났어?"

"쇠지레는 없는데."

나는 무슨 말이냐는 눈길로 그를 바라봤다.

"출입문은 실제로 누군가 억지로 부쉈어."

"그러면 페터는 왜 도둑이 문을 열다가 실패했다고 생각하지?"

"자물쇠가 다시 문에 조립되어 있었으니까."

"자네가 그랬어?"

"아니, 보리스를 풀어준 사람들이 그랬겠지."

몸이 얼음처럼 차가워졌다. 보리스를 지하실에서 데리고 나간 그 사람이 이 건물에 들어왔었다고 당연히 생각해야 했다. 하지만 그가 나와 사샤에게 얼마나 가까이 왔는지 이제야 또렷하게 깨달았다. 우리는 계단만 사이에 두고 살고 있으니까. 안전을 보장하는 거라고는 현관문 두 개밖에 없었다. 범인은 왜 지난밤 우리를 그냥 살해해 복수하지 않았을까? 그리고 왜 출입문을 부수고 보리스를 지하실에서 풀어주고는 문을 고쳐놨을까? 도대체 말이 안 되는 행동 아닌가.

그사이 보육교사가 몇 명 도착했다. 사샤는 이미 왓츠앱으로 모든 학부모에게 오늘 유치원 문을 닫는다고 알렸지만 혹시 몰라 현장에 긴급 보육도 준비해두려고 했다. 그는 교사들에게 우리가 꾸며낸 상황을 짧게 알리고 유리업자에게 전화해 깨진 유리창을 교체해달라고 부탁했다. 나는 집으로 돌아가 다시 한번 발터에게 전화했다.

"경호팀 고마워. 마음이 편해지는군."

"고맙긴."

"보리스 부하들에게서는 뭔가 새로운 움직임이 있어?" 나는 최대한 아무렇지 않은 말투로 물었다.

"보리스 쪽 관리자 네 명을 동시에 감시하는 중인데 지금까지는 수상한 점 없어."

"자세히 말하자면?"

“잠깐 기다려봐. 우리 팀은 현재 상황을 항상 왓츠앱으로 알려서…. 한 명은 개를 데리고 산책하러 막 나왔어. 또 한 명은 좀 전에 클럽을 닫고 바로 집으로 갔다는군. 하나는 이웃집 남자의 아내와 섹스 중이고, 나머지 한 명은 공판일이라서 법정에 가는 길이야.”

마음이 놓이는 동시에 당혹스러웠다. 보리스가 자기 부하들과 연락했다면 그의 임원진이 태평하게 일상적인 일을 하고 있을 리 없었다. 어쨌든 사샤와 나는 최소한 시간을 좀 벌었다. 나는 발터에게 고맙다고 인사하고 전화를 끊었다.

바로 그 순간 카타리나가 전화했다. 그녀 역시 유치원 왓츠앱 메시지를 받았고, 바로 본론으로 들어갔다.

“당신, 에밀리 봐줄 수 있어?”

나는 건물에 도둑이 들었으니 내 상태는 어떤지 먼저 물어보는 아내가 있다면 좋겠다는 소망을 억눌렀다. 침입 사건은 꾸며낸 것이고 사실은 내 목숨이 위험하다고 마음 놓고 털어놓을 아내가 있으면 좋겠다는 소망은 더 말할 것도 없었다.

하지만 아내를 바꿀 수는 없었다. 아내를 대하는 내 관점만 바꿀 수 있을 뿐.

방금 내게 전화한 여성은 이 두 가지 모두에 전혀 관심이 없었다. 그녀에게 제일 중요한 건 자기 자신의 소망이었다.

“내일은 복직하는 첫날이고, 오늘은 점심때 동료와 함께 식사하기로 약속했어. 유치원이 자기 일을 제대로 처리하지 못했다는 이유로 내 약속을 깨고 싶지는 않아."

"누군가 침입하려고 시도했어. 경찰이 방금 다녀갔지. 우린 일단 여길 정리하고…."

"침입 사건은 나도 알아. 그게 아니라면 내 일정에 차질이 없었겠지. 그래서, 에밀리 봐줄 수 있어?"

물론 봐줄 수 있고말고… 내가 그때까지 살아 있다면. 하지만 이 말을 카타리나에게 할 수는 없었다. 그리고 카타리나는 내 목숨에 관심도 없었다. 그녀에게 중요한 건 힘이었다. 그게 겨우 내 일정에 미치는 힘이라 할지라도. 나는 에밀리에게 부담을 줘가며 힘겨루기를 하고 싶지 않았다. 에밀리를 데려와야지. 발터의 부하들이 우리를 지키는 한 에밀리는 나에게 있든 카타리나에게 있든 똑같이 안전하거나 안전하지 않을 테니까. 그리고 내 삶이 정말로 이제 곧 끝난다면 최대한 많은 시간을 사랑하는 딸과 함께 보내고 싶었다. 어쩌면 일상의 소소한 문제에 집중하는 일이 무척 좋을 수도 있었다. 누군가 내 삶을 짓밟는다면 보리스가 아니라 아내인 쪽이 나았다.

"그래, 여기 일 서둘러 끝내고 전화할게."

"난 늦어도 12시에는 나가야 해."

"응, 내가…."

카타리나는 이미 전화를 끊었다. 내가 원하는 건 중요하지 않았다.

초인종이 울렸다. 유리 구멍으로 내다보니 사샤였다. 나는 문을 열었다.

"들어와. 커피 줄까?"

"좋지."

우리는 부엌으로 갔다. 나는 캡슐 머신으로 사샤에게 줄 커피를 만들었다. 알루미늄 캡슐을 찬장에서 꺼내 머신에 넣었다가 금세 쓰레기통에 던졌다. 생태학적인 이유에서 필터 커피로 다시 돌아갈까 하는 문제가 나의 가장 큰 고민이었던 시절은 얼마나 아름다웠던가.

"다들 침입 사건을 믿은 것 같아, 안 그래?" 내가 물었다.

"문제없었어. 몇몇 부모가 일정을 바꿔야 하지만 자녀들을 범죄 현장에 보내는 것보다 그게 훨씬 낫다고 생각할 테지."

다르게 생각하는 사람은 카타리나뿐인 듯했다.

"단 한 아이도 보리스 때문에 위험에 빠지면 안 돼. 오늘이든 내일이든." 사샤가 강조했다.

나도 고개를 끄덕였다. "필요하다면 내일은 뭔가 새로운 핑계를 짜내야겠지."

"우리를 경호할 팀이 필요한 이유를 발터에게 뭐라고 말했어?"

나는 홀게르손 이야기를 사샤에게 들려줬다. 사샤는 그 이야기가 지극히 창의적이라 최소한 며칠은 다른 질문 없이 경호팀을 확보할 수 있다고 생각했다.

"그런데 그 아이디어는 어떻게 짜냈어?"

"내 안에 순진한 창의력이 남아 있으니까." 나는 별일 아니라는 듯하면서도 단호하게 대답했다.

"발터가 보리스의 부하들도 감시하나?" 내가 네스프레소를 건네자 사샤가 물었다.

"그래. 지금까지 그의 관리자 중 조금이라도 이상하게 행동하는 사람은 없었어. 보리스가 그들에게 연락했더라면 지금 분노로 들끓을 텐데 말이야."

사샤는 영문을 모르겠다는 표정으로 나를 봤다. "어떻게 그럴 수 있지? 보리스가 지하실에서 도망치고는 자기 부하들에게 연락하지 않다니?"

"나도 바로 그 점이 당황스러워. 수리되어 있는 문도 그렇고. 보리스 감방 자물쇠가 바깥에서 부러졌고, 안쪽 고정 장치에서 뜯기지 않은 게 확실해?"

사샤가 눈을 둥그렇게 떴다. "지하실에 아직 안 가봤어?"

나는 멈칫했다. 아니, 지금까지는 내려갈 틈이 나지 않았다. 사샤가 옳았다. 사건 현장을 일단 내 눈으로 직접 봐야 했다.

12

미니멀리즘

> 상실에 대한 불안은 실제로 더는 잃을 게 없다면 저절로 사라진다. 무척 만족스러운 순간이 될 수 있다. 순수한 삶에 필요한 게 얼마나 적은지 알면 놀랄 것이다.
>
> 요쉬카 브라이트너, 『귀한 내면아이』

오래된 건물에는 복잡하게 얽힌 공간이 많은 커다란 아치형 지하실이 있었다. 정리하고 수리했더라면 기묘한 와인 저장고로 쓰일 법한 장소였다. 앞쪽에 있는 제일 큰 공간은 유치원 창고로 사용됐다. 나무 벤치와 테이블, 장난감과 유아용 풀이 보관되어 있었다. 분홍색 플라스틱 정원 놀이 집은 한쪽 구석에서 옹색한 존재감으로 근근이 목숨을 부지해갔다. 유아용 자동차는 무슨 이유에선지는 몰라도 세로로 선 채 놀이 집 문에 기대 있었다.

이 앞쪽 공간에서 시작해 복도가 건물 전체 길이만큼 길게 뻗어 있고, 그곳에 건물 안 세 가구의 지하 창고가 벽으로 구분되어 늘어서 있었다. 복도 끝 마지막 지하실 문은 보일러실로 이어졌다. 이 방에는 사소하지만 특별한 점이 있었다. 한 가지는 이 방이 세 개의 공간으로 나뉘어 있고 그 공간이 하나의 문으로만 출입 가능하다는 점이고, 다른 하나는 이 사실이 사람들 눈에 띄지 않는다는 점이었다.

80년대에 이 건물의 주인은 당시 통용되던 세 가지 세계 멸망 이론인 '핵전쟁—오존 구멍—죽어가는 숲'의 열렬한 추종자였다. 그는 이 세 가지 문제 모두 10년 안에 국제 협정이나 기술 발전으로 해결되지 않을 것이라 확신했다. 그래서 지역 행동주의에 나서기로 결심하고 건물 정원 아래에 생존을 위한 공간을 두 곳 만들었다. 이 공간 건축은 추후 쓸데없는 일로 밝혀지긴 했지만 사샤와 나에게 중요한 장점을 안겨줬다. 설계도에 표시되지 않은 공간이라는 점이었다.

예상과 달리 세계는 멸망하지 않았다. 두 개의 방공호는 보일러실을 거쳐 계속 출입할 수 있었다. 계획에 없던 손님이 묵을 불법 숙소로 아주 적당했다. 세계 멸망이라는 과거의 공포는 현재의 이상적인 감옥으로 변했다.

합법적인 첫 번째 지하실에는 수십 년이 되어 이제는 낡은 기름 난방장치와 거대한 기름 탱크, 낡은 이케아 옷장이 하나 있었다. 환경적인 관점에서 드라간의 비용을 사용해 기름 난방을 현대식으로 바꾸고 싶긴 했다. 그러지 않은 이유는 이케아 옷장 뒤에 있었다. 옷장은 불법적인 지하실 두 곳의 문을 숨겨줬다. 손재주가 무척 뛰어난 사샤는 눈에 띄지 않는 도르래와 경첩을 옷장에 달았다. 옷장은 내용물과 함께 원래의 문 앞에서 위장 수단으로 이용됐다. 우리가 동석한 상태에서 15분밖에 걸리지 않는 보일러 점검 때는 이 수단이 통했다. 하지만 시설을 완전히 바꾼다면 보일러 기사는 지하실이 뭔가 이상하다는 걸 금방 눈치챌 터였다.

어쨌든 옷장은 자기가 가려야 할 문 앞에 부서진 채 널브러져 있었다.

그 뒤쪽의 열린 문에는 독특한 이야깃거리가 있었다. 이 문은 진짜 교도소에서 사용하던 것으로, 드라간이 예전에 수감됐던 첫 번째 감방의 문이었다. 문에는 음식을 넣거나 대화를 나누거나 수감자에게 수갑을 채울 수 있는 개폐구가 있었다.

몇 년 전에 그 교도소가 폐쇄되고 관련 물품들이 경매로 나왔다. 드라간은 추억에 젖어 문을 낙찰받은 뒤 건물 지하실에 보관했다. 사샤와 나는 보리스의 감방을 계획하다 우연히 이 문을 발견하고, 드라간의 첫 번째 감방 문을 보리스의 마지막 감방 문으로 만들기로 즉흥적으로 결정했다. 그 자체로는 아름다운 상징이었지만 문을 잠갔던 육중한 맹꽁이자물쇠가 잘린 채 바닥에 나뒹굴고 있었으므로 안타깝게도 이제 상징적인 힘을 잃었다.

사샤는 보리스의 감옥을 꽤 살 만하게 꾸몄다. 뒤쪽 공간에는 위생설비가, 앞쪽에는 침대와 책상 하나, 의자 두 개가 있었다. (두 번째 의자는 보리스가 다시는 방문객을 맞지 못한다는 사실을 잊어버리게 할 목적이었다.) 우리는 보리스의 포로 상태를 최대한 편안하게 해주려고 애썼다. 보리스가 그렇게 느끼지 못한다면 적어도 나머지 세상을 위해서라도 그렇게 했다. 우리는 보리스에게 되도록 채식을 제공했다. 보리스는 청바지 두 벌과 우리가 일부러 공정무역으로 구입한 유기농 면 티셔츠 두 벌을 가지고 있었다. 방글라데시에서 착취당하는 재봉사가 만든 옷이 아니었다. 보리스는 예전에 벤츠 S클래스 리무진을 타고 매일 최소한 1,000킬로미터를 이동했지만 6개월 전부터는 오로지 탄소 중립적으로 한 지하실에서 다른 지하실로만 걸어다녔다. 장을 볼 비닐봉투도 필요하지 않았다. 다르게 말하면 우리 덕분에 보리스는 외발 어린이가 하이힐을 신고 걷듯 미미한 생태학적 발자국을 남기는 중이었다. 세계적이던 낭비꾼을 지역과 계절에 맞게 소비하는 주민으로 만드는 일은 전혀 어렵지 않았다. 그저 그를 지하실에 가두기만 하면 됐으니까.

우리는 여전히 감옥 문 앞에 서 있었다. 나는 눈에 보이는 뻔한 사실을 말하는 것 말고 다른 현명한 말은 떠올리지 못했다.

"문이 정말 바깥에서 열렸군."

"그래, 그것 말고 이상한 게 또 있어. 앞쪽 공간을 봐."

앞쪽에는 탁자가 부서져 바닥에 쓰러져 있었다. 의자 하나도 넘어진 상태였다. 보리스의 물통과 튼튼한 법랑으로 만든 다회용 물병도 물이 쏟아진 채 바닥에 쓰러져 있었다.

"보리스가 난동을 부렸거나 싸움이 벌어졌군."

"그렇지." 사샤가 말했다. "하지만 보리스가 자기를 구해주려는 사람과 싸울 이유가 있을까?"

그건 정말 기이했다. 방 두 개를 철저히 살펴봤지만 이 지하에서 무슨 일이 벌어졌는지 알려줄 만한 흔적을 찾지 못했다.

그러는 사이 사샤는 부서진 옷장을 최대한 훌륭하게 다시 조립했다. 우리는 감방 문을 닫고 옷장을 그 앞으로 밀었다. 부서졌든 아니든 거의 똑같아 보이는 이케아 가구의 장점이 명백하게 드러났다.

지하실에서 나오다가 분홍색 놀이 집과 거기에 세로로 기대선 유아용 자동차가 다시 눈에 들어왔다. 그걸 보니 무슨 이유에선지 짜증이 났다. 누가 그렇게 세워뒀든 지저분하게 보였다. 그래서 오래 고민하지 않고 놀이 집으로 가서 자동차를 다시 똑바로 세우려고 했다.

차를 옆으로 당기자 뭔가 끌리는 소리가 났다. 방금 전까지 유아용 자동차가 기대서 있던 분홍색 정원 놀이 집의 문이 열렸다. 청바지와 양말 차림인 남자 다리 두 개가 바깥으로 밀려 나왔다. 놀이 집 안에 어떤 남자가 들어 있는 것이 확실했다.

나는 차를 바닥에 내려놓고 사샤를 불렀다. "여기 봐."

사샤는 발을 보더니 권총을 빼들었다.

"자네, 무기 가지고 다녀?"

"직무상 이유로."

"자네 직업은 유치원 원장이야."

"가장 폭력적인 아이가 오늘 사라져서 그래. 그러니 무기를 소지하는 게 타당하지."

우리는 놀이 집으로 다가갔다. 사샤가 발로 그 사람 다리를 걷어찼다. 다리는 움직이지 않았다. 놀이 집을 들여다볼 수 없었다. 창문이 닫혀 있어서 안쪽이 칠흑처럼 어두웠다. 우리는 마주 봤다. 사샤가 놀이 집 지붕을 눈짓으로 가리켰다. 지붕은 그냥 얹혀 있었다. 우리는 지붕 양쪽을 잡고 조심스럽게 내렸다. 안에 정말 어떤 남자가 케이블 타이로 묶인 채 누워 있었다.

남자는 죽지 않았다.

보리스였다.

13

'순진한'과 '유치한'

'순진한'이란 나이에 맞는 아이의 행동을 말한다. '유치한'은 나이에 맞지 않는 어른의 행동을 뜻한다.

요쉬카 브라이트너, 『귀한 내면아이』

보리스가 탈출한 게 아니라는 사실에 안도했던 마음은 이 공간에 등장한 거대한 물음표의 존재로 다시 무거워졌다. 의식을 잃고 몸이 묶인 마피아가 유치원의 요정 릴리 놀이 집에서 뭐 하는 거지? 그는 몸집에 비해 너무 작은 플라스틱 건물에서 잠을 자고 있는 듯했다. 청바지와 티셔츠 차림이었다. 난방이 되지 않는 지하실 이쪽 부분에서 입기에는 좀 얇은 차림이었다. 새로 껴입은 것이라고는 손발의 케이블 타이뿐이었다. 하지만 그거야 침묵을 지키게 만들 뿐 따뜻하게 해주지는 못하니까.

6개월 전만 해도 보리스는 곰 같은 남자였다. 크고, 근육질에, 털이 많았으며, 인공 선탠실에서 갈색으로 그을렸다. 햇빛이 들지 않는 지하 감옥의 6개월은 사람을 바꾸는 힘이 있다. 우리 앞에 유빙 위 배고픈 북극곰 같은 남자가 누워 있었다. 보리스는 체중이 엄청나게 줄었다. 쪼그라든 것처럼 보일 정도였다. 놀이 집에서야 어차피 몸을 다 펼 수 없긴 했지만 이미 몇 주 전부터 늘 꼬부라진 모습이었다. 숱 많던 머리카락은 탄력을 잃었고 지난 반년 동안 백발이 아주 많이 늘었다. 사샤도 나도 이발사로서의 능력은 없고 긴 머리카락이나 겨우 자를 수 있었으니 그는 미용적인 면에서도 그리 좋아 보이지 않았다. 하지만 나는 그 일로 죄책감을 느끼지 않았다. 내가 6개월 전에 보리스에게 덫을 놓지 않았더라면 지금 내 몸은 그보다 훨씬 심하게 달라졌을 터였다. 그는 지체 없이 나를 죽였을 테니까. 적어도 지금은 우리 둘 모두 살아 있지 않은가. 게다가 우리 앞에 누워 있는 보리스는 거의 느긋해 보일 정도였다.

그가 이렇게 보이는 이유는 왼팔에 꽂힌 뭔가와 연관이 있는 듯했다. 약물 주입 튜브가 그의 팔꿈치 안쪽과 놀이 집 창틀에 걸린 작은 상자를 연결했다. 상자에는 액체가 든 앰풀이 있었다. 나는 점점 더 당혹스러워졌다.

'**탑시!**'라고 반복해 크게 외치는 내 안의 순진한 목소리를 달래느라 주머니 안에 있는 앵무새를 기계적으로 쓰다듬었다.

사샤도 나만큼 당황한 것 같았다. 우리는 1분쯤 아무 말도 하지 못하고 정신을 가다듬었다. 사샤가 권총을 치웠다. 우리는 보리스에게 다가갔다. 나는 일단 그의 맥박부터 확인했다. 약하긴 해도 뛰고 있었다. 사샤는 앰풀이 든 작은 상자를 자세히 살펴봤다. 상표가 붙어 있었다.

"뭐가 들었어?" 내 질문에 사샤가 대답했다.

"'미다졸람'이라고 쓰여 있군."

"그게 뭐야?"

"몰라. 내 전공은 환경공학이야."

"그게 뭐든 간에 지금 보리스의 상태와 연관 있어 보여. 떼야겠어."

"누구든 들어올 수 있는 여기서는 안 될 것 같아."

사샤 말이 옳았다. 우리는 상자와 앰풀을 보리스의 배에 올려놓았다. 그런 다음 나는 보리스의 발을 잡고 사샤는 보리스 팔을 잡아 그를 놀이 집에서 끌어냈다. 그렇게 둘이 보리스를 다시 감방으로 옮겨 침대에 눕혔다. 사샤가 칼로 케이블 타이를 끊었다.

보리스에게는 외상이 전혀 없는 것 같았다. 안정적이고 고르게 숨을 쉬었다. 팔꿈치 안쪽 튜브 주위에 바늘로 정맥을 잘못 찌른 듯한 상처가 네 군데 있었다.

"보리스가 일반 보험 환자인 모양이군." 사샤가 말했다. "상당히 성의 없이 찔린 걸 보니."

"하지만 묻지도 않고 바로 예약해줬잖아. 누가 해줬는지는 몰라도 말이지."

우리는 보리스의 팔에서 튜브를 뺐다.

나는 앰풀과 상자를 자세히 살펴봤다. 앰풀은 아직 반쯤 남아 있었다. 내가 학교에서 도대체 왜 초급도 아닌 고급 라틴어를 배웠는지 평생 의문이었는데, 바로 지금 처음으로 실생활에 라틴어를 적용할 수 있었다.

"미다졸람 앰풀에 작게 '도르미쿰'이라고 쓰여 있군."

"무슨 뜻이야?"

"'도르미레'는 '잠자다'라는 의미야. 이 앰풀에 든 건 분명히 수면제일 거야. 작은 상자에 적힌 내용으로 용량을 정한 것 같아. 보리스가 얼마나 오래 자야 할지 누군가 정확히 타이밍을 맞추려고 한 모양이군."

'탑시, 계속 자!' 내 내면아이가 만족스럽게 속삭이는 소리가 들렸다.

내면아이에게서는 분노가, 나에게서는 무엇보다 불안이 사라졌다. 수많은 질문이 남긴 했지만 보리스는 다시 감옥에 있었다.

"이제 문제가 하나 줄어든 거야, 아니면 늘어난 거야?" 사샤가 물었다.

나는 어깨를 으쓱했다. "글쎄, 우리가 아마도 오늘은 죽지 않는다는 게 일단 좋은 소식이겠지. 보리스는 지금 우리에게 위험하지 않으니까." 나는 우선 상황을 긍정적으로 요약하려고 했다.

"하지만 보리스를 풀어준 놈은 위험한 것 같아."

"모르겠어. 누가 보리스를 지하실에서 꺼냈는지는 몰라도 보리스의 친구는 아닐 거야. 친구였다면 그를 데려갔지, 마취해서 요정 릴리의 집에 놓아두지는 않았을 테니까."

사샤는 양손을 뒤통수로 돌려서 깍지를 꼈는데, 아마 정신을 더 집중하기 위해서인 듯했다. "좋아." 그가 말했다. "체계적으로 정리해보자. 우리가 아는 사실은 뭐지?"

"우리가 여기 사람을 가둬둔 걸 누군가 알아챈 거야." 내 대답에 사샤가 고개를 끄덕였다.

"그래서 우리 지하실에서 그를 꺼냈는데, 풀어주지는 않았어. 경찰에 알리지도 않았고. 마취시키고 묶어서 요정 릴리 놀이 집에 내려뒀어."

"그냥 내려놓은 게 아니라 거기 숨긴 거야. 망가뜨렸던 건물 출입구 자물쇠도 고쳤고." 내가 말을 보탰다.

"뭔가 하나의 메시지가 아닐까?"

나는 생각에 잠겼다가 대답했다. "아마 세 개의 메시지겠지. 첫째, 난 너희의 비밀을 안다. 둘째, 난 너희와 게임한다. 셋째, 나와 너희 외에는 일단 아무와도 연관이 없다. 그래서 출입문의 침입 흔적을 지운 거야."

"우리랑 그런 게임을 하다니 순진하군." 사샤가 말했다.

"유치한 거야." 나는 나도 모르게 고쳐서 말했다. "범죄 조직과 이런 식으로 게임하는 사람은 분명히 위험을 감수할 각오가 큰 거지."

"어쩌면 여기 이 남자가 누구인지 몰랐던 게 아닐까." 사샤는 잠들어 있는 보리스를 가리켰다. 침 한 줄이 입가에 흘러나와 있었다. 보리스가 누구인지도 모르면서 누군가 그를 묶고 마취시킨다는 상상은 허무맹랑하게 느껴졌다.

"자네는 그 누군가가 우연히 마취제와 볼트 커터와 케이블 타이와 쇠지레를 가지고 마피아 변호사와 전직 마피아 운전사가 살고 마피아가 운영하는 유치원 건물 지하실에 갇혀 있는 러시아인을 우연히 발견했다는 말이군. 그래서 그를 요정 놀이 집에 끌어다놓고…. 어쩌면 원생을 모두 조사해 그중에 사악한 요정이 있는지 알아보는 게 좋겠어." 사샤는 얼굴을 찌푸렸다. "알았어. 알아들었어. 그냥 한번 생각해본 거야."

나는 상황을 다시 이성적으로 정리해보려 애썼다.

"보리스를 마취시킨 놈이 보리스가 누구인지, 우리와 어떤 관계인지 안다고 가정해보자. 그러면 그는 당연히 우리가 보리스를 정신없이 찾길 원할 거야. 우리가 공황 상태에 빠지길 바라겠지."

"하지만 그 누군가는 보리스의 마취가 지속되는 타이밍을 맞춰뒀잖아." 사샤가 작은 방에서 왔다 갔다 하기 시작했다. "보리스가 오늘 새벽에 마취됐고 앰풀이 이제 겨우 반 비었다면 오늘 저녁까지는 분명히 깨어나지 않을 거야. 우리가 그때까지 보리스를 찾지 못했다면 그는 당연히 고래고래 소리를 질렀을 테고. 우리 말고는 아무도 이 건물에 없을 시간에 말이야."

"그놈은 이 건물에 언제 누가 있는지 안다는 뜻이네." 나는 사샤의 생각을 이어갔다.

"이것도 하나의 메시지로군."

"그러니까… 보리스가 사라져서 우리가 얼마나 오래 겁에 질려 있든 전혀 상관없는 사람은 누굴까?" 내가 물었다.

"우리를 알고 있고, 우리 소망은 전혀 중요하지 않다고 생각하는 사람이지." 사샤가 간단하게 요약했다.

'아야!' 내 내면아이가 비명을 질렀다. '네 소망은 중요하지 않다'라는 퍼런 멍이 다시 눌렸다. 나는 의식적으로 호흡하면서 분노를 통제하며 사랑을 가득 담아 앵무새를 쓰다듬었다.

"좋아." 내가 다시 요약했다. "보리스를 일단 풀어줬다가 요정 릴리 놀이 집에 부려둔 놈은 배려심이라고는 없고 우리 소망은 중요하지 않다고 생각하는 이기주의자야. 범인일 가능성이 있는 사람들 범위가 좁혀져?"

"전혀."

사샤가 옳았다. 이런 묘사는 카타리나에서 시작해 내 의뢰인들과 놀이터의 반사회적 인격장애자들을 거쳐 종업원 닐스에 이르기까지 내 삶과 관련이 있는 거의 모든 사람에게 해당했다. 그중 알리바이가 있는 인물은 종업원 닐스뿐이었다.

하지만 그놈이 누구든 간에 자기에게 지극히 불리한 순간에 내 삶에 발을 들여놓았다. 나는 내 소망이나 내면아이의 소망을 짓밟는 사람은 누구든 그냥 내버려두지 않을 작정이었다. 우리의 첫 파트너 주간에는 더더욱 안 될 말이었다. 브라이트너 씨 덕분에 나는 내 내면아이와 계약을 맺지 않았던가.

14

시간 여행

자신의 유년 시절로 떠나는 여행은 영업 감찰과 같아야 한다. 불쑥 찾아가야 한다. 그러지 않으면 가장 좋은 면만 보게 된다.

요쉬카 브라이트너, 『귀한 내면아이』

브라이트너 씨와 나는 '네 소망은 중요하지 않다'는 문장에 내가 격렬하게 반응한 이유를 힘겹게 밝혀냈다. 내면아이 상담 두 번째 시간이었다.

그때 그는 내 맞은편에 느긋하게 앉아 있었지만 나는 처음에 무척 많이 굳어 있었다.

"오늘 우린 함께 당신의 과거로 여행을 떠날 겁니다. 유년 시절로 말이죠. 당신과 부모님의 관계를 좀더 자세히 살펴보기 위해서입니다."

"두 분이 돌아가셔서 다행이네요. 갑자기 찾아가면 늘 너무 놀라셨거든요." 내가 사실대로 대답했다.

"이 여행에서 다루는 건 부모님이 아닙니다. 중요한 건 당신과, 당신이 유년 시절을 어떻게 인식하고 있는가 하는 문제죠. 일부러 불쑥 방문하는 여행입니다. 불쑥 찾아갈 사람은 당신이에요. 머릿속에서 유년 시절을 미리 정리할 시간을 주지 않으려는 겁니다. 당시 그 모습 그대로 보려고 합니다."

나는 긴장했다.

"지난번에 부모님이 당신의 유년 시절에 '즐거움은 사치다'와 '네 소망은 중요하지 않다'라는 신조로 비유적인 의미에서 멍 들게 했다는 점을 확인했죠. 오늘 우리는 당신이 유년 시절에 이 신조나 그것과 연결된 상처를 처음 인식한 시점으로 시간 여행을 하려고 합니다."

브라이트너 씨는 상냥한 표정을 지으며 자기 말을 이해하냐는 듯 나를 봤다.

"어떻게 하는 건가요?" 나는 조심스럽게 물었다.

"우리는 성인으로서 당신이 알프스 산장에서 분노할 때의 감정과 유년 시절 산장에서 소망을 무시당한 감정 사이에 다리를 놓을 겁니다. 이 다리를 통해 부모님의 신조가 당신에게 새겨지기 시작한 시점으로 가는 거죠. 어떤가요?"

나는 고개를 끄덕였다.

"그러면 이제 눈을 감고, 산장 뒤쪽에서 빗장을 풀던 그 상황으로 다시 한번 돌아가보세요."

나는 눈을 감았다.

"당신의 소망이 중요하지 않게 여겨지고 무시당하는 상황이 느껴집니까?"

종업원을 향한 분노가 예전처럼 아주 생생해 아무 문제 없이 다시 그 상황을 불러낼 수 있었다. 나는 고개를 끄덕였다.

"이제 산으로 떠났던 유년 시절의 여행으로 돌아가죠. 카이저슈마른을 먹고 싶다는 소망이 무시당하던 때로 말입니다. 비슷한 감정이 느껴지나요?"

나는 과거로 여행해 내 내면을 들여다보고 고개를 끄덕였다.

"이제 더 먼 과거로 가십시오. 소망이 무시당했다는 느낌을 받은 사건이 더 이른 시기에도 있었나요?"

더 멀리 여행을 떠난 나는 그곳에서 탑시를 만났다. 그리고 지하실에서 탑시를 내쫓은 아버지도. 분노에 지극히 순진한 슬픔이 섞였다. 나는 브라이트너 씨에게 고양이 사건을 말했다. 그리고 나를 보호해야 할 사람이 내 소망을 무시한 데서 오는 상실감도 이야기했다.

"상실감은 탑시 사건 때 처음 느꼈나요, 아니면 그 전에 느낀 적이 있었나요?"

"음… 이미 알던 감정입니다. 그래서 더 슬펐죠. 다른 사람도 아닌 하필 부모님이 제 소망을 짓밟은 게 그때가 처음이 아니었으니까요."

"우린 목표에 다가서긴 했지만 완전히 도착한 건 아닙니다. 머릿속으로 더 과거로 돌아가보세요. 어떤 사건이 바로 이 슬픔과 분노를 처음 불러일으켰나요?"

기억나지 않았다. 그런데… 아주 흐릿한 기억이 하나 떠올랐다. 뭐라 이름 붙일 수 없는 기억이었다. 초등학교 때의 어떤 친구 이름을 기억하려는데 흐릿하게 얼굴만 떠오르는 것과 비슷했다. 내 유년 시절의 흐릿한 형상은 킥보드였다. 아주 흐릿하고 약간 붉은색이었다. 왜 이럴까? 생각이 자유롭게 흘러가도록 내버려뒀다. 킥보드가 점점 더 빨갛게 변했다. 서서히 어떤 기억이 만들어지고, 나는 불현듯 머릿속에서 유년 시절 한가운데에 있었다.

그때 나는 다섯 살이었다. 7월이었다. 밝은 금발이 자그마한 내 머리를 덮었다. 가죽 반바지 차림이었는데 양쪽 무릎에 긁힌 상처가 있었다. 며칠째 무덥고 건조했다. 당시에 여름은 단순명료하게 좋은 날씨라는 뜻이었다. 그해 여름은 최고의 여름이 될 예정이었다.

가죽 반바지를 입고 서 있던 내가 막 인생 최고의 선물을 받았기 때문이다. 새빨간 킥보드였다. 나보다 나이가 많은 이웃 형에게 선물 받았다. 아무 이유 없이 그냥. 그 형은 나를 좋아했다. 열 살 생일선물로 어린이용 자전거를 받은 형은 킥보드를 타기에는 자기가 이미 너무 컸다고 느꼈다. 하얀 바퀴에 틀은 빨간색 유광인 굉장한 킥보드였다. 핸들 손잡이는 흰색이었고 진짜 벨도 달려 있었다. 바닥판의 페달로 뒷바퀴에 브레이크를 걸 수 있었다. 하지만 브레이크가 필요한 아이가 어디 있을까? 이 킥보드는 어린이용 이동수단계의 포르쉐였다. 그런 걸 이웃 형이 나에게 그냥 선물한 것이다.

당시에는 다섯 살짜리가 몇 시간이고 어른의 감독 없이 이웃 아이들과 바깥에서 노는 일이 지극히 일반적이었다. 아버지들은 당시에 프로젝트가 아니라 직업을, 어머니들은 만능조리기구 서머믹스가 아니라 냄비를 가지고 있었다. 이 두 가지 모두 오늘날에는 일반적인 24시간 자녀 감시를 불가능하게 하는 이유로 충분했다.

아버지는 우체국에서 법률 공무원으로 일했다. 요즘 하루에 열여덟 시간을 일하는 루마니아 출신 자영업 택배 기사는 예전에 우체국 직원이 공무원이었다는 사실을 믿지 못할 것이다. 어쨌든 당시 아버지는 지역 우체국 인사과 차장이었고, 나중에 연금도 청구할 수 있었다. 비서로 일했던 어머니는 나를 낳으면서 일을 그만뒀다. 내가 오전에 유치원에 가고 오후에 동네 아이들과 돌아다니는 동안 어머니가 뭘 했는지 지금 와서 돌아보면 솔직히 말해서 나도 모른다.

어쨌든 내가 그날 저녁 지쳤지만 행복한 얼굴로 킥보드를 가지고 집에 들어섰을 때 부모님은 당황하고 경악하는 반응을 보였다. 킥보드를 선물 받았다는 내 말을 부모님은 믿지 않았다. 설명할 틈도 없었다. 아버지는 킥보드를 돌려주려고 나와 킥보드를 끌고 즉시 이웃에게 갔다. 이웃 형의 부모님은 선물에 대해서는 알지 못했다. 하지만 아들이 내 이야기가 옳다고 확인해주자 선물에 완전히 동의했다.

"그건 미카의 킥보드야." 두 분이 말했다. "미카가 선물하고 싶으면 하는 거지. 재미있게 놀아라!"

아버지는 사과했다. 믿지 못해서 미안하다고 나에게 사과한 것이 아니었다. 소란스럽게 해서 죄송하다고 미카 형의 부모님에게 사과했다.

이후 며칠 동안 내가 킥보드를 가지고 바깥에서 놀려고만 하면 부모님은 조심하라고, 그런 킥보드는 비싸다고 말했다. 킥보드의 가치를 부모님은 돈으로, 나는 즐거움으로 매겼다.

사흘이 채 지나기도 전에 이미 나는 킥보드 세계 챔피언이었다. 한 손으로 킥보드를 탈 수 있었다. 두 손을 모두 놓고 탈 수도 있었다. 양손을 놓고 킥보드에서 뛰어내릴 때는 손발 모두 놓고 달리는 것이나 마찬가지였다. 그러면 킥보드는 똑바로 한참 더 나아가다 쓰러졌다.

이렇게 연습하던 중 안타깝게도 킥보드가 한 번은 쓰러지지 않았다. 내가 살던 거리에 주차된 1963년식 하늘색 오펠 카데트 A 옆문에 가서 부딪쳤다. 킥보드 핸들 양쪽 끝에 하얀 손잡이 쿠션이 있긴 했지만 오펠 문에 핸들이 부딪쳤을 때 벨이 닿는 바람에 도색에 6센티미터쯤 되는 흠집을 남겼다. 킥보드가 도로에 쓰러지며 벨이 휘어졌다.

아이들은 오펠 주인의 이름을 모츠만이라고만 알고 있었다. 독선적이고 철저한 가톨릭 신자인 수학교사로, 기회가 생길 때마다 모든 아이를 처벌했다. 70년대에 이런 일은 고발 대상이 아니었다. 쉽고 간단히 말해 나는 그와 그가 보일 반응이 두려웠다. 그래서 도움을 바라며 무슨 일이 벌어졌는지 어머니에게 곧장 이야기했다.

"큰일 났어요?" 나는 알고 싶었다. 아니, 그건 사실이 아니다. 아이들이 큰일이 났는지 물을 때는 그것이 큰일인지 알고 싶어서가 아니다. 큰일이 아니라는 대답을 듣고 싶어서다. 하지만 어머니는 내게서 불안을 거둬주지 않았다. 다만 킥보드를 거둬갔다. 그러고 아버지에게 전화를 걸었다. 아버지도 이웃 남자를 향한 내 불안을 없애는 대신 오후 반차 한 번을 없앴다. 아버지는 집에 돌아와 카데트에 난 흠집을 살펴봤다. 내 킥보드 흠집은 살피지 않았다.

아버지는 내 손을 잡고 이웃에게 가서 나더러 무슨 일이 일어났는지 설명하라고 했다. 지금 생각해보니 아버지가 옆에 없었더라면 그 이웃은 분명히 내 뺨을 후려쳤을 것이다. 하지만 아버지가 아니었더라면 그는 자기 차에 흠집이 났는지도 몰랐을 터였다. 그의 차 문에는 이미 수많은 흠집이 있었다. 하지만 하필이면 아버지가, 정확하게 10만 킬로미터를 달린 뒤 앞으로 들 비싼 수리비를 피하려고 자기 차를 팔아버린 아버지가 운행 기록계가 30만 킬로미터는 훌쩍 넘었을 차량 소유주인 모츠만에게 흠집에 칠을 하고 계산서를 보내라고 말했다.

나는 일주일 동안 외출 금지령을 받았다. 아버지가 징수해간 킥보드는 그다음 주 토요일 신문 광고로 5마르크에 팔렸다. 그 돈은 내가 상실한 기쁨을 보상하는 일과는 아무 관련도 없었다. 부모님은 그 돈이 자동차 수리비의 일부라고 했다. 오펠을 도색하는 데 180마르크나 들었다고 했다. 부모님은 칠칠치 못한 내 행동 때문에 망했다고 그 후 몇 년 동안 계속해서 이야기했다.

"돌이켜보면 그 킥보드 사건이 제 소망이 중요하지 않다고 실제로 느낀 첫 번째 경험인 것 같습니다."

이 깨달음은 앞으로 나의 거의 모든 문제에 눈을 뜨게 해줄 터였다.

15

부모

당신 부모님은 이 세상에서 가장 좋은 부모님이 아니라 당신의 세계에서 유일한 부모님이었다.

요쉬카 브라이트너, 『귀한 내면아이』

"킥보드 이야기가 왜 이제야 기억났는지 알고 있습니까? 거기에 어떤 의미가 숨어 있을까요?" 브라이트너 씨가 물었다.

나는 곰곰이 생각에 잠겼다.

"지금까지 저는 그 이야기를 완전히 다른 의미로 저장해뒀던 것 같습니다. 킥보드 사건은 오랫동안 제게 부모님이 올바르고 이성적인 부모라는 증거였죠."

"그렇군요. 그 이유를 설명하실 수 있나요?"

"그럼요. 이성적인 부모라면 자녀가 이웃의 킥보드를 들고 집에 왔을 때 당연히 그 이웃에게 물어봐야 합니다. 그리고 이성적인 부모라면 그 장난감의 가치를 알려줘야 하고요. 이성적인 어머니라면 버릇없는 아이가 잘못을 저질렀을 때 이성적인 아버지에게 곧장 알려야죠. 이성적인 아버지라면 당연히 손해를 살펴보고 책임져야 합니다. 그리고 당연히 아버지는 아이가 실수에서 배울 수 있도록 이웃에게 데려가야죠. 또 물론 다섯 살짜리 아이는 자기 실수로 생긴 손해에 돈을 들여야 한다는 걸 서서히 알아가야 하고요…. 오랫동안 왜 이런 식으로 잘못 봤는지 모르겠습니다."

브라이트너 씨는 차를 한 모금 마셨다.

"잘못 본 게 아닙니다. 오히려 반대예요. 그건 그저 아주 합리적인 관점입니다. 단순한 생존원칙에 타당한 것이죠. 모든 아이는 부모를 신뢰할 수 있다는 사실에 실존적으로 의존합니다. 그래서 거의 모든 아이가 자기 부모는 세상에서 최고라고 주장하죠. 하지만 그 부모는 그저 아이에게 있는 유일한 부모일 뿐입니다. 이 오류를 깨닫는 일은 고통스럽습니다. 유년기가 수십 년 전에 지나갔다고 해도 마찬가지예요."

이런 생각은 해본 적 없었다. 실제로 고통스러웠다.

"부모님의 행동을 지금은 어떻게 판단하십니까?"

나는 분노가 치솟는 것을 느꼈다.

"부모님은 제 정서적인 기본 욕구를 짓밟았어요. 친근함을 향한 욕구? 우린 널 돕지 않아. 반대로 널 넘겨버리지! 자유를 향한 욕구? 외출 금지령! 즐거움? 킥보드를 팔아버릴 거야."

나는 킥보드 사건으로 밝은 금발인 내 내면아이의 영혼에 배지를 누름으로써 몸에 실제로 구멍이 뚫리는 듯한 감각을 느꼈다. 까진 무릎은 그에 비하면 장난에 지나지 않았다. "킥보드를 선물로 받았다고? 여기 '네 말은 믿을 수 없어'라는 문구가 쓰인 배지를 받아. 이웃이 네 말을 사실이라고 한다고? 여기 '네가 사실을 말해도 우린 너 대신 사과해야 해!'라는 배지가 있지. 네가 모츠만을 무서워한다고? 여기 '우리의 불안은 네 불안보다 중요해'라는 문구가 쓰인 배지를 받아. 이 모든 걸 합친 커다란 배지가 있어. 커다란 침이 달리고, 킥보드처럼 새빨간 글씨로 '네 소망은 중요하지 않아!'라고 쓰인 배지야."

브라이트너 씨는 내가 말을 계속하기를 기다린다는 듯 이해심 가득한 눈길로 나를 바라봤다. 그러나 말이 아니라 눈물이 나오려고 했다. 다섯 살짜리 어린아이가 투영된 눈물, 그러나 아직 바깥으로 나오지는 않는 눈물이었다.

"그런데 이 모든 상처를 입은 당신의 내면아이가 기본 신뢰를 지니지 못한 게 이상하게 느껴지시나요? 저는 아이가 많이 울지 않고 분노하지 않는 게 오히려 이상합니다."

나는 무엇이 내 내면아이에게 그렇게 깊은 상처를 주었는지 드디어 깨닫고, 그 아이와 함께 처음으로 한없이 목 놓아 울었다. 마음이 이루 말할 수 없이 가벼워졌다.

이 상담 시간 이후 나는 '네 소망은 중요하지 않다'라는 배지 이론을 내 모든 문제에 쉽게 적용할 수 있었다. 닐스만이 아니었다. 내 신경을 자극하는 의뢰인들과 집 맞은편 공원의 반사회적 인격장애자들, 사랑을 보여주지 않는 카타리나… 모두 내 소망이 그들에게는 중요하지 않다는 사실을 행동으로 보여줬다. 그들은 무릎이 벗겨진 금발 어린아이, 내 안에 사는 그 아이에게 아무런 관심도 없었다. 그러니 내면아이가 계속 고통으로 비명을 지르고, 내가 아이의 고통을 명상만으로 늘 제어하는 것도 놀라운 일은 아니었다. 부모님의 이 야비한 신조는 지금까지도 나와 내 주변 사람들과의 관계에 영향을 끼쳤다.

나는 브라이트너 씨가 이 고통스러운 깨달음을 얻게 해준 데에 한없이 감사했다.

브라이트너 씨가 사실 관계를 몰라 확인하지 못한 것도 있었다. 드라간이 살해된 이유도 그가 내 소망을 중요하게 생각하지 않았기 때문이었다.

그렇다면 보리스는? 그가 아직 살아 있는 상황을 배지 이론으로 어떻게 설명할 수 있을까? 나는 이제 더는 살인하지 않기를 소망했다. 그리고 소망에 따라 보리스를 죽이지 않았다. 보리스가 아직 살아 있는 이유는 내가 그걸 원했기 때문이다. 보리스를 살려둔 건 내 부모님을 향한 시위였을까? 아니면 보리스의 경우에는 살려두거나 죽이는 일이 중요하지 않았나? 소유가 문제였을까?

어릴 때 지하실에서 보살핀 탑시처럼 내가 돌보는 생명체가 지하실에 있었다. 아주 넓은 의미에서 물체인, 귀중한 소유물이었다. 어릴 때 킥보드처럼. 당시 어린 소년이었던 나는 고양이와 킥보드를 내줘야 했다. 그러나 어른인 나는 보리스를 그대로 소유할 수 있었다. 사샤와 나 말고는 아무도 보리스가 거기 있다는 사실을 몰랐으므로. 어쨌든 지난밤까지는 그랬다. 누가 보리스를 끌어내 마취했든 그는 예전에 부모님이 고양이와 킥보드에 행사했던 것과 똑같은 힘을 보리스에 대해 지니고 있다고 나와 내 내면아이에게 감히 주장했다. 미지의 인물과 부모님에게는 공통점이 한 가지 있었다. 내 소망, 그리고 가죽 바지를 입은 채 여전히 내 안에 살고 있는 어린아이의 소망은 그들에게 전혀 중요하지 않다는 점이었다.

내 문제의 원인을 깨닫는 일과 이 깨달음으로 내면아이를 치유할 전술을 고안해내는 일은 완전히 다른 문제였다. 브라이트너 씨는 이어지는 상담에서 나에게 이 능력을 전해줬다.

바로 이것이 미지의 인물에게 앞으로 재앙이 될 터였다.

16

신조

신조는 부모님이 당신에게 전한 가치관이다. 다른 모든 원칙과 마찬가지로 신조도 상처를 줄 수 있다. 또 다른 모든 원칙과 마찬가지로 신조도 변경할 수 있다. 당신이 그렇게 하는 것이다.

요쉬카 브라이트너, 『귀한 내면아이』

사샤와 나는 지하실에서 자고 있는 보리스 앞에 서서 이제 뭘 해야 할지 고민했다. 건물은 안전했다. 남몰래 드나들 수 있는 사람은 아무도 없었다. 발터의 직원들이 그 일을 책임지고 있었다. 보리스나 그의 부하들이 당장 복수한다는 구체적인 위험은 이제 미지의 인물이 보낸 혼란스러운 위협에 자리를 내주고 사라졌다. 우린 적어도 시간을 조금 벌었다. 그 시간을 숨을 좀 돌리는 데 사용하면 좋았겠지만 나는 그럴 수 없었다. 아내 때문이었다.

누군지는 모르지만 그 사람과 함께 점심 식사를 할 수 있도록 나더러 에밀리를 돌보라는 카타리나의 요구부터 일단 충족시켜야 했다. '내'가 '나'를 위한 시간이 아니라 '아내'가 '아내 자신'을 위한 시간을 가질 수 있도록. 하지만 어쨌든 적어도 나는 에밀리를 곁에 둘 수 있게 됐다.

에밀리에게 가면서 보리스 감방의 새 자물쇠를 바로 사면 될 터였다. 설치될 때까지는 임시 해결책을 써야 했다. 사샤는 어차피 짧은 간격으로 계속 지하실을 살펴볼 계획이었다. 보리스의 마취가 서서히 풀리면 누군가 그 옆에 있어야 했다.

우리는 방 두 개짜리 보리스의 감방에서 탁자와 의자를 제자리에 돌려놓고, 오래된 자전거 자물쇠로 감방 문을 잠근 다음 함께 위로 올라왔다.

유치원 입구에서 유리창을 교체하러 온 유리업자를 마주했다. 그는 A5 크기 편지봉투를 손에 들고 있었다. 우리를 본 그가 뭔가 묻는 눈길로 우리에게 다가왔다.

"여기 사시나요?"

"저희가 유리창 깨진 유치원을 운영하는 사람들입니다. 오셔서 다행이에요." 사샤가 대답했다.

"흠, 그러면 이 편지 수신인은 당신들이군요."

유리업자가 사샤에게 편지봉투를 건넸다. 안에 버블랩을 댄, 이미 사용한 흔적이 있는 갈색 A5 봉투였다. "건물 거주자에게"라고 인쇄된 수신인 레이블이 봉투 앞쪽에 붙어 있었다. 오른쪽 위에 찢어진 외국 우표 일부가 붙어 있고, 왼쪽 가장자리에는 '에오스'(eos)라는 글자가 보였다.

"이거 어디서 났습니까?" 내가 물었다.

"건물 앞 인도에 놓여 있더군요. 가져올 물품이 몇 개 있어요." 유리업자가 대답하고 도로 쪽으로 다시 갔다. 사샤와 나는 마주 봤다. 익명의 편지라니? 좋은 징조가 아니었다.

우리는 아무 말 없이 비어 있는 니모반 교실로 향했다. 사샤가 봉투를 뜯고 내용물을 꺼내 공작용 탁자에 내려놓았다.

요정 릴리 놀이 집에서 잠든 보리스의 폴라로이드 사진 세 장과 인쇄된 편지 한 장이었다. 편지 내용은 이랬다.

> 내가 지하실을 약간 정리했다는 이유로 유치원 전체를 바로 봉쇄하다니 참 다행이군. 이번 주말까지 너희 손님을 살해할 시간을 주지. 금요일 아침에 보리스 머리를 상자에 포장해서 건너편 공원 담에 올려둬. 그러지 않으면 금요일 저녁 이 사진들을 경찰에 보내겠다.

사샤와 나는 터무니없이 작은 유치원 의자에 어색하게 주저앉았다. 제일 먼저 입을 연 것은 내 내면아이였다.

'우린 탑시를 죽이지 않아!'

나는 무의식적으로 주머니에 손을 넣어 앵무새를 쓰다듬었다. 그 행위는 어쨌든 내가 다시 말을 하는 데 도움이 됐다.

"우리… 협박당하고 있어. 우리에게 새 봉투 한 장도 사용하지 않으려는 멍청이한테."

"이놈이 우리한테 이렇게 솔직하게 밝힌다는 점만으로도 정보를 한가득 얻을 수 있어."

사샤의 말에 내가 물었다.

"무슨 뜻이야?"

"병적인 내용은 일단 제쳐두고…. 글 자체에 정보가 많아."

사샤 말이 옳았다. 우리가 협박당한다는 사실은 바꾸지 못하지만 이 문제에 이성적으로 접근할 수는 있었다.

"그럼 우리가 받은 인상부터 정리해보자. 자네부터 시작해."

"자, 그러니까 말이야." 사샤가 입을 열었다. "제일 먼저 눈에 띄는 건 말을 걸지도 않고 인사도 하지 않는다는 거지. 그리고 반말을 해. 다시 말해서 예의가 없어. 이 편지를 쓴 놈의 내면은 버릇이 없어."

"내 생각도 그래. 둘째, 이놈은 우리를 살피고 있어. 그게 아니라면 오늘 유치원 문을 닫았다는 걸 알지 못했을 거야."

사샤는 고개를 끄덕였다. "어쩌면 아이를 우리 유치원에 보내는 놈일지도 몰라. 그러면 오늘 아침에 왓츠앱으로 정보를 받았을 거고, 유치원을 지나가면서 편지를 던지기만 하면 되니까."

내게 어떤 생각이 떠올랐다. "하지만 이자는 우리가 보리스를 이미 발견했는지 발견 못 했는지 알 수 없었어. 그래서 요정 릴리 놀이 집에 있는 보리스의 사진을 보낸 거야. 우리가 그곳에서 보리스를 확실하게 발견하도록 한 거지." 사샤가 생각에 잠긴 채 입을 다물고 있어서 내가 덧붙였다. "셋째, 이놈은 스페인과 관련이 있어."

"왜 그렇게 생각해?"

"'에오스'라는 글자가 찢어진 우표에 남아 있잖아. '코레오스'(correos)는 스페인 우편이야. 이놈은 오늘 아침 새 편지 봉투가 없다는 걸 확인하고 그냥 헌 봉투를 썼어."

"그러니까 우리는 스페인과 연결되어 있고 우리를 감시하는, 정신없고 버릇없는 놈을 찾아야겠군." 사샤가 요약했다.

나는 고개를 끄덕였다 "이제 내용을 살펴보자고. 이자는 우리가 보리스를 죽여서 목을 베길 원해. 여기에는 세 가지 정보가 포함되어 있어. 첫째, 이자는 보리스가 누구인지 알아."

"둘째," 사샤가 내 말을 받았다. "이자는 변태야. 보리스의 머리를 잘라서 상자에 담아 담에 올려놓으라는 건 말도 안 돼.

지능이 엄청나게 모자라고 폭력 애호가가 아니라면 말이지."

내 의견은 달랐다. 보리스는 지하실에 갇히기 전에 지극히 폭력적인 생활을 했다. 지상 생활에서 참수는 꽤 의미 있는 역할을 했다.

"혹시 보리스 전처 일 알고 있어?" 내가 사샤에게 물었다.

"안나스타지아? 드라간과 바람났던 여자? 알지."

보리스와 드라간은 유년 시절부터 친구였고, 범죄 이력도 함께 시작했다. 둘은 떼어놓을 수 없는 사이였다. 드라간이 보리스의 아내와 섹스하기 전까지는. 안나스타지아는 굉장히 매력적이었고, 두 친구가 함께 운영하던 유곽 출신의 창녀였다. 두 남녀의 관계를 알게 된 보리스는 아내의 목을 베고 몸통은 드라간의 문에 못 박았다. 그 일로 두 패거리는 적이 됐는데, 사샤와 내가 드라간과 보리스를 사라지게 함으로써 힘겹게 이 적대관계를 끝냈다.

"보리스를 참수하는 게 그의 전처와 관계있다면 이건 사적인 원한이 원인일 수도 있어." 내가 요약했다.

"그러니까 우리는 유치원이나 보리스와 관계있고 버릇없는 놈을 찾아야 하는군." 사샤가 결론지었다.

사샤와 나 말고는 보리스와 유치원과 모두 연관된 사람이 떠오르지 않았다. 우리 둘은 버릇없는 놈이 아니었다. 나는 보리스를 풀어주지 않았다. 사샤도 분명히 그럴 터였다.

"셋째, 이걸 잊으면 안 돼. 이놈은 우리가 고통받길 원해. 그렇지 않다면 이 모든 걸 게임처럼 꾸미지 않았을 테지. 보리스를 풀어주고, 그를 감추고, 마취 타이밍을 맞추고, 일을 확실히 하려고 그의 은신처를 사진 찍어 보내는 것…, 이 모든 건 잔인한 게임 요소야. 어쩌면 이놈은 우리가 박애주의자라 보리스를 죽일 수 없다는 걸 이미 파악했는지도 몰라. 아마 우리가 보리스를 죽이지 않는 이유가 있다고 생각할 테지. 어쨌든 이놈은 우리가 우리 의지와 반대로 보리스를 살해하길 원해."

그때 다시 그 현상이 나타났다. 부모님이 내 내면아이의 영혼에 남긴 퍼런 멍이 눌렸다.

"우리가 그냥 한다면?" 사샤가 물었다.

"뭘?"

"뭐긴, 보리스를 살해하는 일."

'미쳤어? 우린. 탑시를. 죽이지. 않아!' 내 영혼의 순진한 목소리가 외쳤다.

"자네, 진심 아니지. 안 그래?"

"그냥 생각만 해보는 거야. 우리가 보리스를 죽이고 머리를 상자에 넣어 담에 올려두면 무슨 일이 벌어질까?"

그러면 내 내면아이는 상당히 모욕당했다고 느끼겠지, 이게 내가 생각한 대답이었다.

"우린 이제 더는 살인을 저지르지 않겠다고 다짐했어." 그리고 이게 내가 소리 내어 말한 대답이었다. "새해 첫날 금연을 결심하는 일과 마찬가지야. 혹여 이 결심을 깨더라도 지인의 압력 때문이 아니라 자발적으로 그만둬야 해. 모르는 사람의 강요에 의해서는 더더욱 아니지. 게다가 우리가 그 멍청이의 뜻에 따라 살인하면 평생 협박당해. 금요일 아침까지 이 협박을 한 사람이 누군지 알아낼 시간이 있어. 우린 이 시간을 이용해야 해."

"그때까지 못 알아내면?"

"나는 순간을 살아. 그건 그때 가서 생각해봐야지."

사샤는 내 대답에 완전히 설득되지는 않았으나 일단 보리스의 죽음과 관련된 생각을 더는 하지 않았다.

사샤와 나는 범인의 범위를 두 가지 방향에서 좁혀 오기로 했다. 사샤는 유치원을 방문한 모든 사람을 대상으로 보리스와 접촉한 일이 있는지 알아볼 작정이었다. 나는 보리스의 모든 관계를 유치원과 연결해 확인해보기로 했다.

어쨌든 내일은 유치원을 다시 열기로 결정했다. 급박한 위험은 이제 없었다. 또 부모들에게 둘러댈 만한 핑계도 없었다.

발터가 황금 아기에 관한 내 이야기를 믿는 한 그의 경호팀은 일단 그대로 두기로 했다. 협박범이 혹시 경호팀 눈에 띌지도 모르는 일이니까.

금요일까지 나흘은 사실 문제를 없애기에 꽤 긴 시간이었다. 최근 나는 더 짧은 시간에도 훨씬 더 많은 문제를 무척 신중하게 없앤 경험이 있다.

하지만 예전과는 두 가지 점이 달랐다. 예전의 문제는 그 이름을 알고 있었다. 그리고 사람을 죽이지 않겠다고 결심하기 전이었다.

그러나 그때는 내가 내면아이와 관계를 맺기 전이었다.

17

무기

당신의 도움이 없으면 내면아이는 예전처럼 국방군 역할을 한다.

혼자 모든 이를 공격하면서 모든 것을 망가뜨린다.

아니면 적을 피해 혼자 물러나면서 모든 것을 망가뜨리기도 한다.

당신과 내면아이가 함께 나토군처럼 행동하도록 신경 써라.

둘은 아무도 공격하지 않는다. 하지만 둘 중 하나가 공격당한다면 공격자는 당신과 내면아이를 모두 적으로 돌리는 것이다.

요쉬카 브라이트너, 『귀한 내면아이』

사샤와 헤어지고 난 뒤 나는 브라이트너 씨에게 킥보드 이야기를 들려준 상담 시간을 돌이켰다.

그때 눈물은 좋은 영향을 끼쳤다. 나는 해방감을 느꼈다. 40년 가까이 묵은 부담에서 해방되는 느낌이었다. 내 근원적 신뢰가 부모님에게서 처음으로 명백하게 상처를 받은 때가 언제인지 깨달았다. 또 내 내면아이의 실제 모습도 눈앞에 떠올랐다. 아동용 가죽 바지 아래로 상처 난 무릎이 드러난, 밝은 금발의 작고 순진한 남자아이였다. 나는 이런 깨달음으로 이제 뭘 할 수 있을지 알아내려고 흥분한 상태였다.

"그래요, 좋아요…. 내 내면아이가 상처를 입었다는 것, 그 아이가 의심이 많을 수밖에 없다는 사실을 알게 됐습니다. 내면아이가 왜 그렇게 쉽게 분노하는지 완전히 이해할 수 있어요. 이제 어떻게 분노를 끊어내죠? 내 내면아이를 어떻게 보호해야 합니까?"

브라이트너 씨는 일단 찻잔부터 내려놓았다.

"서두르지 마세요. 우선 당신의 내면아이는 '네 소망은 중요하지 않다'라는 말에 직면하면 두 개의 보호 전술을 사용하기 시작합니다."

"두 개나요?" 믿을 수 없었다.

"내면아이는 필요에 따라 서로 다른 두 개의 무기를 사용하죠. 용감한 어린 기사처럼 말입니다. 하나는 공격 무기, 다른 하나는 방어 무기입니다. 두 무기는 누군가 퍼런 멍을 마음대로 누르는 일을 막는 용도로 사용됩니다. 그런데도 누군가 누르려고 시도하면 당신의 내면아이는 공격하거나 뒤로 물러섭니다. 하지만 이 두 개의 무기는 내면아이를 많이 속박하죠."

"이번에도 너무 추상적이군요. 좀더 구체적으로 설명해주십시오."

"좋습니다. 아주 구체적으로 말씀드리죠. 알프스 산장에서 왜 아내를 계곡으로 던지지 않았습니까?"

기습적인 질문이었다. "왜냐하면… 아니, 왜 아내를 던져야 하죠?"

"흠, 그동안 해주신 이야기를 제가 제대로 이해했다면 친밀함을 원하는 당신의 소망을 아내는 완전히 무시하고 있으니까요."

"네, 그건 맞습니다. 이번 생에서 그걸 바꾸기는 힘들어요."

"아셨죠? 그게 바로 당신의 방어 무기입니다. 아내가 소망을 무시하면 당신은 포기하고 뒤로 물러섭니다. 그러면 친밀함을 원하는 당신의 소망은 이뤄지지 않아요. 하지만 당신은 소망을 보류함으로써 자신이 상처 입는 걸 막습니다."

설명이 충분히 이해됐다.

"공격 무기는 어떤가요?"

"당신은 자신의 소망을 무시한 종업원을 골탕 먹이려 했고, 그는 계곡으로 추락했습니다. 그때 내면아이는 공격 무기를 들었던 겁니다. 낭만적인 산장이라는 소망은 이뤄지지 않았지만 당신의 내면아이는 복수라는 대체 소망으로 만족했죠."

나는 지극히 비유적인 이 원칙도 이해했다.

"좋습니다. 방어 무기로 내가 섹스할 수는 없어요. 공격 무기로 카이저슈마른을 얻을 수도 없고요. 이제 이 사실에서 어떤 결론을 얻어야 합니까?"

"본인은 어떻게 생각하시나요?"

"제 내면아이는 무기를 그냥 바로 내려놓을 수도 있겠군요."

"맞습니다."

"그럼 누가 내면아이를 보호하죠?"

"당신이 보호하는 게 어떨까요?"

"제가 그 아일 어떻게 보호합니까?"

"아이의 소망이 그 소망을 방해하는 사람들에게 달려 있지 않다는 것, 어른인 당신이 방해하는 사람들과 상관없이 이 소망을 이뤄줄 수 있다는 걸 아이에게 보여주세요."

브라이트너 씨는 이해하지 못해 이마를 찡그리는 나를 보고 좀더 자세히 설명했다.

"육체적인 친밀감을 원하시나요? 당신 아내는 이 세상에서 유일한 여자가 아닙니다. 카이저슈마른을 원하시나요? 그 종업원과 그 알프스 산장이 이 세상에서 유일한 종업원도, 유일한 알프스 산장도 아니에요."

"아내를 배신하라고요?"

"자기 자신을 배신하는 일을 그만둬야 합니다. 당신은 너무 오랫동안 본인의 소망은 중요하지 않다고 믿어왔어요. 부모님이 그렇게 가르쳤으니까요. 부모님은 돌아가셨습니다. 당신의 삶을 영위하세요! 밖으로 나가십시오. 유년 시절의 소망을 이루세요. 자신을 위해서가 아니더라도 적어도 내면아이를 위해 그렇게 하십시오."

유년 시절의 소망을 이루라고. 적어도 내 내면아이를 위해서. 그 말은 훌륭한 만트라처럼 들렸다.

"어떻습니까?"

"그거… 좋은데요."

"과거의 부정적인 신조를 다시 쓰세요. 당신과 당신의 내면아이에게 긍정적인 새 경험을 선물하십시오."

"그러고 싶습니다. 그런데 어떻게요?"

"처음에는 다음 시간까지 단순하고 자그마한 임무를 수행하는 겁니다. 내면아이와 대화를 나누기 시작하세요. 내면아이가 받지 못한, 이루지 못한 유년 시절의 꿈이 있는지, 어른인 당신이 이제 이뤄줄 수 있는 꿈이 있는지 살펴보세요. 그러고 그 소망을 이뤄주십시오."

그래서 나는 다음 상담 시간에 랜드로버 디펜더의 자랑스러운 소유주가 되어 있었다.

18

어릴 적 소망

유년 시절의 소망을 이루어라. 당신 자신을 위해서가 아니더라도 적어도 내면아이를 위해 그렇게 하라.

요쉬카 브라이트너, 『귀한 내면아이』

사샤와 내가 협박받는다는 사실을 알게 된 뒤 나는 꽤 느긋하게 카타리나에게로 향했다. 지금은 에밀리도, 카타리나도, 나도 급박히 생명을 위협받는 상황은 아니었으므로. 이른 아침만 해도 오늘 생을 마감해야 하는 줄 알았는데 네 시간도 채 지나기 전에 최소한 금요일까지는 시간이 있다고 가정하게 됐다. 실현 가능한 삶의 기쁨에서 이게 최상은 아니지만 미래에 대한 불안을 몇 시간에서 적어도 며칠 뒤로 미룰 수 있게 됐다. 나는 카타리나에게 전화해 에밀리를 12시 조금 전에 데려올 수 있다고, 그러니 당신은 점심 식사 약속을 지킬 수 있다고 말했다. 가는 길에 튼튼한 강철 자물쇠를 사러 건축 자재상에 잠깐 들를 예정이었다. 소음을 일으키지 않는 볼트 커터로 자를 수 있는 자물쇠가 아니라 최소한 요란한 앵글 그라인더로 갈아야 열리는 자물쇠가 필요했다. 나는 발터에게 연락해 내 팀은 나를 따르고 카타리나 팀은 내가 도착할 때까지 에밀리 옆에 눈에 띄지 않게 있으라고 부탁했다.

어쨌든 모든 경우에 대비해서.

집을 나와 도로 몇 미터 아래쪽에 주차해둔 차에 타고 문을 닫았다. 문 닫히는 소리와 함께 기분이 또다시 한결 나아졌다. 넓혀야 할 것은 나와 문제 사이의 거리가 아니었다. 차 문 하나만 있으면 충분했다. 내 차 문. 이게 다 내 차 덕분이었다. 차는 브라이트너 씨의 조언에 따라 실현한 유년 시절의 꿈이었다. 중고 랜드로버 디펜더. 100킬로미터당 유해물질 2등급 디젤 11리터가 소비되니 미세먼지 금지 구역이 있는 시내에서 타기에는 적합하지 않았지만 그 대신 만드는 데 탄소 17톤을 발생하는 전기자동차 배터리는 없었다.

가죽 바지를 입은 어린 소년이 늘 원하던 바로 그 차였다.

성인인 나도 이 차를 사랑했다. 나는 자동차를 인간 기술이 만들어낸 놀라운 작품으로 보는 순진한 감동을 간직하고 있다. 차는 나에게 자유와 고향을 선물해주는 도구다. 얼마 안 되는 돈으로 얼마 안 되는 시간 안에 증조부모님이 유토피아라고 생각했을 만한 거리를 달릴 수 있다. 게다가 내부에서는 집과 같은 보호감이 느껴진다. 어린 시절 방처럼 문을 닫기만 하면 나머지 세상은 바깥에 그냥 내버려둘 수 있다. 그때 내 방은 지금 디펜더보다 작았다. 어른이 된 나는 이 특대 크기의 어린이 방을 대륙을 넘어 한없이 자유롭게 움직일 수 있다. 이 얼마나 천재적인 발명품인가.

건축 자재상에서는 사려던 물건을 금방 찾았다. 원래는 예상보다 훨씬 일찍 카타리나에게 도착할 수 있었다. 순환로로 가면 건축 자재상에서 우리가 예전에 함께 살던 집까지 10분 안에 간다. 하지만 사랑이 방해했다. 다른 사람들의 사랑이었다. 자재상과 에밀리의 중간 지점에서 나는 평생 이어질 연대에 대한 기쁨을 결혼식으로 확인했으며 예식의 즐거움을 자동차 행렬로 축하하려는 사람들을 만났다. 이들은 다른 통행자들의 경로를 막아선 채 늘어선 차들을 결혼사진 배경으로 활용했다.

무슨 이유에서인지 같은 시민의 이런 행동은 내 양심의 가책을 가라앉혀줬다. 아마 자동차를 아주 좋아하는 사람이 나만이 아니라는 생각 때문인 듯했다. 유명 렌터카 회사의 벤츠

S클래스가 500미터 전부터 내 앞에서 경적을 울리고 좌우로 흔들리며 가다 열 대쯤 되는 다른 고급 렌터카와 함께 도로 한복판에 완전히 멈춰 섰다. 그렇게 나는 부부와 가족 축제 의식을 1열에서 강제로 즐기게 됐다.

나도, 내 내면아이도 이 교통 체증에 발이 묶인 것이 싫지 않았다. 오히려 반대였다. 여기에서 무시당하는 소망, 시간을 잘 지키려는 소망은 '내' 것이 아니라 카타리나의 것이었다. 나와 내 내면아이는 다른 때라면 흥분조의 신문 기사로만 접하던 이 기이한 광경을 실시간으로 즐겼다.

남자 스무 명가량이 앞쪽 렌터카에서 내렸다. 다들 너무 짧거나 너무 꽉 끼거나 너무 번쩍이는 등 한마디로 빌린 듯한 양복 차림이었다. 차에서 내린 여자들도 대여 가능해 보이기는 했지만 그들이 막 내린 차와는 달리 도색에 아주 큰 흠이 보여 반환하기는 분명히 힘들 것 같았다.

나는 뭐든지 빌릴 수 있다는 노골적인 과시가 부의 상징인지 빈곤의 상징인지 늘 궁금했다. 하지만 그건 순환로 통제 행위에서 전혀 문제가 되지 않았다. 신부와 신랑은 렌터카 보닛 위에 자리를 잡았다. 신부는 허리에 붉은 리본을 감고 있었다. 나머지 하객들은 다른 차 지붕에 앉았다. 단체 사진과 셀피를 찍은 뒤 어린 소년 두 명이 차 지붕에서 뛰어내려와 그렇잖아도 이미 서 있는 행렬을 신랑 차의 운전사가 돈을 쥐여줄 때까지 막아섰다. 뒤에서 경찰 사이렌이 아주 천천히 교통 체증을 뚫고 다가오는 동안 하객들은 지극히 느긋하게 차에 올라 흔히 인생에서 가장 행복한 날이라 말하는 파티를 즐기러 떠났다. 내 아내에게 향하는 길이 열렸다.

신혼부부의 낭만이 결혼식 날에서 멀어질수록 어느 정도나 가라앉는지는 그 후에 카타리나를 만나면서 명백해졌다. 나는 11시 30분이 아니라 11시 35분에 우리가 함께 살던 집에 도착했다. 카타리나는 돌처럼 굳은 얼굴로 문을 열었고, 모든 스킨십을 거부하며 이 말로 인사를 대신했다. "당신을 '한 번이라도' 믿어보려고 했는데…."

카타리나의 차림새는 동료와의 식사를 위한 것치고는 지나치게 매력적이었다. 하이힐과 미니스커트, 매혹적인 다리를 돋보이게 하는 스타킹 차림이었다. 실크 블라우스는 진주 귀걸이와 색감이 완벽하게 어울렸다. 향수가 마치 재킷처럼 몸을 감싸고 있었다. 게다가 이상하게 긴장한 기색이었다. 물론 내가 약간 늦었기 때문일 수도 있었다. 하지만 나는 아내 기분의 원인을 알아맞히거나 거기에 내 기분을 맞추는 데 지쳤다. 에밀리와의 시간이 기대될 뿐.

사랑스러운 딸을 건네받았다. 카타리나가 오후 4시쯤 에밀리를 데리러 온다는 정보도 받았다. 기이하게 긴 식사 시간이었다. 하긴 난 기이한 여자와 결혼했으니까.

19

다시 쓰기

> 당신의 신조는 부모님이 작성한 것이다. 당신이 아직 글씨를 쓰지도 못할 때 일이다. 이제 자랐으니 직접 쓸 수 있다. 당신에게 맞지 않는 신조는 다시 써라.
>
> 요쉬카 브라이트너, 『귀한 내면아이』

나는 에밀리와 집으로 향했다. 사샤에게 문자 메시지로 보리스 상태에 변화가 있는지 물었고, 여전히 자고 있다고 답장을 받았다.

집에 도착해서는 에밀리와 함께 유아용 자전거를 가지고 맞은편 공원에 가기로 했다. 낮에는 반사회적 인격장애자들이 없었다. 고객은 날이 저물 무렵에야 바뀌었다. 하지만 술을 마신 뒤 아마도 의례적인 이유로 깨뜨려야 하는 보드카 병 유리 조각은 낮에도 놀이터 벤치 주변 여기저기에 흩어져 있었다.

에밀리는 세 살짜리 세계 챔피언처럼 자전거를 타고 공원을 누볐다. 달리고, 벨을 울리고, 브레이크를 걸고… 모든 면에서 최고의 즐거움을 누리는 수준이었다. 나는 아이 뒤를 따라 가볍게 달렸다. 두 달 전에 조깅을 다시 시작했다. 기량이 최상인 피트니스광은 아니다. 자전거 탄 딸의 뒤를 따라 60분 동안 마구 지그재그로 달리는 것만으로 충분했다.

한 시간은 족히 지났을 때 우리 둘은 지치고 행복한 기분으로 공원에서 나왔다. 에밀리는 우리 건물 맞은편 인도에서 수상쩍게 흔들리기 시작했다. 자전거는 속도를 늦추지 않고 그대로 달리다가 그곳에 주차된 자동차 옆문에 순식간에 부딪쳤다. 나는 서둘러 달려가 에밀리가 괜찮은지 살폈다. 다친 곳은 없었다. 그런 다음 자전거를 봤다. 앞바퀴에 구멍이 났다. 아마 반사회적 인격장애자들의 유리 조각 때문이었을 것이다.

"말도 안 돼." 내 입에서 이런 말이 불쑥 새어 나왔다.

"아빠, 화났어?" 에밀리가 양심의 가책이 살짝 묻어나는 목소리로 물었다.

나는 공원 멍청이들을 향한 분노를 에밀리 앞에서 보이고 싶지 않았다. "아냐, 우리 아가. 아빠가 왜 화났겠어?"

"자동차 때문에. 잘못했어요."

에밀리는 자전거가 BMW 3시리즈 옆문에 부딪힌 자리를 가리켰다. 그곳에 자전거 벨에 긁힌 흠집이 있었다. 6센티미터쯤 됐다.

"큰일 났어?"

불현듯 감정의 플래시백이 나타났다. 나는 다시 다섯 살짜리 아이였다. 킥보드 벨이 모츠만의 자동차에 정확하게 같은 흠집을 냈다.

"큰일 났어요?" 내가 어머니에게 물었다. 아니, 큰일이 아니었다. 하지만 그때 그렇게 말해준 사람은 아무도 없었다.

나는 지금 40년 전 부모님과 똑같은 갈림길에 서 있었다. 과연 부모님을 용서할 수 있을지, 용서한다면 어떻게 해야 할지 알 수 없었다. 하지만 유년 시절에 경험한 부모님의 실수를 내 딸은 겪지 않게 할 수 있었다. 나는 딸을 품에 꼭 안고 말했다.

"아냐, 우리 아가. 전혀 큰일 아냐. 그냥 아주 작은 흠집인걸. 하지만 네가 아빠한테 보여준 건 아주 잘한 일이야. 네가 무슨 말을 하든 아빠는 화내지 않을 거야. 알았지?"

에밀리도 나를 세게 안았다. "고마워, 아빠."

"이제 자전거 들어. 집에서 바퀴를 고치자. 구멍이 났어."

에밀리는 바퀴를 보고는 홍겹고 가벼운 마음으로 밀었다.

내 마음의 눈앞에 무릎이 벗겨진, 밝은 금발 아이가 나타났다. 거의 40년이나 묵은, 오랜 소망을 품은 아이였다. 과거의 부정적인 경험을 비유적인 의미에서 다시 쓸 수 있다는 소망이었다.

나는 내면아이의 소망에 귀를 열고 주머니에서 집 열쇠를 꺼내 뾰족한 끝부분을 BMW의 6센티미터밖에 되지 않는 흠집에 대고 한 번 움직여 20센티미터는 되는 깊은 흠집 세 개를 남겼다.

"빌어먹을 모츠만, 너에게 보복하는 거다." 나는 내면아이와 입을 모아 말했다.

기분이 좋았다.

20

내면아이와 자녀

어떤 신조가 당신의 내면아이에게 해를 입혔는지 안다면 당신 자녀에게 어떤 신조가 해로울지 의식하게 될 것이다. 이걸 이용하라. 당신 자녀의 내면아이에게 부정적인 신조가 자리 잡기 전에 손을 써라.

요쉬카 브라이트너, 『귀한 내면아이』

망가진 자전거를 끌고 집에 막 도착했을 때 사샤에게서 전화가 왔다.

"보리스가 지금 깨어났어. 내려올 수 있어?"

"지금은 안 돼. 에밀리를 데리고 있어."

“언제 올 수 있겠어?”

시계를 보니 3시 반이었다.

“30분 뒤에.”

“좋아. 그때까지 내가 보리스 옆에 있을게.”

“급하면 수면제 튜브를 보리스 팔에 다시 찔러 넣어.”

에밀리는 이미 거실로 달려가 식탁에서 그림을 그리는 중이었다. 나는 아이에게 군것질거리 한 접시와 과일 스무디를 가져갔다. 에밀리가 가장 좋아하는 음료수다. 두 개 모두 식탁에 올려줬다. 에밀리는 보통 이런 과일 스무디를 두 번에 나눠 다 마셨다. 이번에는 아니었다. 의자에 앉은 채 갑자기 약간 당황한 표정을 짓더니 그림 그리기를 멈추고 과일 스무디를 옆으로 밀어냈다.

“왜 그러니?” 나는 스무디를 다시 아이에게 밀어줬다. 에밀리는 다시 밀어냈다. 무척 이상한 행동이었다.

“왜 그래?”

“내가 어떤 말을 해도 정말 야단치지 않을 거야?” 에밀리는 과일 스무디를 무서워하는 것 같았다.

“우리 아가! 걱정이 있으면 뭐든 말해. 어떤 말을 해도 혼나지 않아. 약속할게. 과일 스무디가 왜?”

“지구가 죽는 게 싫어.”

이게 무슨 말일까. “아니… 지구는 죽지 않아. 그리고… 그게 과일 스무디랑 무슨 상관이 있어?"

"프라우케 선생님이 우리가 과일 스무디를 마시면 지구가 죽는대."

프라우케는 니모반에서 일하는 1년 차 실습생이었다. 나는 사람 이름을 외우지 못해 늘 힌트를 사용했다. 이름 대신 대부분 이 힌트를 기억했다. 프라우케는 나에게 '레이디 서렌더'였다. 자기 몸과의 싸움을 이미 오래전에 포기했기 때문이다. 자기 몸매를 구할 수는 없지만 그 몸매를 둘러싼 나머지 세상을 구하려는 의지는 꺾지 않았다. 하지만 레이디 서렌더가 세 살짜리 아이들에게 진지하게 세상이 죽는다고 말했을 리는 없지 않을까. 게다가 그 멍청한 소리를 믿는 세 살짜리 유치원생들에게 세상의 죽음에 책임이 있다는 소리를 하지는 않았겠지. 아닌가? 과일 스무디 때문에? 레이디 서렌더라도 그 정도로 순진하지는 않을 터였다. 하지만 에밀리를 보니 유치원에서 바로 그런 일이 일어난 것 같았다.

"미안해." 에밀리가 뭔가 마음에 걸리는 목소리로 말했다.

'그 프라우케라는 여자, 어디 있어?' 내 내면아이가 등장해 지난번에 에밀리에게 과일 스무디를 금지하려고 한 사람이 계곡에서 비극적으로 추락했다는 사실을 상기시켰다.

두 아이의 아버지로서 내 임무는 딸의 죄책감과 내 내면아이의 분노를 진지하게 받아들이고 풀어주는 것이었다. 그래서 둘을 진정시키려고 애썼다.

나는 에밀리를 안은 뒤, 조만간 프라우케에게 직접 따지겠다고 내 내면아이에게 약속했다. 산이 아닌 곳에서.

"우리 아가, 지구는 죽지 않아. 프라우케 선생님이 뭔가 오해했구나. 그리고 무엇보다 네가 하는 그 어떤 행동도 지구를 죽이지 않아. 니모반 친구가 모두 너를 도와서 함께 죽이려고 해도 말이야."

"하지만 프라우케 선생님이 그렇게 말했어. 그러고 과일 스무디를 못 마시게 했어."

카타리나와 나는 언제나 우리 부부 문제를 딸이 눈치채지 못하게 했다. 순진한 기본 신뢰의 민감함에 대해 내가 전혀 알지 못할 때도 이미 그렇게 했다. 하지만 우리가 에밀리를 지나치게 조심스럽게만 대한 것은 아니다. 동물과 인간은 죽는다는 것, 이 세상에는 위험이 존재하고 엄마와 아빠는 너를 이런 위험에서 보호한다는 것을 아이가 알아듣기 쉽게 설명했다. 그리고 모범을 보임으로써 삶이 아름답다는 걸 알려주려고 애썼다. 이유는 간단했다. 카타리나와 나의 관계 문제, 각자의 문제, 살면서 당연히 겪는 온갖 문제, 삶과 연관된 갖은 위험이 있지만 적어도 아이에게는 삶이 아름답다고 연극하는 것이 중요하다고 우리 둘 다 확신했기 때문이다. 나는 미래에 대해 불안을 느끼면서도 에밀리에게는 내가 상상할 수 있는 가장 아름다운 미래상을 몸소 보여주고자 했다. 나는 딸과 관련해 아주 명확한 상상을 해왔다. 내일 정오 질트섬(독일 슐레스비히홀슈타인주에 자리한 102제곱킬로미터 크기의 섬—옮긴이)만 한 소행성이 유치원에 떨어져 지구상의 삶이 끝난다 해도, 나는 내일 오전 에밀리가 온갖 색깔로 즐겁게 유니콘을 그릴 수 있도록 오늘 색연필을 깎을 것이다.

그런데 어디선가 나타난 고도비만 실습생이 내 딸에게 과일 스무디가 지구를 죽일 거라는 멍청한 신조를 가르쳐 이 가치관을 망친다고? 에밀리가 지구의 죽음에 책임이 있다고? 이럴 수가. 세상이 멸망하고 자기가 거기에 책임이 있다는, 말도 안 되는 딸의 걱정을 내가 어떻게 해야 없앨 수 있을까? 나는 그냥 사실로 접근하기로 했다.

"우리 아가…. 어른들은 가끔 바보 같은 말을 하기도 해."

"왜?"

"살다 보면 그래. 가끔 멍청한 말을 안 하기 어려워."

"그럼 지구가 죽지 않아도 돼?"

"지구는 죽을 수 없어. 사람이 아니니까. 언제나 있을 거야."

50억 년에서 70억 년 뒤면 태양이 팽창해 지구를 집어삼키게 될 거라고는 말하지 않았다. 나도, 나보다 마흔 살 어린 딸도 직접 맞이할 미래는 아니므로.

"그럼 과일 스무디 마셔도 돼?"

"물론이지!"

에밀리가 나를 꼭 안았다. "고마워, 아빠!"

나는 어린 딸의 이마에 입 맞추고 과일 스무디를 다시 밀어주었다. 딸은 스무디를 꿀꺽꿀꺽 마시고 다시 그림을 그렸다. 나는 내면아이가 나에게 전달한 분노를 가라앉히려 의식적으로 세 번 심호흡했다.

내 내면아이는 당장 3층 아래로 달려가 레이디 서렌더에게 울화통을 터뜨리며 따지고 싶어 했다. 나는 내면아이에게 지금은 그럴 수 없다고 말했다. 딸을 돌봐야 하므로. 그리고 레이디 서렌더는 지금 그곳에 없으므로. 유치원이 오늘 문을 닫았으므로. 지하실에서 마피아가 사라졌다가, 잠에 빠져 있긴 하지만 다시 나타났으므로. 그는 이제 다시 깨어났다. 내 눈앞에서 깨어난 건 아니지만. 나는 그 자리에 있을 수 없었으므로. 아내에게 점심 식사 약속이 있었으므로.

왠지 모르게 이 모든 것이 서로 연결되어 있었다.

나는 내면아이에게, 우리 파트너 주간 안에 아이가 원하는 대로 레이디 서렌더와 긴 대화를 나눌 기회를 주겠다고 약속했다.

30분 뒤 점심때와 비교하면 훨씬 느긋해진 카타리나가 역시 기분 좋은 에밀리를 데리러 왔다. 나는 카타리나에게 과일 스무디 사건을 설명했다. 아내도 내 내면아이만큼이나 화를 냈다. 나는 아내에게도 교사와 대화로 직접 해결하겠다고 약속했다.

"오늘 저녁에 어차피 학부모회가 열려. 그때 과일 스무디 이야기도 꺼내봐야겠어."

"엄마 다섯 명과 당신 말이지?" 카타리나가 우습다는 듯이 물었다. 아내는 '표준 엄마들 모임'에 늘 거리를 뒀다. "즐거운 시간 보내! 내일 일하러 가면서 에밀리 유치원에 데려다주고, 오후에 당신 집으로 데리러 올게. 괜찮지?"

괜찮고말고.

카타리나는 내 뺨에, 에밀리는 내 이마에 작별의 입맞춤을 했다. 기뻤다. 그런데 내가 마지막으로 입술에 키스를 받아본 게 언제였더라?

21

부족한 정보

직업상 부족한 정보에 반응하는 방식은 오로지 당신에게 달렸다. 일부러 정보를 받지 못했다고 짐작하고 부정적인 부담을 느낄 수도 있다.
하지만 부족한 정보를 해결해야 할 수수께끼로 보고, 순진한 모험심에 자극을 받을 수도 있다.

요쉬카 브라이트너, 『추월 차선에서 감속하기—명상의 매력』

나는 건축 자재상에서 구입한 새 자물쇠를 가지고 지하실로 내려갔다. 사샤는 보리스 감방 안 의자에 앉아 있었다. 보리스는 창백하고 지친 표정으로 침대에 쭈그려 앉아 거의 마비된 듯 벽에 기대 있었다.

"보리스가 뭔가 말했어?" 내가 사샤에게 물었다.

"아직 아무것도 안 물었어. 자네가 올 때까지 기다렸지."

나는 남아 있는 의자를 들어 돌린 다음 거꾸로 앉았다. 턱을 의자 등받이에 기대고 보리스와 눈높이를 맞추며 이야기를 나눴다.

"좋아, 보리스. 누가 널 여기서 데리고 나갔지?" 나는 예전의 허깨비에 불과한 남자에게 물었다.

보리스가 고개를 들었다. 이제야 나를 알아본 것 같았다.

"모르지." 그가 제대로 돌아가지 않는 혀로 대답했다. "나가다니? 난 여기서 기절했다가 여기서 다시 깼는데. 내가 그사이 어디 다른 곳에 있었나?"

"그놈을 분명히 봤겠지." 사샤가 주장했다.

"아무것도 못 봤어." 보리스가 무뚝뚝해졌다. 좋은 신호였다. 최소한 그의 혈액순환 상태를 위해서는. "문 개폐구가 열렸어. 그것 말고는 아무 일도 없었지. 난 무슨 일인지 보려고 그쪽으로 다가갔어."

"그래서 어떻게 됐지? 뭘 봤어?" 사샤가 물었다.

"아무것도 못 봤다고! 그래서 아주 이상했어. 너희 둘 중에 한 명이 또 뭔가 이상한 짓거리를 하나보다 생각했지."

"무슨 이상한 짓거리?" 사샤가 물었다.

"그리고 '또'라니?" 나도 끼어들었다.

"아, 지난번처럼 말이야. 너희가 밤에 개폐구를 열고 손전등으로 내 얼굴을 비추는 바람에 깼잖아."

나는 무슨 소리냐는 눈길로 사샤를 바라봤다. 사샤도 어리둥절하게 나를 봤다. 그러니까 낯선 이는 지난밤 지하실에 처음 온 것이 아니었다.

"손전등으로 언제 그랬다고?" 내가 물었다.

"몰라. 얼마 안 됐어. 지난주 언제였는데. 너희가 아이 휘파람 같은 소리로 짜증을 돋우고 얼마 지나지 않았을 때였어."

이번에는 사샤가 이게 무슨 소리냐는 눈길로 나를 봤다.

"무슨 휘파람 소리?" 그가 물었다.

"아, 그러니까 계속…."

보리스가 휘파람을 불기 시작했다. 형편없는 실력이었지만 나는 그 멜로디를 알아들었다. 어린이 만화영화 시리즈 '마르코 폴로' 주제가였다. 나는 이미 오래전 그 노래에 질렸지만 딸이 그 시리즈를 아주 좋아했다. 보리스는 아이도 없고 지하실에서 어린이 채널을 볼 수도 없어 이 노래 제목과 관련된 정보가 부족한 듯했다. 나는 그 부족함을 메워줄 마음이 없었다.

"그래서 휘파람 소리를 듣고서 어떻게 했어?" 내가 물었다.

"어이, 이제 지겹군. 너희 말고 누가 그랬단 말이야? 난 빌어먹을 휘파람을 그치지 않으면 조만간 너희 입술을 물어뜯겠다고 고함을 질렀어."

"그런 다음에는?"

"휘파람 소리가 멎었고, 난 저녁 식사를 기다렸지. 너희가 와 있었으니까."

"우리가 아니었어. 바로 그게 문제인 것 같다." 사샤가 결론지었다. "그러니까 지난주에 낯선 사람이 최소한 두 번 너를 찾아왔어. 한 번은 손에 손전등을 들고, 한 번은 입술에 노래를 싣고."

"어젯밤에 개폐구가 다시 열렸군." 나는 보리스에게서 정보를 더 얻어내려고 처음에 그가 했던 대답을 이어갔다. "그래서 네가 문 쪽으로 갔고. 그다음엔?"

"아주 끔찍한 냄새가 풍겼어."

"클로로포름?"

"아니, 비위 상하는 향수 악취. 클로로포름 냄새는 그다음에 났지. 개폐구에 머리를 들이밀려고 하는데, 갑자기 손이 나타나더니 내 머리채를 잡고 다른 손으로는 코에 행주를 댔어. 거기에 클로로포름이 묻어 있었던 것 같아. 그것 말고는 모르겠어. 난 아마 휘청거리다 탁자에 쓰러졌을 거야. 더는 기억나지 않아. 자…, 무슨 일이 일어난 거지?"

"몰라. 우리도 아는 게 없어." 나는 사실대로 대답했다.

"혹시 숨기는 게 있다면 각오해야 할 거야." 사샤가 끼어들었다.

이제 나는 보리스가 자기에게 무슨 일이 벌어졌는지 정말 모른다고 확신했다. 이렇게 많이 모르는 척할 수는 없었다.

"어제 무슨 일이 벌어진 건지 제발 누가 좀 말해볼래?" 보리스가 우리에게 씩씩거렸다.

"보리스, 우리도 지금 그걸 알아내려고 하는 중이야." 내가 대답했다. "팩트는 이래. 누군가 어제 너를 마취했어. 그리고 그 누군가가 감방 문 자물쇠를 뜯고 너를 제일 큰 지하 창고로 끌고 갔지. 우린 거기서 너를 발견했어."

"그런 웃기는 짓을 왜?"

"무슨 뜻인지 어쨌든 지금까지는 몰라. 그 이유를 알아내려고 지금 우리가 여기 온 거야."

"그놈이 남긴 건 없어? 소식이나 메시지 같은 거?"

"흐음, 너를 일단 풀어주고 그대로 내버려둔 게 이미 하나의 메시지라고 할 수 있지." 사샤가 설명했다. "네가 어떻게 되든 그 사람에게는 아무 상관도 없다는 메시지."

"그런데 오늘 아침에 편지가 왔어." 내가 덧붙였다.

"보여줘." 보리스가 요구했다.

"우리에게 보낸 거야." 사샤는 봉투만 잠깐 들어 보였다.

나는 사샤를 바라봤다. "솔직히 말하면 '건물 거주자에게'라고 쓰여 있어. 그러니까 보리스에게도 해당하지."

사샤는 잠시 고민하더니 어깨를 으쓱했다. 보리스에게 편지 내용을 감추는 게 무슨 의미가 있을까? 없었다. 우리는 그에게 봉투를 건넸다.

보리스는 편지를 쓱 훑어보고는 사진을 자세히 들여다봤다.

"내가 이 빌어먹을 공주 놀이 집에 누워 있었다고?"

"목을 베는 것 때문에 더 흥분할 거라고 생각했는데." 나는 어리둥절했다.

"너희는 내 목을 못 베. 할 수 있었다면 이미 반년 전에 했겠지. 너희에겐 그럴 용기가 없어. 자, 그러니 지금 제일 중요한 문제는 이 멍청이가 누군지 알아내 처리하는 거겠지. 그렇지 않아?"

'맞아!' 내 내면아이가 의기양양하게 소리쳤다.

"우린 아직 확실히 결정을 내리지 않았어." 나는 사샤를 바라보며 또렷하게 말했다.

보리스의 눈에 불안감이 슬쩍 떠오르는 듯했다.

사샤도 그렇게 느낀 모양이었다. "우린 이슬람 국가가 아니야." 그가 우리 장기 투숙객을 안심시켰다. "유치원에서 쓰는 공작용 칼로는 어차피 네 목을 벨 수도 없어. 새 칼을 사는 데 큰돈을 쓰기 전에 어떤 멍청이가 이 편지를 썼는지 알아내는 데 시간을 좀 투자하고 싶어."

"우린 너를 증오하고, 네가 이 지하실에 있다는 사실을 알고, 유치원에 슬쩍 들어올 수 있고, 완전히 제정신이 아닌 사람을 찾고 있어. 이 모든 묘사에 부합하는 사람을 혹시 알아?"

"너희 둘 말고?"

"우린 널 증오하지 않아. 그저 너랑 뭔가 의미 있는 일을 하지 못할 뿐이지." 사샤가 확실하게 대답했다.

"흐음… 내겐 적이 아주 많지. 하지만 너희 둘 말고는 내 소재를 아는 사람이 떠오르지 않아. 이제 질문 시간은 끝. 그런데… 그놈이 제정신이 아니라는 건 어떻게 알아?"

나는 편지를 가리켰다. "누군가의 머리를 베어낸다는 건 자기 머리도 정상은 아니라는 뜻이니까."

"내 경험에서 말하자면, 톱으로 머리를 잘라내보면 만족스러운 해방감이 들기도 해. 온통 엉망이긴 하지. 하지만 이 세상 그 무엇보다 심하게 상처를 준 사람의 머리를 손에 들고 있으면 자기 머릿속은 더 이상 시끄럽지 않단 말이야."

보리스가 이유 있는 질투로 아내의 목을 벤 이후 그가 완전히 미쳤다는 건 잘 알려진 사실이었다. 하지만 그의 말은 협박범과 관련된 우리의 가설을 확인시켜줬다. 협박범이 보리스를 지극히 증오한다는 사실이었다. 문제는 단 하나였다. 그러는 이유가 도대체 뭘까?

우리는 여전히 젖은 포대 자루처럼 침대에 축 늘어져 있는 보리스와 헤어져 지하실을 나와 빛이 들어오는 1층으로 다시 올라갔다.

"그 노래가 뭔지 알아들었어?" 사샤가 물었다.

"응, '마르코 폴로' 주제가야. 뭔가 도움이 될까?"

"아이들 노래군. 그런데 보리스는 감방 환풍기가 켜져 있을 때만 휘파람 소리를 들을 수 있어."

사샤 말이 옳았다. 보리스가 있는 감방 환기는 전기로 조종했다. 환기구가 닫혀 있을 때 지하 감옥은 방음 상태였지만 열려 있을 때는 안타깝게도 아니었다. 보리스가 환기구로 고함을 질러 도움을 요청하지 못하도록 환풍기는 구경꾼이 될 만한 사람들이 건물에 더는 드나들지 않을 때만 작동했다.

"낮에는 유치원이 문을 닫은 뒤에야 환풍기를 켜는데." 사샤가 크게 혼잣말했다. "그리고 밤에도 켜고. 하지만 휘파람 소리가 낮에 들렸다고 했잖아. 저녁 식사 하기 전에."

나는 고개를 끄덕였다. "어쨌든 보리스를 사이비로 구출하기 전에 누군가 최소한 두 번은 들른 거야. 한 번은 늦은 오후에 휘파람을 불면서, 다른 한 번은 밤에 빛을 비추면서."

"아이들 노래를 휘파람 불고, 보리스를 증오하고, 악취를 풍기는 향수를 사용하는 사람이 찾아온 거지."

22

위험

당신의 내면아이는 대체로 의심이 많다. 그걸 이용하라.

일어날지도 모르는 위험에 일찌감치 무척 감정적으로 반응한다.

그걸 위험으로 볼지, 기회로 볼지는 당신에게 달렸다.

요쉬카 브라이트너, 『귀한 내면아이』

나는 불과 2주 전 니모반 학부모회 대표로 선출됐다. 명예와 책임을 동시에 갖는 자리였다. 나는 유치원에 맞서 딸이 소속된 반 모든 아이의 이익을 돌볼 책임이 있었다.

다행스럽게도 나는 변호사로서 이미 뒤에서 이 일을 하고 있었다. 하지만 학부모들 뜻에 따라 공식적으로 대표가 된 것은 기분 좋은 일이었다. 반년 전 폭력으로 유치원을 인수할 때는 느끼지 못한 기분이었다.

나는 학부모들에게 신념을 주어 대표로 뽑혔다. 출석이 저조한 학부모회에서 부대표가 된 라우라를 빼고는 아무도 입후보자로 나서지 않아 가능했던 일이기도 하다. 라우라는 여덟 표 중 일곱 표를 얻었다. 한 표는 기권이었다. 나는 여덟 표 중 여덟 표를 얻었다. 정당하게 하려면 아마 나도 기권해야 했을 터였다. 나는 그렇게 대표가, 라우라는 부대표가 됐다. 플리퍼반과 크라운피쉬반 대표, 부대표도 비슷한 투표율로 선출됐다.

보육교사와 학부모회 대표들 모임은 1년에 두 번 열렸다. 다음 모임은 목요일 저녁이었다. 이 모임에서 학부모들은 유치원 담당자에게 바라는 바를 명확하게 표현할 수 있었다. 이들의 소망은 나에게 중요했다. 브라이트너 씨 덕분에 이제 그 이유도 알게 됐다. 모임 전에 아이들을 위한 학부모의 관심을 미리 차분하게 생각해보는 게 의미 있는 일이라고 생각했다. 그래서 대표들을 집으로 초대했다.

'헬리콥터 부모'에 대해 말이 많다. 내가 보기에 이 단어는 잘못됐다. '수류탄 부모'라고 말하는 게 훨씬 옳다. 아이들은 이 부모의 안전핀이다. 안전핀을 제대로 다루지 않으면 수류탄이 폭발한다. 수류탄 부모들이 유치원에서 폭발하지 않도록 나는 이 기회를 이용해 학부모회에서 어떤 엄마의 안전핀이 느슨한지 알아내고자 했다. 전체 모임 전에 사샤에게 아마 꽤 중요한 정보가 될 터였다.

내 제안에 따라 우리 여섯 명은 내 집에서 만났다. 모두 엄마였고 나 혼자만 아빠였다.

손님 다섯 명 모두는 선물로 마실 것을 가지고 왔다. 나는 하룻저녁에 피노 그리 한 병, 리오하 한 병, 무알콜 라들러(맥주와 음료수를 혼합한 음료—옮긴이) 여섯 개들이 세 팩을 집에 두게 됐다. 첫째를 임신하기 전에는 아페롤 스프리츠로 배를 채우던 숙녀들이 출산 뒤에는 왜 무알콜 라들러를 끌고 다니는지 도무지 모르겠다. 하지만 맛이 좋았다. 내 입에도 맞았다. 그래서 숙녀 네 명과 신사 한 명이서 분위기가 점점 고조되는 가운데 가져온 라들러를 마셨다. 다섯 번째 숙녀는 30분 만에 피노 그리 한 병을 자기 자신과 나눠 마셨다.

내 계획은 학부모들의 소망과 분위기를 되도록 빨리 조감하는 것이었다. 20분 뒤에는 어느 정도 감을 잡았다. 하지만 유감스럽게도 내가 전혀 관심이 없는, 남성으로서 차별받는다고 느낄 정도의 주제였다. 지역 산부인과 의사들의 온갖 특성과 골반 요가에서 비용 효과를 더 얻기 위해 요구해야 하는 점, 반나절 근무자로서 사회생활을 다시 시작할 때의 문제점 등에 대해 묻지도 않았는데 다 알게 됐다. 피노 그리를 가져온 슈테피라는 엄마가 회음부 흉터 증세를 설명하려는 욕구를 실제 행동으로 옮기자 나는 거실을 빠져나와 주방에서 음료수를 찾는 척했다. 리오하와 병따개를 막 손에 들었을 때 라우라가 나를 따라 주방으로 들어왔다는 걸 알게 됐다.

"집 좋네요." 라우라가 말했다.

"고맙습니다. 여기 아늑해요." 나는 와인병을 들어 올리며 물었다. "리오하 한잔 하실 생각 있어요?"

"회음부 흉터 이야기를 들을 생각은 없어요."

나는 웃음이 터졌다. 라우라의 유머가 마음에 들었다.

"그럼요, 한 잔 마실게요." 그녀가 덧붙였다. "제가 제일 좋아하는 와인이랍니다."

"아, 이런 우연이."

"아뇨, 제가 가져온 거예요."

취향도, 행동거지도 괜찮았다. 흥미로운 여성이라 투표할 때부터 눈에 띄었다. 30대 중반이고 매력적이었다. 나는 유부남이고, 이것만으로 다른 관심이 더는 일어나지 않을 이유가 충분했다. 하지만 라우라도 나를 흥미로운 남자라고 생각한다는 걸 이 순간 처음 확신했다. 또 인생을 그냥 즐기라는 브라이트너 씨의 조언도 떠올렸다. 나를 위해서가 아니더라도 적어도 내면아이를 위해서.

"와인이 혼자 오지 않아서 참 다행이에요." 나는 이렇게 말하고 그녀에게 미소 지었다.

'웃기지 마. 이 여자는 너랑 잘 생각 없어.' 내면아이가 간섭했다.

'어이, 매력적인 여자랑 좀 시시덕거릴 수는 있잖아.' 내가 대답했다.

'다른 모든 여자처럼 이 여자도 네 소망을 중요하게 여기지 않을 거야. 그러니 시작도 하지 마. 게다가 넌 유부남이야.'

사실 나는 카타리나와 결혼한 뒤로 다른 여자와 시시덕거린 적도 없었다. 처음에는 카타리나와 행복했으니까, 그리고 그 후에는 나에게 상처 줄 수 있는 여자는 한 명으로 완전히 충분했으니까. 하지만 이 순간 나는 지난 몇 년 동안 시시덕거림이라는 분야에서 내 내면아이가 분명히 방어 무기를 들고 꽤 큰 역할을 했을 수도 있다는 걸 깨달았다. 이제 나는 요쉬카 브라이트너 덕분에 이 무기를 벗어던졌다. 이제 내 내면아이를 보호하는 사람은 나다. 파트너 주간인 지금, 다른 여자들을 향한 우리 관계를 정리할 때가 됐다.

'내가 라우라와 시시덕거려서 네가 두려울 게 뭐야? 카타리나에게 상처를 줄까봐? 아니면 상처를 받을까봐?'

'상처받을까봐.' 대답이 총알처럼 바로 날아왔다.

어쨌든 그 대답은 내가 손댈 수 있는 출발점이긴 했다.

'내가 널 어떤 상처에서든 보호하겠다고 약속할게. 됐어? 내 매력이 아주 꽝이라고 생각하지는 않는 매력적인 여자랑 그냥

조금 수다만 떨려고 해.'

'약속한 거다?'

'맹세해.'

내면아이에게서 허락이 떨어졌다.

조금 시시덕거리면 정말 기분이 좋아질지도 모른다. 남자로 받아들여지길 원하는 내 소망은 아내에게 아주 오랫동안 무시당했다. 이제 그저 다른 행동을 한번 시험해보고 싶었다.

그래서 라우라를 약간 더 자유로우면서도 조금 더 관심을 가지고 지켜봤다. 정확히 내 이상형이었다. 나보다 머리 하나쯤 작고, 운동으로 단련되어 탄력 있고 날씬했다. 가냘픈 게 아니라 무척 여성적으로 철저히 단련된 몸매였다. 무에타이 약간에 줌바가 많이 섞인 듯했으며, 놀라울 만큼 부드러웠다. 웃어서 생긴 눈가 주름 주위로 슬픔의 그림자가 살짝 엿보였다. 나는 거기에 바로 빠져들었다. 갈색 띤 금발을 하나로 묶었고, 단순하면서도 세련된 옷차림이었다. 청바지에 운동화, 티셔츠에 암청색 재킷을 걸쳤다. 장신구는 어두운색 진주 한 알이 달린 은목걸이가 전부였고, 짙은 색 립스틱을 아주 살짝 발랐을 뿐 화장은 거의 하지 않았다. 나는 우리 둘의 잔에 리오하를 따르고 건배했다.

"그러니까 혼자 아이를 키우시는군요?" 첫 모금을 마신 뒤 라우라가 물었다.

내 의아한 눈길을 깨달은 그녀가 바로 설명을 덧붙였다.

"여긴 전형적인 남자 집이거든요. 그런데 아이방이 있으니까요."

"아, 네. 맞아요. 집은 그렇죠. 카타리나와 저는 잠정적으로 별거 중이에요. 각자 시간의 섬이 있죠. 하지만 우린 에밀리를 함께 양육한답니다."

'잘했어! 아내 이야기를 더 많이 해. 그것보다 나은 언어적 방어 무기는 없으니까.' 내면아이가 끼어들었다.

나는 내면아이에게 현혹되지 않고 말을 이었다.

"하지만 저는 매 순간 가치 중립적으로 사랑을 담아 생활하고, 새로운 만남과 경험을 즐기죠."

내면아이가 나지막이 중얼거렸다. **'아이고, 세상에.'** 하지만 그 말만 했을 뿐 우리 계약을 잘 지켜 다른 말을 덧붙이지는 않았다.

"명상에 대해 잘 아시는군요?" 라우라가 물었다.

"왜요?" 나는 그 질문에 정말 깜짝 놀랐다.

"시간의 섬, 의식적인 자유 공간을 말씀하셔서요."

라우라가 지금 나에게 윙크했나?

"맞아요. 당신도…?"

"전 과거에 많은 경험을 했고, 미래에 대한 신뢰도 충분해서 현재를 즐긴답니다."

나는 그 표현이 아주 멋지다고 생각했다. 하지만 내 안에서 간질거림이 느껴지는 것은 내 내면아이가 헬멧을 쓰지 않은 머리를 지금 막 양손으로 쳤기 때문인지도 모른다.

"당신 주거 형태는 어떤가요?" 내가 물었다.

"작은 침실, 커다란 아이방. 다시 말해서… 싱글 맘이죠. 부모 사이에 의사소통이 잘되는 편은 아니고요." 라우라가 간단하게 덧붙였다. 이 주제로 더 깊이 이야기 나누고 싶지는 않은 듯했다.

나도 고집을 부리지 않았다. 그래서 그 대신 물었다. "그러면 지금 막스는 누가 돌보고 있나요?"

"오빠가요. 필요할 때면 늘 봐줘요. 오늘은 유치원 문을 닫아서 온종일 봐줬어요. 매주 수요일은 가장 사랑하는 외삼촌의 날이에요."

"가족 구성원끼리 친한가보군요?"

"그냥 그래요. 쿠르트 오빠는 유일하게 연락하는 가족이죠. 안타깝게도 할아버지 할머니는 막스를 돌봐줄 수 없으니."

"애도를 표합니다."

"왜요? 아, 아니에요! 부모님은 하늘나라가 아니라 테네리페섬에 계세요. 그런데… 두 분 이민 생활 이야기를 들어보면 하늘나라도 분명히 거기보다는 안 좋아요."

"어떤 부모가 자녀들을 홀로 내버려둡니까?" 나는 흥미를 느껴 질문했다. 무엇보다 부모가 일찌감치 자신들의 욕구를 딸보다 중요하게 여길 때, 딸의 내면아이는 어떤 무기를 갖추게 될지 궁금했다. 라우라의 태도를 보면 아마도 공격 무기인 듯했다.

"오빠가 옆에 있으면 그걸로 충분하다고 생각하는 부모죠." 라우라가 나에게 건배했다. "이제 다시 들어갈까요? 나중에 더 이야기 나누죠."

다시 윙크. 방어 무기는 분명히 아니었다.

23

타임캡슐

당신 내면아이의 감정은 순수하다. 내면아이에게 뚜렷한 인상을 남기는 경험들은 시대정신의 영향을 벗어나 있다. 만년 빙하의 코어 샘플과 비슷한데, 감정의 타임캡슐이다. 이걸 이용하라. 당신 내면의 소리가 뭔가를 시대를 초월한 사기라고 간주한다면 그건 아마도 정말 시대를 초월한 사기가 맞을 것이다.

요쉬카 브라이트너, 『귀한 내면아이』

나는 거실 탁자에 시원한 무알콜 라들러 여섯 개들이 한 팩을 내려놓았다. 슈테피는 회음부 흉터 고민을 마지막 남은 피노 그리 4분의 1병으로 말끔히 씻어낸 것 같았다. 라우라는 와인을 들고 다시 소파에 앉았다. 엄마들은 지난밤 누가 유치원에 침입했는지 짐작을 나누는 중이었다. 사샤는 왓츠앱과 유치원 홈페이지에 짤막하게 입장을 표명하면서 온갖 열린 질문에도 대답했다. 경찰이 수사 중이라고, 범인이 누군지 아직 모른다고, 미리 취한 (그리고 앞으로 더욱 강화될 예정인) 보안책 덕분에 침입은 실패했다고 알렸다. 그래서 이 주제는 곧 끝났다. 유치원은 내일 다시 문을 열 터였다. 수다는 쉬지 않고 얼마 뒤 열릴 '아버지들의 등불 만들기' 주제로 이어졌다. 나는 이야기를 나누는 다른 손님들을 조금 더 자세히 살펴봤다.

회음부 흉터 슈테피는 인생의 꿈과 양수란 둘 다 터질 수 있다는 면에서 한 가지 공통점이 있다는 사실을 공공연하게 알려주는 유일한 여성인 듯했다. 슈테피는 아들을 출산한 뒤로 은행에서 하던 일 가운데 일부만 다시 얻었다. 그녀 말에 따르면 집에 있는 배우자는 임신 기간에 아내와 같이 불어난 몸매를 아직 회복하지 못했고, 약속한 휴일에만 아버지 역할을 하고 있었다. 남편과 달리 슈테피는 줄어든 임금에서 생기는 생활비의 구멍을 느끼고 있었다. 그녀는 좋은 사람이었지만 안타깝게도 생활 형편에서 오는 절망을 피하느라 아들에게 관심을 쏟아붓는 중이었다.

다른 세 명은 티나와 베아테, 클라우디아였다. 이들은 더 나은 주택가 땅콩주택에 살았고, 낙천적인 상위 중산층이었다. 시내에는 조부모가, 정원에는 개가 있고 남편은 정규직으로 일했다. 이들은 자녀를 위해 최선을 원했다. 전형적인 가족의 모습으로 매우 반짝거리며 살았다. 세 사람이 하는 말을 듣는 내 마음은 질투와 안심을 오갔다. 나도 한때 아버지와 어머니와 아이가 함께하는 안정적인 삶을 꿈꿨다. 하지만 표면 아래에서 슬쩍 드러나는 갖가지 문제를 이 세 명에게서도 들으니 카타리나와 나는 이미 오래전 이런 문제를 솔직하게 깨뜨려 이제 더는 속일 것이 없다는 사실이 기뻤다. 온갖 우울함이 있는데도 어느 정도 솔직한 해방감을 안겨줬다.

나는 대화가 끊긴 시간을 이용해 새 음료수로 건배하고 대화 주제를 학부모회 모임으로 이끌었다.

"자, 이제 분위기도 무르익었으니 오늘 저녁에 모인 이유를 말씀드리죠. 목요일에 유치원 학부모회 첫 모임이 있어요. 제 생각에는 우리 부모들이 중요하다고 여기는 주제와 소망을 여기에서 먼저 이야기해보면 좋을 것 같아요."

다들 찬성했다. 나는 수첩을 꺼내고 볼펜도 들었다. 가치 중립적으로 사랑을 담아 모든 소망을 모을 생각이었다.

"자… 뭘 원하시나요?"

반응이 없었다. 좋은 신호였다. 우리 유치원이 더할 나위 없이 좋다는 뜻일 테니까. 하지만 학부모 여섯 명이 모였는데 원하는 바 하나 없이 행복하다는 것은 말이 되지 않았다. 나는 그들을 자극하며 캐물었다.

“그러지 말고 어서 말해보세요. 유치원과 관련해서 원하는 게 있을 것 아닙니까. 언제나 개선할 여지는 있으니까요. 그렇지 않아요?”

티나와 베아테와 클라우디아는 동시에 무알콜 라들러를 한 모금 마셨다. 라우라는 리오하를 입에 가져다 댔다. 슈테피는 빈 피노 그리 잔을 노려봤다. 나는 스스로 만들어낸 기회를 이용해 우선 내가 원하는 것부터 말했다.

“저는 정말 중요하다고 생각하는 주제에 대해 이야기를 나눠보고 싶어요. 혹시 여러 반에서 과일 스무디가 금지됐다는 말을 들어보신 적 있나요? 에밀리가 오늘 제게 그런 말을 했거든요.”

네 여자가 무슨 일이냐는 듯 나를 바라봤다.

라우라가 손을 들더니 자기 아들 막스도 프라우케 선생님이 과일 스무디를 먹지 못하게 했다고 했다.

“막스한테는 왜 금지했대요?” 내 질문에 라우라가 설명했다.

“제가 올바르게 이해했다면 지구가 열이 나서 죽기 때문이라고 했다던데요.”

들어본 말이었다. 에밀리의 사실 요약 능력을 믿을 수 있다는 생각에 마음이 놓였다. 그러고는 긴장이 풀려 내가 보기에는 꽤 별난 이 주제에 빈정댔다.

"아이고, 기후 재난 가해자를 드디어 찾았네요. 막스와 에밀리가 일으킨 손해를 배상해야겠어요. 빙하가 원래 크기에 다시 다다를 때까지 둘은 벌로 과일 스무디를 마시지 말고 잠자리에 들어야 해요. 앞으로 5,000년 동안 말이죠."

라우라가 즐거운 듯 흥흥 콧소리를 냈다. 그 소리 말고는 거실에 침묵만 감돌았다.

"별로 재미있는 말은 아니군요." 베아테가 반대 의견을 냈다. 아동심리학이 아니라 생태학적 관점에서였다. "아이들의 미래가 더는 없다는 데에 플라스틱 쓰레기 책임도 있으니까요."

유감스럽게도 내가 원하던 방향과 정반대로 토론이 흘러가는 것 같았다.

"왜 미래가 없어요? 그리고 왜 세 살짜리들이 그 일을 책임져야 합니까? 이건 모두…." 나는 어린 유치원생들의 책임을 묻는 토론의 기괴함을 말하려 했지만 나이 든 엄마들이 보내는 비난의 눈길에 얼른 입을 다물었다.

"이 세상을 더 나은 곳으로 만드는 데 어린 나이는 없어요." 베아테가 훈계했다.

"아주 구체적으로 유치원에서 플라스틱을 '모두' 금지하는 게 좋겠어요." 클라우디아가 활기를 불어넣었다.

"뭐라고요?" 구체적인 제안에 추상적으로 놀란 내가 물었다.

"아니, 그러니까 아침 식사 상자부터 접시, 간단한 과일을 담은 타파웨어 용기까지 모두 플라스틱이잖아요. 그러니 우리가 아이들 미래를 위해 방향을 제시해야죠."

"전 플라스틱 그릇을 사용한 뒤로 도자기 접시 조각에 다치는 일이 눈에 띄게 줄어든 걸 중요한 징표라고 생각했는데요." 내가 순진하게 대꾸했다.

라우라가 내 편을 들었다. "진공 플라스틱 용기를 사용하면서 식중독도 줄었어요." 그녀가 건강식 관점에서 말했지만 소용없었다.

"어쨌든 우린 온난화 대책을 실행해야 해요. 저도 플라스틱 금지에 찬성이에요." 슈테피가 원하지 않은 정보 유입을 끝맺었다. 과일 간식 용기가 기후와 무슨 관련이 있는지 구체적으로 설명하지는 않았지만 어쨌든 찬성을 이끌어냈다.

'아이고, 꼴좋다.' 내 내면아이가 냉소적으로 말했다. 아주 틀린 말은 아니었다.

과일 스무디에 무죄를 선고하려던 내 계획은 나아가지 못했다. 오히려 반대로 유치원 간식 용기라는 판도라의 상자에서 기후 토론을 끌어내고 말았다. 그때 그 상자를 닫았어야 하는데 그러지 못했다. 주제를 없애지 못하면 최소한 다른 방향으로 밀어보기는 해야 했다.

"물론 저도 환경 보호와 온난화 대책에는 찬성이에요. 하지만 최소한 아이들이 아니라 어른들이 그 일을 시작하면 어떨까요." 나는 소심하게 말을 꺼냈다.

티나가 감탄하며 순식간에 내 말을 넘겨받았다. "그러면 디젤 금지 구역을 정하면 좋겠어요."

"그게 유치원과 무슨 상관…?" 나는 말을 이을 수 없었다. 티나가 내 말을 가로챘으니까.

"유치원 바로 앞에 말이에요."

놀란 다섯 쌍의 눈동자가 티나를 향했다.

"왜요?" 가치 중립적으로 모든 소망을 받아쓰려던 내가 물었다.

"왜라뇨, 미세먼지 때문이죠. 아이들은 특히 더 보호받아야 해요. 여기서 우리 어른들이 아이들의 미래를 위해 구체적으로 뭔가를 할 수 있어요. 유치원 앞에 디젤 금지!"

'너 진짜 변호사 맞아?' 내면아이가 물었다. **'참 대단한 협상 전략이네.'**

"좋은 생각이에요!" 베아테가 대답했다. "디젤은 정말 끝날 줄을 몰라요. 게다가 지지난주부터 구형 랜드로버가 유치원 바로 앞에 매일 주차해요."

"공기를 더럽히는 그런 쓰레기를 누가 요즘에도 타는지 알고 싶군요." 슈테피가 덧붙였다.

'내 내면아이가.' 나는 이렇게 대답하고 싶었지만 참았다. 내면아이가 내 안에서 사납게 날뛰고 있기 때문이기도 했다.

'이것 봐. 제정신이야? 랜드로버는 지금 막 실현된 유년기의 소망이라고! 난 그때 다른 아이 다섯 명과 이웃의 아주 작은 폭스바겐 비틀을 타고 유치원에 가야 했어. 납 성분이 포함된 벤진을 100킬로미터당 10리터씩 사용하는, 배기가스 정화 장치도 없는 차였다고. 시동을 걸 때 뿜어져 나오는 배기가스가 꺾어둔 삼각형 창문으로 들어와도 우리가 알 수 없었던 유일한 이유는 운전하는 아이 엄마가 줄담배를 피웠기 때문이야. 그건 초미세먼지 중의 미세먼지였지만 그때는 아주 평범한 일이었어. 내가 그것 때문에 잘못되기라도 했나!'

'종업원 닐스는 분명히 다르게 볼 텐데. 네가 그를 계곡으로 던지는 바람에 죽지만 않았더라면 말이지.' 나는 속으로 속삭였다.

그리고 겉으로는 이렇게 말했다. "자… 유치원 '안'에서는 플라스틱 금지, 유치원 '앞'에는 디젤 금지라고 적었어요. 사실 좀 더 넓은 연관성 안에서 기후변화에 대응하고 싶지만요."

나중 말은 하지 말았어야 했다. 유감스럽게도 원치 않은 반응을 또 이끌어냈으니까.

"이러면 어떨까요?" 페트라가 내 말에 뒤이었다. "우리 유치원이 이 도시 최초의 기후 중립적 유치원이 되는 거예요. 플라스틱 없고, 갈탄 전기 없고, 기름 난방도 없는 곳!"

"유치원에서 기름 난방을 한다고요?" 베아테가 흥분했다.

'그래요. 그리고 기름 난방을 그대로 둘 겁니다. 내가 그 뒤에 러시아인을 잡아두고 있거든요.' 나는 이렇게 대답하고 싶었다.

"당연히 그걸 가장 먼저 없애야겠군요. 우리가 그 괴물을 지금 당장 한번 보는 게 좋겠어요." 베아테가 말했다.

설상가상이었다. 내가 딸의 과일 스무디를 위해 센 척 나섰다가 온난화 대책에 걸려 보리스가 발각되는 일까지 벌어지다니.

얼른 중재해야 했다.

"아… 난방장치는 이 건물 소유랍니다. 유치원은 그저 임차인에 불과해요. 건물 소유주는 저녁에 낯선 사람 여섯 명이 난방 창고를 돌아다니면 별로 좋아하지 않을 거예요. 게다가 지금 열쇠가 어디에 있는지도 몰라요. 오늘 저녁에 난방이라는 주제는 아무래도 미뤄야 할…."

"그럼 목요일 저녁에 건물 소유주와 함께 보죠. 그때까지는 열쇠도 당연히 나타날 거고요." 클라우디아가 제안했다.

종말론에 흥분하는 여자 네 명이 라우라와 나와 쇠지레와 함께 당장 지하실로 내려가 난방장치를 뜯어 도로에 세워놓기 전에 어서 이 토론을 끝내야 했다. 학부모회 회원 전체가 목요일에 보리스의 은신처로 소풍 가는 일을 막기도 매우 어려울 터였다.

"자, 좋습니다. 디젤 금지 구역, 플라스틱 금지, 기후 중립적인 유치원과 기름 난방 철거라고 메모했어요."

학무보회 남성 구성비 같은 나 자신의 소망은 언급하지 않고 내버려뒀다. "이외에 다른 건요?"

슈테피는 유치원 사진 촬영 예정일에 대해 말하고 싶다고 했다.

"저는 유치원 운영진이 우리와 촬영 내용을 미리 의논하지 않은 채 바로 날짜를 정하는 게 문제라고 생각해요."

어안이 벙벙했다. 나와 내면아이가 기억하는 마지막 유치원 사진 촬영은 내가 유치원에 다닐 때였다. 당시는 촬영 기법상 사진을 아직 노출하던 시절이었다. 그에 맞게 노출이 부족하게 촬영된 사진은 공식적으로 인정받기 어려웠다. 유치원 단체 사진의 내용은 유치원생들이었다. 하지만 그때는 셀피를 찍는 일이 뇌신경외과 학업보다 더 큰 도전이라는 인상을 주는 모델 캐스팅 프로그램이 없던 시절이었다.

내가 보기에는 오늘날에도 "자, 여기를 보세요"라는 말에 유치원생 스물다섯 명 중 스물두 명이 카메라를 쳐다보는 것으로 충분하고도 남았다. 아래와 위 또는 뒤쪽을 보는 아이 세 명은 나중에 다른 캐스팅 쇼에서 행운을 찾게 될 터였다. 그러니 유치원 단체 사진에 무슨 문제가 있단 말인가?

"어떤 내용을 말씀하는지 짧게 설명해주시겠어요?"

"아, 개인정보보호 그런 것 말이에요. 우리 아이들의 인격권을 아무나 제멋대로 인터넷에 올릴 수는 없어요."

"유치원 사진을 인터넷에 올린다고 누가 그래요?" 라우라가 물었다.

"아, 제 페이스북 그룹이요. 우린 언제나 아이들 사진을 교환하거든요."

"좋아요…. 그럼 단체 사진을 교환하지 '않으면' 되겠네요. 그러면 개인정보보호법상 문제가 없잖아요." 내가 해결책을 제시했다.

"하지만 제 아이 사진을 인터넷에서 교환해도 되는 거 아니겠어요?"

"그렇다면… 당신 개인적으로는 개인정보보호법상 아무런 문제가 없는 거네요."

"하지만 다른 부모들이 제 아이의 사진을 인터넷에 올리는 건 싫다고요."

라우라가 상황을 요약했다. "그러니까 당신이 단체 사진을 인터넷에 올리는 그 아이들의 부모가 당신 아들이 들어간 단체 사진을 인터넷에 올리면 안 된다는 거죠? 당신은 이미 올렸지만 말이에요."

"그래요. 인격권 때문에요."

'헬멧과 창을 잠깐 다시 들어도 될까?' 내 내면아이가 화났지만 정중한 말투로 물었다.

"아들에게 단체 사진을 찍지 말라고 하면 어때요? 그러면 아무도 그 아이 사진을 가지고 있지 않을 테니까." 내가 다시 해결책을 제시했다.

"유치원 단체 사진이 얼마나 중요한 추억인지 알기나 해요?" 슈테피가 대꾸했다.

"좋습니다. 유치원 학부모회 토론 주제가 될 만하군요." 나는 논거를 대며 꼬리를 무는 일로 어지럼증이 일어나기 전에 이쯤에서 끝내고 슈테피의 소망을 수첩에 적었다.

처음에 아주 좋았던 모임 분위기는 우리 아이들에게 닥쳐오는 기후의 죽음과 단체 사진이 가져올 위험 때문에 확연히 맥이 빠졌다. 라우라는 우스꽝스러운 소망을 말하면서 분위기를 풀어보려고 했다.

"전 지하실에 사는 입술 괴물이 제발 좀 잡혔으면 좋겠어요."

내 안에서 경보 장치가 새된 소리로 울리기 시작했다.

"입술 괴물이라뇨?" 내 입술까지 올라온 질문을 슈테피가 던졌다.

"'마르코 폴로' 주제가를 휘파람 불면 아이들 입술을 뜯어먹는 괴물이 유치원 지하실에 산다고 막스가 우기더라고요."

여자 다섯 명은 요란하게 웃음을 터뜨렸지만 나는 식은땀이 솟았다.

보리스가 아까 했던 이야기와 정확하게 같은데 지하실 문 건너편의 관점이었다. 똑같은 노래, 똑같은 위협이었다. 그러니 유치원 지하실에서 그 노래를 휘파람 불어 보리스에게 야단맞은 아이는 라우라의 아들 막스였다.

"막스가 왜 그렇게 이상한 말을 할까요?" 클라우디아가 물었다.

"저도 모르겠어요." 라우라가 크게 웃었다. "제가 그 짜증스러운 노래를 다시 한번 불면 입술을 꿰매겠다고 해서일 거예요."

이날 저녁 결국 나는 과일 스무디의 명예를 회복하기는커녕 소망하는 사람들이 사는 세상을 조금 더 낫게 만들 소망만 수첩에 잔뜩 메모했다. 하지만 자기 세상에 사는 내 내면아이를 분노하게 하고, 내 세상에서는 보리스가 발각될 위험을 품은 소망이었다.

목요일 유치원 학부모회 모임이 열리기 전에 일단 이 모든 소망을 사샤와 의논할 생각이었다. 모임이 끝나고 지하실에 단체로 소풍 가는 일이 없도록. 특히 사샤와 내가 이 모임 뒤에 보리스의 목을 베지 말아야 하므로. 우리 목을 구하려고 그의 목을 베어 머리를 상자에 담아 유치원 앞 담에 올려놓으면 안 되므로. 하긴 그렇게 한 뒤에는 난방장치 기술자가 지하실을 탄소 중립적으로 개조할 수 있기는 할 테지만.

일단 나는 막스가 입술 괴물에 대해 정확하게 뭘 알고 있는지, 그리고 막스가 누구에게 그 이야기를 했는지 라우라에게서 먼저 알아내야 했다.

24

안내

당신의 내면아이는 안내받기를 원한다. 그러니 내면아이의 소망을 자녀의 소망처럼 대하라. 그 소망을 알아보고 이야기하고 중요하게 생각해야 한다. 하지만 그것의 실현 여부는 어른인 당신이 결정한다. 사랑과 배려와 존중을 가득 담아서 말이다.

요쉬카 브라이트너, 『귀한 내면아이』

클라우디아와 티나와 베아테는 떠날 준비를 했다. 티나는 슈테피에게 집까지 태워다주겠다고 제안했다. 건물 문이 닫힌 뒤 라우라와 나만 집에 남았다. 그리고 내 내면아이도.

"우리, 와인을 같이 마실 거였죠. 아닌가요?"

라우라가 입술에 자극적인 미소를 머금은 채 말했다.

지금 이 순간은 입술 괴물에 대한 정보가 라우라의 입술보다 유혹적이었다. "그럼요. 빈 병 치우는 거, 잠깐 도와주시겠어요?" 나는 관심을 감추려고 물었다. 라우라는 빈 라들러 병 두어 개를 부엌에 가져다두려고 집어 들었다.

"당신 아들은 입술 괴물 이야기를 어디서 들은 거예요?" 나는 지나가는 말처럼 물었다.

"아, 그 애 판타지는 늘 생생해요." 라우라에게 그 일은 아무 의미도 없어 보였다.

"하지만 하필이면 유치원 아래에 괴물이 산다니, 참 이상하지 않아요? 언제부터 그 이야기를 하던가요?"

"언제 시작했는지는 기억나지 않아요. 한 2주쯤 됐나."

"혹시… 어떤 계기가 있었나요?"

"제가 알기론 없어요. 하지만 그때 이후로 최소한 '마르코 폴로' 주제가를 더는 듣지 않아서 좋아요. 그런데 왜 물어보세요? 당신도 입술 괴물이 무서운가요?"

"흐음, 어쨌든 저는 이 건물에 사니까요."

수사는 막다른 골목에 다다랐다. 나는 라우라와 함께 거실로 돌아가 긴장을 풀고 이 저녁의 아름다움에 집중하려고 애썼다.

어른이 되어서 좋은 점은 다른 이유 외에도 청소년기에 유치하다고 간주했던 일들이 나이 들면서 상당히 세련되게 여겨진다는 것이다. 예를 들면 사랑을 주제로 한 소프트 록 컴필레이션 음반 노래들도 그중 하나다.

오래된 소프트 록 음반을 전축에 넣자 80년대의 아름다운 발라드가 방을 가득 채웠다. 아름다웠던 그 시절 가수들이 부르는 사랑 노래들을 들으면 매우 현실적인 핵전쟁의 위험이 감정적으로 상쇄되었고 그때마다 그 노래들의 표현이 얼마나 강력한지 느끼며 감탄했다. 이와 비교해 치약에 포함된 미세플라스틱 같은 위험은 자신의 무의미함에 대한 노래를 넘어서는 경우에는 창의적인 세계 고통의 기반으로 그리 적절하지 않았다.

소파에 앉은 우리는 금세 꽤 친근하게 대화를 나누게 됐다.

라우라와 다섯 살짜리 아들 막스는 반년 전부터 다시 이 도시에 살았다. 라우라는 정형외과 전문 의원에서 의사로 일했다. 라우라는 이곳에서 자랐는데, 대학입학자격시험을 본 뒤 의학을 공부하려고 바이에른으로 갔다. 그러고 그곳 대학병원에서 전문의 자격을 취득했다. 정형외과 과장과 2~3년 동안 연애도 했다. 하지만 그는 피임보다 추간판에 대해 아는 게 더 많았고, 사적으로 라우라의 골반을 예방 치료해주다 임신시켰다. 20년째 유부남이며 두 아이의 아버지이기도 한 그는 라우라 아기를 아버지로서 책임지려 하지 않았고, 라우라는 무상 낙태라는 제안에 동의하지 않았다. 막스를 낳은 라우라는 대학병원에 더는 발 들이지 못했다. 그래서 고향으로 돌아왔고, 그때 부모님은 카나리아 제도로 막 이주한 뒤였다.

그러나 오빠가 막스를 정성스럽게 돌봤다. 라우라는 이곳에 터를 잡고 자랑스러운 유치원생을 홀로 키우는 엄마가 됐다. 의사였고, 매우 매력적이었다. 입술을 움직이는 모습만으로 이미 매혹적이었다. 그 입술이 만드는 말은 사실 그다지 중요하지 않았다. 라우라의 입술은 두 마디를 할 때마다 입가에 그림처럼 아름다운 주름을 만들었다. 멋진 여자였다. 그리고 싱글이었다. 그런데 방금 내 내면아이에게서 들은 바에 따르면 나 때문이 아니라 오빠 때문에 남은 것이었다.

'뭐라고 했어?' 내가 내면아이에게 물었다.

'네 소망은 중요하지 않다고 그녀가 방금 직접 말했다고. 정신 차리고 귀를 좀 기울여.'

"죄송해요. 방금 뭐라고 하셨죠?" 나는 뒤늦게 라우라에게 물었다.

"사실은 오빠 때문에 남은 거라고요. 부탁이 하나 있어요."

"아… 그게… 무슨 일인가요?"

"오빠가 회사에서 법적인 문제를 겪게 돼서 변호사 의견이 필요하거든요…."

그 순간 나는 내면아이의 방어 무기를 직접 들고 싶었다. 브라이트너 씨의 조언에 따라 매력적인 여성에 의해 드디어 남성으로 인정받는 일에 뛰어들었다. 어쨌든 내 소망은 그랬다. 이번에도 어떤 누군가는 이 소망에 전혀 관심이 없는 듯했다. 이번에 그 어떤 누군가는 라우라였다. 10분도 채 지나지 않았는데 나는 또다시 누군가의 부탁을 들어줘야 하는 변호사였다. 하지만 마음을 열려고 애쓰며 귀를 기울였다. 배지 침이 내면아이에게 닿기 전에 잡을 작정이었다.

"…막스를 데려다주거나 데리러 올 때 매번 당신의 변호사 사무실 간판을 봤거든요. 그래서 오빠가 전화해도 되는지 당신에게 한번 물어보겠다고 약속했어요."

그사이 더 크게 솟아오른, 은밀한 스킨십을 하고픈 내 소망은 나와 오빠의 연락이라는 라우라의 소망과는 별로 일치하지 않았다.

'네 소망이 중요하지 않은 사람이 또 나타났어!' 내 안에서 아이가 항의했다. 모욕당한 듯했다. **'그녀더러 와인은 집에 가서 마시라고 해. 오빠는 일상적인 성생활을 하는 변호사를 찾고 우리는 그냥 내버려두라고.'**

아니, 나는 그럴 생각이 없었다. 공격이나 방어라는 반응을 보이지 않고 그저 한쪽에는 소망을, 다른 한쪽에는 문에 변호사 사무실 간판을 내건 성인 남성으로서 행동하려고 노력했다. '부탁을 들어주자. 우리 말고는 라우라를 도와줄 사람이 없잖아.' 나는 이런 근거를 댔다.

'그리고 눈가에 슬픔이 깃들었고 상처받기 쉬워 보이지. 부모님도 옆에 안 계시고 말이야.' 내면아이가 내 마음의 목소리를 흉내 내며 말했다. '브라이트너 씨의 안내 책자 ㅈ 항목에서 조력자 증후군을 찾아봐. 그러면 이게 바로 우리가 끝내야 하는 멍청한 짓이라는 걸 알 수 있을 테니까.'

사실이었다. 요쉬카 브라이트너의 안내 책자는 내면아이가 들 수 있는 무기의 변형 가운데 하나로 조력자 증후군을 서술했다. 가족 간에 조화가 아주 부족하면 내면아이는 아무도 주지 않는 이 조화를 직접 만들어냄으로써 '화목을 원하는 네 소망은 중요하지 않아!'라는 배지 침에 찔리는 일을 방어한다. 부모님이 내 앞에서 드러내놓고 싸운 적은 없다. 하지만 온종일 사랑 가득하게 닐 다이아몬드 노래를 흥얼거리는 집안 분위기도 아니었다. 나는 부모님이 손잡고 있는 모습을 단 한 번도 본 적 없다. 식사가 제때 식탁에 올라오고, 부모님이 편안하게 텔레비전을 보는 동안 내가 설거지를 하는 것이 화목이었다. 그러면 칭찬을 받았다. 화목함의 모범이 부족했다는 사실이 어쩌면 내가 늘 다른 사람을 도우려 하는 이유, 전혀 관심도 없는 사건을 계속 맡는 이유, 여성 세계 문제에 이렇게 민감한 이유인지도 모른다. 예를 들어 라우라의 경우처럼. 게다가 그녀의 문제도 아니고 오빠 문제인데.

하지만 다른 한편으로 나는 브라이트너 씨에게서 내면아이의 근심을 진지하게 받아들이는 게 중요하지만 아이에게 지휘권을 넘기면 안 되는 게 얼마나 중요한지도 배웠다. 내면아이의 소망을 자녀의 소망처럼 다뤄야 한다. 다시 말해 그 소망을 알아보고 이야기하고 중요하게 생각해야 한다. 그러나 결정은 사랑과 배려와 존중을 가득 담아 어른이 내려야 한다.

나는 이 지식을 내면의 대화로 바꿔보려 했다.

'넌 실망할까봐 두렵지. 내겐 인정받고 싶은 욕구가 있어. 라우라를 더 자세히 알고 싶어. 그러기 위해 그녀의 오빠와 한번 통화해야 한다면 그래야지 뭐. 이게 내 가정환경에서 조화가 부족해서 생긴 병리학적 결과일 수도 있다는 네 충고는 잘 알아들었어. 이런 거래는 어때? 나는 불장난을 하지 않아. 그저 온기만 찾을 뿐이야. 그러다 설령 손가락을 데인다 해도 그건 내 손가락이야. 그렇지?'

'휴… 거짓말도 참 잘하는군. 하지만 우리 둘 중 네가 어른이니까.'

나는 내면아이들이 심하게 애어른처럼 보일 수도 있다는 걸 알게 됐다.

다시 라우라에게 관심을 돌렸다.

"그럼요. 휴대전화 번호를 드릴게요. 오빠에게 전해주세요." 나는 내면아이의 반항에도 라우라에게 이렇게 말했다.

라우라는 내 손에 자기 손을 얹고 살짝 쓰다듬으며 말했다.

"고마워요. 정말 상냥하시네요."

'네 손가락이어서 다행이다. 그런데 기억을 하나 상기시켜주지. 나는 이제 날 보호할 무기를 가지고 있지 않아.' 내면아이가 들리지 않게 투덜거렸다.

'하지만 제대로 작동하잖아. 라우라가 나를 쓰다듬고 있다고!'

'보상으로 쓰다듬기? 그걸 뭐라고 하는지 알지? 응? 그녀를 쫓아내.'

'쫓아내라고? 너를 보호해준다고 내가 약속했잖아. 네 마음에 들지 않는 모든 사람에게 상처를 줄 필요는 없어.'

'그래도 그게 가장 효율적인 방법이야. 너도 이제 알게 될 거야.'

내면아이의 고집에 나는 점점 짜증이 났다. 난 그저 라우라와 차분하게 대화를 좀 나누고 싶을 뿐인데.

'좋아. 어떻게 해야 좀 조용히 할래?'

'내 소망 하나도 언젠가 이뤄주길 바라.'

'어떤 소망이지?'

'나도 아직 몰라. 언젠간 알게 되겠지.' 내면아이가 툴툴거렸다.

'좋아, 언젠가 소망 하나를 들어줄게. 이제 조용히 해.'

내면아이가 입을 다물었다.

나는 다시 라우라에게 집중했다.

"오빠는 어떤 분인가요?"

"저랑 성향이 정반대예요."

"당신이 어떤 사람인지 알고 싶군요." 나는 대놓고 시시덕거렸다. "오빠에 대해 이야기해보세요."

"저보다 열다섯 살 많아요. 저는 계획에 없던 아이랍니다."

아, 이건 라우라의 영혼에 있는 '넌 원하지 않은 아이야'라는 상당히 큰 배지로군.

"오빠가 당신보다 나이가 훨씬 많다는 사실은 그분 성격에 대해 말해주는 게 별로 없어요."

"하지만 그 사실은 오빠의 성격에 큰 영향을 줬죠. 말했다시피 제 부모님은 아이가 또 생길 거라고는 예상하지 못했어요. 저는 부모님 인생 계획에 전혀 맞지 않았던 거예요. 그래서 오빠는 일찍부터 저를 자주 돌봐야 했어요. 버릇없던 외동아들이 9개월 만에 사랑받는 순서에서 2등으로 밀린 거예요. 반 친구들에게는 오토바이가 생기는데 오빠에겐 어린 여동생이 생긴 거죠."

그러니까 그녀 오빠는 영혼의 내면아이에 '우리 잘못의 뒤처리는 네가 해라'라는 배지를 품고 있었다. 요쉬카 브라이트너의 지식을 새로 습득해 전혀 모르는 사람을 심리학적으로 분석할 수 있다니, 참 멋진 일이었다.

"부모님이 카나리아 제도로 이민한 뒤로 쿠르트 오빠는 막스를 많이 돌봐줘요. 예전과 좀 비슷한 상황이죠."

"쿠르트는 이타적인 사람인가요?"

"이타적? 아뇨. 그 단어는 오빠에게 절대 어울리지 않아요.

하지만 오빠는… 매우 강렬한 관심을 가지고 참여하는 사람이에요." 맙. 소. 사. 그런 사람이면 안 되는데.

"어떤 의미에서 말인가요?"

"기후변화, 지속 가능성, 탄소 중립적인 생활."

이런, 정말 그런 사람이구나. 텅 빈 미사여구로 묘사되는 사람.

"아, 그렇군요. 당신은 어때요? 당신도… 참여 지향적인 사람인가요?"

"이미 말했듯이… 저는 신중한 사람이에요. 균형 잡힌 삶을 좋아하죠. 부정적인 습관을 하루아침에 내던진다면 긍정적인 요구가 담긴 한쪽 저울판과 함께 아주 빠르게 현실이라는 바닥에 아프게 부딪히겠죠."

이 얼마나 현명한 여자인가. 텅 빈 미사여구가 없는 사람.

"오빠는 그걸 어떻게 실행하죠?"

"현실에 어떻게 적용하는지는 저도 몰라요. 하지만 자가용이 없고, 지역 유기 농산물 꾸러미를 집으로 배달시켜요."

아마 농부가 디젤 트럭으로 가져다주겠지.

"아이는 없어요?"

"네, 여자들과의 관계를 무척 힘들어해요."

"동성애자를 돌려서 표현하는 건가요?"

"아뇨, 오빠는 여자를 좋아해요. 하지만 오래전 굉장한 사랑이 통제 불가능하게 엉뚱한 방향으로 흐른 적이 있어요. 젊은 날의 실수였죠. 그때부터 누구도 사귀지 않아요. 아이도 없고요. 사실 친구도 없어요. 일에만 집중하며 살죠. 집도 회사 위층에 있어요. 어쩌면 사회적 접촉의 부재가 막스에게는 세상에서 제일 좋은 외삼촌이 되는 이유인지도 모르겠어요."

"오빠 직업이 뭔가요?"

"전동 킥보드 스타트업 사업을 해요."

'킥보드'라는 단어에 배지 침에 찔린 내 내면아이 영혼의 수많은 흉터가 근질거리기 시작했다.

'킥보드와는 아무것도 하고 싶지 않아!' 내 영혼 깊은 곳에서 목소리가 울려 퍼졌다.

"오빠에게 킥보드가 있다고요?"

"전동 킥보드예요. 500개쯤 되죠. 이 도시에서 가장 큰 대여업체예요."

아하, 라우라의 오빠는 내가 낸 세금으로 만든 인도를 공짜로 자기 사업 공간으로 이용하는 놈이군. 자기 제품으로 도시 전체를 어지럽히는 놈. 관청 허가 없이 인도에서 전동 드릴을 대여하려는 사람은 아무도 없을 것이다. 이유는 알 수 없지만 전동 킥보드에는 다른 기준이 적용됐다.

예전에 나는 실수로 자동차 한 대에 해를 입혀 킥보드를 빼앗겼다. 라우라의 오빠는 500개의 킥보드로 도시 전체에 해를 입히는데 한 대도 빼앗기지 않았다. 내면아이의 말을 들었어야 하는데. 이 의뢰는 내 마음에 들지 않았다. 하지만 라우라에게, 기댈 곳 없는 매혹적인 이 여자에게 이미 약속했으니 달리 방법이 없었다.

"아동용 킥보드 500개를 소유한 사람을 늘 만나고 싶었답니다." 나는 이야기를 끝내려고 거짓말했다.

"그럼 쿠르트 오빠의 은행 상담사와 만나보세요. 제가 알기로 오빠는 킥보드를 한 대도 빠짐없이 대출로 샀거든요."

그러니까 쿠르트는 아주 가난한 녀석이군.

라우라가 명함을 넣으면서 시계를 봤다.

"어머나, 벌써 11시가 넘었네요. 이제 가야겠어요."

'그래, 잘 가!' 내면아이가 말했다.

"아쉽네요. 멋진 저녁이었어요." 내가 말했다.

"마지막 저녁은 아닐 테죠." 라우라가 일어나면서 나에게 윙크했다. 그런 다음 휴대전화를 꺼내 앱으로 택시를 불렀다.

"화장실 좀 써도 될까요?"

"그럼요. 부엌 뒤에 왼쪽으로 첫 번째 문이에요."

라우라가 손님용 화장실 문을 닫자 나는 와인 잔을 들어 식기세척기에 넣었다. 내일 씻을 생각이었다.

방금 첫 번째 데이트를 한 걸까, 아니면 이용당한 걸까? 알 수 없었다. 전자는 낯설고 후자는 낯익었다.

라우라가 돌아왔다.

“곧 다시 만나요.” 그녀가 내 뺨에 살짝 입 맞추고, 학부모회 모임에서 만난 학부모치고는 지나치게 오랫동안 내 양손을 꼭 잡았다.

라우라가 나갔다. 문이 닫히고 그녀가 계단을 한 층씩 내려갈수록 나무 계단이 삐걱거리는 소리가 멀어졌다.

발코니 유리창으로 내다보니 라우라가 부른 택시가 이미 와서 기다리고 있었다.

전축에서 버네사 윌리엄스의 노래 ‘유 고 앤드 세이브 더 베스트 포 래스트’(You go and save the best for last)를 마지막으로 다시 한번 듣고 바늘을 내린 다음 환기하려고 발코니 문을 열었다. 그러자 내 기분과 관련된 최대의 기후변화가 집으로 들어왔다.

“씨이이이입!” 공원에서 고함이 울렸다. 배경 음악은 유리병이 깨지는 소리였다.

방금 전만 해도 나는 사랑에 빠진 10대 시절을 떠올렸다.

그런데 바로 다음 순간 다시 섹스가 부족한 남편, 이용당하는 놈, 원하지 않는 사건을 또 맡고, 현실적인 관능의 경험이라고는 문화와 거리가 먼 반사회적 인격장애자가 여성 생식기를 저속하게 외치는 소리를 발코니에서 듣는 일밖에 없는 남자가 됐다. 택시를 부르지 않았더라면 라우라는 이런 놈들 손아귀에 걸렸을 것이다. 요란하게 팔딱거리는 내 맥박 사이로 내면아이가 끼어들었다.

'이제 내 소원을 들어줘.'

'어떤 소원?' 나는 무슨 말인지 바로 이해하지 못했다.

'넌 내 조언과 달리 원하지 않은 사건을 맡았잖아. 그 대신 내 소원을 하나 들어주기로 했고.'

'아 참, 그랬지. 뭔데?'

'공원이 조용해지게 해. 난 방해받지 않고 자고 싶어.'

'알았어….' 나는 약간 어리둥절했다. '시청 담당 부서에 전화할게. 하지만 도움이 될지는 모르겠다. 지난번에….'

'담당 부서는 소용없어. 발터에게 전화해.'

'뭘 하라고?'

'발터에게 전화해서 그의 부하들이 공원 반사회적 인격장애자들 입을 다물게 만들라고.'

나는 말문이 막혔다. 단순하면서도 천재적인 아이디어였다. 나 스스로 생각할 수도 있었을 텐데. 경찰과 시청 담당 부서가 주택가의 소음을 처리하지 못해도 발터의 경호업체가 있지 않은가.

내면아이는 편안한 잠을 위한 해결책을 나보다 훨씬 더 열심히 찾은 듯했다. 홀게르손 집안의 위협이라는 우리 이야기는 이따금 던지는 각 얼음이나 겁 많은 담당 부서 직원보다 발터가 상황을 더 효율적으로 정리해주기에 적절한 이유가 됐다.

가죽 바지를 입은 내 안의 금발 소년은 순진한 직관으로 가장 쉬운 해결책을 찾아냈다.

나는 발터에게 전화했다. 그가 바로 받았다.

"발터, 나야."

"무슨 일 있어?"

"확실하지는 않아. 집 앞 공원에 몇 명이 돌아다니는데 거기에 별다른 볼일이 없는 사람들 같거든. 그들이 혹시 홀게르손 집안사람 아닌지 자네 직원들이 한번 살펴봐줄 수 있을까?"

"그렇게 하지. 그게 다야?"

나는 그게 다였지만 내 내면아이는 아니었다.

'부하들이 넓은 테이프와 케이블 타이를 가지고 있는지 물어봐.'

'왜?'

'물어보라고!'

"자네 직원들에게 넓은 테이프와 케이블 타이가 있을까?"

"물론이지."

"그럼 이렇게 해…." 내 내면아이는 발터의 부하들이 우리 홀게르손 이야기를 지키기 위해 반사회적 인격장애자들의 인적사항을 어떻게 점검해야 하는지, 그리고 홀게르손 집안은 아니지만 밤마다 나를 짜증 나게 하는 멍청이들에게 어떻게 재갈을 물리고 포박할지, 그래서 그들 스스로 앞으로 다시는 여기에 나타나지 않겠다는 마음이 들 때까지 어떻게 공원에 눕혀둘지 아주 세부적으로 나에게 설명했다.

나는 이 구체적인 계획의 실행이 조금 거칠다고 생각했다. 개인적으로는 더 이상 폭력을 쓰지 않겠다고 맹세했다. 그때는 아직 내면아이에 대해 전혀 모를 때였다. 이 행동 조치는 내용상 조악해 성공 가능성이 컸다. 그리고 나는 내면아이에게 소망을 하나 들어주겠다고 약속하지 않았던가. 반사회적 인격장애자들의 육체적 온전함과 내 내면아이의 정신적 온전함이라는 선택 앞에서 나는 단 한 순간도 망설일 필요가 없었다. 그래서 발터에게 그대로 전했다. 하지만 그때는 내면아이도, 나도 반사회적 인격장애자 가운데 두 명이 실제로 홀게르손 집안사람이라는 사실을 전혀 알지 못했다. 그 상황은 내 내면아이가 뱉은 또 하나의 농담을 아주 위험하게 만들었다.

25

아는 것

아는 것은 힘이다. 하지만 자기가 모른다는 사실을 모르는 사람 앞에서 아는 사람은 절망스러울 뿐이다. 당신은 다른 사람들이 최소한 자신이 정신적으로 가난하다는 사실을 조금이라도 알 때에만 당신의 지식으로 그들을 풍요롭게 할 수 있다.

요쉬카 브라이트너, 『추월 차선에서 감속하기—명상의 매력』

나는 그날 밤 어린아이처럼 잤다. '내면아이처럼'이라고 말하는 게 더 옳을 터였다. 발터에게 전화하고 20분이 지나자 집 앞 공원은 완벽하게 조용해졌다. 굉장한 축복이었다.

내면아이가 창의적인 해결책을 제안해줘 고마웠다.

내면아이는 자기 소원을 들어준 나에게 감사했다. 우리는 깊고 달콤하고 조용히 푹 잤다.

다음 날 아침 현관 초인종이 깨울 때까지. 시계를 봤다. 8시 15분이었다. 다른 때는 늦어도 7시에는 저절로 눈을 떴는데.

모닝가운을 걸치고 발을 끌며 현관문으로 가서 유리 구멍으로 밖을 내다봤다. 카타리나였다. 내가 아내 집 열쇠를 가지고 있듯 아내도 내 집 열쇠를 가지고 있었지만 상대방의 사적 영역을 존중하기 위해 상대가 집에 없다는 걸 분명하게 알지 않는 한에는 둘 모두 초인종을 눌렀다.

카타리나는 에밀리를 막 유치원에 데려다준 모양이었다.

"안녕!" 입맞춤으로 인사하려고 했지만 카타리나는 입술 대신 뺨을 내밀었다.

"당신이라도 푹 잘 수 있어서 다행이네." 아내가 내 모닝가운을 보며 말했다.

아니, 못 잤어. 초인종에 깼단 말이야. 나는 속으로 방어 무기를 걸치고 중얼거렸다.

"사무실 가기 전에 화장실에 들르려고. 에스프레소 마실 수 있을까?"

거절. 비난. 요구. 화장실과 커피를 원하는 아내의 요구는 조화를 원하는 내 소망보다 중요했다. 또는 푹 자려는 소망보다.

내 내면아이도 잠에서 깼는데, 기분이 좋지 않았다. 내면아이는 나의 숙면 소망을 말로 표현하라고 했다.

'카타리나가 손님용 화장실에서 돌아오면 그렇게 할게.' 나는 내면아이를 진정시키려고 애썼다. 하지만 말대로 되지 않았다.

잠에 취한 채 에스프레소 캡슐을 네스프레소 머신에 넣은 뒤 컵 하나를 받치고 추출 버튼을 누르는데 손님용 화장실에서 비명이 들리더니 뭔가 깨지는 소리가 뒤이었다. 무슨 일인지 미처 살피기도 전에 카타리나가 복수의 여신 같은 모습으로 화장실에서 뛰쳐나왔다.

"당신 창녀랑 좀 남몰래 하지 그래!" 아내가 고함을 질렀다.

"무슨 말…?"

그녀가 식기세척기에 들어 있는 와인 잔을 가리켰다. 그러더니 라우라의 립스틱 자국이 남은 잔을 손에 들었다.

"내가 우리 딸을 낳고 나서 복직하는 첫날! 당신… 당신…."

카타리나가 와인 잔을 네스프레소 머신에 요란하게 내던졌다. 휘저어진 캡슐 에스프레소 거품이 소리 없이 천천히 부엌 벽을 타고 흘러내리는 동안 아내는 잔뜩 흥분한 채 빠르게 계단을 달려 내려갔다.

나는 할 말을 잃었다. 무슨 일인지 알아보려고 손님용 화장실로 갔다. 내가 그곳을 사용하는 일은 없었다. 내 욕실이 침실 바로 옆에 붙어 있으므로.

니스 칠을 한 나무 선반에 도자기 비눗갑 조각들이 흩어져 있었다. 세면대 위의 거울은 깨졌지만 틀에서 떨어져 나오지는 않았다. 수없이 금이 간 거울에 립스틱으로 "**아름다운 밤에 감사하며, L**"이라고 쓰여 있었다. 카타리나는 정확하게 "감사"에 비눗갑을 집어 던졌다. 그 순간 나는 남성들 삶의 질은 주변 여성들의 문해율에 반비례한다고 확신하게 됐다. 이렇게 멍청한 글을 거울에 쓰다니, 라우라는 도대체 무슨 생각을 한 건가? 그리고 카타리나는 또 무슨 생각인가? 내 몸을 만져도 되지만 내 욕실을 사용할 수는 없어서 손님용 화장실 거울에 이런 글을 쓰는 여자와 내가 뭔가 일을 벌였다고 의심하다니?

나와 섹스하지 않으려던 여자가, 자기와 섹스하지 않아서 고맙다고 말하는 다른 여자 때문에 화가 났다. 그런데 이른바 비이성적인 태도를 고치기 위해 상담을 받으러 가야 하는 사람은 누구지? 나였다.

휴대전화가 울리는 바람에 정신적 혼란에서 벗어났지만 그 대신 혼란스러운 현실로 돌아왔다. 화면에 나타난 번호는 2211970으로 끝나는, 모르는 번호였다. 조직범죄에서 일반적으로 사용하는 일회용 휴대전화 번호처럼 보이지는 않았다. 그러기에는 너무 생년월일 같았으니까. 1970년 1월 22일. 이런 조합은 보통 창의력 부족한 비즈니스 고객들이 정보통신회사 상담사에게서 받으려는 번호였다. 나는 전화를 받았다.

"네, 여보세요?"

"안녕, 쿠르트야."

"쿠르트…가 누굽니까?"

"라우라 오빠."

그랬다. 어제저녁 그 귀부인은 당혹스러운 립스틱 자국뿐 아니라 짜증을 불러일으키는 오빠도 남겼다. 나를 알지도 못하면서 성은 대지 않고 이름만 밀어 넣는 새로운 의뢰인. 존중을 담은 거리 두기라는 내 소망을 슬쩍 위배하는 행동이었다. 시작이 참 좋기도 하지. 내면아이 영혼의 배지 침이 깨어났다.

"아… 프릴링 씨."

"우리 그냥 바로 반말 하자고. 쿠르트라고 불러. 우리 언제 만날 수 있어?"

"일단 일정을 살펴보고…."

"이러면 어때? 내가 오늘 점심때 자네를 데리러 갈게, 같이 식사하지. 괜찮아?"

너무 부담스럽고 너무 즉흥적이었다. 하지만 다른 한편으로 지금 마음 같아서는 라우라와 관련되는 모든 일을 얼른 처리해 끝내고 싶었다. 빨리 해결할수록 카타리나를 더 빨리 진정시킬 수 있었다. 제멋대로 상상해서 화낸 것이긴 하지만. 식사 한 번… 그리고 끝.

"좋습니다. 제가 어디 사는지 아시죠?"

"이봐, 편하게 하자고."

"아, 알겠어요. 쿠르트, 그러니까… 내가 사는 곳을 알지?"

"그럼, 유치원 위에 살잖아. 조카를 유치원에 몇 번 데려다줘서 알지. 12시 반에 가서 초인종을 계속 누를게."

어차피 휴대전화를 든 김에 카타리나에게 전화했다. 거울 사건을 전화로 설명할 수도 있을지 모르므로. 전화가 꺼져 있었다. 내가 익히 아는 태도였다. 다시 연락이 닿기까지 몇 시간씩 걸리기도 했다. 뭐, 할 수 없지. 이게 아니더라도 오늘 할 일이 아주 많았다. 쿠르트와의 쓸데없는 식사를 제외하고도 사샤를 만나 유치원이나 보리스와 관련 있는 사람들의 명단을 만들어야 했다. 거기에서 특별히 뭔가 기대하지는 않았지만 그래도 뭐가 됐든 시작은 해봐야 했다. 또 라우라의 아들이 유치원 지하실 괴물에 대해 이야기한 내용과 보리스가 묘사한 행동에 어느 정도 공통점이 있다는 것도 사샤에게 알려줘야 했다.

나는 도자기 조각들을 대충 치우고 오랫동안 샤워했다. 샤워기 아래에 선 채 잠시 명상하며 쏟아져 내리는 물줄기를 즐겼다. 그러자 세상이 다시 훨씬 싱싱하게 보였다. 내 내면아이가 라우라와 그녀의 오빠를 조심하라고 미리 경고했다. 내면아이 말을 들었더라면 카타리나가 화내는 일도 없었을 텐데. 어쨌든 거울 때문에 화내는 일은 없었겠지. 하지만 다른 이유로, 다른 언젠가 화를 냈을 터였다. 내면아이가 옳았다. 하지만 내면아이와 관련해서는 옳고 그름이 문제가 아니었다. 안내와 신뢰가 중요했다. 내가 안내하고, 내면아이는 나를 믿어야 했다. 브라이트너 씨가 가르쳐준 연습 하나가 떠올랐다.

26

감정

당신 영혼의 지하실에서 수십 년 동안 지내온 내면아이는 우선 당신을 향한 신뢰와 감정을 쌓아야 한다. 그러니 일단 당신 스스로 자신의 감정에 확실해져라. 감정을 적어보아라. 그리고 그걸 내면아이와 솔직하게 나누어라.

요쉬카 브라이트너, 『귀한 내면아이』

브라이트너 씨는 내면아이의 발견이 햇살 아래 산책이 되지는 않을 거라는 사실을 처음부터 명백하게 말했다. 그는 한 가지 예를 들었는데, 내가 그걸 얼마나 잘 알아들었는지 그 자신은 전혀 몰랐을 것이다.

"당신은 방금 영혼의 지하실에서 내면아이를 꺼내왔습니다. 당신이 오랫동안 지하실에 갇힌 채 무시당했다고 상상해 보세요. 어느 날, 당신을 그곳에 부려놓은 사람이 지나가다 이렇게 말하는 겁니다. '아 참, 네가 있었지. 오랫동안 외면해서 미안. 우리 친구가 되자!' 그러면 당신은 어떻게 반응할까요?"

"빛을 쬐게 되어 기쁠 것 같아요. 하지만 저를 밖으로 데리고 나온 사람을 별로 신뢰하지는 않겠죠." 난 솔직히 대답했다.

브라이트너 씨가 고개를 끄덕였다. "그러니 내면아이가 당신에게 신뢰를 쌓는 게 중요합니다."

"좋습니다. 그런데 어떻게요?" 내가 물었다.

"솔직함과 공명정대함으로. 당신의 감정을 진실로 통찰함으로써."

"내면아이에 대한 제 감정부터 일단 정확하게 알아야 할 것 같은데요."

"맞습니다. 그게 바로 이제 설명할 훈련의 원래 의미죠. 내면아이에게 정중하게 사과하세요. 서면으로 명백하게 말입니다. 당신의 감정을 솔직하고 진지한 말로 표현할 시간을 내십시오. 그리고 이 말을 종이에 적으세요. 그렇게 하면 사과가 피상적으로 흐르는 일을 막을 수 있죠. 당신의 사과를 받아들이고 옆으로 치우거나 몇 번이고 다시 읽는 일은 상대방, 그러니까 이 경우에는 당신의 내면아이에게 달렸습니다."

"내면아이에게 편지를 쓰라고요?"

"네, 신뢰 형성 조처로 말이죠. 그리고 당신에게는 자기감정의 근원을 캐서 정리하고 문서화할 수 있는 계기도 됩니다."

"언제까지 써야 하죠?"

"준비가 다 되면요."

샤워하면서 나는 바로 이 편지를 생각했다. 상담이 끝난 지 3주나 지났지만 내놓을 만한 사과 편지를 쓸 준비가 여전히 되지 않았다. 하지만 손으로 쓴 짤막한 쪽지는 있었다. 나는 사과 편지의 이 출발점을 잘 접어 브라이트너 씨의 안내 책자 뒤에 넣어뒀다. 샤워기를 잠그고 옷을 입은 뒤 거실로 갔다. 다시 한번 읽어보려고 쪽지를 꺼냈다.

"모든 게 정말 미안해. 너를 오랫동안 등한시했고, 내가 어떤 보석과 삶을 함께하는지 몰랐어. 우리가 서로의 삶을 얼마나 힘들게 했는지 이제야 깨달았어. 너에게 상처 주지 않고 자유롭게 놓아주고 싶어. 나는 네가 너 자신의 삶을 살 수 있기를 원해. 그 삶에 나를 친구로 두고서 말이야, 너를 통제하는 사람이 아니라. 우린 이미 오랫동안 그렇게 해봤잖아. 그게 통하지 않는다는 걸 나는 이제 알았어. 네가 자유롭게 행복을 찾길 바라. 우리 과거의 바닥짐이 자유로운 파트너십을 위한 주춧돌이 될지 누가 알겠어…."

더는 써지지 않았다.

27

우연

'어리석은 우연'에 대해 흥분하는 건 아무 의미도 없다. 한 가지 견해는 모든 일이 신의 섭리로 일어난다는 것이다. 섭리가 어리석다고 말하기는 힘들다. 또 하나의 견해는 모든 일이 정말 우연히 발생하고, 아무도 여기에 책임이 없다는 것이다. 아무도 어리석지 않다는 말은 아무도 주장할 수 없다.

요쉬카 브라이트너, 『추월 차선에서 감속하기—명상의 매력』

나는 식탁에 편지를 펴놓은 채 에스프레소를 한 잔 내리려고 했다. 그러다 안타깝게도 마지막 에스프레소 캡슐을 아까 부억 벽에서 닦아냈다는 걸 알았다. 하루를 에스프레소로 시작하려는 소망을 그 누구에게도 방해받고 싶지 않았다. 나와 내 내면아이의 소망을 공원 다른 쪽에 있는 카페에서 채우기로 마음먹었다. 재킷을 입고 신발을 신은 다음 그곳으로 출발했다. 잠깐 산책하면 기분이 나아질 터였다.

공원에는 상쾌한 9월 아침 햇살이 내리쬐었다. 나뭇잎들을 보니 토요일 저녁 유명 인사들이 초대 손님으로 나오는 제2공영방송 쇼가 떠올랐다. 전성기를 떠나보낸 그들은 빛바랬지만 따뜻했던 과거의 햇살 같은 시간을 이야기했다. 이리저리 몸을 흔들면서 시청자의 기억 속에서 이유 없이 좋은 기분을 이끌어냈다. 나뭇잎들은 바람 같은 변덕에 뜯겨 어딘가에 떨어져 잊히기 전까지 가느다란 나뭇가지를 꽉 붙들고 있었다. 내년 봄에는 그다음 꽃봉오리가 싹을 틔우고 분명히 다시 시들 터였다.

나는 지난밤의 흔적이 전혀 보이지 않는 놀이터를 통과했다. 유리 조각과 그 조각에 책임이 있는 반사회적 인격장애자들은 사라졌다. 불에 그슬린 목제 놀이도구와 벤치의 낙서와 '열린 책장'의 깨진 유리만이 이곳에서 어른들이 국가 조직의 무위라는 보호 아래 아주 오랫동안 무척 안락하게 즐거움을 누렸다는 사실을 알려줬다. 어쨌든 편안하게 놀이터를 보호받아야 하는, 그리고 구멍 난 킥보드 바퀴로 이곳을 떠나는 어린 방문객들보다는 안락하게 즐거워했다. 하지만 내가 예상하기에 이곳은 최소한 앞으로 얼마간은 어젯밤 일 덕분에 조용할 듯했다.

놀이터를 막 지났을 때 발터에게서 전화가 왔다. 최소한 잠깐이라도 기쁨의 시간이 지속되겠지. 홀게르손 집안의 위협이라는 거짓말은 어제 내게 조용한 밤을 선사했어. 앞으로도 반사회적 인격장애자들을 공원에서 몰아낼 수 있다면 좋겠다. 그러면 이건 내 내면아이에게 몰두함으로써 완벽하게 해결한 첫 번째 문제가 될 거야. 나는 그렇게 생각했다.

그런데 전혀 아니었다.

"비요른, 잘 지내? 어젯밤 일을 잠깐 알려주려고. 자네 의심이 옳았어."

"무슨 의심?"

"공원에서 잡은 두 명이 홀게르손 집안과 연관 있더군. 대단찮은 꼬리이긴 하지만 어쨌든 그 집안이야."

꿈에도 생각하지 못한 일이었다. 나는 걸음을 멈추고 공원 벤치에 주저앉았다. 독일 전역에 흩어져 사는 4,500여 명의 범죄 집안 구성원 가운데 누군가가 하필이면 내가 무작정 우긴 그 순간 내 집 앞에 실제로 있을 확률이 얼마나 될까? 이제 나는 대답할 수 있다. 200퍼센트였다.

"뭐라고… 두 명이나? 그걸 어떻게 알아냈어?"

"어제 자네가 전화한 뒤에 2인 네 팀이 공원에 갔어. 놀이터에 여덟 명이 어슬렁거리고 있더군. 상당히 많이 취했고 마약도 꽤 했고, 아주 공격적이었어. 우린 그들을 제압하고 케이블타이와 넓은 테이프로 묶었지. 쉽지 않았지만 우리 직원들에게 훌륭한 훈련 실습 시간이었어."

나는 놀이터를 눈길로 더듬으며 급습당한 사람들의 놀란 얼굴을 상상했다. 규정 위반에 어떤 결과가 따른다는 것 자체가 그들에게는 초현실적인 경험이었을 것이다.

"아주 잘됐군. 그래서 그다음에는?"

"우리 직원들이 그들의 신분증을 모두 검사했지. 그중 여섯 명은 그저 테스토스테론이 오작동하는 겁쟁이들에 불과했어. 아마 모두 성년일 거야."

"'아마'라니, 그게 무슨 뜻이야?"

"손목 엑스레이 사진이 확답해줄 테니까."

"왜 엑스레이 사진을 찍었지?"

"실수로 세 명의 손목이 부러졌거든."

"아이고, 아야." 이건 내가 원래 더는 사용하지 않으려던 폭력이었다.

"아이고, 아야는 무엇보다 유리 조각들 때문이었어. 멍청이 여덟 명 중에 여섯 명을 우리가 3인 2열로 깔끔하게 바닥에 늘어놨거든. 그들이 그렇게 질서 있게 누워본 건 아주 오랜만이었을 거야. 그 전에 자기들이 바닥에 유리 조각을 뿌려놨으니 아마 좀 불편했겠지."

놀이터의 유리 조각에 닿으면 아프다는 건 그 전까지 어린 아이들만 알던 사실이었다.

"좋아, 그 신사분들은 이제 놀이터 청소 주기가 너무 길다고 시 당국에 서면으로 항의할 기회를 얻었군." 나는 연민과 쌤통이라는 두 감정 사이의 분열을 가치 중립적으로 묘사하려고 애썼다.

"그 남자들이 '청소 주기'라는 말을 맞춤법에 맞게 제대로 쓸 것 같지는 않아. 어쨌든 아침 7시에 환경미화원들이 케이블 타이와 테이프로 묶인 채 몸이 꽁꽁 얼어붙은 여섯 명을 발견해서 경찰에 신고했지."

"다른 두 명은?" 예감이 좋지 않았다.

"그 두 명은 정확하게 자네 의심에 맞아떨어졌어. 홀게르손 집안이야. 신분증상으로 그래. 우리가 둘을 데려왔어."

"어디로?" 쓸데없는 질문이었다. 발터의 경호업체 본부 지하실에는 내가 아주 잘 아는 취조실이 있었다. 그곳에서 나는 반년 전 처음으로 누군가의 입을 열게 했다. 처음에는 고문에 내적인 저항을 느꼈지만 그 감정을 극복하는 데 적합한 명상 훈련으로 상당히 잘 이겨낼 수 있었다. 나는 폭력을 막기 위해 내면아이와 함께 꾸며낸 홀게르손 이야기가 현실과 만나는 곳에서 폭력을 발생시킬 수도 있다는 사실을 이제 막 깨달았다. 지금까지 내 책임은 없지만 어쨌든 원하지 않은 폭력이었다.

"여기 지하실에." 내가 걱정한 대로 발터가 대답했다. "둘은 우리가 자기들을 왜 데려왔는지 모르는 척하는 중이야. 보리스와 드라간, 자네를 모른다고 우기더군."

"그 둘에게 우리에 대해 물었다고?" 발터는 당연히 물어봤다. 그는 내 전화를 받고는 놈들이 나 때문에 공원에 있었다고, 그러니 어차피 나를 안다고 생각했던 것이다. 하지만 그들은 질문을 받기 전까지는 몰랐고 그 뒤에야 알게 됐다.

"당연하지. 그래서 우리더러 공원에 가보라고 한 거 아니야. 자네 말이 맞더군."

아니, 맞지 않았다. 그래서 이제 골칫거리가 잔뜩 생겼다. 두 남자는 강제로 보리스와 같은 운명에 처했다. 지하실에 살게 된 또 다른 두 명의 어린이를 어떻게 처리해야 할지 알 수 없었다. 이들이 지하실을 나서면 내 삶의 질은 확연히 악화될 터였다.

내 내면아이와는 달리 이 셋 중 누구도 지하실을 떠난 뒤 나와 함께 긍정적인 결말이 포함된 파트너 주간을 보내려고 하지 않을 것이다.

하지만 홀게르손 집안사람들과의 문제는 사실 내가 파트너 주간에 내면아이의 소망을 들어주려다 발생했다.

아내와의 온갖 문제와 사생활 문제, 정신 나간 미지의 인물이 행하는 협박에 더해 구성원이 수천 명인 대가족과의 골치 아픈 문제라니, 이건 정말이지 필요하지 않았다.

내면아이와의 파트너 주간이 시작된 뒤로 왠지 모르게 문제가 더 늘어나는 기분이었다. 하지만 이건 어쩌면 치유가 본격적으로 시작되기 전에 자주 나타나는 초기 악화 증세인지도 모른다.

"이제 그 둘을 어떻게 할 생각이야?" 나는 발터에게 계획이 있기를 바라며 물었다.

"한 시간만 줘. 그러면 둘이 아주 많은 걸 답하게 될 테니까."

아니, 그러지 않을걸. 대답할 게 있어야 하지. 반사회적 인격장애자 둘은 그저 잘못된 이름으로 잘못된 시간에 잘못된 장소에 있었을 뿐이다. 사실 그저 가련한 멍청이들이었다.

"몸에 뭔가 지니고 있었어?"

"코카인 15그램, 권총 두 자루, 칼 세 자루."

오케이. 코카인 15그램과 권총 두 자루와 칼 세 자루를 품고서 내 딸의 놀이터에서 배회하며 4층 발코니에 있는 나에게까지 들리게 "씨이이이입!"이라고 고함지르는 사람을 불쌍히 여길 필요는 없었다. 발터는 성 때문에 그들을 끌고 간 것이었다. 이제 그들이 내 이름을 알게 됐으니 다시 내보낼 수 없었다. 그리고 홀게르손과 보리스와 황금 아이 사이에 아무 관계도 없다는 걸 발터가 알면 안 됐다. 고문하며 취조하다 부지불식간에 알려져서는 더더욱 안 됐다.

"발터, 부탁이야. 일단 취조는 하지 마. 그냥 가두기만 해. 아무도 그들과 이야기해서는 안 돼. 내가 들를 테니 그곳에서 이야기하자고."

발터의 지하실에 있는 홀게르손 집안사람 두 명의 문제를 풀 해결책이 필요했다.

내가 바람피운다는 카타리나의 의심을 없앨 해결책이 필요했다.

우리가 보리스의 목을 베기를 바라는 미지의 협박범과 관련된 해결책도 필요했다.

'수류탄 엄마' 떼거리가 기후를 이유로 유치원 지하실에서 기름 난방장치를 떼어내 보리스의 은신처가 발각되는 일을 막아야 한다는 것이야 더 말할 나위도 없었다.

게다가 라우라의 달갑잖은 오빠와 식사하러 가야 했다.

프로그램이 꽉 찼다. 하나같이 나를 한없이 짜증스럽게 하는 문제였다. 나는 이 문제들이 일으키는 스트레스를 명상으로 줄일 수 있었다. 앞으로는 이 문제들을 정말 피하고 싶었다. 바로 그 이유에서 내면아이에게 몰두하기 시작했으므로.

28

비현실적인 것과 현실적인 것

비현실적인 고민 때문에 불안하다면 모든 감각을 동원해 현실적인 대상에 집중하라. 그 대상이 어떤 형태인가? 색깔은 뭔가? 무게는 얼마인가? 만지면 어떤 느낌인가? 두드리면 어떤 소리가 나는가? 냄새는? 맛은? 이 모든 현실적인 질문에 대답한다면 당신의 비현실적인 고민은 그 심각성을 뚜렷하게 잃을 것이다.

요쉬카 브라이트너, 『추월 차선에서 감속하기—명상의 매력』

공원 반대쪽 가장자리에 카페 마이어 덴하르트가 있었다. 100년 전 문을 연 이 카페는 그동안 인테리어와 직원들이 겨우 세 번

바뀌었다고 한다. 그 점이 좋았다. 80년대 초반 마지막으로 수리됐고 직원들은 수십 년 동안 서빙해왔다. 나는 이곳이 시각적으로나 개인적인 면에서 집처럼 느껴졌다. 고작 반년 전부터 이 지역에 살고 있지만 서빙하는 부인은 내 이름을 알았고, 주문하기도 전에 내가 뭘 원하는지도 알고 있었다.

“안녕하세요, 디멜 씨. 더블 에스프레소와 물이죠?” 문을 들어서자마자 바로 인사를 받았다. 알고이 종업원 닐스가 반짝이 티셔츠에 새겨 넣었더라면 좋았을 문장이었다. 나는 친근한 긍정 신호로 고개를 끄덕이고 카페 뒤쪽의 작은 2인용 테이블에 앉았다. 에스프레소가 금방 나왔다. 두 모금을 홀짝이자 사샤에게 전화할 정도로 생기가 돌았다. 입술 괴물과 발터의 지하실에 있는 홀게르손 집안사람들에 대해 설명하려는데 사샤가 선수를 쳤다.

“자네가 전화해서 다행이야. 협박범에게서 방금 연락이 왔어.”

“이번에도 문 앞에 편지가 있었어?”

“아니, 이메일이 왔어. 자네가 묻기 전에 알려주자면 이름은 가짜고 IP 주소는 필리핀이야. 이미 확인해봤어.”

“뭐라고 쓰여 있어?”

“메일 전달할게. 읽고 나서 다시 전화해, 응?”

“알았어.”

나는 명상을 이유로 스마트폰에 이메일 앱을 설치하지 않았다. 전송된 메일이 있는지 20분마다 확인하고 싶지 않았다. 새로 온 메일이 하나도 없거나 대수롭지 않은 일로 귀찮게 하는 메일을 보면 기분이 좋지 않을 뿐이었다. 20년 전 우편이 왔는지 확인하기 위해 20분마다 우편함에 가려 한 사람은 아무도 없을 것이다. 집배원은 하루에 한 번만 왔다. 한 번이면 충분했다. 그 후 24시간 동안은 '우편이 왔어요'라는 주제는 잊었다. 이제 나는 이메일도 그렇게 다뤘다. 명상 세계에서 이 일은 '디지털 디톡스'라 불렸다. 집 컴퓨터에도 업무 메일함은 별도로 분리해뒀다. 정확히 하루 두 번, 정해진 시간에만 메일을 확인하러 들어갔다. 언제든 연락이 닿아야 한다는 예전의 멍청한 생각은 이로써 사라졌다.

하지만 지금 이건 응급상황이었다. 사샤의 메일을 읽으려고 스마트폰으로 인터넷에 접속해 내 메일 제공자의 홈페이지를 열었다. 비밀번호를 여러 번 잘못 입력했다. 요즘에는 왜 이렇게 본인도 기억하지 못할 만큼 많은 숫자와 특수문자를 사용해야 하는지 도무지 이해할 수 없었다. 예전에는 집배원이 수신인을 알아 우편물을 그냥 건넸다. 수신인이 "K@tz3nfee!"라고 집배원 귀에 속삭여 전달한 게 아니었다. 집에 있는 컴퓨터는 이제 내가 치매라고 생각해 내가 알려줘야 할 비밀번호를 그쪽에서 항상 먼저 제안했다.

하지만 내 휴대전화는 그러지 않았다. 그래서 '마스터마인드' 게임에서처럼 내 이메일 비밀번호가 'emi!y'인지, 아니면 'EMI!Y' 또는 '3mi!y'나 '3MI!Y'인지 직접 찾아내야 했다. 5분이 지나서야 알게 됐다. 비밀번호는 'kathar1n@'였다.

사샤는 아무 말도 덧붙이지 않고 협박범의 메일을 전달했다.

"유치원이 다시 문을 열어서 다행이군. 머리는 금요일까지, 귀 하나는 내일까지. 그렇게 하지 않으면 첨부 사진 속 상냥한 유치원생 아버지는 자기 아들 교실 아래에 누가 살고 있는지 알게 될 거야. 귀는 내일 아침 7시, 내일 날짜 빌트지 1면에 포장해서 유치원 건너편 담에 올려둬. 그 전에 자른 귀를 신문지에 놓고 각 방향에서 찍은 사진을 이 이메일 주소로 보내."

메일에 사진 두 장이 첨부되어 있었다. 두 장 모두 상냥한 유치원생 아버지가 찍혀 있었다. 내가 아주 잘 아는 사람, 페터 에그만 경감이었다.

그러니까 우리는 24시간 내에 보리스의 귀 하나를 잘라야 했다. 이게 무슨 정신 나간 변태 짓인가. 나는 완전히 비현실적인 이 상상이 몰고 오는 공포를 억누르려 애썼다.

일반적으로 언제나 잘 작동하는 명상 훈련이 하나 있었다. 온갖 감각을 동원해 관찰하고 묘사할 수 있는 현실적인 물건에 집중하는 일이었다. 물체에 집중하면 내 뇌에는 귀 한쪽을 자르는 일처럼 완전히 비현실적인 상상에 필요한 수용력이 남아 있지 않았다. 그래서 첨부된 페터 에그만의 사진에 집중했다. 하지만 JPEG 데이터는 온갖 감각을 동원해 인식하기에는 정말 적당하지 않은 대상이었다. 무게도, 냄새도, 맛도 없었으니까. 하지만 사진에는 형태와 색깔과 내용이 있었다. 그래서 나는 신중하게 이것에 집중했다.

첫 번째 사진은 페터 에그만이 오늘 아침 아들을 유치원에 데려다주는 모습이었다. 어쨌든 사진에 찍힌 날짜상으로는 그랬다. 페터의 자동차는 다른 많은 부모의 차와 마찬가지로 이중 주차된 상태였다. 그는 오가는 차들로부터 아들을 보호하느라 품에 안고 있었다.

5분 뒤 찍은 두 번째 사진에서 페터는 아들을 데려다주고 차로 돌아와 그사이 와이퍼 아래에 끼워진 주차 위반 딱지를 찢고 있었다.

사진에 집중하니 마음이 진정되는 게 아니라 더 흥분됐다. 페터 때문이 아니었다. 협박범도 자기가 이 사진으로 내 피를 얼마나 끓게 했는지 당연히 모를 터였다. 유치원 앞의 주차 문제 때문이었다.

러시아워 때, 그러니까 아이들을 유치원에 데려다주고 데려갈 때는 제공된 주차장이 모자라 주차를 잘못할 수밖에 없었다. 휴대전화 상점에는 배달 차량들을 위한 특별 주차 구역이 있다. 하지만 안타깝게도 유치원은 그렇지 않았다. 그래서 담당 부서에서 자주 나와 딱지를 뗐다. 페터의 사진에서 나를 분노하게 한 게 바로 이거였다. 내가 어른들이 놀이터를 원래 목적과 다르게 사용한다고 말하려고 밤 10시에 담당 부서에 전화하면 국가 조직은 이 일에 전혀 관심을 기울이지 않는다. 그러나 아침 8시에 주민이 전화해 세 살짜리 아이의 부모가 이중 주차를 하고 아이를 유치원에 안고 간다고 알리면 당국은 당장 현장에 나타난다.

담당 부서가 공원의 반사회적 인격장애자들을 주차 위반자들처럼 집중적으로 다뤘더라면 지금 발터의 지하실에 그들 중 두 명이 갇히는 일은 없었을 텐데.

하지만 주차 위반이라는 주제에서 잘못은 우리 부모들에게 있는지도 모른다. 교통 문제를 모두 해결하는 전동 킥보드로 아이들을 유치원에 데려다주면 될 게 아닌가? 실제로 유치원 앞 인도에는 전동 킥보드가 불규칙한 간격으로 여기저기 흩어져 있다. 그런데 어떤 멍청이가 아이와 함께 도로 교통에서 이걸 이용하는 걸까.

어쩌면 부모들이 아이를 데려다주고 데리러 올 때 결혼 행렬이 유치원 도로를 막으면 도움이 될지도 모르겠다. 부모들이 이런 정체 상황에 갇힌다면 벌금을 물지 않고도 차에서 내려 아이들을 돌볼 수 있을 테니까. 하지만 나는 결혼 행렬을 '셰어링' 모델로 대여하는 스타트업은 아직 본 적이 없다.

주차 상황에 흥분하느라 적어도 한 가지는 해냈다. 보리스의 귀를 하나 잘라야 한다는 생각을 몇 분 동안 잊어버렸다. 홀게르손도 잊었다.

내 내면아이는 전혀 그렇지 않았다. 내면아이가 말을 걸었다.

'방해해서 미안한데, 이 편지에서 중요한 건 주차 위반이 아니라 귀야.'

'정확하게 말하자면 귀 한쪽이야.' 내가 내면아이의 말을 고쳐줬다.

'귀 한쪽이 아니라 귓불 반쪽이라 해도… 우린 보리스의 귀에서 아주 조그만 조각도 잘라내지 않을 거야. 우린 그러지 않는다고. 탑시를 위해서라도 그래야 해. 우리, 같은 의견이지?'

'나도 자르기 싫어. 하지만 대체할 방법이 떠오르지 않아. 넌 어때?'

이것 봐라…. 내면아이에게는 아이디어가 하나 있었다. 피할 수 없는 이 상황에서 꽤 괜찮은 아이디어였다.

29

의심

당신 자신의 해결책에 의심이 드는 일은 지극히 당연하다. 모든 해결책에는 최소한 두 가지 대안이 있다. 더 나은 것과 더 안 좋은 것. 이걸 이용하라. 누군가 당신의 제안에 의심을 보이면 그에게 더 나은 제안을 해달라고 다정하게 부탁하라. 상대방에게 그럴 능력이 없다면 더 좋지 않은 제안을 해보아라. 마지막에 당신은 의심하는 사람뿐 아니라 자신의 의심도 떨쳐내게 된다.

요쉬카 브라이트너, 『추월 차선에서 감속하기—명상의 매력』

뒷줄에 차를 댄 이중 주차는 사실 지금 나에게 닥친 문제들 중 가장 하찮았다. 나는 첫 번째 줄에 있는 가장 큰 문제, 다시 말해 협박을 해결하려고 사샤에게 전화를 걸었다.

"우리, 만나야겠어."

"내가 올라갈까?"

"지금 변호사 사무실이 아니라 맞은편 카페에 있어."

"내가 갈게. 같이 산책하자고. 자네도 봤다시피… 그 멍청이가 마음 내키는 대로 우리를 엿보고 있으니 말이야. 운이 좀 좋다면 발터 부하들이 우리를 미행하는 누군가를 발견할지도 모르지."

"그렇게 무작정?"

"더 나은 생각 있어?"

"있지. 하지만 직접 만나서 이야기해. 이쪽으로 와. 같이 산책하자."

"경호원과 같이, 아니면 우리끼리?"

"같이. 그래서 나쁠 건 없으니까."

더블 에스프레소 값을 지불하고 문 밖에서 기다리자니 사샤가 왔다. 오전에는 오가는 사람이 없어 텅 빈 구역을 잠깐 산책하기로 했다. 의논할 게 많았다. 나는 일단 어젯밤에 무슨 일이 벌어졌는지부터 설명했다.

"다르게 말하면," 사샤가 이맛살을 찌푸리며 내 요약을 다시 한번 요약했다. "홀게르손과 관련된 거짓말이 자가 동력을 얻었다는 거로군."

"그게 문제가 돼?"

"탈옥한 보리스에게서 우리를 지키려고 할 때는 그 이야기가 진짜 괜찮다고 생각했어. 다행스럽게도 보리스는 탈옥하지 않았지. 그런데 밤에 조용히 자길 원해서 그 이야기를 더 진행하는 건 약간… 뭐랄까, 유치하군."

"순진한 거지." 내가 고쳐 말했다.

"독일어가 내 모국어가 아니라는 건 나도 알아. 그런데 유치함과 순진함의 차이가 뭐야? 어제부터 벌써 두 번이나 지적했어."

"유치하다는 건 나이에 맞지 않는 어른의 행동이야. 순진한 건 나이에 맞는 아이의 행동이지."

사샤가 나를 빤히 바라봤다.

"미안하지만 내가 착각하는 게 아니라면 자네는 마흔세 살이고, 변호사야."

"어른에게는 누구나 어린 시절의 아이가 숨어 있어."

사샤는 그 뒤에 있는 심리적 개념에 대해서는 캐묻지 않았다. 나도 이 자리에서 설명할 계획은 없었다.

"뭐, 그렇다고 치지. 그러면 자네 안에 있는 그 아이에게, 모든 행동에 결과가 없을 거라고 믿는 건 순진한 생각이라고 말해줘."

나는 주머니에 있는 앵무새를 쓰다듬으며 진정시켰다.

"바로 그 경험을 어젯밤에 공원에서 그 녀석들이 한 거야, 안 그래?" 나는 사샤에게 맞서 어제 내면아이가 소망한 대로 변호했다. 사샤는 이 논리를 금방 이해하지 못했다.

"오해하지 말고 들어…. 밤에 그 멍청이들이 고함지르면 나도 짜증 나. 내려가서 직접 몇 대 후려치기 직전까지 간 적도 여러 번 있었지. 하지만 우린 앞으로 폭력을 쓰지 않기로 했잖아? 발터의 폭력이 어떤 결과를 낳았어? 우린 지금 엄청난 문제를 두 가지 더 떠안게 됐어. 우리 지하실에 있는 보리스 말고도 이 도시 다른 쪽 끝 지하실에 홀게르손 집안사람 둘이 더 들어 있다고 생각하니 불안해져. 우리가 그 두 사람을 어떻게 해야 할지 전혀 모르는데 말이야."

"방금 상황이 바뀌어서 우리가 그 둘을 어떻게 해야 할지 알게 됐을 수도 있어…."

나는 사샤에게 내 내면아이가 조금 전 보리스의 귀와 관련해 알려준 아이디어를 설명했다. 사샤는 한동안 그 제안을 이해하려 했다.

"그 두 명의 귀를 자르자고?" 사샤가 어리둥절해서 물었다.

"두 명이 아니고, 그저 귀 단 한쪽이야." 나는 이 토론을 객관적으로 묘사하려고 애썼다.

"홀게르손 관련 거짓말을 계속 발전시키는 게 현명한 생각은 아닌 것 같아. 귀를 자르는 건 정말 엄청난 일이라고."

이상하다. 내면아이가 나에게 이 아이디어를 말했을 때는 무척 논리정연하게 들렸는데. 이 아이디어를 내가 왜 아주 좋다고 생각하는지 직접 말해야겠군. 다시 말해 지하실에 있는 우리 손님을 건들지 않는 것이 내 내면아이의 소망과 일치한다고, 그리고 이 소망을 실현하는 일이 유년기의 부정적인 경험을 다시 쓰게 할 수도 있다고. 하지만 사샤에게 지나친 부담을 주지 않으려면 설명할 때 '파트너 주간'과 '부정적인 신조' '기본 신뢰 강화' '무기' 그리고 특히 '탑시'라는 단어는 피해야 할 것 같았다.

"귀 '한쪽'이야." 나는 다시 한번 사샤의 말을 바로잡았다. "우린 그들이 밤에 공원에 늘어져 앉아 '씹'이라고 고함지른 벌로 귀를 자르려는 게 아니야. 코카인 15그램을 거래하고, 총과 칼로 무장한 채 유리 조각을 뿌려놔서 놀이터를 사용할 수 없게 만드는 낯선 개자식의 귀를 자르는 거야."

사샤는 여전히 확신이 없었다.

"더 나은 제안 있어?" 내가 그에게 물었다. 아니, 없었다. "사샤, 잘 들어봐. 어떤 게 나을까? 오늘 저녁 직접 보리스의 귀 한쪽을 자르는 일과 오늘 오후 발터의 부하들에게서 작은 캔에 든 그 멍청이들의 귀 한쪽을 아주 비밀스럽게 건네받는 일 중에 말이야."

"흐음, 모르겠어…."

"쉽게 말하면 이런 거지. 지금 우리에게 제공된 귀는 여섯 개야. 그중 하나를 잘라야 해. 어떤 결정을 내리고 싶어?"

'좋은 논거군. 내가 무기 없이 안전하다고 느끼는 건 지금이 처음이야.' 내면아이가 나를 칭찬했다.

"그런 조건이라면…."

"그것 봐."

"구체적으로 어떻게 진행되는데? 그러니까 내 말은… 귀가 하나 없는 상태로는 그들을 절대 다시 지하실 바깥으로 내보낼 수 없잖아."

"두 명 모두 양쪽 귀가 멀쩡하더라도 달라질 게 있어? 그들은 우리 이름을 알고 있어. 누가 자기들을 공원에서 끌고 왔는지도 알아. 이유만 모를 뿐이지. 그 둘과 홀게르손 집안사람들은 온갖 수단을 동원해서라도 그 이유를 알아내려고 할 거야."

"나중에 그 둘과 남은 귀 세 개를 어떻게 해야 하지? 우린 더는 살인하지 않기로 했는데."

내면아이가 다시 말을 걸어왔다.

'지금 그 생각은 하지 말자고. 우린 사랑을 가득 담아 가치 중립적으로 현재를 살잖아. 귀가 하나 필요하면 그냥 귀가 하나 필요한 것뿐이야. 다른 문제가 생기면 생기는 거고.' 내면아이가 현명과 오만 사이를 오가며 말했다. 내가 내면아이에 대해 전혀 모르던 시기에도 이 아이는 나와 명상 과정 전체를 신중하게 내면화했다. 아이의 말은 완벽하게 옳았다. 지금 이 순간 문제는 오로지 우리가 빠른 시간 안에 귀 한쪽을 구해야 한다는 것뿐이었다. 발터의 지하실에 있는 두 놈을 장기적으로 어떻게 해야 할지는 당장 급한 문제가 아니었다.

"그 걱정은 지금 하지 않아. 난 지금 이 순간을 사니까." 사샤의 질문에 나는 이렇게 대답했다.

"나는 지금 이 순간 발터에게 구체적으로 뭐라고 말해야 할지 모르겠다는 게 문제라고 생각해. 어떤 이유로 홀게르손 집안사람의 귀 한쪽을 잘라야 한다고 말하지?"

"휴…. 범죄자가 다른 범죄자의 귀를 자르는 이유가 뭘까?" 내가 허공에 대고 되물었다.

'메시지를 전하려고.' 내면아이가 즉시 대답했다. **'드라간은 귀를 통해 홀게르손 집안에 꽤나 명확하게 이런 말을 하는 거야. 보리스가 너희 황금 아이에게 무슨 짓을 했든 간에… 내 부하들에게 손대지 마! 드라간은 이 위협으로 우리를 보호하는 거지.'**

놀랍도록 빠르고, 놀랍도록 논리정연한 해명이었다. 게다가 발터에게 지어낸 홀게르손 위협 이야기를 서서히 다시 줄여가는 첫 단계가 될 수도 있었다.

"드라간의 지시라고 하자. 자네나 나한테 다가오면 어떤 일이 벌어지는지 홀게르손 집안사람들에게 알리는 소소한 표시로 말이야."

"하지만 홀게르손 집안은 우리에게 전혀…." 사샤가 반박하려 했다.

나는 그가 말을 마치도록 내버려두지 않았다. "그렇게 알고 있는 사람은 자네와 나와 홀게르손 집안뿐이야. 발터에게는 지금까지 그가 믿었던 이야기에 우리가 계속 머물러야 논리가 성립하지."

"좋아…. 그럴듯하게 들려. 하지만 그 일을 하는 당사자에게는 언짢은 일이 될 텐데."

"전혀 그렇지 않아. 내게 상당히 괜찮은 아이디어가 있으니까…." 이 아이디어도 사실은 내면아이의 것이었으니 그 점에서는 거짓말이었다. "우리에게는 범죄자 두 명과 코카인 15그램, 권총 두 자루와 칼 세 자루가 있어. 필요한 건 귀 한쪽이지. 해결책은 간단하게 3단계로 구성돼. 1단계, 그 두 남자에게 코카인을 1그램씩 돌려준다. 2단계, 둘이 코카인을 복용하고 흥분했을 때 칼을 한 자루씩 돌려준다. 3단계, 둘에게 가짜 과제를 내준다. '상대방의 귀를 먼저 자른 사람은 양쪽 귀가 멀쩡하게 지하실을 나갈 수 있다'."

"둘이 코카인을 하지 않으려고 하면 어떻게 해?"

"발터의 부하들도 해결책에 어느 정도는 자발적으로 기여하겠지. 내가 창의적인 협업을 기대한다고 전해줘." 나는 이

괴로운 토론을 이제 제발 좀 끝내고 싶었다. 드라간이 직접 말했다면 이렇게 많이 캐묻지 않았을 것이다. "마약 밀거래자 두 명에게 자기 마약을 복용하게 하는 일이 그렇게 어려울까?"

내 생각에 내면아이의 계획은 천재적이었다. 어쨌든 이 시점까지는 그랬다. 사샤의 의심이 실제로 중요한 문제로 나타난다는 걸 아직 몰랐으니까.

30

당혹

당신 내면아이의 창의력은 타인들이 보기에 당혹스러울 수도 있다. 하지만 바퀴의 발명도 마찬가지였다.

요쉬카 브라이트너, 『귀한 내면아이』

"우와." 사샤는 깊이 감탄한 듯했다. "변호사가 되면 그런 걸 배우나?"

"아니, 안내 책자에서 배우지. 설명하자면 길어. 발터에게 그렇게 브리핑할 수 있겠어?"

"우리가 바로 발터에게 같이 가는 게 어떨까?"

"의뢰인이 될지도 모르는 사람과 점심 약속이 있어."

"누구와?"

"라우라의 오빠와."

"라우라?"

"라우라 프릴링. 막스 엄마 말이야. 니모반 학부모회 부대표."

"그 매력적인 의사? 동생과 친하게 지내려고 오빠에게 접근하는 거야?"

나는 사샤에게 우리 부부 문제를 알리고 싶지 않았다. 대답을 슬쩍 피했다.

"업무상 이유일 뿐이야. 새로운 의뢰인으로."

"이제 새 의뢰인은 안 받으려고 하지 않았어? 게다가 그 엄청난 멍청이를?" 사샤가 캐물었다. 그러니까 이 새로운 의뢰인에게 의혹의 눈길을 보내는 사람은 내 내면아이만이 아닌 게 확실했다.

"쿠르트라는 남자를 알아?"

"당연히 알지. 일주일에 한 번 그 사람이 막스를 데리러 와. 언제나 늦게 도착하지. 이따금 바보 같은 전동 킥보드를 타고 오기도 해. 지지난주에는 유치원이 문을 닫은 지 한 시간도 더 지나서 왔더군. 유감스럽게도 막스가 그때까지 유치원에 남아 있었다는 사실을 아무도 몰랐어. 보육교사들이 나갈 때 아마

어딘가에 숨었던 모양이야. 쿠르트가 내 집 초인종을 누르기 전까지 막스는 여기저기 휘젓고 다닌 거지. 내가 여기 살기 망정이지."

지지난주부터 막스는 입술 괴물 이야기를 했다. 나는 지난 30분 동안 골치 아픈 귀에 정신이 팔려 그 이야기에는 전혀 머리를 쓰지 않았다. 지지난주. 그때 보리스는 지하실에서 아이가 부는 것 같은 휘파람 소리를 들었다. 나는 사샤에게, 라우라의 아들 막스가 지하실로 보리스를 찾아간 첫 번째 방문객일 거라고 말했다.

"막스가 혼자 있던 그 한 시간 동안 지하실에 내려갈 기회가 있었을까?" 내가 물었다.

사샤가 곰곰이 생각하더니 대답했다. "모르겠어. 하지만… 불가능한 건 아니지. 유치원 문이 잠겨 있지 않았어. 지하실로 내려가는 문도 그랬고. 이 건물에 사는 사람은 우리 둘밖에 없잖아. 라우라 오빠가 초인종을 누른 뒤에야 우리는 막스가 니모반 교실에서 혼자 놀고 있다는 걸 알았어. 아이가 그사이 어딜 돌아다녔을지는… 모르지."

"혹시 그 쿠르트라는 남자는 알까?"

"그건 모르겠어." 사샤가 어깨를 으쓱했다. "그런데 그놈이 아주 수상쩍게 보인단 말이야. 그를 입술 괴물 이야기와 관련해서 철저히 털어보는 것도 나쁜 생각은 아닐 것 같아. 내 말은… 여동생이 매혹적이긴 하지만… 그녀의 오빠를 의뢰인으로 받을 정도야? 흐음, 뭐 자네는 어른이니 알아서 하겠지."

카타리나도 내게 이렇게 관대한 자세를 보여줬더라면 좋았을걸. 어쨌든 나는 이제 쿠르트를 아주 많은 관점에서 신중하게 관찰해야 한다는 사실을 알게 됐다.

어느덧 우리 건물이 있는 거리로 들어서서 사샤와 나는 마지막으로 유치원과 보리스의 연관성을 조사한 자료를 서둘러 점검했다. 결과는 심히 보잘 것 없었다.

우리 둘 다 목록을 작성해왔다.

드라간의 일당 가운데 두 관리자가 유치원과 개인적으로 연관이 있었다. 우리를 경호하는 발터 여동생의 아들이 유치원 '바닷물고기처럼'에 다녔다. 그리고 인신매매를 담당하는 드라간의 관리자 스타니슬라브의 새 애인이 딸을 플리퍼반에 보냈다. 하지만 이 둘은 보리스나 사샤, 나에게 복수할 만한 동기가 전혀 없었다. 그들은 지하실에 보리스가 있다는 사실도 몰랐고, 사샤와 나에게 해를 입혀서 얻을 이득도 없었다.

유치원의 '민간' 부모들 중 사샤와 내가 과거에 마피아 일당과 연관됐었다는 사실을 명확하게 아는 사람은 페터 에그만과 국토부 주무관 브로이어 씨였다. 다른 부모 세 명은 이미 언급한 아동 복지 관점에서 자녀의 유치원 자리를 하나씩 얻었다. 이들은 유치원 구조에 대해 뭔가 알기는 했지만 보리스의 존재에 대해서는 전혀 몰랐다.

"이 명단은 지금 우리에게 아무 도움이 되지 않아." 내가 요약해서 말했다.

"안타깝게도 그렇군. 협박범은 보리스와 유치원에 모두 연관이 있는데 말이지. 그 연관성을 유감스럽게도 못 찾겠어. 다른 것도 시도해봤는데… 성과가 없기는 마찬가지였어."

사샤가 다른 명단을 내게 하나 더 건넸다.

"처방전이 필요한 마취제, 보리스를 잠재운 그 마취제를 손에 넣을 수 있는 부모가 누구인지 생각해봤어."

"좋은 아이디어네. 도움이 됐어?"

"별로. 두 명이 약국을 운영하고, 네 명은 의사라서 처방전을 쓸 수 있다는 사실 정도만 알았어."

나는 명단을 살펴봤다. 의사인 라우라도 거기 적혀 있었다. 하지만 라우라는 보리스와 연관이 없었다. 이 도시로 이사 온 지 반년밖에 되지 않았다. 그때 보리스는 이미 우리 지하실에 있었다. 다른 부모들도 보리스와 연관이 있을 것 같지 않았다.

그사이 우리는 유치원 앞에 도착했다. 학부모회 모임 내용을 이야기할 시간이 없어 나중으로 미뤄야 했다. 우리는 건물 현관에서 헤어졌고, 나는 데리러 오겠다는 쿠르트의 전화를 기다리느라 시간 맞춰 집에 올라갔다. 거리에서 경호업체 직원들에게 잠깐 물어보니 우리를 미행한 사람은 없었다.

31

처리

인생의 모든 것이 아름답지는 않다. 하루도 마찬가지다. 하지만 아름다운 것과 추한 것 사이의 시간을 분배하는 사람은 우리다. 추한 의무를 미루지 마라. 추한 것을 처리하고 그것과 작별하여 아름다운 것에 자리를 내주어라.

요쉬카 브라이트너, 『추월 차선에서 감속하기—명상의 매력』

건물 앞에서 나를 기다린다는 쿠르트의 전화는 약속과 달리 12시 반이 아니라 1시 20분에 걸려왔다. 아래로 내려가 건물 밖으로 나가보니 쿠르트는 라우라의 묘사로 내가 예상한 것과는 달리 걸어온 게 아니라 지역 리무진 서비스의 벤츠 S클래스를 타고 왔다. 운전사도 포함된 서비스였다. 쿠르트는 뒷좌석에 앉아 창을 반만 연 채 인슐린 주사기와 벤진 라이터가 만취해 임신한 것처럼 보이는 전자담배를 피우고 있었다.

하지만 그 물건은 쿠르트에게 어울렸다. 그는 시각적으로도 동생과는 정반대였다. 40대 후반, 비율이 맞지 않는 몸. 창백하고, 뚱뚱하며, 머리카락이 빠지기 시작했고, 정상 체중에서 최소한 20킬로그램은 넘어 보였다. 그는 내가 다가가도 차에서 내리지 않았고, 뒷자석에 있는 본인 옆에 앉을 때까지 기다렸다.

부정적인 첫인상은 이 남자의 옷차림에서도 나아지지 않았다. 비싼 스니커와 명품 청바지, 꽉 끼는 티셔츠에 초고가 재킷을 걸쳤다. 돈과 취향의 불일치를 최대로 보여주는 사례였다. 지나치게 비싸고 스포티한 차림새가 전혀 스포티하지 않은 이 사람의 단점을 매우 도드라지게 만들었다.

같은 유전자를 지닌 그의 동생과 아이를 갖고 싶은가 하는 생각이 불현듯 스쳤다. 하지만 다행스럽게도 지금 중요한 건 그게 아니었다. 나는 지나치게 앞서가는 경향이 있다.

내가 라우라의 오빠를 만난 건 지극히 현실적인 이유에서였다.

라우라가 도움이 급히 필요한 얼굴로 내 소파에 앉아 있었을 때 '아니요'라고 말하지 못했기 때문이다.

거울에 쓰인 문구로 일어난 결과를 겪고서도 여전히 '아니요'라고 말하지 못했기 때문이기도 했다.

또 일단 떠안은 문제를 그냥 어서 처리하자고 마음먹었기 때문이다.

게다가 거울에 그런 문구가 쓰였는데도, 또는 바로 그런 문구가 쓰였다는 이유로 사실 그의 동생에게 관심이 무척 많기 때문이기도 했다.

여기까지가 사샤와 이야기를 나누기 직전 상태였다. 이제 여기에 더해 쿠르트와 보리스에게 우리가 모르는 연관성이 있는지, 그래서 협박범일 가능성이 있는지에도 관심이 생겼다. 지금까지는 그의 조카 막스가 했던 입술 괴물 이야기가 지하실의 보리스를 누군가 발견했음을 알려주는 확실하고 유일한 근거였다. 쿠르트는 조카를 데리러 너무 늦게 왔던 날 혹시 뭔가 알아냈는지도 모른다. 하지만 이 모든 것이 너무 막연해 라우라와 상관없이 쿠르트를 한번 직접 만나보고 싶었다.

"비요른, 안녕." 쿠르트가 나를 보며 히죽 웃었다. "이렇게 금방 만나게 돼서 다행이야."

"그래, 라우라 말로 급한 일이라고 하던데."

"모든 걸 신경 써주는 어린 여동생이 있다는 건 참 좋은 일 아니야?"

내겐 여동생이 없었고, 라우라도 어린 여동생이 아니라 자주적인 여성으로 보였다. 새 가죽과 담배 연기와 혐오스러운 남성용 화장품 냄새가 뒤섞여 금세 역겨워졌다. 나는 그것도 무시했다. 식사 한 번만 하면 이놈을 다시 볼 일 없을 테니까.

"라우라는 멋진 여성이지. 그런데 솔직히 말해서 나를 데리러 와서 놀랐어. 차를 운전하지 않는 줄 알았거든."

"나는 차를 운전하지 않아. 메메드가 하지. 메메드, 그렇지 않아요?"

쿠르트가 운전사의 어깨를 호기롭게 쳤다.

"제 이름은 무라트입니다." 운전사가 사무적으로 싸늘하게 대답했다.

"면허가 취소됐어. 그런 일이야 일어날 수 있지."

그렇다. 과속하면 그렇게 된다. 아니면 음주 운전을 하면. 또는 음주하고서 과속 운전을 하면. 거기에 더해 변호사가 훌륭하지 못하면. 그런데도 자기 동생에게는 세상을 구하려고 자발적으로 운전을 포기한 듯이 말한 걸 보면 쿠르트에 대해 몇 가지를 짐작할 수 있었다.

"하지만 라우라에게는 말하지 마…. 변호사는 비밀을 엄수할 의무가 있잖아, 그렇지?"

"그렇게 볼 수도 있지." 반드시 그런 건 아니지만. "무슨 일이 있었어?"

"1년 동안 두 번 시속 26킬로미터 초과로 과속 카메라에 찍혔어."

그 횟수로는 정확히 한 달 면허 정지라는 가벼운 처벌이 내려진다. 쿠르트가 몇 달 전부터 운전하지 못했다면 과속이 더 심했을 것이다. 음주였을 수도 있고. 말하자면 동생뿐 아니라 나도 속인다는 뜻이었다.

"동생이 나에 대해 또 어떤 이야기를 했어?"

나는 아무 말도 하지 않기로 마음먹었다.

"별다른 말 없었어. 내가 자네를 위해 뭘 할 수 있을지 궁금하군."

"식사하면서 이야기하지. 가우샹 호디지우에 자리를 예약해 뒀어."

가우샹 호디지우는 브라질 스테이크 레스토랑으로, 이 도시에서 가장 훌륭한 음식점이었다. 입에 넣자마자 녹을 만큼 고기가 부드러웠다. 브라질의 벌목된 원시림에서 우리 접시에 이르기까지 1만 킬로미터라는 긴 비행을 했는데도 (아니면 바로 그 이유에서) 그처럼 품질이 좋았다. 이 최고급 레스토랑에 없는 것은 단 하나뿐이었다. 지역 유기농 재료였다.

우리 테이블은 많은 열대우림 목재로 꾸며진 레스토랑 뒤쪽 조용한 구석에 있었다. 나는 쿠르트가 한 가지는 아주 잘한다는 점을 인정해야 했다. 그는 스몰토크의 강자였다. 식사 내내 대화를 이끌었다.

대화는 전채 요리부터 시작됐다. 소화하기 가벼운 소소한 한입거리는 무척 인상적이었지만, 식재료가 어디에서 왔는지 생각하지 않을 때만 그랬다. 하지만 나는 생각이라는 걸 했다. 전채요리인 푸아그라뿐 아니라 쿠르트가 반찬 삼아 곁들인 이야기에 관해서도.

라우라가 이미 묘사했듯 쿠르트는 자신을 세계의 구원자로 소개했다. 적어도 말로는 그랬다. 행동으로는 단 한 번도 그러지 않았지만.

그는 독일 고속도로에 시속 130킬로미터로 속도 제한을 둔다면 탄소가 얼마나 줄어드는지 정확하게 알고 있었고, 왜 아직도 이 규제가 도입되지 않느냐며 흥분했다. 무책임하다고 했다. 국가가 인정한 과속 운전자라서 운전면허가 취소된 사람, 자발적으로 언제든 130킬로미터로 달릴 수 있었던 사람치고는 흥미로운 가설이었다.

쿠르트는 5개월 된 거위를 강제로 살찌워 얻은 푸아그라를 흥겹게 전채 요리로 주문하면서도 동물 이송과 마취 없이 행해지는 새끼 돼지 거세에는 흥분했다. 브라질에서는 동물 보호 때문에 푸아그라 판매가 금지됐다는 사실에는 쿠르트도, 독일의 가우샹 호디지우 운영자도 관심이 없는 듯했다.

쿠르트는 정치적 내용의 단순화와 정치적 문화의 야만화에 반대했다. 동시에 입 안 가득 음식을 씹으면서, 바로 그 이유에서 포퓰리스트들은 어디에서든 입을 열 수 있어야 한다고 말했다.

그는 모든 종류의 기차표에 대한 국가 지원을 찬성했다. 기차는 기후 중립적일 뿐 아니라 신분 상징이 없는 이동 수단이라고 했다. 하지만 자기는 기차를 타지 않는다고, 자동차와 달리 기차에서는 조용하게 전화 통화를 할 수 없어서라고 했다.

또한 그는 평등하게 열린 사회, 다채롭고 자유로운 사회에 찬성했다. 나중에 알고 보니 그의 기업은 장애인 취업률이 제로였고 전체 구성원에서 여성은 10퍼센트, 이민자는 5퍼센트뿐이었다.

나는 자기애에 빠져 도덕적 거울을 바라보는 쿠르트의 세계관으로는 이 간극을 발견할 수 없다고 확신했다. 그가 자기 앞에 있는 상대방의 눈을 제대로 마주 보지 못한다는 사실을 깨닫자 나는 점점 재미있어졌다.

메인 코스부터 쿠르트는 자기 기업을 칭찬하기 시작했다. 우리 둘 모두 완벽하게 미디엄으로 구워진 400그램짜리 스테이크를 받았다. 쿠르트는 감자튀김도 곁들였다. 나도 그걸 먹고 싶었지만 곁들이는 요리에 불과하다고 해도 쿠르트와 또 하나의 공통점을 갖기는 싫었다. 그래서 구운 옥수수를 주문했다. 나는 생수를, 쿠르트는 화이트 와인을 마셨다.

"CN모빌리티가 내 회사야." 쿠르트가 전채 요리 이후 잠깐 쉬었던 대화를 스테이크를 썰면서 바로 이어갔다.

"처음 듣는 이름이군."

"이 도시의 전동 킥보드 대부분을 대여해."

"몇 대쯤?"

"대략 750대."

아니면 라우라가 말했듯이 500대일 것이다. 하지만 반올림 오차 50퍼센트는 세상을 구할 교통수단에 대한 토론에서는 있을 수 있는 일이겠지.

'나는 단 하나뿐인 킥보드를 빼앗겼는데 이 얼간이는 왜 750대를 동시에 가져도 되는 거지?' 내 내면아이가 물었다.

'500대밖에 없어. 나머지는 허풍이야.'

'잘됐네. 침으로 찌르는 게 250개나 줄었잖아. 이놈을 죽사발로 만들어. 네가 내 무기야.'

좋아. 난 쿠르트를 최소한 논리상으로 좀 꾸짖으려고 했다. 내면아이를 위해 그럴 필요가 있었다.

"그런데 CN모빌리티가 뭐야?"

"지속 가능하고, 다양하고, 세계를 향해 열린 사회를 지향하는 기업이지."

"으음, 난 그냥 킥보드 대여업체라고 생각했는데."

쿠르트는 내 대답도, 그 전에 한 질문도 이해하지 못했다. 그래서 다르게 질문했다.

"내 말은, CN모빌리티의 C와 N이 무엇의 약자인가 하는 거야."

"클라이밋 뉴트럴, 그러니까 기후 중립적이란 의미지."

"기후 중립적이라고? 전동 킥보드가?"

"그래."

"이해할 수 있도록 좀 도와줘. 누군가 걸어서 A 지점에서 B 지점으로 간다면 기후 중립적 이동이지. 하지만 걸어가는 대신 전동 킥보드를 사용한다면 아주 많은 양의 플라스틱과 약간의 철재, 상당히 독성이 강한 배터리로 생산된 기구를 이용하는 거야. 킥보드를 제작해야 사용할 수 있으니까. 여기서 뭐가 기후 중립적이지?"

"아, 이동이 그렇지. 우린 'CN제작'이 아니잖아. 이동하는데 필요한 배터리는 녹색 전기로 충전돼."

"그렇군. 이 도시에 녹색 전기 공급망이 있어?"

"아니…. 하지만 우리는 녹색 전기 공급자와 계약을 맺었어. 그가 공급망에 전기를 공급하지."

"그렇다면 회사 콘센트에 킥보드가 실수로 갈탄 전기로 충전되는 걸 막아주는 필터가 있어?"

"자네, 전기 공급망이 어떻게 작동하는지 전혀 모르는 것 같군."

우리는 현대식 토론에 늘 등장하는 전환점에 도달했다. 비판적인 질문을 한 사람은 전문지식이 부족하다고 공격받는다.

나는 내 내면아이에게, 대화하는 동안 그를 보호하는 무기가 되어주겠다고 약속했다. 하지만 내가 공격 무기인지 방어 무기인지 알 수 없었다. 나는 쿠르트에게 그냥 팩트를 던졌다.

"내가 제대로 이해했다면 전기망은 하수도처럼 작동하지. 어떤 사람이 위에서 오줌을 싸면 그게 모이고 섞여서 아래로 다시 나오잖아. 누군가 파티 기분에 취해서 변기에 샴페인을 부었다고 해도 내가 샴페인 잔을 들고 하수구에서 물을 떠 마실 생각은 못 할 것 같은데."

전기망은 다른 모양이었다. 태양광 발전 시설이나 풍력기가 전기를 공급하면 순수한 녹색 전기가 모든 전선을 통해 소비자에게 도착하는지도 모른다. 밤에도, 바람이 불지 않을 때도.

쿠르트가 입을 열었다가 반론할 수 없다는 걸 숨기려고 커다란 스테이크 한 토막을 욱여넣었다. 고기를 씹으면서 뭔가 할 말이 있다는 듯한 몸짓을 했다. 나는 침묵하며 그 모습을 견뎌냈다. 속으로 미소 지으면서. 그러다 창피한 상황에서 친절하게 쿠르트를 구원해줬다.

"오케이. 그러니까 자네는… 아까 말한 대로… 기후 중립적인 전동 킥보드를 제공한다는 거지. 이동 면에서는 그게 어떻게 작동하지?"

쿠르트는 잘 아는 영역에 돌아와 안심하며 다시 잘못된 길로 곧장 달려들었다.

“아주 간단해. 앱으로 예약하면 앱이 가장 가까운 킥보드 위치를 알려줘. 그러면 가서 타는 거야. 목적지에 도착하면 킥보드를 그 자리에 두면 되고.”

“그러면 그다음 사람이 다시 앱을 사용해서 그걸 타겠군.”

“그렇지. ‘셰어링’이라고 해.”

영어 단어 ‘셰어링’은 몇백 년 동안 아주 정확히 ‘분할’이라는 뜻이었다. 하지만 쿠르트는 제멋대로 대강 ‘받기’라고 해석하는 모양이었다. 주주가치의 경우처럼. 어쨌든 무엇보다 그는 사방에 널브러져 있는 자신의 사적 비즈니스 모델이 공공장소를 지저분하게 만드는 일에는 전혀 신경 쓰지 않았다.

“마지막 손님이 킥보드를 세워둔 장소에서 다시 타려는 사람이 아무도 없을 때는 어떻게 하지?” 내가 조심스럽게 물었다.

“우리가 가지고 와. 충전 때문에 어차피 그렇게 해야 해.”

“그래서 내 다음 질문은 이거야. 킥보드를 항상 충전된 상태로 유지시키는 사람은 누구야?”

“누구긴, 우리지. 킥보드가 어디에 세워져 있는지 앱으로 알거든.”

“저녁마다 누군가 방전된 킥보드를 가져다 기후 중립적으로 콘센트에 꽂는다는 뜻이야?”

"아니, 그 일은 수거서비스팀이 밤에 해."

"어떻게?"

"흩어져 있는 킥보드를 화물차로 모두 수거해서 회사로 가져와 콘센트에 꽂지."

"어떤 화물차지? 우체국 차량처럼 전기 밴?"

"벤츠 스프린터 열다섯 대야."

"디젤 엔진이고?"

"그게 가장 저렴하니까."

"그러니까 매일 밤 디젤 화물차 열다섯 대가 전동 킥보드 750대를 충전하려고 본사로 가지고 돌아온다는 거야?"

"그렇지. 2교대로 일해. 화물차들은 저녁 7시에 낮에 충전한 킥보드를 싣고 떼 지어 나가고, 방전된 킥보드를 가지고 돌아와. 이 킥보드들은 늦어도 밤 10시에는 충전기에 연결되지. 그 다음 교대근무팀이 새벽 4시에 충전된 킥보드를 정류장에 가져다두고 방전된 킥보드를 가져와 낮 동안 충전해. 밤 10시와 새벽 4시에는 회사가 차로 온통 붐비지. 살인적인 물량이야. 하지만 그 덕분에 탄소 중립적인 킥보드가 충전된 상태로 종일 언제든 충분하게 도시 전역에 흩어져 있는 거지."

"자네 회사의 디젤 화물차 열다섯 대가 밤에 두 번 가져다둬서?"

"잘 알아들었군. 자네, 우리 회사에서 당장 일을 시작해도 되겠어!" 쿠르트가 호기롭게 내 어깨를 두드렸다. 하지만 나도, 내면아이도 칭찬받았다고 느끼지 않았다. 나는 더 잘 이해하려고 내면아이가 던진 질문을 쿠르트에게 전달했다.

"흐음…. 고객들이 앱으로 화물차 열다섯 대 중 한 대를 불러서 목적지까지 가는 쪽이 더 간단하지 않을까?"

나는 쿠르트가 이 질문이 무슨 뜻인지 몰라 나를 보는 건지, 아니면 그냥 멍청한 건지 알 수 없었다. 그래서 질문을 구체적으로 바꿨다.

"내 말은, 화물차 열다섯 대가 킥보드를 수거하려고 어차피 하루에 두 번 킥보드 뒤를 쫓아다닌다면 손님들을 직접 실을 수도 있지 않느냐는 말이야."

"으응? 그게 무슨 의미가 있어?"

"그러면 자네 회사는 킥보드에 드는 비용을 아낄 수 있고, 손님들은 같은 돈을 내고 훨씬 안전하게 목적지에 갈 수 있으니까. 그리고 킥보드를 제작하지 않아도 되니 탄소도 덜 발생할 테고 말이지."

"하지만 그건 우리 비즈니스 모델이 아니야. 우리는 킥보드를 대여하니까."

"지속 가능성 때문에. 그래, 맞아."

잠시 침묵이 흘렀다. 쿠르트는 다시 브라질산 스테이크를 씹었다. 고기가 된 소는 지속 가능한 열대우림이 몇 달 전 빠른 목우를 위해 벌목된 곳에서 며칠 전까지만 해도 풀을 뜯고 있었다.

"그러니까 자네는 기후 재난을 막으면서 돈을 버는군." 나는 대화를 평화롭게 마치고자 말했다.

"아니지. 기후 재난으로 돈을 버는 거야." 그가 나에게 건배하며 대답했다.

다행스럽게도 내 잔은 비어 있었다. 비즈니스 모델로서의 기후변화. 그는 적어도 이 점에서는 솔직했다.

스포티한 옷차림인데도 쿠르트의 체온이 식사와 와인 때문에 부담을 느낀 모양이었다. 그는 재킷을 벗어 의자 등받이에 걸쳤다. 값비싼 그의 명품 티셔츠는 배 부위만 꽉 끼는 게 아니라 소매도 짧아서 그림이 드러났다. 사람들이 마요르카에서 만취해 내기에서 졌을 때 새길 법한 문신이 투실투실한 오른쪽 위팔에 있었다. 검은색 테두리 안이 새빨간 색으로 채워진 하트였다. 하트에 리본 하나가 감겨 있고, 그곳에 '안나'라고 쓰여 있었다. 안나와 쿠르트의 젊은 날 사랑이 쌍방이었다면, 이 안나라는 사람의 실수는 확실히 훨씬 컸다.

쿠르트는 식사 시간 내내 이야기했지만 이른바 법적인 문제는 아직 꺼내지 않았다. 후식을 먹을 때 나는 내가 이곳에 있게 된 원래 이유로 화제를 돌렸다.

"라우라 말로 법적인 문제가 있다던데?"

"그래, 임대인과 문제가 생겼지."

쿠르트는 재킷 안주머니에서 클리어 파일 속지에 넣은 서류 두어 장을 꺼냈다.

"어떤 문제야?"

"우린 킥보드를 충전하느라 당연하게도 전기를 꽤 많이 사용해. 이미 비용을 내고 회사 전선을 최신식으로 교체했지. 하지만 여전히 부족해. 전기 기술자가 다시 와서 건물 전체의 전선을 완전히 새로 설치해야 해. 화재 위험 뭐 그런 것 때문에 말이야. 계약에 따르면 이것도 내가 원하면 언제든지 내 비용으로 처리할 수 있어."

"그럼 뭐가 문제야?"

"메인 전선에 다가갈 수 없어. 두툼한 철제문이 달려 있는 지하실에 있거든. 그런데 열쇠를 가지고 있는 사람은 임대인뿐이야."

나는 약간 어리벙벙했다. 나야 변호사이지 열쇠공이 아니지 않은가.

그래서 1차 상담의 무보수 답변은 다음과 같았다. "그렇다면 임대인이 문을 열어야지."

"바로 그게 문제야. 몇 달 전부터 임대인과 연락이 안 돼."

"건물 관리 사무소는 없어?"

"있지. 하지만 그곳에서도 임대인과 연락이 안 된다더군."

"임대인이 누구지?"

쿠르트가 임대차계약서 사본을 나에게 건넸다. 임대인의 이름이 첫 장에 두툼하게 인쇄되어 있었다.

"임대인을 개인적으로 알지는 못해. 러시아 사업가라고 하던데 6개월 전부터 감쪽같이…."

더 들을 필요도 없었다. 나는 이 임대인을 알고 있었다. 그는 내 지하실에 살았다. 보리스였다.

32

대화

내면아이와 대화하는 능력은 선물이다. 자신에 대한 회의와 자책, 혼잣말은 이 순간부터 더는 필요하지 않다. 모든 것을 내면아이와의 친근한 대화로 정할 수 있다.

요쉬카 브라이트너, 『귀한 내면아이』

쿠르트는 보리스를 알고 있었다. 나는 일단 이 사실을 소화하고 진정해야 했다. 아니… 사실 그는 보리스를 전혀 알지 못했다. 한 번도 본 적 없다고 했으므로. 하지만 그의 조카 막스는 아주 우연히 지하실에 있는 보리스의 목소리를 듣는 기회를 얻었고, 그 이후로 입술 괴물 이야기를 했다. 아니…, 이건 우연일 리 없었다.

'이건 우연이 아니야. 킥보드 아저씨가 우리랑 장난치는 거라고.' 내 내면아이가 재빨리 끼어들었다.

'하지만 이유가 뭔데? 아무 의미도 없잖아? 기후 재난의 화신이 우리를 왜 협박하겠어? 게다가 나까지 만나고 말이야.' 내가 내면아이에게 물었다.

'한 점 부끄러움도 없이 기후 재난에서 비즈니스 모델을 만드는 것과 같은 이유에서지. 그는 교활하고, 자기가 그렇게 할 수 있다고 믿으니까.' 내면아이가 대답했다.

또는 쿠르트에게 그 자신도 미처 알지 못하는 내면아이가 있는데, 그 아이가 할 수 있다며 그를 '설득'하는지도 모른다. 하지만 나는 심리학자가 아니라 변호사였다. 그래서 이 질문에 법적으로 접근하려고 했다.

"내가 변호사로서 자네를 위해 뭘 해줄 수 있지? 자네 임대인이 어디에 있는지 나도 모르는데 말이야."

"임대인이 실종됐으니 경찰에 신고하는 게 나을까?" 쿠르트가 위선의 기미를 슬쩍 풍기며 되물었다.

"자네가 그걸 통해 도달하려는 게 뭔지에 달렸겠지." 나는 무표정한 얼굴로 대답했다.

우리가 지금 전기 장치가 있는 지하실 문을 이야기하는 건가, 아니면 협박에 대해 말하는 건가?

“자네가 기한을 정해서 임대인에게 그 기한 내에 지하실 문을 열라고 요구하고, 그러지 않으면 그를 고소하는 게 어떨까. 나도 잘은 모르지만 변호사들이 늘 하는 방식으로 말이야.”

“좋아. 우리가 그를 고소했다고 가정해보자고. 그러면 일러야 9개월 뒤에 판결을 얻어. 열쇠공을 불러 지하실 문을 열 수 있는 자격을 주는 판결이지. 이게 지금 바로 새 전선이 필요한 자네에게 도움이 돼?”

“이렇게 대답할게. 9개월 안에 퓨즈가 잘못돼서 화재로 건물이 타버리면 경제적인 걱정거리는 다 사라진다고 말이야.”

어리둥절해서 바라보는 나에게 쿠르트가 바로 잘난 척하며 대답했다.

“보험을 빈틈없이 들어둬서 꽃피우는 사업장보다는 불타는 사업장 쪽 이익이 커. 하지만 임대인에게 내 의지를 관철시키는 데 9개월이나 걸려서는 안 되지, 안 그래? 그러니… 어떻게 하는 게 좋겠어?”

“자네 상황이 정말 급하다는 걸 증명할 수 있다면 임시적 구제장치로 승소 목표를 더 빨리 달성할 수 있어. 그러면 최대한 2~3주밖에 안 걸리지.”

“더 빨리는 어렵고?”

“쇠지레로 문을 부숴서 열면 돼. 그런 걸 자조라고 하지.”

"지하실 철제문을 부수는 게 얼마나 어려운 일인지 알아?" 쿠르트가 거의 순진한 말투로 물었다.

"몰라. 자네는?" 나는 거의 도발하듯 되물었다.

쿠르트는 내 질문을 못 들은 척했다. "그게 자네의 법적 조언이라면 한번 해봐야겠어."

우리가 지금 여기서 변죽만 울리는 건가, 아니면 이 모든 게 그저 바보 같은 우연에 불과한가? 어쩌면 나는 의심할 수 있는 누군가가 존재하기를 바라는지도 모른다. 쿠르트는 우연히 보리스와 사업 관계를 맺고 있고, 막스는 입술 괴물을 생각해냈다. 혹시 그게 전부 아닐까.

아 참, 쿠르트는 보리스에게 사용한 마취제를 동생에게서 얻었을 수도 있다.

하지만 더 중요한 많은 일이 너무 명확하지 않았다. 쿠르트가 보리스의 목에 왜 개인적인 관심을 보인다는 말인가? 게다가 왜 나와 가까워지려고 할까?

사샤와 내가 그걸 알아낼 시간이 아직 사흘 남아 있었다.

한 가지는 확실했다. 쿠르트라는 남자가 나에게는 한없이 비호감이라는 사실이었다. 나는 식사를 끝내려고 유도했다.

"자네 임대인을 고소할지 잘 생각해보고 다시 연락해. 어쨌든 식사는 무척 훌륭했어. 초대해줘서 고마워."

'이놈을 다시 만나겠다고?' 내면아이가 흥분하기에 나는 이렇게 대답했다.

'친구를 네 가까이 두라. 하지만 적은 더욱 가까이 두라.'

'아…, 〈대부〉에 나온 말이군.'

온 세상을 속여도 내 내면아이를 속일 수는 없을 것 같았다.

쿠르트와 나는 에스프레소를 한 잔씩 마셨고, 쿠르트가 계산했다. 나를 다시 유치원에 데려다주겠다는 그의 제안에 고맙지만 괜찮다고 했다. 이 녀석을 최대한 빨리 떨어내고 싶어 대중교통으로 돌아갔다.

가면서 다시 한번 카타리나에게 전화를 걸어봤다. 유치원이 끝나면 바로 카타리나가 에밀리를 데리고 갈 것이다. 에밀리는 이따금 내 집이나 변호사 사무실에 잠깐 들르려고 했다. 에밀리 앞에서는 카타리나와 싸우지 않을 테지만 말없는 긴장감도 그 전에 미리 없애고 싶었다.

예상과 달리 카타리나는 벨이 세 번 울리고 전화를 받았다.

"카타리나." 나는 조심스럽게 입을 뗐다. "당신이 화장실 거울에서 읽은 글에 대해 해명하고 싶어."

"그럴 필요 없어." 카타리나가 말했다.

긍정적인지 부정적인지 알 수 없는 대답이었다.

"하지만 우리 둘이 차분하게 이야기를 나눠야 할 것 같아. 서두르지 않고." 나는 대화를 이어가려 애썼다.

그 뒤에 이어진 침묵은 가치 중립적으로 보자면 적어도 카타리나가 전화를 전혀 받지 않았다거나 그냥 끊는 쪽에 비하면 긍정적이었다.

"카타리나?"

"그래, 당신 말이 맞아. 이야기하자."

"당신이 이따 유치원에서 에밀리를 데려갈 때?"

"오늘은… 복직 첫날이라 좀 피곤해. 에밀리만 데리고 바로 집에 갈 거야. 내일 데리러 가기 30분 전에 당신에게 갈게. 3시 30분 괜찮아?"

"좋아, 그렇게 하자. 그리고… 첫날 근무 어땠어?"

"피곤한 것 빼고는 괜찮아. 엄마가 아니라 다시 인간이라고 느끼게 돼서 좋더라."

"차이가 있나?"

"엄마 다섯 명과 학부모회 모임에 가는 사람이 누구더라?"

"내가 졌다."

통화를 막 마쳤는데 다시 휴대전화가 울렸다. 카타리나가 다시 건 게 아니라 모르는 번호였다.

"비요른 디멜입니다."

"어땠나요? 끔찍했어요?" 라우라가 물었다.

'둘 다 끔찍했지.' 내 내면아이가 소리쳤다. **'거울에 적힌 글도, 당신 오빠도.'**

"정확하게 무슨 뜻인가요? 립스틱으로 거울에 쓴 글 말인가요, 아니면 오빠와의 식사 말인가요?"

"거울에 쓴 글이 왜 끔찍하다는 거죠? 전 오빠를 당신한테 밀어놓은 것 같아 양심에 가책을 느껴서, 오빠 일이 아니더라도 기꺼이 더 오래 머물렀을 거라고 확실히 말하려던 건데요."

무척 호감 가는 말이었다.

"그 글을 아내가 읽기 전에 제가 먼저 봤더라면 아마 저도 기뻤을 겁니다."

전화기 저편에서 짧고 솔직하며 당황스러운 침묵이 이어졌다. 여성들이 침묵을 대화에 다양하게 사용하는 방식이 꽤 흥미로웠다. 잠시 뒤 라우라가 말했다.

"미안해요. 당신 말고 다른 사람이 읽게 되리라고는 생각 못 했어요…. 아주 끔찍했겠군요. 정말 미안해요. 곤란한 일을 겪지 않았기를 바라요."

"흐음, 거울이야 다시 살 수 있으니까요. 거울이 깨지면 7년 동안 재수가 없다는 징크스는 어떻게 잘 다뤄봐야죠."

"제가 보상할 수 없을까요?"

피우지도 않은 바람 때문에 이미 골칫거리는 생기고 말았다. 얻지 못한 기쁨을 앞으로 일어날 가능성의 영역에 둬도 되는 것 아닐까.

'당신 오빠를 죽이고 바이에른으로 돌아가요.' 내면아이는 나와는 완전히 다른 생각이었다.

"우리 둘이 차분하게 이야기를 나눠보는 게 좋을지도 모르겠군요."

라우라는 다행스럽게도 내 내면의 논쟁을 눈치채지 못한 듯했다.

"좋아요. 내일 저녁 어때요? 그때 시간이 돼요. 쿠르트 오빠가 막스를 돌봐줄 거예요."

다시 데이트하기 전에 카타리나와 명확한 대화를 나누는 게 나을 것 같았다.

"그 시간이 가능할지 아직 모르겠어요. 내일 오후에 전화할게요. 괜찮죠?"

"물론이죠. 그리고… 거울은 정말 미안해요. 유치한 짓이었어요."

나는 '순진한' 거였다고 교정하려 했다. 하지만 그게 맞는지는 확실하지 않았다.

33

비밀

내면아이의 발견과 해방은 전적으로 당신 자신만의 경험이다. 거기에서 유래하는 삶의 긍정적인 변화를 다른 사람들이 눈치채고 물을 것이다. 그러면 모호하게만 대답하고, 자세한 말로 주변 사람들을 당혹스럽게 하지 마라. 내면아이에 대한 기본적인 원칙을 모르는 사람과 그 이야기를 나누기는 어렵기 때문이다.

요쉬카 브라이트너, 『귀한 내면아이』

3시쯤 우리 건물이 있는 거리에 도착했다. 이번에도 이중 주차를 하고 아들을 품에 안은 페터 에그만이 유치원 앞에 서 있었다.

"페터, 잘 지내지?" 나는 그에게 인사했다. "오늘 아침에 딱지 받은 걸로는 부족하던가?"

"그걸 어떻게 알았지?" 그가 되물었다.

'보리스의 귀 한쪽을 자르지 않으면 내가 그를 잡고 있다는 걸 너에게 알리겠다며 나를 협박하는 놈에게서'라고 말한다면 내용이야 맞지만 전략상 별로 현명하지 않은 대답이 될 터였다.

"여기 살면 저절로 알게 되는 게 꽤 있어." 이렇게 대답함으로써 성급했던 언급에서 슬쩍 빠져나왔다.

페터는 이상하게 생각하지 않았다. "베개를 베고 창가에 누워 지역 지킴이 역할을 할 수 있는 사람이 아직도 있어서 다행이군."

"아날로그 인스타그램이지." 나는 그에게 대답하며 웃었다. "유치원 침입과 관련해서 새로운 소식 있어?"

"직접적인 연관은 없어. 그런데 네가 의심했던 놀이터 남자 여섯 명이 아침에 공원에서 환경미화원들에게 발견됐어. 참 이상한 일이야."

"뭐가 이상해?"

"배송 물품처럼 질서정연하게 묶여 누워 있었다는 사실을 제외하고도, 그들이 자기들은 원래 여덟 명이었다고 말했거든."

"누군가 공원에서 반사회적 인격장애자 두 명을 훔칠 이유가 있어?”

“공원에서 반사회적 인격장애자 여섯 명을 묶은 것과 같은 이유겠지?” 페터가 탐색하듯 나를 빤히 노려봤다.

나는 아는 바 없다는 표정으로 그 눈빛을 받아내며 되물었다. “그래서?”

“아, 뭐 그러거나 말거나.” 페터가 손을 내저었다. “그런데 어차피 만난 김에 물어보는데…, 내일 오전에 30분쯤 시간 낼 수 있어? 업무상 일이야.”

“공원 그 사람들 때문에?”

“아니, 나중에 차분하게 이야기하자고. 지금은 내가 가야 해서….”

“좋아. 내일 아침에 아들을 데려다주고 올라와.”

“알았어. 순전히 형식적인 일일 테니….”

좋지 않은 기분이 슬금슬금 들었다. 순전히 형식적인 일이라… 이혼이나 대장암 검진, 사형 등도 모두 순전히 형식적인 일들이니까.

위로 올라와 보리스와 쿠르트 사이에 혹시 연결점이 있는지 알아내려고 앞서 챙겨둔 보리스의 서류를 다시 살폈다. 하지만 찾아내지 못했다. 쿠르트는 실제로 전동 킥보드 대여 회사의 상업용 부동산 임대차계약서에만 등장했다.

어쨌든 사샤에게 둘의 연관성을 알려줘야 했다. 이제 유치원은 문을 닫았다. 나는 사샤에게 전화했다.

"귀 좀 빌려줄 수 있어?"

"솔직히 말하자면 귀가 네 개나 있어."

"무슨 뜻이야?"

"으음… 발터가 방금 전화했어. 서로 귀를 자른다는 계획이 약간 실패한 것 같군."

"어떤 점에서?"

"직접 보는 게 낫겠어."

발터 회사는 유치원에서 20분가량 떨어진 도시 외곽, 눈에 잘 띄지 않는 실용적 건물에 있었다. 사샤와 나는 내 디펜더를 타고 그곳으로 향했다. 발터의 경호팀이 우리를 뒤따랐다. 가면서 사샤에게 쿠르트와의 점심 식사 이야기를 했다. 사샤도 나와 마찬가지로 쿠르트가 어떤 동기로 우리더러 보리스를 학대하라고 강요하는지 짐작하지 못했다. 우리나 보리스를 그 정도로 증오하는 이유가 정확히 뭘까.

발터가 지하 주차장에서 우리를 직접 맞았다. 약간 자책하는 듯한 표정이었다.

"이봐, 난 우리가 공원의 그 녀석들을 왜 구타했는지 정말 모르겠어. 뭐, 나야 상관없지…. 내 부하들이 질서를 유지하면서 즐거워했으니까. 놀이터 루저들 중 두 명이 홀게르손 집안이라는 사실이 그냥 우연인지 어쩐지도 모르겠어. 상담실에 있는 두 녀석이 상당히 역겨운 멍청이들이라 별 관심 없기도 해. 그런데 둘 중 한 명의 귀를 왜 잘라야 하는지 도무지 이해할 수 없어. 하지만 그 해결책이 꽤나 창의적이라 상관하지 않았지. 아이들 놀이터에서 마약을 가지고 돌아다니는 놈들에게 그 마약을 직접 복용하라는 건 신선한 해결책이라고 생각하니까."

내 내면아이는 자기가 제안한 해결책이 이런 평가를 받자 기뻐했다. 또 놀이터의 마약에 대한 발터의 견해도 좋아했다.

"어쨌든 낯선 딜러가 우리 마약 관할인 놀이터에 있는 한에는 말이지." 발터는 지극히 경영학적으로 말을 덧붙였고 내 내면아이에게서 방금 얻은 호감을 잃었다.

"유감스럽게도…" 그가 말을 이었다. "내가 자네 둘을 직접 들르라고 한 이유는… 그들이 마약을 복용하는 게 우리가 원하던 대로 작동하지 않았기 때문이야."

뭐가 제대로 작동하지 않았는지는 모르지만 발터의 말로 한 가지는 확실해졌다. 그는 드라간 일당의 다른 모든 관리자와 마찬가지로 똑똑한 사람이었다. 어쨌든 아직 살아 있는 관리자들 중에서는. 나는 그의 부하들에게서 받는 경호를 얼른 취소해야 한다는 사실을 깨달았다. 그가 던지는 비판적이고 타당한 질문에 대한 대답을 그의 부하들이 우리 경호를 통해 스스로 알아내기 전에.

하지만 나는 지난 몇 주 동안 집중했던 내면아이에 관한 통찰을 지금 여기에서 짧은 시간 내에 발터에게 알려주는 게 내 임무라고는 생각하지 않았다.

그 대신 발터의 걱정을 눈높이에서 마주하고, 이해심을 가득 담아 함께 나누고자 신중하게 시도했다.

"발터, 지난 이틀 동안 자네와 자네 직원들이 해준 일에 감사해. 나도 자네와 마찬가지로 이 사건이 어리둥절해. 드라간이 모든 걸 이렇듯 정확하게 지시하지 않았더라면 나도 모두 철저하게 캐물었을 거야. 하지만 드라간은 홀게르손 집안이 위협한다고 생각해. 그래서 귀를 하나 잘라 이 위협에 협박으로 맞서려는 거야. 그 집안을 제재하려고 말이지. 자네도 알다시피 드라간은 아주 잔인해질 때가 있잖아. 홀게르손 집안이 후퇴해야겠다고 빨리 파악하면 할수록 이 모든 일은 더 일찍 끝나는 거야. 드라간에 따르면 귀를 자르는 건 오로지 사건의 확대를 막기 위한 일이야."

반년 전만 해도 드라간은 비이성적인 행동과 사건 확대 성향으로 내 내면아이의 소망을 무시했다. 나는 그가 다른 이유 외에 그 이유로도 결국 살해됐다는 걸 그사이 깨달았다. 내가 살해했다. 6개월도 채 지나지 않아 이에 상응하게 변화한 그의 태도는 내 내면아이의 행동을 위한 핑계와 변호로 사용됐다. 사람의 성격은 사후에 크게 변하기도 한다. 이 경우 나에게 무척 도움 되는 사실이었다.

"하지만 우리가 지금 드라간이 한 말의 의미를 토론하려고 여기 온 건 분명히 아냐." 내가 말을 이었다. "알다시피 그건 힘겨운 일이야. 자, 계획에서 뭐가 제대로 작동하지 않았지?"

"따라와."

발터는 우리를 데리고 경호업체 본부 지하실로 가 방화문을 통과했다. 경호원 두 명은 지하 주차장에 남았다. 방음이 되는 취조실은 복도 끝에 있었다. 그 앞에 매직미러가 설치되어 취조실을 관찰할 수 있는 감시실이 있었다. 우리는 다른 경호원 두 명이 서 있는 그 방으로 가서 그들과 함께 폭 3미터 길이 2미터인 유리창을 통해 이른바 '회의실'이라 불리는 취조실을 살폈다.

그 방 한가운데에는 네 명이 편안하게 식사할 만한 커다란 장방형 탁자가 있었고, 앉아 있는 사람은 두 명뿐이었다. 양쪽 끝에 각각 앉아 있었다. 사실 앉아 있다는 건 상황에 정확히 부합하는 표현은 아니었다. 또 엉덩이를 의자에 붙이고 뭔가 먹긴 했는데 입으로 먹은 것도 아니었다. 둘 다 상체를 탁자에 대고 있었다. 아래팔과 상체가 테이프로 탁자에 고정되어 있었다. 머리도 그렇게 탁자에 붙어 있었는데, 한쪽 뺨은 탁자에 닿았고 코는 몇 센티미터 떠서 마치 공중에 고정된 듯했다.

입도 테이프로 붙어 있고, 코 옆 탁자에는 플라스틱 빨래집게가 놓여 있었다.

윗입술과 그 위에 붙은 테이프에 하얀 가루 흔적이 또렷하게 보였다. 코 바로 아래 탁자에는 나지막하게 쌓여 있는 가루 더미가 보였다. 둘 모두 움직이지 않았다. 왼쪽 남자는 눈이 확실하게 부어 있고, 오른쪽 남자의 아랫입술은 테이프 아래에서 터진 듯했다.

하지만 두 사람의 공통점은 명백했다. 둘 다 이미 죽은 상태였다.

또 두 명이 죽다니.

내가 내면아이의 아이디어를 따르는 바람에.

내 뇌와 심장 사이의 연결이 잠시 풀렸다. 심장이 공회전하며 맥박이 뛰는 정도를 벗어나 날뛰는 반면 뇌는 아주 차분해졌다. 나는 시체 두 구가 또 생겼다는 사실에 공황 상태에 빠지지 않고 이 상황에서 오로지 좋은 점만 보려고 애썼다.

홀게르손 집안인 이 두 사람은 이제 더는 말을 할 수 없다.

앞으로 이 둘을 어떻게 해야 할지 더는 고민하지 않아도 된다.

이 둘은 귀를 잘라도 더는 방어하지 않을 터였다.

이 두 사람은 완벽하게 우연히 내 집 앞 공원에 앉아 있었다는 걸 이제 발터에게 절대로 말하지 못한다.

긍정적인 점이 아주 많았다. 내 심장은 서서히 다시 느려져 정상 리듬으로 돌아왔다.

온갖 생각을 하면서 나는 입을 다문 채 무표정한 얼굴로 유리를 통해 저쪽을 보고 있었다. 사샤가 가장 먼저 입을 열어 침묵을 깼다.

"괜찮은 그림이군." 그가 발터와 그의 두 직원에게 말했다.

"나는 미술사학자가 아니야." 나도 입을 열었다. "혹시 자네들 중 누군가가 이 장면의 전반적인 배열에 대해 설명해줄 수 있을까?"

발터 회사에 전공과 무관한 일을 하는 대학 졸업생들이 있다는 사실을 사샤와 나는 몰랐다. 두 직원 중 실제로 미술사를 공부한 한 명이 내 요청에 따라 유리 뒤쪽 공간의 비율을 해설하기 시작했다.

"고정된 이 스냅을 잠시 역사적 맥락에 넣어 정리해보겠습니다. 지금 보는 장면보다 10분 앞서 저희는 두 주인공에게 원하시던 대로 코카인 1그램을 셀로판 봉지에 담아 건넸습니다. 코카인을 복용하라는 부탁에 처음에는 아무 일도 일어나지 않았답니다."

'빌어먹을, 내 예상은 이런 게 아니었어.' 내면아이가 실망하며 생각에 잠겼다.

"5분 동안 기다렸습니다. 저희가 정중하게 다시 물었지만 그들은 복용하지 않았어요. 그저 한 명은 눈이 붓고, 다른 한 명은 입술이 찢어졌을 뿐입니다."

나는 문제를 듣고 싶은 게 아니라 탁자에 붙어 있는 두 신사가 왜 해결책이 된다는 것인지 알고 싶었다.

짜증을 약간 섞어 전공과 관계없는 일을 하는 미술사학자에게 물었다. "그런 뒤에는?"

"사샤가 코카인 복용에 문제가 생기면 저희가 창의적인 해결책을 내주길 바란다고 암시해서 예술적인 노력을 약간 더했습니다."

나는 당혹스러운 예술 작품을 유리 너머로 다시 바라봤다. 서론 뒤에 즉시 해설이 따라왔다.

"작품 내용이 좌우로 정확히 대칭되는 저희 창작물을 보실 수 있습니다. 그러니 왼쪽 절반에만 집중하셔도 충분합니다. 마약 복용을 요구하면서 더는 물리적인 폭력을 가할 의도가 없어 두 신사분의 코를 탁자에 아주 가깝게 고정해 거기 놓인 코카인을 저절로 흡입하게 했습니다. 일을 확실하게 하려고 3그램을 탁자에 뒀습니다."

"입을 테이프로 막은 이유는?" 내가 물었다.

"공기 공급을 일단 막는 게 전체 그림에 더 잘 어울리기 때문입니다. 입은 테이프로 붙어 있고, 코는 빨래집게로 막혀 있습니다. 1분 뒤 빨래집게를 떼면 코는 자동적으로 주변의 모든 것을 빨아들입니다. 다이슨 핸디 청소기보다 효율적이죠."

"좋지 않은 생각이군." 사샤가 빨래집게를 바라보며 말했다.

"정확히 뭐가 좋지 않다는 말씀입니까?" 예술을 잘 이해하는 직원이 물었다. 사실 그는 재미있는 해설 덕분에 칭찬을 받을 것이라 기대했다.

"플라스틱 빨래집게를 사용한 것 말야. 우리 바다를 지저분하게 만들지. 목재로 만든 것도 있는데."

"하필 저 빨래집게 두 개가 언젠가 바다로 가는 이유는 뭐야?" 내가 물었다.

"나도 모르지. 니모반에서 요즘 환경 보호에 대해 많이 이야기해서 나도 늘 귀동냥하게 돼."

"말이 나온 김에 말인데…." 내가 주제를 돌리려 하는데 발터가 끼어들었다.

"방해해서 미안한데, 원래 문제는 빨래집게 소재가 아니야. 문제는 우리 계획이 앞부분만 성공했다는 점이지. 둘 모두 양쪽 콧구멍 가득 코카인을 흡입했어. 그런데 안타깝게도 이후 잠정적인 혼수상태에 빠졌어."

"그건 나도 잘 알고 있어." 사샤가 대답했다. "하지만 문제가 너무 복잡해서 플라스틱 빨래집게로 회피적인 대안 토론을 벌이는 거야."

"'잠정적인 혼수상태'가 무슨 뜻이지?" 내가 캐물었다.

"코카인을 흡입한 직후 기절하긴 했지만 생체 기능은 작동했다는 뜻이야. 이제 더는 아니고. 그래서… 잠정적인 혼수상태였다는 거지. 이젠 다 끝났어. 둘 모두 말이야."

"문제는 질이었을까, 아니면 양이었을까?" 나도 주제를 회피해 대안 토론을 벌이려고 이렇게 물었다.

"모르겠어." 발터가 대답했다. "내 생각에는 홀게르손 집안 사람들이 자기들 마약을 복용하지 않으려던 이유가 있을 것 같아. 그게 빌어먹을 물질이라는 걸 알기 때문인지도 모르지. 소량은 별로 위험하지 않지만 3그램이면 아마 치사량이었을 거야."

'제길, 그러면 우리가 귀를 직접 잘라야 된다는 소리잖아.' 내면아이가 투덜거렸다.

'우스꽝스러운 네 아이디어 때문에 우리가 처리해야 할 시체가 두 구 있다는 뜻이야.' 나도 툴툴거렸다.

'문제가 시체를 치우는 일뿐이라면 내게 아이디어가 있어.'

'말하지 마.' 내가 중얼거렸다.

하지만 내면아이가 나에게 알려준 기발한 영감은 정말 괜찮았다. 나는 호기심이 생겨 실제로 실행에 옮길 수 있는지 발터에게 곧장 물었다.

"저 둘의 휴대전화는 어떻게 잠겨 있지?" 잠시 침묵이 흐른 뒤 내가 물었다. 그러고 아주 흡족한 대답을 얻었다.

34

에너지

문제와 싸우는 데 당신 자신의 에너지를 쓰지 마라. 문제의 에너지를 사용하라. 바리케이드를 쳐서 스스로를 차단하지 말고 문을 열어라. 그리고 문제 스스로 도움닫기를 해서 가장 가까운 벽에 부딪히게 하라.

요쉬카 브라이트너, 『추월 차선에서 감속하기—명상의 매력』

발터의 회사에서 집으로 돌아오면서 예정된 학부모회 모임에 대해 사샤에게 드디어 말할 시간이 생겼다. 내가 운전하고 사샤는 조수석에 앉아 있었다.

나는 우리의 개인 경호를 취소했다. 발터의 부하들은 밤에 우리를 위해 할 일이 무척 많았다. 발터가 보기에도 홀게르손 집안에서 받는 실제 위험은 아주 미미했다.

사샤는 유니콘이 그려진 타파웨어를 손에 들고 있었다. 그릇 안에는 소독된 귀 하나가 놓여 있었다.

협박범이 누구든 간에 우리는 귀와 연관된 그의 최후통첩을 지킬 수 있게 됐다. 보리스의 귀가 아니긴 했지만.

"그 플라스틱 그릇은 유치원 물건이야?" 나는 타파웨어를 보며 물었다.

"아니, 난 유니콘 캐릭터를 자주 사용해. 왜 물어?"

"어제 학부모회 엄마들과 그 이야기를 해서 말이야."

"그렇지. 말해봐! 수류탄 부모가 누구야?"

"사실은 없었어. 모두 상냥하더군. 그리고 아이들 이야기는 별로 많이 하지 않았어. 기후가 더 중요했지."

"기후가 우리 아이들과 아무 관계도 없다고 주장하려는 건 아니겠지?"

아니, 그럴 마음은 없었다. 나는 그저 우리가 모레 어떤 요구와 맞닥뜨리게 될지 알리고 싶었다.

"그러니까 이 모든 일의 시작은 니모반에서 과일 스무디를 마시지 못하게 한 일에 대한 토론이었어. 스무디를 금지하지 않으면 세상이 죽는대, 그게 아이들 책임이라더군. 혹시 아는 것 있어?"

"구체적인 건 없어. 그 반에 상당히 열정적인 실습생이 있긴 하지. 그 일이 신경 쓰인다면 그 실습생과 말해봐."

실천 지향적인 해결책 접근 방식이었고, 나도 어차피 그렇게 하려고 했다. 지금 여기에서 일어나는 급박한 과일 스무디 금지가 40억 년 뒤의 세계 멸망보다 신경 쓰였으니까. 이제 더 어려운 주제를 꺼냈다.

"게다가 학부모 중에 유치원에서 플라스틱이 완전히 금지되길 바라는 사람들도 있어."

사샤는 느긋하게 받아들였다.

"좋은 아이디어군. 하지만 모든 학부모가 정말 우리가 매일 아이들 옷을 다 벗기고 숲으로 데려가서 놀기를 원하는지는 모르겠어."

"그게 무슨 말이야?"

"그러지 않으면 플라스틱 없는 유치원은 불가능하니까."

나는 금방 알아들었다. "그러면 최소한 학부모들의 그다음 요구도 해결되겠군…. 기후 중립적인 유치원 말이야."

사샤가 고개를 끄덕였다. "우리가 더는 존재하지 않아서 숲으로 가지도 않는다면 기후 중립적이 되겠지."

이것 역시 도움이 되는 접근 방식이었다. "좋아. 우리가 전혀 존재하지 않는다면 가장 많이 걱정되는 세 번째 요구 역시 사라질 거야. 학부모회는 지하실 난방장치를 보고 싶어 해. 도대체 어떤 탄소 배출기가 유치원을 따뜻하게 하는지 눈으로 확인하려고 말이지."

"뒤에 보리스가 사는 그 난방장치?"

"바로 그거."

"좋아. 유치원 엄마 패거리가 난방장치 탄소 수치가 지하실에서 가장 대수롭지 않은 문제라는 걸 알아채기 전에 우리가 먼저 난방장치를 떼서 엄마들한테 선물하자고."

내 안에서 뭔가 '딸깍' 소리를 냈다. 브라이트너 씨는 명상 훈련에서 문제와 싸우는 대신 문제를 포용하는 접근 방식을 이야기한 적 있다. 문제가 자기 에너지에 스스로 지쳐야 한다는 말이었다. 우리가 플라스틱 금지와 기후 중립과 인격권을 보호하는 유치원 단체사진이라는 학부모회 엄마들의 모든 요구를 아주 포괄적으로 들어줘서 우리가 요구를 피하는 것이 아니라 그들이 그것을 실현하도록 하면 어떨까?

나는 내면아이가 제안한 몇 가지 즉흥적인 아이디어를 사샤에게 곧장 알렸다.

조금도 과장하지 않고 말해 사샤는 그 아이디어에 크게 감동했다. 차를 타고 오는 나머지 시간 동안 우리는 모레 열리는 유치원 학부모회 모임의 각본을 대략 정했다. 사샤는 목요일 회의 때까지 우리 아이디어를 내보일 만하도록 마무리해두겠다고 약속했다.

내 내면아이의 아이디어는 점점 더 원숙해졌다. 이번에는 전도유망할 뿐 아니라 무력 없이도 해결 지향적으로 보였다.

35

권위

당신의 내면아이는 당신에게 무척 순진한 요구를 품고 있다. 바로 자신을 보호해줄 권위, 자기가 신뢰할 수 있는 권위다.

요쉬카 브라이트너, 『귀한 내면아이』

다음 날 아침 나는 6시에 일어났다. 할 일이 아주 많았다. 무슨 일인지는 모르지만 페터 에그만 경감이 나와 대화를 원했을뿐더러 무엇보다 사샤와 나는 그 전에 협박범부터 만족시켜야 했다. 그의 요구에 따라 귀 사진을 찍어야 했다. 모든 각도에서. 그런 뒤에는 오늘 자 황색 신문 1면에 귀를 싸서 공원 담에 올려놓아야 했다.

사샤가 조깅하고 돌아오면서 신문과 빵을 사 오기로 했다. 균형 잡힌 워라벨의 친구인 나는 일 처리 겸 아침 식사를 하면서 귀 사진을 찍자고 제안했다. 내가 할 일은 식탁을 차리는 것뿐이었다.

먼저 식탁을 치웠다. 귀한 내면아이에 관한 책을 황금 아이 기사가 쓰인 신문지 봉투에 다시 넣어 침실로 가져갔다. 내면아이에게 쓴 사과 편지가 어제 아침에 놓아둔 자리에 없다는 사실을 그때도, 식탁을 차리면서도 알아차리지 못했다.

잘린 귀를 사방에서 촬영하며 아침 식사를 하는 데는 약간의 훈련과 튼튼한 위장이 필요했다. 사샤와 나는 이런 훈련이 되어 있지 않았다. 나는 무의식적으로 계속해서 소시지 접시의 모타델라 소시지와 치즈 접시의 경질 치즈와 잘린 귀를 비교했다. 두 음식은 왠지 모르게 귀와 비슷했다. 주름이 많고 반짝였으며 통통했다.

한 손으로는 카메라 앞에서 귀를 들어올리고, 다른 한 손으로는 꿀 바른 빵을 든다는 건 아무래도 불가능했다. 끔찍한 일을 하면서 빵을 먹는다고 해서 끔찍함이 나아지지는 않았다. 우리는 아침 식사를 일찌감치 포기하고 온전히 일에만 열중했다.

귀를 사방에서 찍은 뒤, 사샤는 사진을 컴퓨터로 옮겨 내용 없이 협박범의 이메일 주소로 보냈다. 일 처리를 겸한 아침 식사는 우리 위장도, 지식욕도 만족시키지 못했다. 오히려 반대였다.

"귀를 어차피 받게 될 사람에게 귀 사진을 보내는 게 무슨 의미가 있을까?" 사샤가 물었다.

"협박범이 귀를 정말 가져간다면 의미가 없겠지."

"그놈이 귀를 가져갈 생각이 없단 말이야?"

"정말로 담에서 귀를 집어 간다면 멍청한 거지. 너무 위험한 일이니까. 그가 원하는 건 우리가 보리스의 귀를 자르는 것뿐이야. 그걸 담에 올려놓으라는 건 그저 굴욕을 주려는 거야."

"그러니까 우리가 어릿광대 꼭두각시였단 말이야? 기뻐 죽겠군. 그래도 어쨌든 귀를 지켜봐야 해."

발터의 부하들은 어제 물러났다. 그러니 우리가 협박범에게 놀아나는 모습을 관찰할 수 없었다. 목숨을 급박히 위협하는 일도 없었다. 익명의 협박범을 감시하는 데는 가정용 최신식 기술을 사용할 수 있었다. 나는 고프로 액션캠을 발코니 유리창에 붙여 공원 담 방향으로 향하게 했다.

사샤는 귀를 신문 1면에 싸서 조깅화를 신고 아래로 내려갔다. 이제 겨우 6시 40분이었다.

내 카메라는 사샤가 자그마한 신문 포장을 담에 놓은 장면을 최상급 HD 화질로 촬영했다. 30분 동안 아무 일도 일어나지 않았다. 그러다 7시 15분에 고양이가 지나가다 포장지를 벗겨 귀를 물고 갔다.

이제 귀라는 주제는 끝났다고 생각했다.

아침이면 늘 그렇듯 페터 에그만은 8시 15분에 아들을 데리고 유치원에 왔다. 그러고 5분 뒤 내 집 초인종을 눌렀다. 나는 문을 열고 인사를 건넸다.

"들어와. 커피 마실래?" 페터와 나는 대학 시절부터 아는 사이였다. 그러나 이후 우리는 서로 아주 다른 길을 걸었다. 운명은 페터를 경찰로, 나를 자유경제 세계로 이끌었다. 그는 내가 변호하는 범죄자들에 대항해 싸웠다. 그는 행복한 결혼 생활을 했고, 나는 불행한 별거 생활을 했다.

"고마워. 에스프레소 부탁해." 페터는 나를 따라 부엌으로 왔다가 벽에 묻은 얼룩을 봤다. "커피머신이 폭발했어?"

"폭발하긴 했는데, 커피머신은 아니야. 불필요한 토론에서 카타리나가 남긴 논거지."

"최소한 기계들은 자기감정을 억제할 수 있어서 다행이야."

"인공지능. 커피머신은 폭발하기 전에 머리에서 열기를 내보낼 수 있으니까." 나는 페터에게 에스프레소를 건네고, 내가 마실 커피를 준비하려고 새로 산 대형 포장에서 캡슐 하나를 꺼내 머신에 넣었다.

"안전밸브에 건배." 페터가 잔을 들고 내가 잔을 들 때까지 기다렸다.

나는 바로 본론으로 들어갔다. "너, 유치원이나 공원 남자들과 관계없는 일 이야기 하려고 했지?"

"그래, 내 생각에 순전히 형식적인 일이야. 하지만 공원과 관련해서는 어제 몇 가지 의문이 생기긴 했어."

내 귀가 번쩍 열렸다. "어떤 점에서?"

"흐음, 누군가 여덟 명을 공격하고는 그중 여섯 명을 묶어서 아무 말도 없이 바닥에 눕혀두고 두 명만 납치한다는 게 아무리 생각해도 의미 없지 않아? 아니면…." 페터가 말을 더듬었다.

"아니면 뭐?"

"그 뒤에 뭔가 개인적인 이유가 숨어 있거나."

"내가 뭘 도울 수 있을까?"

페터는 어깨를 으쓱했다. "지난 6개월 동안 네가 공원 소음 문제로 경찰서에 열두 번, 시청 담당 부서에 열여덟 번 전화한 기록이 남아 있어."

"누군가 전화를 받은 횟수지. 담당 부서가 반응도 보이지 않은 전화까지 포함하면 훨씬 많아."

페터가 고개를 끄덕였다. "어쨌든 전화한 횟수를 보면 네가 공원 남자들과 뭔가 연관이 있다는 의심이 들지."

"내 생각은 달라. 전화 횟수는 내가 그 사람들과 어떤 종류의 관계도 맺지 않으려 한다는 증거야. 바로 그 관계를 막아달라고 국가권력기관에 몇 번이나 반복해서 부탁했어." 나는 에스프레소를 차분하게 한 모금 마시면서 진정 효과를 내는 신중한 심호흡을 감췄다. "내가 한 전화가 모두 기록됐고, 동시에 그 멍청이들이 밤마다 공원에서 즐겁게 날뛰었다면 그 증거는 나한테 불리한 게 아니라 관청에 불리하지."

어쩐지 순간 무시당한 내면아이의 변호사가 된 기분이 들었다. 그동안 내가 아무리 도와달라고 외쳐도 누구도 내게 주목하지 않았다.

"어떤 점에서?"

"첫 번째 전화에 적절하게 대응했다면 내가 추가로 전화하지 않아도 됐을 거 아냐."

"하지만 네 전화는 기록으로 남아 있어."

"그렇지, 전화한 사람의 인적 사항이 아니라 그가 전화한 이유가 된 사람들의 인적 사항을 단 한 번만이라도 조사했더라면 내 전화 기록은 훨씬 줄었을 텐데."

"경찰 통계에 따르면 이 구역 범죄 행위가 그렇게 증가하지는 않았어." 페터가 자기 자신과 다른 공무원들을 변호했다.

"전화를 두 번에 한 번은 받지 않으니 정확한 통계가 아닐 수도 있어. 안타깝게도 공원 남자는 대부분 수학적인 지식이 없어서 통계를 별로 안 지키는지도 모르지. 하지만 나는 너와 마찬가지로 그 반사회적 인격장애자들을 묶은 사람들을 경찰이 어서 찾아내기를 바라…."

"우리 의견이 일치해서 다행이군."

"…샴페인 한 병을 들고 그들에게 감사 인사를 하려고 해. 엊그제 밤부터 공원이 천국처럼 고요하거든."

'내 감사 인사도 전해줘!' 이틀 밤 내내 단잠을 잔 어린 금발 소년이 끼어들었다. 아이는 나와 마찬가지로 이 모든 게 우리 아이디어였다는 사실은 완전히 무시했다.

"소음 공해에 관해서라면 나도 이해해. 그런데 이 일이 어젯밤부터 조금 꼬이기 시작했어." 말을 빙빙 돌리는 페터를 무슨 일이냐고 묻는 눈길로 빤히 바라봤다. "어제 말했다시피 여섯 명이 발견됐는데, 그들은 공원에 원래 여덟 명이 있었다고 주장했어."

"문제가 뭐야?"

"이 여섯 명의 진술로 실종자 두 명의 신원을 알아냈어. 이른바 홀게르손 집안 일원이었지. 미미한 꼬리이긴 하지만 어쨌든 그 집안이야."

"홀게르손? 사라진 황금 예수상과 연관 있는 집안 아냐?"

"맞아, 예수상과 달리 그 집안의 두 사람은 어젯밤 다시 나타났어."

놀라지 않았다. 내 내면아이의 어젯밤 계획이 바로 이것이었으므로. 나는 모르는 척하고 물었다. "아하… 어디서?"

"약간 기이해…. 둘은 오늘 새벽 4시 직후 대로에서 손잡고 전동 킥보드를 타다가 화물차에 치였어."

'내 계획이 제대로 이뤄졌어!' 내면아이가 환호성을 질렀다. 나는 페터가 내면아이의 요란한 소리를 듣지 못하도록 조심해야 했다. 히죽이지 않으려고 참는 것만으로도 힘들었다.

"아니, 뭐가 기이하다는 거야?" 나는 모르는 척 또 물었다.

"으음, 두 사람이 붉은 리본으로 서로 허리를 묶고 있었어."

"우리는 자유 국가에 살아. 누구랑 묶이든 자기 마음이야."

페터가 심호흡했다. "이런 리본을 결혼식에서 순결의 상징으로 사용하는 문화권이 많아."

"그렇다면 그 둘이 결혼한 모양이군. 게이 결혼식은 모든 문화권에서 평범하게 받아들여지잖아, 기이한 게 아니라."

"그래, 그런데 기이한 게 또 있어. 화물차 운전사는 사고 직전 도롯가의 폭죽 때문에 시선을 돌렸다고 했어. 조명탄에 불이 붙었다고 해. 그리고 그 운전사 말로는… 50미터 앞에 배달 차량이 한 대 보였을 뿐 앞쪽 도로는 텅 비어 있었대. 그래서 폭죽을 보느라 옆을 잠깐 봤는데 바로 다음 순간 킥보드를 탄 두 사람을 쳤다는 거지. 어디선가 갑자기 나타났다고 해."

"전방을 주시했어야지."

"나는… 그 두 남자가 밤중에 도로 한복판에서 뭘 했는지 궁금해."

"페터… 경찰은 대체로 결혼 행렬에는 상당히 관대하잖아. 동성애자들은 사랑을 이유로 밤에 도로를 막으면 안 돼?"

"좋아, 사라진 홀게르손 집안사람 두 명이 새벽 4시 직후 전동 킥보드를 타고 동성애자 결혼 행렬을 벌이는 걸 내가 평범하게 받아들인다고 가정해보자고…. 그래도 한 가지는 도무지 이해할 수 없어."

"뭔데?"

"법의학자에 따르면 두 명은 사고 발생 시점보다 최소한 여섯 시간 전에 이미 죽은 상태였어. 두 시신의 체온도 그걸 증명하고. 또 혈액 검사 결과 둘 모두 마약에 완전히 빠져 있던 것으로 드러났어. 아주 형편없이 배합된 코카인이었지."

"충격적이군."

"더 충격적인 건 그중 한 명의 귀 한쪽이 없다는 거야."

"그건 정말 기이한데?"

"네 생각도 그래? 마음이 놓이는군." 페터는 내가 드디어 반대 의견을 내놓지 않자 꽤 안심하는 눈치였다.

하지만 나는 그를 또 실망시켰다. "네가 이 이야기를 나한테 전하는 게 기이해. 공원 남자들이 뭔가 안 좋은 일을 저지르기 전에 개입해달라고 내가 정식 담당 부서에 몇 번 요청했다는 이유로 말이야. 그들이 실제로 나쁜 일을 저지르면 이제 내 책임이야?"

"비요른, 월요일에 누군가 유치원에 침입했어. 넌 공원 남자들을 의심했지."

"난 그 사람들을 의심한 게 아냐. 경찰에 그들을 의심해보라고 부탁했을 뿐이지."

"그리고 그날 저녁 공원 남자들은 조용해졌고, 그중 두 명이 납치됐어."

"아니라고 밝혀졌지. 둘은 결혼까지 했어."

"화요일 낮 언젠가 둘은 사망했고, 밤에는 화물차가 그 시신을 치었어. 네가 스물 몇 번을 담당 관청에 전화해서 고발한 이들의 시신이었지."

"귀 한쪽은 빼고."

"뭐라고?"

"아니, 온전한 시신이 차에 치인 건 아니라고. 귀 한쪽이 없다고 했잖아."

"지금 중요한 건 '네' 귀야. 네가 그 남자들 소음 때문에 불평했는데, 그들이 지금 죽었어."

나는 진심으로 화가 나 고개를 저었다. "소음 때문에 경찰에 먼저 전화하고 그 뒤에 개인적으로 제재하다니, 내가 그 정도로 멍청할까? 뭘 원하는 거야?"

'난 멍청하지 않아! 난 순진해!' 내면아이가 투덜거렸다.

'그래, 맞아. 하지만 경찰은 그 차이를 분명히 모를 거야.' 나는 아이를 달랬다.

"알았어. 난 그저 규정상 엊그제 밤에 눈에 띈 점이 있는지 물어보려고 했을 뿐이야." 페터가 말했다. 말투로 봐서 그는 이제 이 주제를 끝내려는 듯했다.

"밤에 아주 조용했다는 점을 제외하고 말이야? 그것 말고는 없어."

기분이 정말 좋았다! 내 내면아이의 첫 번째 아이디어가 완벽하고 온전하게 제대로 이뤄졌다. 나와 홀게르손 집안은 아무 연관도 없었다. 내가 직접 행위에 가담한 게 아니므로 흔적도 전혀 남지 않았다. 순진하고도 과도한 괴팍함 때문에 온갖 논리적인 행위와는 동떨어진 계획에서 페터는 어떤 논리적 결론도 이끌어낼 수 없었다.

내면아이의 계획이 성공했다.

어제저녁 우리는 지문을 스캔해 홀게르손 집안사람 둘의 휴대전화를 문제없이 풀었다. 그중 한 명의 휴대전화에는 CN모빌리티 앱이 이미 설치되어 있었다. 둘이 사용할 전동 킥보드를 예약하고, 이 둘을 킥보드와 함께 배송 차량 적재함에 싣는 것이 일이었다. 쿠르트가 떠벌린 덕에 나는 새벽 4시부터 그의 회사에 화물차가 매우 많이 돌아다닌다는 걸 알고 있었다. 발터의 부하들은 배송 차량을 타고 그 부근을 왔다 갔다 하다가 쿠르트 회사의 화물차 한 대 앞에 섰다. 신호를 받은 경호업체 동료 한 명이 길가에서 조명탄에 불을 붙여 화물차 운전사의 시선을 빼앗았다. 배송 차량에 있던 발터의 부하들이 적재함 문을 열고 사망한 홀게르손 집안사람 둘과 킥보드를 바깥으로 내보냈다. 시신은 쿠르트의 화물차에 비극적으로 치었다. 이 모든 계획은 결과적으로 내 내면아이가 허풍선이 쿠르트의 오만에 건네는 소소한 인사였다. 누군가 죽은 홀게르손 집안사람들을 처리해야 하는데, 그 누군가는 우리가 아니라 쿠르트여야 했다.

"운전사는 어때?" 사고 차량 운전사에 대해 아직 아무 말도 듣지 못해 물었다.

"무슨 운전사?"

"홀게르손 집안사람들을 치었다는 그 사람 말야. 괜찮아?"

"아, 그 사람. 학생이야. 자기가 친 두 남자가 사고 전에 이미 사망했다는 걸 듣고 적어도 마음은 놓았지."

"그 학생은 개인적인 일로 이동 중이었어?"

"아니, 그것도 참 우연이야. 하필이면 두 희생자가 대여한 회사의 전동 킥보드를 실은 화물차를 운전하며 밤에 시내를 돌아. 그 회사 이름이 CN모빌인가 뭔가 그렇다더군."

아니, 우연이 아니지. 나는 내면아이가 자랑스러웠다.

“나도 알아. 이 도시에서 가장 큰 전동 킥보드 대여 회사지, 안 그래?”

“뭐 어쨌든 그 회사 사장은 이 도시 최고의 멍청이 같더군. 사는 곳도 회사가 있는 건물이야. 그래서 우리가 새벽에 즉시 사고 소식을 알릴 수 있었지. 그는 자기 회사 직원이 사람 두 명을 한꺼번에 치었다는 사실에 완전히 얼어붙었어. 그러다 시신 한 구에 귀가 한쪽 없다는 걸 듣고 난 뒤에야 묻더군.”

“뭘?”

“어느 쪽 귀가 없는지. 마치 그게 이 사고에서 중요하다는 듯이 말이야.”

빌어먹을! 내 내면아이의 계획이 생각만큼 최상으로 이뤄지지는 않았다. 나는 계속해서 캐물었다.

“그래서 정보를 줬어?”

“그랬지, 오른쪽 귀였어.”

쿠르트가 협박범이라면 이제 그는 오른쪽 귀 한쪽이 돌아다닌다는 사실을 알게 됐다. 우리가 촬영한 바로 그런 종류의 귀 한쪽이. 우리가 보리스의 귀가 아닌 홀게르손의 귀를 전했다고 의심하려면 첫째, 쿠르트가 정말로 협박범이어야 하고 둘째, 홀게르손과 내가 연관 있다고 추측해야 한다.

“그건 그렇고, 그 남자 조카가 이 유치원에 다녀.” 페터가 덧붙였다.

“그걸 어떻게 알았어?”

“죽은 두 사람이 24시간 전 마지막으로 유치원 맞은편 공원에서 목격됐다고 알려줬더니 그가 말하더군.”

이런…, 이제 쿠르트는 홀게르손과 나와의 연관성을 알아냈다. 경찰은 그럴 이유가 전혀 없을 때마다 왜 이렇게 수다를 잘 떠는지.

“그러고 또 뭔가 말했어?”

“아니, 우리더러 물어볼 게 남았다면 자기 변호사 전화번호를 주겠다고 하더군. 오늘 자기가 변호사와 이야기하겠다고 했어.”

문제가 생길 수도 있지만 반드시 그렇지는 않았다. 지금 이 순간은 모든 것이 정상이었다. 협박범은 귀를 받았다. 홀게르손 집안사람들의 시신은 처리됐다. 페터는 나를 이 사건과 연관 지을 구체적인 단서를 찾지 못했고, 쿠르트는 사고 때문에 약간 골치 아픈 일을 겪었다. 쿠르트가 정말 협박범인지, 그가 홀게르손의 귀를 보리스와 연관 지어 골칫거리가 생기게 될지는 아직 알 수 없었다. 신중하게 현재를 사는 나는 페터의 방문으로 일단 무엇도 걱정하지 않기로 마음먹었다.

어쨌든 약 57초 동안은 그랬다. 그 뒤 페터는 자기가 찾아온 원래 이유를 이야기했다.

36

과거

> 철저하게 현재를 산다면 과거가 발목을 잡을 수도 있다고 걱정할 필요가 없다. 당신이 사는 유일한 시간은 현재다. 여기서도 한순간을 살 뿐이다. 과거를 바꿀 수 없다고 한탄하는 순간은 전혀 없다. 현재를 꾸밀 수 있다는 사실에 매 순간 기뻐한다.
>
> 요쉬카 브라이트너, 『추월 차선에서 감속하기—명상의 매력』

페터의 에스프레소 잔이 비었다. 내 잔도 그랬다.

"커피 한 잔 더 마실래?"

"아니, 괜찮아. 곧 가야 해."

"그런데 원래 공원 남자들이 아니라 다른 이야기 하려고 온 거 아니었어?"

"그렇지, 순전히 형식적인 일이야. 알고이 동료들이 공무 협조를 요청했어. 어떤 사망 사고에 너를 목격자로 조사해달라고 했어."

갑자기 신장에서 상체로 냉기가 퍼졌다. 닐스의 사망 사고에 관한 것이 분명했다. 경찰이 어떻게 이렇게 빨리 나를 찾아냈을까? 그리고 왜?

내면아이에게 집중한 덕분에 사고에 대한 죄책감을 현실적인 정도로 줄이는 데 막 성공했다. 이제 이 모든 것이 다시 올라오는 건 싫었다.

본능적으로 10년 동안 의뢰인들에게 조언해온 것과 똑같은 방식을 택했다. 아무것도 하지 않았다. 입을 다물고 기다리기만 했다.

'그 종업원이 얼마나 형편없는 놈이었는지 말해! 내 멍을 건드렸다고!' 내면아이가 외쳤다. 나는 주머니에 손을 넣어 앵무새를 쓰다듬으며 다독였다. 그러고 새의 재질에 신중하게 집중했다. 깃털 한 올 한 올과 반질거리는 눈의 표면, 작고 뾰족한 플라스틱 주둥이를 만졌다. 그러자 마음이 조금 진정됐다.

내가 입을 열지 않으리라는 걸 깨달은 페터가 말을 이었다.

"지난달 알고이에 다녀왔지, 안 그래?"

나는 빈 에스프레소 잔을 탁자에 내려놓고 그를 빤히 바라봤다. "페터, 우린 함께 법학을 공부했어. 똑같이 형법 수업을 들었지. 둘 다 10년 넘게 서로 다른 분야에서 같은 일을 하고 말이야. 이런 스몰토크에는 대답하지 않아도 된다는 것, 그리고 무슨 일인지 알려주기 전에는 내가 대답하지 않을 거라는 사실 정도는 알고 있겠지."

내가 불안을 매우 전문적으로 감춘 반면, 페터는 불편한 기색을 드러냈다.

"으음, 지난달 알프스 산장 테라스에서 어떤 종업원 한 명이 미심쩍은 상황에서 추락해 숨졌어. 몇몇 손님 진술에 따르면 사고 직전에 종업원이 너와 다퉜다더군."

알지 못하고 알고 싶지도 않은 사람들과 함께 있으려고 알프스로 떠났는데, 겨우 한 달 만에 이 사람들이 뒤풀이를 하자며 경찰을 통해 나를 초대했다.

"어딘가에서 종업원이 떨어지는 걸 본 기억이 없어. 무슨 일인지 좀 자세히 말해봐."

"산장 손님들 말이, 먼저 서빙하지 않았다고 네가 종업원에게 마구 욕했다더군."

"설령 그게 사실이라고 하더라도… 내가 욕할 때 종업원이 추락했어?"

"아니, 그 뒤에. 하지만…."

"그렇다면 난 목격자가 아냐."

"하지만 네가 종업원과 다퉜다면 사고를 꾸밀 동기는 있는 거지."

"페터, 다시 한번 물을게…. 지금 누구랑 말하고 있어? 목격자야, 아니면 피의자야?"

"그건 나도 아직 몰라. 그냥 통상적인 일이지. 서류에 두 줄밖에 쓰여 있지 않아."

"짧게 요약하지. 내 의뢰인이 피의자로 심문받을 기미가 조금이라도 보이면 나는 그 전에 통상적으로 서류 열람을 요구해. 이제 내가 제안하지. 네 동료들이 어떻게 내 이름을 찾게 됐는지 설명해봐. 그러면 나도 뭔가 떠오르는 게 있는지 곰곰이 생각해볼 테니."

"그 종업원이 쉬는 시간에 알름두들러 빈 상자에 걸터앉은 모양이야. 상자들이 쓰러지면서 화물 케이블카 플랫폼 문에 부딪혔어. 문이 제대로 잠겨 있지 않았지. 상자와 함께 종업원이 테라스 옆 계곡으로 추락했고, 목이 부러졌어."

"안타까운 일이군. 하지만 경찰이 수사할 사건은 아닌데."

"산장 운영자는 자기가 오전에 상자를 문 '옆'에 뒀다고 진술했어. 그런데 나중에는 문 앞에 있었지. 그리고 운영자는 자기가 문을 직접 잠갔다고 진술하기도 했어. 종업원이 추락했을 때 문은 잠겨 있지 않았고. 손님들은 종업원이 사고를 당하기 전에 어떤 손님과 다퉜고, 그 손님이 그 직후에 화물 케이블카 쪽으로 가는 걸 봤다고 진술했어."

"이 장면에서 나는 언제 등장하지?"

"산장에서 20분 떨어진 곳에 승객용 케이블카가 있어. 그곳 개찰구를 통과하는 승객은 모두 사진이 찍히지. 산장 손님들에게 그날 케이블카 이용객 사진을 모두 보여줬어. 사진 한 장에 네가 카타리나와 에밀리와 함께 있는 모습이 찍혀 있더군. 목격자들은 종업원과 싸운 손님이 너라고 진술했어."

"알프스의 개인정보보호에 대해 알고 싶군. 네 동료들이 사진을 보고 어떻게 내 이름을 알았지?"

"탑승할 때 사진에 티켓 번호가 들어가. 넌 티켓을 현금으로 사기는 했지만, 관광용 카드로 할인을 받았지. 그 카드 정보가 네 이름과 함께 시스템에 저장되어 있었어."

유치원 엄마들은 개인정보보호 때문에 아이에게 단체사진을 찍게 할지 말지 고민한다. 그런데 알프스에서는 물어보지도 않고 온갖 정보가 수집되는 모양이었다. 이런 일에 뭐라고 말해야 하지?

"아하."

"뭔가 할 말 없어?"

솔직히 말하자면 있었다. **'안타깝네'**라거나 **'되돌릴 수 있다면 좋을 텐데'**라거나 **'그건 내 내면아이 때문에…'**라고 말하고 싶었다. 하지만 그 어떤 말도 지금 내 상황에 도움이 되지 않을 터였다. 나는 내 말을 하기 전에 일단 내면아이의 말부터 전했다.

"알프스에서 헬멧 착용을 의무화하는 게 좋을 것 같군."

"뭐라고?"

"아, 도시에서는 아이들이 자전거를 탈 때 모두 헬멧을 쓰잖아. 알프스 종업원도 추락할 때 헬멧을 쓰고 있었더라면 지금 수사를 벌여야 할 만큼 크게 다치지는 않았을 거야."

"너, 그 산장에 갔어, 안 갔어?"

"공무 협조 서류를 언제까지 작성해야 하지?"

"내 책상에 하루 이틀 놓여 있다고 해도 세상이 멸망하지는 않을 거야. 그러니 그냥 주말까지 알려줘."

그러니 이 순간에는 닐스의 죽음을 미뤄둘 수 있었다. 내가 이 순간을 사는 한은 그것으로 충분했다. 하지만 미래는 다른 순간을 준비해둘 터였다. 나는 미래에 대한 불안을 아직 완전히 없애지 못했다.

금요일까지 보리스의 목을 베어야 할지, 이유 없이 질투하는 아내를 오늘 오후에 다시 진정시킬 수 있을지, 기후를 구하려는 유치원 엄마 무리를 내일 난방장치가 있는 지하실 은신처에 들어가지 못하게 막을 수 있을지 하는 문제와 더불어 주말까지 닐스의 올가미에서 내 머리를 꺼낼 방법도 생각해내야 했다.

37

지혜

내면아이에 관한 지식은 당신에게 지혜를 준다. 지혜는 빛과 같다. 둘 모두 어둠을 밝힌다. 하지만 아주 기괴한 생활양식도 끌어당긴다.

요쉬카 브라이트너, 『귀한 내면아이』

나가야 했다. 집에서, 이 건물에서 나가야 했다. 이 도시를 벗어나는 것이 가장 좋을 터였다. 나는 신중했다. 내면아이와 좋은 관계도 맺었다. 그런데도 월요일부터 내 삶은 예전보다 훨씬 많은 문제에 억눌렸다. 너무 많은 일로 폭발해 부서질 것만 같았다. 예나 지금이나 보리스가 발각되면 내 상황은 너무 위험하다. 협박범(아마도 쿠르트겠지)을 제압하지 못하면 내가 보리스와 드라간의 조직에 거짓으로 만들어둔 창작물은 무너질 터였다. 보리스가 탈출한 것과 완벽하게 똑같은 결과였다.

내가 바람피웠다는 카타리나의 비난은 객관적으로 사실무근이지만 망상으로는 무척 현실적이었다. 부모 한쪽의 이상한 생각만으로 두 부모가 함께하는 양육 기반이 망가지는 일도 생겼다.

거기에 시신까지 있었다.

하긴 뭐… 사망한 홀게르손 집안사람 둘과 닐스는 내 부모님 책임이었다. 부모님이 내 내면아이에게 잘못된 영향을 끼쳤으니까. 하지만 아직 살아 있는 홀게르손 집안사람 4,498명과 경찰은 그런 사실이 밝혀져도 아무 관심도 보이지 않을 것이다.

게다가 설상가상으로 종업원 닐스가 알고이 계곡에서 다시 기어 올라왔다.

지금 나에게 필요한 것은 이성적인 두뇌였다. 그래서 디펜더를 타고 숲으로 가서 한 시간 동안 조깅하기로 마음먹었다. 요즘 몸 단련 상태가 무척 좋았다. 매일 10킬로미터를 달리는 사샤의 최고 컨디션에는 미치지 못하지만 머리를 아주 빠르게 환기하기에는 충분했다. 조깅화를 신고 집을 나섰다.

건물 입구까지 가니 그곳에 쿠르트가 서 있었다.

오늘은 수요일이었다. 내가 라우라의 입술에만 집중하지 않고 그녀의 말에 귀 기울였더라면 수요일은 막스가 좋아하는 외삼촌이 오는 날이라는 걸 기억했을 텐데.

쿠르트는 유치원에 데려다주고 데려가는 일까지 포함해 아침부터 저녁까지 조카를 돌봤다. 지금 방금 막스를 데려다준 것 같았다. 그러고 거의 다 마신 다회용 유리 커피 잔을 손에 들고 건물 현관에 서 있었다.

약 두 시간 전에 잘린 귀 사진을 메일로 받은 사람이 정말 쿠르트라면 그는 지금 자신의 승리를 드러내지 않고 있었다. 오히려 완전히 절망한 사람처럼 보였다.

"아, 비요른. 지금 막 자네에게 가려던 참이었어."

"지금은 꽤 곤란한데. 약속이 있어서 말이지…."

"잠깐 같이 걷지 뭐. 자네… 도움이 필요해."

쿠르트는 마지막 커피 한 모금을 급하게 마셨다. 지금 세상에서 가장 불필요한 일이 그가 나와 동행하는 것이었지만 그를 그냥 내버려둘 수도 없었다. 그러기에는 그의 마음 상태가 실제로 어떤지 너무 궁금했다. 전날 우리가 나눈 대화와 달리 그는 지금 나와 게임할 생각이 없어 보였고, 정말 조언이 필요한 듯했다.

"그래. 내 차가 여기서 조금 떨어진 도로 아래쪽에 있어. 따라와. 1~2분은 여유 있으니까."

나는 건물 출입문을 열고 쿠르트에게 먼저 나가라고 했다. 그는 뭔가 찾는 듯 주위를 두리번거리다 빈 커피 잔을 우편함 위에 올려놓았다. 유리로 만든 다회용 컵도 한 번 쓰고 버린다면 환경에 부정적인 영향을 끼치는 건 확실했다. 하지만 나는 쿠르트의 이런 행동에 놀라지 않았다. 그에게 어울리는 행동이었기 때문이다.

쿠르트는 나를 지나 출입문을 나갔다. 눈이 퀭했다. 그의 회사 화물차가 '결혼한 부부'에게 저지른 사고로 경찰이 귀찮게 해서 밤에 거의 못 잤기 때문일 터였다.

"어젯밤 사고가 났어…." 그가 입을 뗐다.

나는 눈을 동그랗게 떴다. "무슨 일이야?"

"회사 화물차 한 대가 기이한 상황에서 두 사람을 치었어."

"부상자가 있어?"

"그게 기이한데…. 그러니까 그 둘은 사고 당시에 이미 죽은 상태였어."

우리는 라테마키아토 홀더가 달린 전동 킥보드 옆을 지났다.

"안타깝지만 그런 일이라면 도울 수 없어. 나는 형법만 알지 교통법은 잘 몰라. 상해치사라면 내가 담당했겠지. 하지만 과실치사는 아니야."

쿠르트가 엄청난 연기자가 아니라면 이 멍청이는 조작된 사고로 아주 귀찮아하는 중이었다. 나는 쌤통이라는 기분을 즐졌다.

"치인 두 사람은 어떤 집안과 아주 가까운 관계인데…."

나는 그가 말을 마칠 때까지 기다려주지 않았다. "그러면 조화를 보내."

그러는 사이 내 차에 도착했다. 나는 열쇠를 찾느라 주머니를 뒤졌다.

"그들이 '**나에게**' 이미 뭔가 보냈어. 여기 이게 내 와이퍼 아래에 끼워져 있더군."

쿠르트는 재킷 주머니에서 쪽지를 꺼내 나에게 건넸다. 나는 망설이다 그것을 받고는 미심쩍은 눈길로 살펴봤다. 내가 아는 종이였다. 어제 내가 직접 사샤의 수첩에서 뜯어낸 종이였으니까. 종이는 구겨졌고, 대안 재능을 지닌 서예가의 창의적인 서체처럼 보였다. 다시 말해 무지한 문맹인의 엄청난 악필이라는 뜻이었다. 이런 인상은 사샤 같은 오른손잡이가 왼손으로 글씨를 쓰면 쉽게 전달할 수 있었다. 거기에 더해 대문자와 소문자를 제대로 쓰지 않거나 철자 몇 개를 빼먹는다면 금상첨화였다.

쪽지에는 이렇게 쓰여 있었다.

"도둑 마즌 명예는 속제 몰른다."

나는 형사 사건 변호사로서 철자법상 제대로 된 이 문장을 알고 있었다. 이른바 '명예 경전'에서 중심이 되는 인용구였다.

피의 복수에 관한 규정으로, 형법전과 반드시 일치한다고는 말할 수 없었다. 홀게르손 집안은 자기 자손의 죽음을 그리 재미있어하지 않은 모양이었다. 어쨌든 이 쪽지는 그런 인상을 풍겨야 했다. 그것이 내 내면아이가 바라던 바였다.

개인적으로는 홀게르손 집안의 누군가가 하찮은 마약 딜러 두 명의 죽음에 대해 깊이 고민할 것이라 생각하지 않았다. 그러니까 그걸 사고사라고 간주한다면. 게다가 시신을 친 화물차의 원래 주인이 누구인지에는 더더욱 관심이 없을 터였다. 하지만 쿠르트가 그 반대 경우를 믿는다면 나로서는 즐거운 일이었다.

나는 쪽지를 다시 한번 큰 소리로 읽었다.

"'도둑 마즌 명예는 속제 몰른다….' 전동 킥보드만 대여해, 아니면 맞춤법도 대여해? 좀 빌려줘야 할 것 같군."

쿠르트는 와이퍼 아래 이 위협 쪽지를 끼운 사람의 맞춤법 실수는 중요하다고 생각하지 않았다.

"이 말을 검색해봤어. 피의 복수를 선포하는 말이더군. 내 화물차에 치인 두 명은 홀게르손 집안이야."

아주 잘됐다. 쿠르트가 미끼를 물었다. 그래서 그가 지금 지극히 절망적인 기분에 빠져 있다면 내 내면아이는 모든 일을 제대로 한 것이다.

"홀게르손 집안? 황금 아기 예수상과 관련 있는 그 집안 말이야? 예감이 좋지 않군. 그 사람들은 농담을 모른다던데. 그런데 내가 뭘 해줄 수 있지?" 나는 아무것도 모르는 척하며 물었다.

"자네는… 으음, 내가 듣기론… 변호사로서 그런 사람들과 인맥이 있다더군. 그러니 뭔가 해줄 수 없을까? 어떤 식으로 중재하는 일 말야."

나는 거리를 뒀다. 육체적으로나 대답 내용상으로.

"첫째, 무슨 소린지 모르겠어. 둘째, 설령 내가 '그런 사람들'과 인맥이 있다 하더라도… 홀게르손 집안과는 없어. 셋째, 그런 일은 경찰이 해. 그러니 쪽지를 가지고 경찰서로 가."

쿠르트는 불편할 만큼 다시 나와 가까워졌다. 몇 센티미터 앞으로 다가왔다. 역겨운 남성용 화장품 냄새가 풍겼다. 그러고 나에게 위로받으려는 게 아니라 마치 나를 위로하려는 듯 내 어깨를 잡고 자기 쪽으로 당기고는 내 귀에 속삭였다.

"지금 여기서 중요한 게 내 목숨이라면, 그리고 이 일 때문에 경찰 도움이 필요하다면 내가 경찰서에 가서 할 말이 많을 거야. 아주 많아. 특히 홀게르손 집안사람의 귀가 왜 없는지에 대해 말이지. 그러면 경찰은 그 이야기를 당연히 홀게르손 집안에 전할 테고."

쿠르트는 사나이답게 죽을 생각이 없었다. 익사하기 전에 물귀신처럼 모든 걸 끌어들일 작정이었다. 물에 빠져 겁에 질린 채 죽어가는 사람은 절대 구하면 안 된다. 구조자 스스로 구조선을 단단히 잡고 있기 전에는.

빌어먹을. 내가 내면아이에게 이 위험을 경고했어야 하는데. 하지만 나 자신도 쿠르트가 이렇듯 자기 파괴적인 반응을 보일 거라고는 생각하지 못했다. 이런 인식 때문에 내 눈에 드러난 실망을 쿠르트는 자기 위협이 먹힌 결과라고 해석했다. 그가 좀더 부드럽게 말했다.

"하지만 이런 건 다 필요 없어, 자네가 홀게르손 집안사람들이 내게 접근하지 못하게 한다면. 머리라도 없어진 듯 당황하는 건 다른 사람들이 할 일이지. 그러면 상황에 따라 자네에게 아주 감사할 텐데 말이야."

그가 나를 포옹하고는 다시 떨어지더니 미소를 지었다.

"그리고 '내' 마음에 들고 싶지 않더라도… 내 동생을 봐서라도 그렇게 해줘. 동생은 자네를 아주 매력적이라고 생각하는 것 같아."

그러니까 동생조차 그에게는 목적의 수단에 불과했다. 정말 빌어먹을 놈이었다.

"새… 생각해볼게. 어쩌면 두어 가지 방법이 있을 것도 같아. 하지만 시간이 필요해. 도울 방법을 내일까지 말해주면 어떨까?" 나는 이를 악물고 그가 서 있는 쪽을 향해 중얼거렸다. 쿠르트가 두려워서가 아니라 포옹한 뒤 내게 달라붙은 역겨운 냄새 때문이었다.

"좋아, 내일. 홀게르손 사람들을 떼어낼 방법을 내일 말해 줘. 그러지 않으면 자네가 곤란해질 거야."

쿠르트는 전동 킥보드를 타고 그 자리를 떠났다.

나는 이 상황이 완전히 기이하게 느껴졌다. 이유 없는 포옹은 이유 있는 위협만큼이나 수상쩍었다.

그러니까 이제 쿠르트가 협박범이라는 데는 의심할 여지가 없었다. 하지만 이유는 여전히 알 수 없었다. 내가 근거 없이 그를 협박하는 대신 그가 근거를 갖춰 홀게르손으로 나를 협박하는 지금 상황은 전혀 내 마음에 들지 않았다.

'명상 살인 없이는 이 일을 해낼 수 없을 것 같군.' 내면아이가 말했다.

'뭐라고?'

'아, 저놈이 지금 미친 듯이 날뛰려고 하잖아. 쿠르트가 우리에게 중요한 걸 모두 파괴하기 전에 우리가 그를 먼저 망가뜨리는 게 낫겠어.'

아이들은 절제를 모른다는 요쉬카 브라이트너의 말이 저절로 떠올랐다. 아이들은 모 아니면 도였다. 쿠르트의 내면아이에게도 이 말은 완벽히 들어맞는 듯했다. 그 아이는 모든 걸 손에 넣거나 모든 걸 파괴하려고 했다. 그에 비해 내 내면아이는 이 면에서 꽤 성숙해 보였다. 이 아이는 신중히 살인하길 원했다. 하지만 나는 이제 더는 살인하고 싶지 않았다.

하지만 쿠르트를 살해하는 걸 어떻게 피해가야 할지 알 수 없었다.

첫째, 쿠르트의 '경찰—홀게르손—위협 시나리오'를 없앨 계획이 시급히 하나 필요했다. 둘째, 하지만 그걸 위해서는 우리가 보리스를 학대하고 죽여야 할 정도로 쿠르트가 그를 증오하는 동기가 무엇인지 알아야 했다.

첫 번째를 위해서는 원래 계획대로 숲으로 가서 조깅하며 차분하게 생각할 예정이었다. 두 번째를 알아내려면 일단 아래로, 그러니까 지하실로 가야 했다.

38

이해

자신의 내면아이에 대한 지식 덕분에 당신은 타인도 더 잘 이해하게 된다. 상대방이 더러운 놈일 수도 있다. 하지만 그 더러운 놈들도 더러운 내면아이를 품고 있으니 말이다.

요쉬카 브라이트너, 『귀한 내면아이』

사샤는 모든 걸 내버려두고 보리스에게 가는 나를 바로 따라나섰다. 쿠르트가 홀게르손 집안 때문에 우리를 협박한다는 사실에 사샤 역시 나처럼 기분이 좋지 않았다. 하지만 그 덕분에 이제 우리는 쿠르트가 협박범이라는 사실을 확실히 알았다. 우리가 모르는 것은 이유뿐이었다. 그래서 임대차계약을 제외하고 둘이 또 어떤 관계인지 보리스에게서 알아낼 생각이었다.

감방 자물쇠를 열어 뺐다. 9시가 조금 지난 시각이라 보리스는 아직 자고 있었다. 사샤가 불을 켜고, 나는 보리스를 깨우려고 몸을 숙였다.

"어이, 보리스. 일어나!"

"가만둬. 지금 꿈꾸는 중이니까."

"앞으로도 계속 머리를 달고 꿈꾸고 싶다면 당장 일어나." 사샤가 침대를 걷어차자 보리스가 벌떡 일어났다.

"너희…." 그가 말을 멈추고 코를 킁킁거리기 시작했다. "이거 무슨 악취야? 잠깐…, 날 마취한 놈이 풍기던 그 역겨운 냄새로군." 보리스가 나를 빤히 노려보더니 내 목덜미 냄새를 맡았다. "이러고도 네가 범인이 아니라고?"

"이제 풀렸군. 누가 널 잠시 풀어줬는지 알았어. 방금 나를 포옹했던 녀석이야." 내가 말했다.

"그놈이 누군데?" 보리스의 질문에 내가 대답했다.

"쿠르트 프릴링."

보리스는 곰곰이 생각에 잠겼다. "전혀 모르겠어. 그게 누구지?"

"네 사무용 건물 한 채를 임차했어." 사샤가 대답했다.

"내가 임차인 이름을 모두 외울 수 있다면 '내기할래…?'('세상에 이런 일이' 유의 텔레비전 프로그램—옮긴이)에 나가도 될 거다."

"그 프로그램이 아직 있다고 해도 지하실 문 때문에 못 나갈 거야." 내가 참지 못하고 한마디 했다.

사샤가 스마트폰을 꺼내 쿠르트 회사 웹사이트에서 복사해 둔 그의 사진을 보리스에게 보여줬다.

"이게 도움이 될지도 모르지. 향수 냄새가 네 마음에 들지 않는다는 남자 사진이야. 이 사람이 널 지하실에서 꺼내 마취하고 요정 릴리 놀이 집에 숨겨뒀어."

나는 점점 인내심을 잃었다. "이자는 우리가 금요일까지 네 목을 베길 바라. 자, 이 사람 알아, 몰라?"

보리스는 당혹스러운 표정으로 사진을 자세히 살폈다. "이름이 뭐라고?"

"쿠르트 프릴링." 사샤와 내가 거의 동시에 말했다.

보리스는 불현듯 깨달았다.

"말도 안 돼. 이놈 '30초짜리 쿠르티'잖아. 스무 살은 더 먹고 분명히 30킬로그램은 더 쪘지만 확실해. 내가 아는 놈이야. 말도 안 돼. 이 멍청이가 그 일을 저질렀다고?"

"왜 '30초짜리 쿠르티'야?" 사샤가 물었다.

"그를 어떻게 알지?" 나도 물었다.

보리스가 우리 둘에게 설명했다.

"우리가 20년 전 유곽을 처음 개업했을 때 단골이었어."

"네 유곽에서 섹스한 사람 이름을 20년 동안 기억하다니, 그 지식으로 '내기할래…?'에 나가는 게 더 쉽겠다." 사샤가 놀라서 말했다.

"계속해봐." 내가 보리스에게 요구했다. "어떻게 쿠르트를 기억해?"

"20년 전 드라간과 나는 대규모 유곽을 개업했어. 멋진 가게였지. 일급비밀에 일급 아가씨들. 최고 가격에 최고 서비스. 유곽이라기보다는 극장이었어. 아가씨들이 모든 손님에게 위대한 사랑을 어찌나 잘 연기하는지 성 매수자 대부분 금방 단골이 됐어. 그런데 이 단골 중에서도 한 명이 특히 도드라졌지. 여기 이 남자. 30초짜리 쿠르티가 바로 그 사람이야."

"이 남자의 특별한 점이 뭔데?" 내가 물었다.

"일주일에 최소한 한 번은 왔어. 더 자주 올 때도 있었고. 늘 같은 콜걸에게 왔지. 그 여자에게 푹 빠졌거든. 언젠가는 꽃도 가지고 왔더라. 장미를 말이야. 창녀에게!"

"이름은 왜 그래? 30초짜리 쿠르티라니?" 사샤는 여전히 이름에 관심을 보였다.

"일주일에 여러 번 '와'서, 언제나 30초면 뿅 '갔'으니까." 보리스는 그 생각을 하고는 웃음을 터뜨렸다. "하지만 우리한테 돈을 제대로 벌어줬지. 놀랄 지경이었어. 그가 사랑하는 여자는 사실 그에게 가슴만 보여주면 됐어. 그러면 금방 배출했거든. 쿠르트는 남는 시간에 언제나 이야기를 하려고 했지. 그 창녀와 미래 계획을 짜기도 했어. 그런 점에서는 그 여자가 일을 그만둔 게 안타까울 정도였어."

"왜 그만뒀지?"

"나와 결혼한 여자는 다른 남자와 섹스하면 안 되니까. 아무리 돈을 쉽게 번다고 해도 말이야."

"쿠르트가 사랑했던 창녀가…." 내가 입을 떼자 보리스가 말을 이었다.

"안나스타지아. 내가 결혼한 여자, 맞아."

불현듯 모든 게 이해됐다. 쿠르트의 흐물흐물한 위팔에 새겨진 '안나'라는 멍청한 문신까지. 쿠르트는 안나를 사랑했다. 라우라가 이야기했던 불행한 사랑이었다. 안나스타지아는 보스인 보리스와 결혼해 일을 그만뒀다. 그런데도 쿠르트는 자기감정을 포기할 수 없었던 모양이다.

그러다 안나스타지아가 드라간과 바람피우다 들켜 보리스에게 참수당했다. 보리스의 범행이라고 증명되지는 않았지만 의혹은 몇 주 동안이나 언론을 장식했다.

쿠르트는 자칭 위대한 사랑을 다른 남자에게 빼앗겼을 뿐 아니라 그에게 그 사랑의 머리를 잃었다.

보리스는 안나스타지아의 목을 자름으로써 쿠르트의 소망

같은 건 완벽하게 중요하지 않다고 가장 확실하게 알려줬다.

쿠르트는 안나스타지아가 살아 있는 동안에도 내내 그 머리로 자기를 철저하게 놀렸다고는 전혀 생각하지 않은 것이 틀림없었다. 불쌍한 녀석.

위대한 사랑을 잃은 뒤 모든 사람을 불신하고 조카 막스와 동생을 제외하고는 사회적 관계도 전혀 없었던 듯한 쿠르트는 우연히 막스에게서 유치원 지하실에 입술 괴물이 산다는 소리를 듣는다. 모험하고 싶고 사는 것이 지루했던 그는 조카가 뭘 찾아냈는지 알아보려고 밤에 지하실에 침입한다. 난방장치가 있는 지하실에서 감방 문을 발견하고 불을 비춰보다 하필이면 오래전 자신의 행복을 앗아간 남자가 누워 있는 모습을 목격한다.

쿠르트는 2~3일 동안 복수 계획을 세운다. 그는 보리스뿐 아니라 온 세상에 복수하려 한다. 그래서 복수극의 막노동에 개나 소나 모두 끼워 넣는다. 이 경우 개나 소는 사샤와 나다. 우리가 보리스의 목을 베어야 할 요일조차 쿠르트의 망상에서는 그럴싸한 이유가 있을 터였다.

"안나스타지아의 목을 벤 날이 무슨 요일인지 기억해?" 내가 보리스에게 물었다.

"그럼, 금요일이었지. 마침 13일이었고."

그래서 쿠르트는 금요일에 집착하는 것이었다.

나는 복수하려는 그의 소망을 이해할 수 있었다. 어쨌든 그에게도 내면아이가 존재한다는 것을 알았으니까. 부모님에게서 '네가 우리 실수를 처리해'라는 말을 들은 아이. 쿠르트는 부모님이 계획에도 없던 라우라를 낳은 이후 뒷일을 처리해야 했다. 청소년기를 즐겁게 보내고 싶다는 그의 소망은 중요하지 않았다. 보리스는 쿠르트 내면아이의 이 멍을 건드렸다.

쿠르트는 보리스와 결혼한 안나스타지아의 실수를 처리해야 했다. 위대한 사랑을 향한 그의 소망은 중요하지 않았다.

그는 드라간과 바람피워 보리스를 배신한 안나스타지아의 실수를 처리해야 했다. 적어도 비밀스러운 애인이 되려고 한 그의 소망은 중요하지 않았다.

그는 안나스타지아 목을 벤 보리스의 실수를 처리해야 했다.

위대한 사랑의 심장이 그저 뛰기만을 바라던 쿠르트의 소망은 중요하지 않았다.

그는 자기 삶에 영향을 끼친 모든 사람이 자기에게 행한 멸시를 20년이 넘는 세월 동안 완벽히 관계 불능이라는 형태로 갚는 중이었다. 그래서 복수하고자 했다. 당연한 일이었다.

내가 이해한 바로, 사샤와 내가 처한 이 상황에 쿠르트는 책임이 없었다. 보리스도 책임이 있지는 않았다. 보리스는 그저 동기에 불과했다. 원래 잘못한 사람은 쿠르트의 부모였다. 그의 내면아이에게 영향을 끼친 사람은 그들이니까. 그러나 그들은 이제 카나리아 제도에 있다. 그러니 도움이 되지 못했다. 보리스는 내 내면아이의 보호를 받으니 보상 책임을 질 수 없었다. 자신의 협박이 불러온 결과를 책임질 사람은 쿠르트뿐이었다. 아무리 봐준다고 해도 나는 그의 심리상담가가 아니었다. 이 경우에는 그저 쿠르트를 위해 보리스의 목을 베고 싶지 않은 사람일 뿐. 어쨌든 내 내면아이는 누구를 죽여야 할지 지시받으려 하지 않았다. 타인의 내면아이에게서 오는 지시도 원하지 않았다. 소망과 소망이 충돌하면 자기 내면아이의 소망이 먼저였다.

어찌 됐든 금요일이 이틀 앞으로 다가왔다.

39

단조로움

단조로운 동작을 행할 때는 어느 때보다 신중하게 현재에 닻을 내릴 수 있다. 달리거나 춤추거나 수영할 때 달리기와 춤과 수영에 집중해 보아라. 생각하는 순간에 행하는 그 일에 생각을 정확하게 두는 것이다. 행위의 단조로움 속으로 일단 정신을 들여보내라. 그리고 정신의 긴장이 풀린 이 상태에 영혼이 원하는 만큼 머물러라. 정신이 이 닻을 느끼면 언젠가는 아주 자연스럽게 내맡길 것이다. 그러면 몸은 최면 상태에서처럼 저절로 움직인다. 당신의 정신은 이제 새로운 것을 받아들일 자유로운 상태가 된다.

요쉬카 브라이트너, 『추월 차선에서 감속하기—명상의 매력』

이제 겨우 10시였다. 오후에 카타리나를 만날 때까지 시간이 아주 많이 남았다. 일단 숲으로 가기로 했다.

나는 디펜더를 야생동물 보호구역 가장자리에 주차했다. 주위에 자연이 필요했다. 그리고 움직임도. 조깅하는 다른 부모들과 달리 나는 내면아이를 바깥으로 꺼내 휴대용 버기카에 싣고 앞으로 밀며 달릴 필요가 없었다. 아이는 내 눈을 통해 혼자서 노루를 관찰하거나 나를 도울 수 있었다.

2~3주 전 발견한 야생동물 보호구역 주변 조깅 코스는 두어 번 돌면서 머리를 맑게 하기에 이상적으로 보였다. 한 바퀴가 거의 정확히 2킬로미터였다.

차에서 내려 휴대전화를 조수석 서랍에 넣었다. 조깅할 때면 정신을 집중했다. 시계도, 맥박기도, 생체 기능을 저장하는 팔찌도 착용하지 않았다. 그런데도 정보가 부족한 일은 없었고, 오히려 반대였다. 달리는 데 완벽하게 불필요한 것은 더 많은 인풋이었다. 나는 머리를 달고 있었고, 머리에는 정보가 차고 넘쳤다.

또 조깅할 때 냄새를 없애주는 극세사 운동복을 입지 않았다. 옷에서 땀 냄새는 나지 않는다지만 소재 특유의 악취가 심했다. 평범한 면바지에 티셔츠, 후드 스웨터와 양모 모자를 썼다. 그렇게 〈록키I〉의 록키처럼 달렸다. 근육이 적다는 점은 록키와 달랐지만 목표는 같았다. 나는 내가 맞닥뜨린 곤경에서 승자가 되어 빠져나갈 방법을 알지 못했다. 하지만 거기까지 가는 길에서 최선을 다할 생각이었다. 냉장창고에서 절반으로 토막 난 돼지 몸통을 때리는 대신, 몸통이 붙어 완전하게 움직이는 멧돼지 떼의 울타리를 지나 달릴 작정이었다.

차에서 내려 차 열쇠를 가죽 끈에 묶어 목에 걸고는 가볍고 빠르게 달리기 시작했다. 두 달 동안 훈련한 덕분에 몸은 이제 저절로 움직였다. 한 발 한 발 움직이려고 생각하지 않았다. 반복하며 절로 그렇게 움직였다. 반사적인 달리기는 마음을 진정시켰다. 야생동물 보호구역을 반 바퀴 돌자 땀이 나기 시작했다. 기분이 좋았다. 한 바퀴를 완전히 돌고 나자 머리는 몸과 분리되어 주변을 인식했다. 뇌가 힘들이지 않고 몸통 위에 붙어 편안하게 주변을 지나며 이송되는 느낌이었다. 1등석 기차를 탄 것과 비슷했는데, 연착한다는 불안이 없다는 점만 달랐다.

한 바퀴 반을 돈 뒤 뇌는 저절로 문제로 테트리스를 시작했다. 머릿속에서 문제들이 하나씩 차례차례 가상의 생각 경기장으로 내려왔다. 문제마다 이름이 붙어 있었다. 쿠르트, 홀게르손 집안, 페터, 보리스, 카타리나였다. 문제는 저마다 형태가 달랐다. 나는 모든 문제를 원하는 대로 돌려 내려놓을 수 있었다. 테트리스를 할 때처럼 몇몇 문제는 서로 엮여 하나가 됐고, 또 서로 가로막기도 했다. 나는 일부 문제가 서로 해결해줄지도 모른다고 희망을 품었다. 달릴 때면 시간이 있다는 것이 장점이었다. 처음 한 번 통과할 때는 테트리스 판에 끼었던 문제들이 다음에 통과할 때는 간단히 다른 모습으로 회전했다.

가장 큰 문제는 쿠르트였다. 쿠르트는 사샤와 나를 손아귀에 쥐고 있었다. 그가 설령 살인 광기에 취해 바로 경찰서로 가지는 않는다고 해도 결과는 마찬가지였다. 그는 경찰에게 익명으로 보리스 이야기를 할 수도 있다. 그러면 우리는 교도소로 가야 한다. 보리스나 드라간의 부하들에게 보리스 이야기를 할 수도 있다. 그러면 사샤와 나는 죽은 목숨이다. 아니면 홀게르손 집안사람들에게 사망한 두 명 중 한 명의 귀 한쪽이 없는 이유를 말할 수도 있다. 하지만 쿠르트는 이 중 어느 것도 정말 원하지는 않는다. 그가 가장 원하는 것은 보리스를 향한 복수다. 그리고 이 복수는 보리스에 대해 알고 있는 사실을 발설하지 않을 때만 가능하다.

홀게르손 집안사람들은 내가 그 집안 두 명의 죽음 뒤에 있다는 걸 그들이 알 때만 문제가 될 터였다. 하지만 그걸 알려줄 수 있는 사람은 쿠르트뿐이었다. 그러니 이 두 문제는 하나로 묶였다.

물론 쿠르트가 경찰에게 귀 이야기를 할 수도 있다. 하지만 경찰은 홀게르손 집안사람들과 달리 증거를 요구할 터였다. 쿠르트가 가진 것은 귀 사진뿐이었다. 진짜 귀는 고양이가 먹어 치웠다.

페터는 비교적 작은 문제였지만 대신 이중 문제였다. 하나는 죽은 종업원 수사와 관련해, 다른 하나는 쿠르트가 어쩌면 실행할지도 모르는 고백과 관련해서였다. 다행스럽게도 페터는 쿠르트를 멍청이라고 생각했다. 그러니 그 점을 이용하면 될 터였다.

보리스도 살아 있는 한 여전히 문젯거리가 될 수 있었다.

카타리나는 그녀가 생각하는 한 문제였다. 어쨌든 내가 바람피운다고 생각하는 한에는. 하지만 어제 통화할 때는 무척 이성적인 것 같았다. 오늘 오후 아내와의 대화를 기다려봐야 했다. 그러니 카타리나라는 문제는 달리면서 게임에서 빼놓아도 될 터였다.

쿠르트와 보리스를 죽이면 되지 않을까. 그러면 문제 두 개가 해결되는데.

하지만 이 해결책은 완전히 다른 문제에 부딪혔다.

나는 이제 더는 살인하고 싶지 않았다.

'넌 아니겠지. 하지만 나는?' 내면아이가 말을 걸었다. 노루를 질리도록 본 모양이군. 나는 달리다 살짝 멈칫했다.

브라이트너 씨는 내면아이의 관심이 어른의 관심과 늘 일치하지는 않는다고 알려줬다. 이 경우 우리 둘의 관심은 정반대였다. 나는 비폭력적인 해결책을, 내면아이는 죽음을 포함하는 해결책을 선호한다. 문제는 더 있었다.

'보리스는 어떻게 할 거야?' 내가 캐물었다. **'이제 보리스도 죽이고 싶어?'**

'우린 보리스를 죽이지 않아!' 명확한 대답이 돌아왔다.

이제 이해 조정 기술이 필요했다. 내면아이는 안락함을 느껴야 하고, 어른은 자신의 자유에 제한을 받지 말아야 했다.

나는 다시 천천히 달려 100미터에 달하는 붉은사슴 구역을 지나갔다.

나는 살인하고 싶지 않다.

하지만 쿠르트와 보리스가 죽는다면 두 가지 문제가 해결될 것이다.

내면아이는 죽음을 원한다.

그러나 보리스를 죽이는 건 원치 않는다.

이건 정말 양립할 수 없는 대립 관계일까?

내가 직접 살인하거나 살인 명령을 내리지 않는 이상 나에게 타인의 죽음은 내 내면아이의 행복과 아무 상관도 없었다. 내면아이는 우리가 보리스를 죽이길 바라지 않는다. 누군가 다른 사람이 보리스를 자발적으로 죽인다면 상황은 다르다. 살해당하는 것은 마피아 보스의 직업상 위험 요소 가운데 하나였다. 아버지가 탑시를 빼앗지 않았더라도 탑시가 이틀 뒤 자동차에 치어 죽지 않는다는 보장은 없었다. 어쩌면 정말 그렇게 됐는지도 모른다. 하지만 누가 쿠르트와 보리스를 자발적으로 죽인단 말인가? 둘이 서로 죽인다면 몰라도….

나는 멈칫했다. 이게 해결책이 될 수 있겠군!

하지만 어떻게?

그 질문은 일단 미뤄놓았다. 계속 정리하는 것이 먼저였다.

지금까지 가장 작은 문제는 홀게르손 집안사람들이었다. 그들은 나에 대해 전혀 모르는 듯했다. 그리고 이 상황이 조만간 달라질 것 같지도 않았다. 일단 쿠르트와 보리스가 사라지면 나와 홀게르손 집안을 연결할 만한 점도 더는 남지 않는다. 보리스와 황금 아이에 대해 마음대로 지어낸 이야기를 제외하고는. 하지만 그 이야기를 아는 사람은 발터뿐이다. 그러니까 쿠르트와 보리스와 황금 아이가 모두 함께 다시는 못 볼 어딘가로 사라진다면? 예를 들어 농장 같은 곳으로? 그러면 쿠르트와 보리스와 홀게르손 집안이라는 내 문제들이 한꺼번에 해결됐다.

남은 문제는 페터와 카타리나뿐이었다.

카타리나는 오늘 오후에 만날 거고, 페터는 주말까지 시간이 있었다.

야생동물 보호구역을 한 바퀴 더 도는 시간은 내면아이와 창의적인 대화를 나누는 데 사용했다.

'한 바퀴 더 돌면서 창의적으로 문제를 해결해보면 어때?' 내가 내면아이에게 물었다.

'응, 그런데 게임 규칙을 약간 바꾸자!' 내면아이가 대답했다.

나는 그 말에 호기심이 생겼다.

'평소처럼 2미터 반경 안에 있는 물체가 아니라 이틀 동안의 정보로 게임을 하는 거야.'

나는 깜짝 놀랐다. '왜?'

'주변 2미터 안에는 야생동물 보호구역뿐이잖아. 물론 보리스가 쿠르트를 이 구역 울타리 말뚝으로 때려죽일 수도 있겠지. 그리고 쿠르트는 그 전에 멧돼지를 아주 화나게 만들어서 보리스가 자기를 죽인 다음 곧장 멧돼지에 밟혀 죽게 할 수도 있을 테고. 하지만 그러려면 일단 둘을 이곳으로 데려와야 하고, 또 나중에 시신을 다시 치워야 해. 둘 다 실용적이지 않아.'

나는 내면아이가 2미터 반경 안에 있는 물체로 이미 두 건의 살인을 계획했다는 사실에 얼떨떨했다.

'그러면 이틀 동안의 정보는 어떤 도움이 되지? 그걸로 쿠르트와 보리스를 어떻게 사적인 장소로 모이게 해?'

'음.' 내 안의 아이가 입을 뗐다. '한번 보자고. 경찰은 쿠르트를 멍청이라고 생각해. 쿠르트는 잘 운영되지는 않지만 화재보험이 보장된 회사를 소유하고 있지. 그는 자기 회사와 자기가 복수심에 불타는 대가족에게 위협받고 있다고 믿어. 여동생과 막스를 제외하면 그의 사회적 관계는 증오하는 새 친구뿐이야. 다시 말해 그의 변호사지.'

이처럼 나는 내면아이의 눈을 통해 수많은 작은 퍼즐 조각이 서로 하나씩 제대로 밀리고 맞춰져 놀랍도록 논리 정연한 계획으로 뭉치는 모습을 지켜봤다. 많기는 하지만 개별적으로는 아무 의미 없던 지난 이틀간의 정보들이 하나의 해결책을 이뤘다. 쿠르트와 보리스가 바깥세계는 모르도록, 하지만 그 바깥세계가 보기에 설득력 있도록 서로 처치할 방법이 있었다.

그러려면 오늘 저녁 쿠르트가 그의 회사에 없어야 했다. 조깅이 끝나자마자 라우라에게 전화해 내 의지와 맞지는 않지만 데이트를 신청할 작정이었다. 어쨌든 이때까지는 아직 카타리나와 충분히 대화를 나누지 못했으니 내 의지에 맞지 않는 행위였다.

40

도덕

아주 이른 유년기부터 도덕을 배운다. 그러므로 당신의 내면아이는 도덕적 심급 기관이다. 당신이 내면아이의 신조를 다시 쓰면 내면아이의 윤리관도 달라진다. 이는 당신 자신의 도덕에도 다시 영향을 끼친다. 당혹스러울지도 모른다. 그러나 그렇게 해볼 가치가 있다.

요쉬카 브라이트너, 『귀한 내면아이』

"우리가 더는 살인하지 않으려고 하니 쿠르트와 보리스가 서로 죽여야 한다는 건 알아들었어…." 사샤는 늘 이해력이 뛰어났다. "하지만 왜 그 전에 내가 쿠르트의 회사에 불을 질러야 하지?"

나는 대답을 서두르지 않았다. 나와 사샤는 유치원 사무실에서 마주 선 채 상당히 값비싼 커피머신으로 내린 탁월한 에스프레소를 마시는 중이었다. 유치원과 함께 인수한 기계였다.

"내가 나중에 이른바 해결책을 제시하면 쿠르트가 나를 맹목적으로 믿을 만큼 그를 일단 절망에 빠지게 하려는 거야. 그를 보리스에게 바로 데려갈 방법이지."

"방화가 신뢰를 얻는 조처라고?"

"당연하지. 쿠르트는 자기가 홀게르손 집안에게 협박받고 있다고 믿어. 그래서 조금 전 나를 찾아온 거야. 그러니 회사가 갑자기 불타면 홀게르손 집안이 그 뒤에 있다고 생각하겠지."

"방화 사건 이후 쿠르트가 경찰서로 가서 모든 걸 이야기하지 않을 이유가 있을까? 보리스와 귀와 홀게르손 집안에 대해서 말이야."

"첫째, 쿠르트가 원하는 건 오로지 보리스를 향한 복수야. 그러니 그렇게 간단하게 포기하지 않을 테지. 보리스 이야기를 꺼내는 순간 그를 잃는 거니까. 둘째, 쿠르트는 충격이 일단 지나간 뒤에 경찰이 자기 말을 믿지 않을 거라는 사실을 깨달을 거야. 그는 재정 상태는 별로지만 보험 상태는 아주 좋아. 그러니 경찰은 쿠르트가 빚에 시달리는 회사에 스스로 불을 질렀다고 추측할 테지. 여기서 완전히 기술적인 질문이 하나 있어. 다회용 유리 커피 잔으로 화염병 만들 수 있어?"

"벤진이 들어가고 어딘가에 부딪혔을 때 깨지는 물건이라면 뭐든 화염병으로 만들 수 있지. 왜 물어?"

나는 아침 식사 봉지에 싸둔 다회용 컵을 사샤 앞쪽 책상에 내려놓았다. 아까 쿠르트가 현관에 둔 컵이었다.

"방화범이 던진 화염병에 쿠르트의 지문이 남게 하려고. 경찰은 홀게르손 집안과의 연관성을 언급하는 쿠르트를 전혀 믿지 않을 거야. 홀게르손 집안과 쿠르트의 연결점은 귀 한쪽뿐이야. 보리스의 귀여야 하지만 우리가 홀게르손 집안사람에게서 잘라냈고 고양이가 먹어 치운 그 귀. 쿠르트가 경찰에게 이 이야기를 하고 싶어 한다면… 해야지 어쩌겠어! 그런다고 그의 상황은 달라질 게 없고, 그저 복수할 기회만 잃을 뿐이야."

"그러니까 믿을 사람이 하필이면 자네뿐이라는 거지?"

"쿠르트는 심각한 대인공포증 환자야. 친구가 한 명도 없어. 친구가 없으니 이 상황에서 그를 도울 유일한 사람은 나지. 게다가 나는 구두로 그의 변호사로 위임됐어. 그런데 그는 내가 자기 손아귀에 있다고 생각하지. 그래서 내가 망하지 않으려고 자기를 도와주리라 믿을 거야. 자네도 이제 곧 보게 될 거야. 회사와 집이 불타면 그는 이 문간에 서서 울부짖으며 도움을 청할 테지. 다른 곳으로는 갈 수 없어."

"호텔도 있잖아."

"거긴 홀게르손 집안 때문에 안전하지 않아."

"여동생도 있고."

"그 집은 너무 좁아. 그리고 쿠르트는 자기 동생까지는 몰라도 막스는 절대 위험에 처하지 않게 할 거야."

"밤 11시 정각에 방화해야 하는 이유는 뭐야?"

"CN모빌리티 야간작업이 끝나고 새벽 작업은 시작하기 전이기 때문이지. 화물차가 모두 마당에 서 있고, 충전기마다 킥보드가 연결되어 있어. 건물에는 아무도 없고, 쿠르트도 그때는 조카 옆에 있을 거야. 피해는 최대, 위험은 최소가 되는 거지."

"쿠르트가 밤 11시에 왜 조카 옆에 있어?"

"여동생이 내 집에 와 있을 테니까."

조금 전 라우라에게 전화해 저녁 8시에 저녁 식사에 초대하겠다고 말하니 바로 응했다. 요리, 식사, 대화, 기타 등등에 최소한 세 시간은 걸릴 터였다. '기타 등등'에 어디까지 포함되는지는 아직 알 수 없었다. 어쨌든 라우라의 오빠는 방화 시점에 회사 위에 있는 자기 집이 아니라 막스 옆에 있을 것이다. 잠든 다섯 살짜리는 경찰서에서 진술할 때 피의자의 혐의를 덜어주기에 유리한, 믿음직한 목격자는 아니었다.

사샤가 히죽 웃었다. "그저 이기적인 이유에서 우리 협박범의 여동생을 더듬을 수 있도록 내가 이 건물에서 나가주길 원하는 거로군. 그건 도와줄 수 없어." 그의 웃음이 사그라졌다.

"게다가 자네는 유부남이야. 빌어먹을 짓은 그만둬."

사샤는 이 말로 실재하는 모든 도덕적 문제의 요점에 도달했다. 내가 오늘 저녁 라우라를 만나려는 이유는 무엇보다 그녀가 쿠르트의 동생이기 때문이다. 그 점에서는 이기적인 관심에서 이용한다고 말할 수 있으나 성적인 관심은 아니었다. 나는 평범한 데이트를 생각할 마음의 여유가 없었다. 그래서 지금 이미 느끼는, 카타리나를 향한 양심의 가책을 어느 정도 억제할 수 있었다. 오늘 저녁에야 내가 하게 될 일에 이유도 없이 이미 비난하고 있는 그녀에 대한 가책을. 라우라와의 데이트에는 타당한 이유도 있었다. 이 데이트는 내 과제였다. 그래야 쿠르트가 확실하게 회사를 비울 테니까. 그래서 내가 실수로 누군가(예를 들어 쿠르트)를 또 살해하는 일을 막을 수 있으니까. 게다가 누군가(예를 들어 쿠르트)가 방화범으로 나를 의심할 경우 나는 라우라 덕분에 알리바이가 생긴다. 이런 점에서 나는 오늘 저녁 어느 정도 라우라의 손아귀에 있게 될 것이다. 라우라는 원한다면 나를 이용할 수 있다.

라우라와의 데이트가 갖는 도덕적 문제는 이로써 무척 객관적으로 설명됐다.

흥미롭게도 사샤도 나도 쿠르트의 회사를 방화하는 데서 도덕적인 문제는 발견하지 못했다. 병참학적 문제 하나만 보였을 뿐이다.

41

실수

> 당신의 유년기에 부모님이 실수를 했을 수도 있다. 아마 의도는 아주 좋았을 것이다. 하지만 부모님은 당신이 죽을 때까지 누리게 될 선물도 주셨다. 바로 생명이다. 그러니 부모님을 용서하라.
>
> 요쉬카 브라이트너, 『귀한 내면아이』

카타리나와 앞으로 나누게 될 대화는 서로 다른 두 곳에 자리를 잡았다. 한 곳은 내 앞이고, 다른 한 곳은 내 마음속이었다. 사실 지금은 별거하는 아내가 근거 없이 퍼붓는 비난에 맞서는 일보다 중요한 문제를 해결해야 했다. 예를 들어 진짜 위협과 진짜 수사와 삶을 진짜로 끝낼 변화에 맞서야 했다. 게다가 파트너 주간이니 이 모든 상황에도 내면아이와 훌륭한 동맹군이 되어야 했다.

하지만 내게는 내면아이만 있는 게 아니라 외면아이도 있었다. 카타리나와 함께 낳은 아이. 그리고 모든 외면아이는 앞으로 내면아이가 될 씨눈이었다.

나는 카타리나와 함께 우리 부부 문제를 에밀리에게서 떼어놓으려고 갖은 노력을 했다. 우리 진짜 아이인 에밀리가 미래에 자기 내면아이와 문제가 생기는 일을 피하고 싶었다.

나와 카타리나는 온갖 싸움을 했지만 최소한 좋은 부모이길 원했다.

집에서 카타리나를 기다리는 동안 브라이트너 씨와 상담 시간에 나눈 대화가 계속해서 머리를 맴돌았다. 내 질문으로 시작된 대화였다.

"제 내면아이의 감정 상태는 어른인 제가 지닌 문제의 원인이죠. 부모님이 남긴 각인이 내면아이가 지닌 감정 상태의 원인이고요. 맞습니까?"

브라이트너 씨가 고개를 끄덕였다.

"제가 이제 내면아이와 화해하는 거야 아름답고 좋은 일입니다. 하지만 동시에 이걸 안 뒤부터 부모님에 대한 불만이 아주 커졌어요. 어떻게 해야 하죠?"

"용서."

"부모님이 오랫동안 제 삶을 불쾌하게 했는데 용서하라고요?"

"제가 당신에게 페라리를 선물하고, 열쇠로 차 왼쪽 면 전체를 아주 굵게 긁어 흠집 냈다고 상상해보세요. 제게 분노하실 겁니까?"

"페라리 때문에요? 아니면 긁힌 흠집 때문에?"

"그것 보세요! 둘 다 받는 겁니다."

"그게 부모님과 무슨 상관인가요?"

"부모님은 당신에게 생명을 선물했습니다. 그런데 양육하는 과정에서 당신 영혼에 이런저런 흠집을 몇 개 남겼어요. 우린 지금 여기서 그걸 수선하는 중입니다. 이 상담은 페라리 도색 정비소와 비슷해요. 여기 이 과정이 끝나면 당신은 삶의 페라리를 다시 얻게 됩니다. 흠집 없는 페라리를 처음으로 말이죠."

페라리 도색 정비소와의 비교는 적어도 브라이트너 씨의 시간당 상담료에 대한 설명으로는 충분했다.

"좋습니다. 이제 부모님이 이 흠집을 왜 막지 않았는가라는 문제만 남았군요."

"30년쯤 뒤 따님이 당신에게 바로 그렇게 물을 겁니다."

"이 두 가지 질문에 대한 답은 뭔가요?"

"삶은 흔적을 남깁니다. 죽은 사람만 실수하지 않죠. 따님도 나중에 100퍼센트 확실하게 당신이 왜 실수했는가라고 의문하게 될 겁니다. 이건 피할 수 없어요. 하지만 당신이 부모님의 실수를 인식하고서도 딸에게 똑같이 실수하는 건 바보 같은 행위입니다. 과거에서 얻은 경험을 전달해야지 과거의 실수를 반복하면 안 되죠. 그러니 부모님이 당신에게 하신 실수에 감사하세요. 당신이 딸에게는 저지르지 않을 수도 있는 실수입니다."

이 말에 나는 실패한 아내와의 관계 때문에 딸에게 양심의 가책을 느꼈다.

"별거 때문에 우린 딸에게 이미 큰 짐을 지우고 있어요." 나는 소심하게 중얼거렸다.

"어쩌면 그게 당신이 부모님보다 잘할 수 있는 일 중 하나가 될 겁니다."

"무슨 뜻인가요?"

"당신이 말한 팩트를 한번 살펴보죠."

브라이트너 씨는 소형 탁자에 놓인 서류철에서 설문지를 꺼냈다. 내 가족 사항이 적힌 종이였다. 두 번째 상담을 시작하기 전에 작성했는데 지금까지는 여기에 대해 이야기하지 않았다.

"부모님이 1975년 8월에 결혼하셨죠?"

"네."

"당신은 1975년 12월에 태어났고, 형제자매는 없습니다."

"네." 브라이트너 씨가 무슨 말을 하려는지 도무지 짐작되지 않았다.

"그렇다면 당신은 태어나자마자 인큐베이터에 들어갔거나, 부모님 결혼 5개월 전에 임신된 거겠죠."

"그게 중요한가요?"

"당신은 언제 결혼했고, 에밀리는 언제 태어났나요?"

"2011년 결혼해서, 2016년 딸이 태어났습니다."

"당신에게는 귀한 아이를 바라며 기뻐할 시간이 5년 있었습니다. 당신 어머니에게는 미혼모가 되는 일을 피할 시간이 4개월 있었고요. 그리고 그 후 아이는 바라지 않았습니다. 당신과 카타리나는 아마 사랑해서 결혼했겠죠. 당신 부모님의 결혼에는 계획에 없던 당신 임신이 작지 않은 역할을 했을 겁니다. 이건 큰 차이예요."

"하지만 부모님은 헤어지지 않았습니다."

"부모가 증오하며 함께 사는 것보다 사랑하며 헤어지는 게 아이에게는 의미가 더 큽니다…."

상담 시간은 내가 에밀리 때문에 자책했던 일과 관련해 많은 것을 깨닫게 했다. 하지만 지금 중요한 핵심 질문에 답을 주지는 않았다.

나더러 바람피웠다며 이미 나를 엄청나게 증오하는 아내와 사랑하며 헤어지는 방법은 과연 뭘까?

내면아이와 나는 카타리나가 오기 직전 부부 문제 앞에서 어쩔 줄 모르고 있었다. 내면아이 덕분에 이 문제의 해결책이 이미 준비됐다는 사실을 우리 둘 다 알지 못했다.

42

선물

운명이 당신에게 선물을 하면 그 이유를 캐묻지 마라. 뭔가가 좋은 이유는 중요하지 않다. 그게 좋다는 걸 그냥 즐기면 된다.

요쉬카 브라이트너, 『추월 차선에서 감속하기—명상의 매력』

내 부부 문제는 정확히 오후 3시 반 카타리나라는 형태로 등장했다. 10년도 더 전에 우리가 막 사귀기 시작했을 시절, 그녀가 내 집에 오기 전이면 사랑과 욕망으로 떨던 때도 있었다. 그녀도 나를 원한다는 걸 믿을 수 없어 기쁨에 넘치기도 했다.

그런데 지금은 불안해서 떨렸다. 쓸데없는 싸움과 비난을 피하고 싶었다. 나를 향한 아내의 모든 비난을 이해할 수 없었다. 부부 관계가 당사자에게 끼치는 부정적인 영향은 얼마나 기이한가.

카타리나가 초인종을 눌렀다. 나는 문을 열었다. 그녀는 몇 달 만에 처음으로 내 입술에 입을 맞추고 사랑을 가득 담아 한참이나 차분하게 나를 안았다.

나는 아무 말도 하지 않았다. 너무 놀라 어안이 벙벙한 채 나도 아내를 안았다. 카타리나가 낯선 인사를 끝냈다.

"나도 당신에게 사과해야 해." 그녀가 말했다.

'왜 "나도"라고 말하지?' 내면아이와 내가 동시에 물었다.

"나는…." 하지만 카타리나에게 묻지는 못하고 그저 이렇게만 중얼거렸다.

"아무 말도 하지 마. 내가 일단 먼저 말할게, 알았지?"

카타리나는 거실로 가서 커다란 소파에 앉았다. 나는 그 옆에 앉아 그녀가 입을 열기를 기다렸다.

"어제 당신 집에 다시 한번 왔는데, 우선 그것부터 사과해야겠어."

아, 그거야 큰일이 아니었다. 나는 카타리나에게 비밀이 없으니까. 우린 결혼한 사이 아니었던가. 그러니 사과할 필요는 없는데? 그리고 우선이라니…? 그렇다면… 다른 건 뭘까? 하지만 카타리나에게 먼저 말할 기회를 주기로 했으니 아무것도 묻지 않았다.

"어제 하원 뒤에 에밀리가 당신을 꼭 보고 가겠다고 했어. 생각에 빠져 있는 바람에 초인종 누르는 걸 잊고 그냥 문을 열었지. 에밀리가 당신을 찾으러 거실로 달려갔을 때 나는… 당신 편지를 봤어."

무슨 편지?

"당신이 나에게 쓴 사과 편지엔 지난 몇 년 동안 당신이 한 이야기 중 사랑이 가장 많이 담긴 말이 쓰여 있었어."

나는 카타리나에게 사과 편지를 쓴 적이 없었다. 지난 몇 년 동안 그 누구에게도 전형적인 의미에서의 편지를 쓰지 않았다. 그러니까… 내 내면아이에게 쓴 걸 제외하면. 어제 내면아이에게 쓴 편지 초안을 뒀던 식탁을 건너다봤다. 사샤와 내가 먹을 아침 식사를 차릴 때 브라이트너 씨의 안내 책자만 침실로 가져가고 편지는 식탁에 그대로 뒀다. 그런데 그 편지가 거기에 없었다. 내 눈의 물음표는 서서히 느낌표로 바뀌었다. 하지만 카타리나의 눈은 눈물로 채워졌다.

"당신이 브라이트너 씨와 상담 시간에 무슨 대화를 나눴는지는 몰라. 하지만 당신은 지난 몇 주 동안 아주 많이 변했어. 그리고 나도 느꼈지만 말로는 표현하지 못한 걸 편지에 정확하게 썼더라. 나한테 쓴 당신 편지를 소리 내서 읽고 싶어. 그리고 단어 하나하나가 모두 내가 당신에게 하고 싶은 말이기도 하다는 걸 알아주면 좋겠어."

카타리나는 가방에서 편지를 꺼내 눈물 젖은 목소리로 읽기 시작했다.

"모든 게 정말 미안해. 너를 오랫동안 등한시했고, 내가 어떤 보석과 삶을 함께하는지 몰랐어. 우리가 서로의 삶을 얼마나 힘들게 했는지 이제야 깨달았어. 너에게 상처 주지 않고 자유롭게 놓아주고 싶어. 나는 네가 너 자신의 삶을 살 수 있기를 원해. 그 삶에 나를 친구로 두고서 말이야, 너를 통제하는 사람이 아니라. 우린 이미 오랫동안 그렇게 해봤잖아. 그게 통하지 않는다는 걸 이제 알았어. 네가 자유롭게 행복을 찾길 바라. 우리 과거의 바닥짐이 자유로운 파트너십을 위한 주춧돌이 될지 누가 알겠어…."

카타리나는 참지 못하고 울부짖듯 울었다. 나는 그녀를 품에 안았다. 우리 둘 다 울었다. 수신인이 그녀가 전혀 아니었던 편지가 우리 둘을 하나로 만들어주는 것 같았다. 내면아이와의 화해는 다른 관계도 해결한다는 브라이트너 씨 말이 옳았다.

하지만 나는 '자유롭게 놓아주다'라는 말을 카타리나가 어떤 식으로 이해했는지 확신하지 못했다. 난 자유를 원하지 않았다. 그저 몇 달 전부터 친밀감 부재에 시달리고 있을 뿐. 카타리나는 아직 말을 마친 게 아니었다.

"나는 바람피웠다며 당신을 비난할 자격이 전혀 없어…."

난 바람피우지 않았어. 어쨌든 아직은 아니야. 이렇게 막 대답하려는데 카타리나가 '자유롭게 놓아주다'라는 말과 자기 쪽에서 사과할 일을 설명했다.

"…내가 석 달 전부터 다른 사람을 만나거든. 휴우, 드디어 말했다."

머릿속에서 뒤엉킨 목소리들 때문에 귀가 먹먹했다. 내기하듯 고함질러대던 내 목소리와 내면아이의 목소리를 나는 지금까지도 구분하지 못한다. 하지만 사실 그건 중요하지 않았다. 두 목소리는 같은 말을 했으니까.

'뭐라고? 당신이 친밀함을 원하는 내 소망을 몇 달 전부터 무시한 게 다른 남자 때문이라고? 그런데도 계속 날 탓했어? 변덕스러운 내 기분 때문이라면서? 다른 놈과 섹스한 죄책감을 스스로 어떻게 해야 할지 몰라서 나를 심리상담가에게 보내? 나는 화가 나. 화가 나. 화가 난다고!'

하지만 내 분노는 지푸라기에 붙은 불 같았다. 빠르게 타다가 순식간에 사그라졌다. 분노의 짚불은 내면에서 '쉬익' 소리를 내며 지난 몇 달 동안 표현하지 못했던 비난의 마른 덤불을 모두 없앴다. 그러더니 불현듯… 공간이 생겨났다. 새롭고 신선한 생각을 위한 자리였다. 다 괜찮았다. 뭔가 이상했던 사람은 카타리나였다. 나는 해방되는 느낌이었다. 분노가 사그라

지자 내가 상처받지 않았다는 기분이 명확해졌다. 내 내면아이도 마찬가지였다. 나는 질투도 느끼지 않았다. 카타리나가 다른 사람과 연애해도 상관없었다. 아내는 여전히 매력적이고 탐나는 사람이었다. 하지만 나는 소유욕을 품지 않았다. 그 순간 내가 아내를 더는 사랑하지 않는다는 사실을 깨달았다. 이미 오래전부터 그랬다.

고백한 아내를 용서할 필요도 없었다. 편지로, 수신인이 그녀가 아니었던 그 편지로 이미 용서했으니까.

나는 카타리나의 고백을 내가 내면아이에게 쓴 편지에서 그녀가 오독한 그대로, 다시 말해 사심 없는 선물로 받아들였다. 비난이나 요구가 없는, 그저 신뢰로 가득한 새로운 우리 관계의 기초가 될 수도 있는 선물로.

이제 나는 이 모든 것을 올바른 반응으로 받아들이거나 잘못된 반응으로 망칠 선택의 갈림길에 섰다.

카타리나를 바라보다 이마에 키스했다. 그러고 그녀를 품에 안았다.

"고마워." 내가 한 말은 이게 전부였다.

방금까지 분노의 대상이었던 모든 것이 이제는 고마웠다. 아내가 몇 달 동안이나 보여주지 않다가 이제 다시 보여준 감정의 친밀함이, 우리 관계 문제에서 몇 달 동안 부정했던 자신의 책임을 이제 인정한 것이, 그리고 무엇보다 나를 브라이트너 씨에게 보낸 것이. 그 계기가 없었더라면 내면아이에 대해 이렇게 빨리 알지 못했을 테니까. 내가 그 내면아이에게 쓴 편지를 카타리나는 자기에게 쓴 것이라 믿었다. 그 덕분에 우리는 지금 화해했다. 빙빙 돌던 원이 닫혀 완전해졌다.

"상대가 누군지 알고 싶지 않아?" 카타리나가 물었다.

솔직히 말하자면 아무 상관도 없었다.

"나한테 변명하지 않아도 돼. 당신은 자유로워. 하지만 나를 친구로 여겨서 말하고 싶다면 당연히 해도 좋아."

카타리나는 내 대답이 품은 관대함에 놀랐고, 나 자신도 아내 못지않게 놀랐다.

"그 사람은… 올리버야. 보험회사에서 나 대신 일한 팀 동료. 엊그제… 같이 식사한 사람이야. 우린 에밀리가 태어나기 전부터 서로 마음이 아주 잘 맞았지만 그때는 그저…."

같이 식사한 남자 이름이 올리버라고? 카타리나는 언젠가 자기 대신 일하는 사람에 대해 말한 적이 있었다. 나는 아내의 직업에 관해서라면 늘 그랬듯 관심이 없어서 흘려들었다. 지금도 그러는 중이었다. 카타리나는 자기가 바람피운 일을 영혼을 쏟아부으며 이야기하는데 나는 아무 관심이 없었다. 하지만 내용의 주제에 전혀 관심 없는 사람이 이 세상 그 누구보다 이해심 많은 표정으로 이야기를 들을 수도 있다. 카타리나의 동료 올리버라는 주제가 지금 나에게 그렇듯. 내가 카타리나의 직업에 그랬듯 그녀가 내 직업에 아무 관심도 보이지 않았더라면 나라도 올리버라는 사람과 바람피웠을 것이다. 그런데… 생각해보니 카타리나는 내 직업에 아무 관심도 보이지 않았다. 하지만 그것도 이제는 아무 상관 없었다. 우린 서로 용서했다. 카타리나는 라우라와 바람피운 나를 용서했다. 사실은 아직 피우지 않았지만 이제는 피울 수 있다. 심지어 오늘부터는 양심의 가책도 느낄 필요가 없다. 순간 왠지 모르게 오늘 저녁이 기대됐다.

"비난하지 않아?" 카타리나가 물었다.

"그럼. 우리 지금처럼… 좋은 부모로 남자."

"그리고 앞으로… 좋은 친구가 되자."

우린 서로 자유롭게 놓아줬다.

나는 이 자유가 다가오는 금요일보다 오래도록 지속되길 바랐다.

43

관심 돌리기

당신과 화해한 내면아이는 좋은 의미에서 순진하다. 당신을 잘 믿기 때문에 관심을 돌리기 쉽다. 이걸 이용하라. 내면아이가 현재를 불평하면 이야기를 하나 들려주어라.

요쉬카 브라이트너,『귀한 내면아이』

라우라와 사샤는 하마터면 현관에서 만날 뻔했다. 만났더라도 아무 상관이 없기는 했다. 둘은 동일한 계획의 일부였지만 각자 완전히 다른 저녁 시간을 앞두고 있었다.

사샤는 내 내면아이의 계획을 실행에 옮겨 온갖 기술을 동원해 쿠르트의 회사를 불태울 것이다. 사랑을 담아 준비하고 섬세하게 이행하기.

그에 비해 나는 즉석에서 준비해야 했다. 자기 회사가 활활 탈 때에야 쿠르트가 베이비시터 일을 마치도록 무슨 수를 써서라도 라우라를 내 집에 붙들어둬야 한다.

라우라가 정말 매력적이긴 하지만 나는 사샤와 일을 바꾸고 싶었다. 그는 자기가 뭘 해야 하는지 알고 있지만 나는…. 내가 마지막 데이트를 한 지는 10년도 더 지났다. 지금의 아내와 한 데이트였다. 카타리나와 나는 이제 서로 '자유롭게' 놓아줬다. 그러니 라우라와 이 새로운 자유를 즐길 수도 있었다. 그러나 그러지 못하고 있었다.

하기 싫은 일을 하지 않아도 될 때에만 진정으로 자유롭다. 나는 이날 저녁 라우라의 관심을 다른 데로 돌려야 했다. 내가 원하든 원하지 않든. 나는 자유롭지 않았다. 아내와 조화롭게 헤어진 첫날 저녁을 어쩌면 완벽하게 혼자 보내고 싶었는지도 모른다. 오로지 내 내면아이와 함께 지나간 미래를 차분히 추억하며.

하지만 그럴 수 없었다. 가까운 미래에 처치해야 할 엄청난 멍청이가 나를 방해했으니까. 그리고 그 멍청이의 동생이 지금 초인종을 누르니까. 사샤가 계단을 내려가고 건물 문이 닫히는 소리가 들린 뒤 얼마 지나지 않았을 때였다.

출입문 열림 버튼을 눌렀다. 라우라가 계단을 올라오는 소리가 들렸다.

나는 유부남이 늘 상상해온 낭만적인 바람피우기 준비를 마쳤다. 80년대 발라드 음반이 전축에서 돌아가고, 커다란 촛대가 거실을 밝혔다. 부엌에는 함께 요리할 3코스 재료가 모두 준비되어 있었다. 나는 샤워를 막 마치고 청바지와 티셔츠, 아직 새것에 가까운 스웨터 차림이었다.

현관문은 살짝 열려 있었다. 라우라가 그 앞에서 노크했고, 나는 문을 당겼다. 라우라는 몹시 매혹적이었다. 단순한 매력이었다. 찢어진 청바지는 라우라가 뭘 입어도 아름다우리라는 점을 역설했다. 또는 아무것도 입지 않더라도. 두 경우 모두 환상적일 터였다. 하나로 땋은 머리카락은 간결한 하얀 셔츠 위에 재킷 대신 걸친 빛바랜 군용 점퍼 뒤로 늘어져 있었다. 가볍게 단추를 풀어둔 셔츠 아래로 레이스 브래지어 가장자리가 보였다. 맨발에 나이키 운동화를 신었다. 라우라는 한 손에 커다란 피자 상자를, 다른 손에는 자기가 좋아하는 리오하 한 병을 들고 있었다. 나는 그녀의 뺨에 입 맞추고 당혹스러운 눈길로 상자를 바라보며 물었다.

"내 요리 솜씨가 그 정도로 의심스러웠어요?"

"손님으로 오면서 선물을 넣을 포장 상자가 필요했을 뿐이에요."

라우라가 나에게 상자와 와인을 건넸다. 그녀가 재킷을 벗도록 도와주려던 나는 당황해서 양손을 내려다봤다. 하지만 라우라는 군용 점퍼를 이미 벗어 떨어뜨렸다가 발끝으로 들어 올려 여유롭게 옷걸이에 걸었다.

상자 내용물은 시중에서 판매하는 피자보다 무겁고 작게 느껴졌다.

“어서 열어봐요.” 라우라가 재촉했다.

나는 상자를 식탁에 내려놓고 열었다. 그 안에 놓인 이케아 ‘풀렌’ 거울을 보고 웃음을 터뜨렸다.

“손님용 화장실에 필요할 것 같아서요.”

나는 라우라를 안았다. 그녀는 그냥 인사할 때보다 딱 1초 더 길게 내 포옹에 반응했다.

우리는 부엌으로 향했다. 나는 리오하를 연 다음 함께 요리를 시작했다.

사샤도 자신의 저녁을 준비했다. 손님으로 가면서 그곳에 없는 쿠르트를 위해 거울 선물이 아니라 화염병 다섯 개, 쇠지레 하나, 커다란 드라이버 하나와 자동차용 페인트 스프레이를 챙겼다. 랑데부 옷차림은 검정 진과 등산용 검정 후드 스웨터, 눈 코 입만 내놓는 스톰 캡에 검정 특수부대 군화였다.

사샤는 오후에 이미 건축 자재상에서 우리 계획에 필요한 나머지 물품을 사면서 이송을 위해 내 디펜더를 몰고 갔다. 하지만 전동 킥보드 회사 방화를 위해서는 다시 탄소 배출을 고려해 소형차를 운전했다.

사샤가 저녁에 사용할 재료를 늦은 오후 건축 자재상에서 구매하는 동안 나는 슈퍼마켓 아시아 식품 매대에서 필요한 것을 찾아냈다. 라우라와 함께 요리할 계획이었다. 전채 요리는 월남쌈, 메인 메뉴는 웍에서 볶은 채소를 곁들인 닭 요리, 후식은 사랑을 담아 구입한 초콜릿 무스였다. 마지막 요리는 뚜껑만 열면 되지만 다른 두 코스는 시간을 들여 직접 요리해야 했다.

그런데 그렇게 되지 않았다.

내가 월남쌈에 쓸 채소를 씻고 라우라가 라이스페이퍼를 옆으로 치우려고 할 때 일이 벌어졌다. 라우라와 내가 부딪쳤다. 내 손에서 채소가 미끄러지고 라우라도 라이스페이퍼를 떨어뜨렸다. 우리는 키스했다.

'그만둬!' 내면아이가 항의했다. **'지금 라우라와 재미 보는 게 문제가 아니란 말이야. 라우라 오빠에게 복수해야 해. 그러니 전문가답게 행동하라고.'**

요쉬카 브라이트너는 내면아이가 고집과 이기심을 완전히 버리지는 않을 거라고 나에게 미리 경고했다. 그래서 첫 파트너 주간이 아주 중요하다고, 그 기간에 내면아이의 모든 요구에 최소한 대치는 해야 한다고 알려줬다. 그래야만 실제로 생활하면서 내면아이의 기분을 점점 더 잘 다룰 수 있을 거라고 했다.

내면아이의 고집을 다루는 방법 한 가지는 판타지였다. 진짜 아이처럼 내면아이도 재미있는 이야기로 관심을 돌릴 수 있다. 에밀리가 화낼 때 내가 "저기 봐, 저 앞에 유니콘이 날아가네!"라는 말로 그 상황을 벗어난 게 몇 번이나 되는지 기억나지도 않는다. 으음… 아니, 알고 있다. 단 한 번도 없었다. 에밀리는 바보가 아니었으니까. 하지만 이 환상적인 관심 돌리기 방법은 적어도 원칙상으로는 제대로 작동했다.

어른인 나는 스트레스를 불러일으키는 생각을 명상 훈련으로 벗어날 수 있었다. 같은 상황에서 내 내면아이를 꺼내는 가장 좋은 방법은 상상 여행을 떠나는 일이었다.

브라이트너 씨는 이와 관련해 아주 이해하기 쉬운 기본 원칙을 구상해냈다.

"내면아이가 현재를 불평하면 이야기를 하나 들려주세요."

내가 상상으로 내면아이의 마음에 드는 세상에 들어서면 그 아이의 감정을 내가 발붙인 세계에서 다른 데로 돌릴 수 있을 터였다.

그래서 이날 저녁 내 몸은 라우라와 함께 있었지만 생각은 그녀 오빠 사업체 기습 현장에 가 있었다.

나는 그저 지엽적이고 기계적으로만 라우라와 내가 소파에서 키스한다는 걸 인식했다. 내 양손이 그녀의 블라우스 안으로 들어가 있었다.

머릿속으로는 내 내면아이가 경험하려는 일에 집중했다. 아이는 사업체에서 일어나는 사건에 함께하고자 했다. 그래서 내면아이를 위해 지금 정신적으로 이곳을 벗어나 사업체 상황에 집중하도록 노력했다.

현실에서는 라우라의 손이 지금 막 열린 바지 지퍼 사이로 미끄러져 들어왔고, 나는 잠깐 이성을 잃을까봐 걱정했다.

내 판타지 속에서 사샤의 손은 운동 가방 지퍼를 지나 페인트 스프레이를 찾느라 가방을 뒤졌다. 벽에 메시지를 쓸 스프레이였다.

손이 다른 물품들을 지났다. 장갑을 낀 서늘한 손끝이 스프레이의 하얀 표면에 부드럽게 닿았다. 그러고는 신뢰를 쌓으며 손 전체로 길쭉하고 하얀 양철통을 감싸 쥐었다. 지난 몇 달 동안 누구의 손도 닿지 않은 채 건축 자재상 선반에 놓여 있었고 지금도 여전히 가방에 누워 있는 스프레이가 기쁨에 겨워 저절로 일어나는 듯했다. 그랬다, 스프레이는 살고자 했다. 손은 비좁은 헝겊 포장에서 부드럽게 스프레이를 꺼냈다. 상황을 잘 아는 눈 한 쌍이 욕망의 대상을 차분하게 바라봤다. 눈의 주인이 스프레이를 리드미컬하게 흔들기 시작했다. 처음에는 느리고 조용하게, 나중에는 점점 더 빨리 움직였다. 팔을 움직일수록 스프레이는 오랫동안 기다려온 출동을 더욱 잘 준비하는 듯했다. 내부에서 몇 주나 묵은 딱지들이 용해되어 스프레이는 액체로 가득한 하나의 몸이 됐다. 원하는 메시지를 세상을 향해 외쳐야 한다고 부담을 느꼈다.

그러고 그 일이 벌어졌다. 방금까지 미친 듯이 스프레이를 흔들던 손이 매끈하고 깨끗한 처녀 같은 담벼락에서 겨우 몇 센티미터 떨어진 곳을 향해 관능적인 단호함으로 버튼을 눌렀다. 스프레이는 담벼락에 메시지를 뿌렸다.

복수!

완벽했다. 판타지 이야기 속에 있던 내 내면아이는 라우라와 내가 현실에서 뭘 하든 단 한 번도 불평하지 않았다.

이제 라우라와 나는 10대들처럼 킥킥거리며 소파에 누워 있었다.

"내 차례야." 라우라가 내 귀에 속삭였다.

'**또 시작이네….**' 내면아이가 투덜거렸다.

나는 라우라에게 키스하며 손을 그녀의 청바지에 넣었다. 손가락이 움직이는 동안 내 상상은 다시 라우라 오빠의 사업체로 향했다. 내 안의 아이는 라우라에게서 관심을 돌리고 잔뜩 긴장한 채 사샤가 건물에 과연 어떻게 침입할지 기다렸다.

사무실 문을 여는 데 쇠지레가 필요하지는 않았다. 문은 부드럽게 자발적으로 열릴 준비가 되어 있었다. 드라이버 끝이 가장자리를 훑으며 틈으로 향했다. 잠시 멈췄다가 부드럽게 틈새를 만졌다. 작은 드라이버는 현관문 좁은 틈새로 2센티미터도 채 들어가지 않았다. 그러고는 드라이버 끝이 정감 넘치는 동작으로 틈을 넓혀 드라이버 전체가 어두운 문틈으로 미끄러져 들어갈 수 있게 했다. 드라이버는 잘 안다는 듯이 자물쇠 쪽을 더듬었다. 리드미컬하게 앞뒤로 움직이며 자신감에 넘쳐 자물쇠의 수줍은 마지막 머뭇거림을 깨자, 자물쇠는 밀고 들어오는 딱딱한 자루에 줏대 없이 몸을 맡기고 요란하게 쩌억 소리를 내며 모든 저항을 포기했다….

나는 라우라가 오래 머물지 않을까봐 더는 걱정하지 않았다. 이제 그 무엇도 걱정하지 않았다. 시간을 완전히 잊었으므로. 모든 것이 너무나 단순했다. 우리가 나란히 눕는 게 아니라 미친 듯이 키스하며 위아래로 겹쳐 눕기까지는 리오하 두 잔으로 충분했다.

하지만 우리가 지금 뭘 하고 있든… 멈춰야 했다. 내면아이가 개입해서가 아니라 우리 바지를 벗어야 했기 때문이다.

물 흐르듯 순조롭게 진행되는 짝짓기 행위에도 병참학적으로 머뭇거리는 두 지점이 늘 존재한다. 한 번은 바지를 벗을 때고, 다른 한 번은 콘돔을 끼울 때다. 언젠가 누군가 맥박 수와 호르몬 수치에 따라 버튼 한 번만 누르면 저절로 씌워지는 콘돔으로 변하는 바지를 발명한다면 그는 떼돈을 벌 것이다.

이 두 번의 휴식 가운데 첫 번째 지점에서 내면아이가 말을 걸었다.

'우리가 지금 이 모든 걸 왜 하게 됐는지 잊지 마.'

그래서 나는 내면아이가 보고 싶어 하는 것에 다시 집중했다. 가연성 벤진이 가장자리까지 가득 찬 플라스크가 내 마음의 눈앞에 나타났다. 오늘 아침까지만 해도 원래의 목적에서 벗어나 다회용 커피 잔 역할을 했던 플라스크였다. 이미 거의 흘러넘칠 듯한 자루 위에 헝겊 한 장이 씌워지는 게 보였다. 능숙하게 움직이는 손가락으로 헝겊이 커피 잔 위쪽에 자리를 잡고 가연성 액체를 빨아들이기 시작하는 모습이 눈에 들어왔다. 헝겊은 폭발할 때까지 미끄러지지 않도록 커피 잔 가장자리에 고무줄로 고정됐다. 불붙은 헝겊은 곧장 화염에 휩싸였다. 플라스크를 원래 목표했던 자리로 가져가는 손이 보였다. 불타는 헝겊과 잔이 부드러운 곡선을 그리며 잠시 뒤로 갔다가 힘차게 앞으로 와서 자유를 찾아 떠났다. 잔은 모든 통제를 벗어나 무중력 상태로 어두운 공간을 지나, 비행을 즐기며 목표를 향해 날아갔다. 활활 타는 헝겊 불길이 공간을 스치며 아래에 있는 수많은 전동 킥보드를 흐릿하게 비췄다. 불길이 전선이 모두 모여 있는 퓨즈 박스로 향했다. 잔은 퓨즈 박스를 맞히고 수백 조각으로 깨지며 모아둔 에너지를 쏟아냈다. 벤진 0.5리터가 사방으로 흘러내려 순식간에 헝겊 불길에 휩싸이

더니 최소한 4제곱미터는 되는 벽 전체에 불을 붙였다. 퓨즈 박스의 플라스틱 껍데기가 잠시 일어나는 듯하더니 줏대 없이 바로 화염 열기에 녹았다.

사샤는 이날 저녁 화염병 다섯 개를 모두 사용했다. 내 내면 아이의 관심을 돌리는 데는 두 개면 충분하고도 남았을 것이다. 나는 결과에 만족했다. 쿠르트의 회사는 하부 구조까지 모두 탔다. 킥보드 전체 물량의 절반과 화물차 열다섯 대 중 열 대도 탔다. 다친 사람은 아무도 없었다. 사업체 마당 안쪽 벽에 붉은색으로 커다랗게 쓰인 '복수'라는 글씨가 불에 그슬려 있었다.

라우라는 행복하고 나른하게 내 품에 안겨 있었다. 멍청한 오빠가 정확히 23시 28분에 전화하기 전까지는.

44

에움길

길이 목표라면 모든 에움길도 자기 자신에게로 향하는 길의 일부분이다.

요쉬카 브라이트너, 『추월 차선에서 감속하기—명상의 매력』

라우라는 몇 시간 전 자전거를 타고 내 집에 왔다. 나는 디펜더로 그녀를 집에 데려다주었다. 라우라는 회사에 불이 났다는 쿠르트의 말에 놀랍게도 아무 걱정도 하지 않았다. 그보다는 우리가 함께하는 아름다운 저녁이 예상보다 일찍 끝나게 되어 화냈다.

"쿠르트 오빠의 전형적인 모습이에요. 절대 믿을 수 없죠. 오빠를 믿고서는 유치원 학부모들끼리 안락하게 섹스하는 일도 계획할 수 없다니까요."

그 말에 나는 또 웃음을 터뜨렸다.

"흐음, 그래도 회사 화재는 용인할 만한 일이에요. 그렇지 않아요?"

"모든 재난은 개개의 사건으로는 변명이 돼요. 하지만 쿠르트 오빠처럼 재난이 일상이 되면 언젠가는 논거를 잃죠."

"무슨 뜻인가요?"

"아, 쿠르트 오빠 커리어는 정말 어이없었어요. 이른바 탁월한 사업 아이디어가 있다면서 20대 중반에 이미 부모님에게서 5만 마르크를 빌렸죠. 그러고는 그 돈을 모두 탕진했어요. 도대체 어디에 썼는지 지금까지도 아는 사람이 없어요."

아니, 보리스와 사샤와 나는 알고 있었다. 수많은 장미와 창녀 한 명에게 썼다. 하지만 그걸 라우라에게 이야기할 필요는 없겠지.

"그때 이후로 오빠는 사업 아이디어를 줄기차게 냈지만 모두 실패했어요. 오빠는 그걸 '현명한 에움길'이라고 불러요. 다른 사람들보다 언제나 길을 한 번 더 돌아가요. 그게 흔히 말하는 정점이라나요."

예를 들어 자기가 증오하는 누군가를 다른 사람의 지하실에서 발견하면 기회가 생기자마자 직접 죽이는 게 아니라 살해하라고 타인에게 강요하는 거로군.

"쿠르트가 그것 말고 또 어떤 에움길 아이디어를 보였나요?"

"지역 유기농 채소 배달, 전기 담배 대여, 트렌스젠더를 위한 데이팅 포털…. 모두 완전히 정신 나간 일이었죠. 오빠가 왜 기필코 전동 킥보드 대여 회사를 하려고 했는지 알아요?"

"말해봐요."

"멋진 회사 건물을 우연히 발견해서 꼭 임차하려고 했기 때문이에요. 그걸 전동 킥보드 대여 말고는 어디에 사용해야 할지 생각나지 않은 거고요. 일단 부지를 발견하고 거기에 맞는 사업 아이디어를 찾은 거죠. 그러니 회사가 빚에 시달리는 것도 이상한 일은 아니에요."

그러니까 보리스가 쿠르트의 임대인이 된 건 우연이 아니었다. 쿠르트가 오래전부터 유일하게 지속적으로 해온 일은 거의 마조히즘에 가까울 정도로 보리스 근처에 있으려고 노력하는 것이었다. 그게 임차인에 불과하다고 해도. 전혀 기대하지도 않았는데 우리 지하실에서 보리스를 만난 건 그에게 과연 어떤 선물이었을까? 그런데 이 멍청이는 뭘 했나? 현명한 에움길로 갔다. 음, 모든 게 계획대로 된다면 쿠르트는 실제로 이제 곧 보리스와 아주 가까워지게 될 것이다.

"하지만 베이비시터로서는 오빠를 신뢰하죠?"

"오빠가 아이들과는 잘 지내요. 그래도 오빠 혼자 있을 때는 귀중품을 늘 금고에 넣어두죠. 지난주에 처방전 한 장이 사라졌는데 오빠 말로 자기는 모르는 일이라더군요."

처방전이 필수인 수면제를 그렇게 손에 넣은 거로군. "쿠르트가 약물에 의존하나요?"

"모르겠어요. 어쩌면 그저 의사 흉내를 내고 싶은 건지도 몰라요. 글씨는 의사들처럼 악필이거든요. 네 단어가 넘어가는 문장은 컴퓨터를 사용해요. 자기 글씨를 본인도 읽지 못하니까요."

흥미로운 정보였다.

"오빠에게 불평이 상당히 많은 것처럼 들리네요. 나는 둘이 아주 좋은 관계라고 생각했는데 말이죠. 세상에서 제일 좋은 외삼촌, 뭐 이렇게요."

"부모님은 내가 바이에른에서 다시 이곳으로 올 때 2만 5,000유로를 주셨어요. 학자금 대출로 갚아야 할 돈이었죠. 이미 말했듯이… 쿠르트 오빠는 20년 전 5만 마르크를 그냥 받았어요. 부모님은 본인들 의지로 스페인에 간 게 아니라 오빠를 피해서 간 거예요. 수십 년 전에 이미 성년이 된 아들을 피해 조용히 살고 싶었던 거죠. 부모님은 오빠와 서면으로만 연락해요. 편지로요. 부채에서 벗어난 대신 이제 오빠가 귀찮게 옆에 있어요. 그러니 오빠가 이따금 막스를 돌봐주는 건 최소한의 일이죠."

그러니까 부모님 영혼에 상처를 남기는 아이들도 있는 법이다. 나는 기회가 되면 브라이트너 씨에게 내면부모의 존재에 대해 물어보기로 마음먹었다. 어쨌든 첫 번째 협박 편지 봉투에 붙었던 스페인 우표는 부모님의 편지로 해명이 됐다.

"하지만 아름다운 저녁을 오빠 이야기로 끝내지 말기로 해요. 차 뒤에 있는 공사 자재는 다 뭐예요?"

나는 어깨 너머를 흘낏 돌아봤다. 트렁크에 사샤가 쇼핑한 시멘트 자루와 인조 콘크리트, 횟가루, 벽에 붙이는 고리와 쇠사슬, 맹꽁이자물쇠와 흙손, 양동이와 회반죽 가래가 있었다.

"지하실을 조금 수리해야 해서요. 낡은 기름 난방장치를 끌어내오려고 하는데, 일하는 김에 그 뒤쪽 몇 가지도 같이 고치려고요."

"다방면에 손재주가 있군요." 라우라가 이렇게 말하며 의미심장하게 웃었다.

그런 다음 자기가 사는 집을 가리켰다. 쿠르트와 나를 레스토랑에 데려다줬던 렌터카 서비스 회사의 리무진 한 대가 문 앞에서 대기 중이었다.

라우라가 내리기 전 나는 그녀에게 오랫동안 키스했다. 내면아이도 이번에는 전혀 반대하지 않았다. 오빠를 싫어하는 라우라가 불현듯 내면아이의 마음에 든 모양이었다. 나는 라우라가 집 현관으로 들어가는 걸 보고 집으로 향했다. 지금 쿠르트를 만나는 것은 비생산적이었다. 그랬다가는 나더러 '자기' 변호사라며 현장에 같이 가자고 부탁할지도 모를 일이었다. 그곳에는 쿠르트 혼자 가서 홀게르손 때문에 떨고, 그런 다음 나에게 연락해야 한다.

집에 도착하니 사샤 집에 불이 켜져 있었다. 나는 건물로 들어가 그의 집 초인종을 눌렀다.

사샤는 장난스럽게 히죽거리며 나를 맞았다.

"흠, 멋진 저녁 시간 보냈어?" 그가 물었다.

"그렇다고 할 수 있지. 자네는 어땠어?"

"아주 간단했지. 메시지를 벽에 뿌리고, 문을 부숴서 열었어. 화염병 두 개는 킥보드 충전 공간에 던지고, 세 개는 화물차 아래에 던졌어. 재빨리 들어갔다가 재빨리 나왔지."

'네가 묘사한 게 훨씬 멋있었어.' 내면아이가 나에게 감사 인사를 했다.

"여섯 달 동안 유치원 원장으로 지내다 역할을 벗어나 뭔가 파괴하니 정말 재미있더군. 자, 이제 뭘 해야 해?"

"쿠르트가 연락할 때까지 기다려야지. 아마 내일 아침 일찌감치 하지 않을까 생각해. 경찰 조사를 받고 나서 말이야."

“그럼 내일 오후 학부모회 모임 때까지는 자네 계획 앞부분의 성공 여부를 알 수 있겠군.”

“그 후에는 관련된 사람 모두 뒷부분을 지키게 될지 아닐지도 알게 될 테고.”

나는 사샤와 함께 트렁크에 있던 물품을 지하실로 옮겼다. 그런 다음 집 청소도 했다. 요리하지 않은 음식을 냉장고에 넣고 만족스러운 기분으로 침대에 누웠다. 오늘 나와 내면아이는 파트너로서 조화를 이룰 수 있다는 사실을 알았다. 카타리나와의 문제도 함께 풀었다. 내면아이는 막 시작된 내 연애를 못마땅해하면서도 인정했다. 내일은 내가 학부모회 엄마들과 레이디 서렌더의 계획과 관련된 내면아이의 분노에 적절히 대응할 수 있는지 밝혀질 터였다. 무엇보다 우리의 관심이 서로 반대되는데도 보리스와 쿠르트 문제를 함께 해결하려는 계획이 과연 실현될지도 궁금했다.

우리 둘은 기쁜 마음으로 다음 날을 기다렸다.

45

깜짝 이벤트

아이들은 깜짝 이벤트를 무척 좋아한다. 깜짝 이벤트에 대한 아이들의 정의는 어른들과 다르다. 아이들은 모든 일이 예상대로 일어나도 긍정적인 깜짝 이벤트로 본다. 산타클로스가 오고, 부활절 토끼가 놓여 있고, 매일 태양이 다시 떠오르는 일이 모두 깜짝 이벤트다. 내면아이의 이런 특성을 이용하라. 당신의 내면아이가 일상적인 깜짝 이벤트에 즐거워하는 걸 보며 기뻐하라.

요쉬카 브라이트너, 『귀한 내면아이』

쿠르트는 아침 7시 정각 내 집 문 앞에 서 있었다. 그가 올 것을 예상했으므로 이미 일어나 샤워하고 커피도 한 잔 마신 뒤였다. 조금밖에 못 잤지만 몸이 아주 가뿐했다. 문 앞에 서 있는 사람은 나와 아주 달랐다.

쿠르트는 한숨도 못 잔 것 같았다. 이번에는 끔찍한 향수와 전자담배 냄새가 아니라 끔찍한 향수와 타버린 전동 킥보드 대여 회사의 진짜 연기 냄새를 풍겼다.

"쿠르트!" 나는 얼굴을 환하게 빛내며 인사했다. "웬일로 이렇게 일찍 찾아왔어? 들어와."

"이야기할 게 있어서." 그가 절망과 고집이 뒤섞인 목소리로 대답했다.

나는 그를 어젯밤에 그의 동생과 함께 앉을 뻔했던 식탁으로 안내했다.

그의 여동생과 누웠던 소파에 같이 앉기는 싫었다.

쿠르트는 무감각하게 보였다. 나는 에스프레소를 한 잔 내려 그의 앞쪽에 놓았다. 쿠르트는 커피를 단숨에 마셨다. 나는 그가 말을 시작하기를 기다렸다.

"오늘 새벽 홀게르손 집안사람들이 내 회사에 불을 질렀어."

'아이고, 안됐다!' 내면아이가 경멸하는 목소리로 말했다. 시작이 좋았다.

그러니까 쿠르트는 이 계획에서 그 부분은 이미 믿고 있었다.

"그런데 경찰은 나를 의심해. 내가 보험료를 타려고 직접 방화했다고 생각해."

'우와!' 아이의 가느다란 목소리가 내 안에서 환호성을 질렀다. 점점 좋아지는걸. 계획의 이 부분도 제대로 통한 거야.

"그러니까 나는 한편으로는 위협받고, 다른 한편으로는 보호받지 못하는 거야."

'스트라이크!' 모든 게 원하던 대로 이뤄지다니, 이 얼마나 기쁜 깜짝 이벤트인가.

"휴, 예상 못 한 일이군. 오늘 나는… 약속대로 홀게르손 집안과 어떻게 연락하는 게 가장 좋을지 생각해보려던 참이야. 물론 이 상황에서는 몇 가지가 달라지겠지…. 하지만 그냥 간단하게 말해봐…. 내가 자네를 위해 뭘 해줄 수 있을까?" 아마 내가 너무 친근한 기색으로 물었던 것 같다.

쿠르트가 빈 에스프레소 잔을 식탁에 탁 내려놓고서 내 눈을 빤히 노려봤다.

"이제 우리 둘 다 숨바꼭질은 그만두지. 자넨 내가 이 지하실에서 보리스를 발견한 걸 알고 있잖아. 난 자네가 하필이면 홀게르손 집안사람의 귀를 하나 자르고 둘을 내 화물차 앞에 던진 걸 알아. 지금 그 일 때문에 이 빌어먹을 상황에 처했다고."

아니, 네가 이 빌어먹을 상황에 처한 이유는 보리스와 게임을 시작해서 내 내면아이를 짜증 나게 만들었기 때문이야.

하지만 일단 쿠르트의 해석에 동의했다. "좋아, 솔직하게 이야기하자고. 내가 뭘 해주길 바라?"

"난 네가 보리스를 잡아두는 이유는 몰라. 어쨌든 네가 그를 죽인다면 잡아두는 이유 같은 건 사실 궁금하지도 않아. 그런데 홀게르손 집안에서 내 머리를 원한다면… 나는 네 머리를 줄 거야. 이미 어제 네게 이 말을 확실히 하려고 했어. 이제 두 가지 선택지가 있어. 네가 홀게르손 집안사람들에게 그 집안 일원의 죽음 뒤에 네가 있다고 확실하게 말하거나 내가 경찰서에 가서 이 지하실에 보리스가 산다고 말하는 거지."

나는 에스프레소를 홀짝이며 고민하는 척했다.

"흐음, 두 시나리오의 단점은 보리스가 죽지 않는다는 거야."

쿠르트는 깜짝 놀라는 표정이었다.

나는 말을 이었다. "난 네가 왜 보리스의 머리를 원하는지 몰라. 그런데 네가 보리스를 직접 죽이는 게 아니라 다른 사람이 그 일을 하는 게 중요한 것 같더군. 이유는 몰라도 말이지."

현명한 에움길이라는 그의 괴팍한 망상을 내가 이미 알고 있다는 사실은 그와 아무 상관도 없었다. 그래서 그 이야기는 언급하지 않고 말을 계속했다. "유감스럽게도 네가 제시하는 두 가지 해결책 모두 보리스의 머리는 여전히 달려 있어. 그리고 아마도 보리스는 결국 자유로운 몸이 될 테고. 홀게르손 집안사람들이 나를 죽인다면 경찰은 일상적으로 수사하면서 이 건물을 샅샅이 뒤지다 보리스를 발견하겠지. 그리고 보리스가 이 지하실에 있다고 네가 경찰에 알린다면 어차피 보리스는 한 시간 안에 자유의 몸이 될 거야."

쿠르트는 그 사실을 이제야 깨달은 모양이었다. "제길."

나는 한숨을 내쉬었다. "세 번째 해결책이 있을 수도 있지."

쿠르트가 바로 귀를 기울였다. "그게 뭔데?"

"보리스가 목숨을 잃도록 내가 손쓸게. 너는 이 도시에서 사라져 어디 다른 곳에서 완전히 새로 시작하는 거야. 홀게르손 집안사람도 없고, 방화범으로 의심받지 않고, 맥박이 뛰는 보리스도 없는 곳에서."

쿠르트는 깜짝 놀라면서도 관심이 있는 것처럼 보였다. 그처럼 혁신적인 사업가라면 새로운 아이디어에 당연히 늘 귀를 열 것이다.

"보리스의 죽음은 내가 보장하지. 네가 직접 확인할 수 있어. 그 일이 끝난 뒤에는 네가 잠적하도록 도와줄게."

"어떻게?"

"보리스를 죽이는 거?"

"내가 성공적으로 잠적하는 거."

"너, 어디까지 포기할 수 있어?"

"보리스가 죽고 내가 홀게르손 집안사람들에게서 안전하다면? 그렇게 된다면 난 여기서 완전히 철수할 거야. 여기에 남아 있을 이유가 없으니까."

조카 이야기는 한마디도 없었다. 자기 때문에 일부러 이곳으로 이사한 동생 이야기도. 물론 2만 5,000유로 때문이기도 했지만.

"그렇다면 내 제안은 다음과 같아. 보리스가 죽고, 너는 사라지는 거야. 자살처럼 보이는 흔적 몇 가지를 내가 남겨둘게. 그러면 아무도 의문을 갖지 않을 테니까. 경찰도 당연히 그럴 테고. 너에 대한 수사는 금방 종결될 거야. 내키지 않는 마음으로 그저 네 시신이나 찾으려고 할 테지. 경찰이 네가 죽었다고 결론지으면 홀게르손 집안사람들도 그렇게 생각할 거야. 너, 프랑스어 할 줄 알아?"

"어… 조금. 그런데 왜?"

"프랑스 작은 농장에서 지내도록 새 신분증을 마련해줄 수 있어."

"생활비는 어떻게 하지?"

이 연극이 재미있어지기 시작했다. 어릴 때 나는 학예회 연극에 열정적으로 참가했다. 내면아이가 그걸 기억해냈는지 장엄하게 대사를 쏟아냈다.

"네가 편안하게 지내야 나도 편안하게 살 수 있어. 프랑스에 살면서 내 범죄에 대해 입 다물어준다면 내가 재정을 지원해줄게."

쿠르트는 절망의 터널 끝에서 빛을 본 것 같았다.

"그렇지. 난 너보다 협상 상황이 훨씬 나으니까." 그가 생각에 잠겨 중얼거렸다.

'**넌 훨씬 멍청하니까.**' 내 내면아이도 생각에 잠겨 중얼거렸다.

"바로 그거야." 내가 크게 대꾸했다. "자, 어때. 그렇게 하겠어? 보리스는 죽고, 너는 사라지고?"

"괜찮은 제안 같아. 하지만 일단 좀 고민해봐야겠어. 이틀 밤 가까이 한숨도 못 잤거든. 그 결정을 내리기 전에 적어도 두어 시간은 자야겠어."

"온 세상 시간을 다 누려도 돼. 경찰이 그렇게 시간을 준다면 말이지." 나는 일부러 신빙성 없이 긴장이 다 풀린 목소리로 말하며 사샤에게 예약 문자를 전송했다.

"경찰이 오늘 나한테 질문하려고 하면 어쩌지?"

"당연히 그럴 거야. 네가 내 집에 있다는 걸 혹시 아는 사람 있어?"

"없어."

"동생한테 전화했어?"

"배터리가 다 떨어졌어. 충전기는 안타깝게도 어젯밤에 불탔고."

아주 잘됐군. 휴대전화 전원이 꺼져 위치 추적도 불가능할 테니 이 멍청이가 나와 있다는 사실을 다른 사람들이 알 리 없었다.

"그러면 여기서 널 찾아낼 사람은 아무도 없어. 우리가 말하는 모든 내용은 변호사의 비밀 엄수 의무로 보호돼. 네가 공식적으로 자살했다고 밝혀지지 않은 한 나는 공식적으로 네 변호사가 될 수 있어. 그러려면 네가 위임장에 서명해야 해…."

"이리 줘."

나는 위임장 서류를 찾는 척하며 주변을 두리번거렸다.

"흐음, 지금 하나도 없네…. 잠깐만."

내 전화기가 울렸다. 모르는 번호였다. 전화를 받았다.

"아, 페터." 사샤라는 걸 알면서도 이렇게 말했다. "아니, 당연히 쿠르트 프릴링이 어디에 있는지 말할 수 없어. 내가 왜 그래야 해…? 아니지. 그가 내 의뢰인이라면 나는 그가 있는 장소를 말해선 안 돼…. 그리고 내 의뢰인이 아니라면 그가 어디에 있는지 내가 어떻게 알겠어…? 그래, 너도 잘 지내…." 나는 이렇게 말하고 전화를 끊었다.

"미안, 페터 에그만 경감이었어. 정말 벌써 너를 찾고 있군. 어림짐작으로 그냥 내게 전화했어. 난 아직 공식적인 네 변호사가 아니야. 그러니 걱정하지 마. 그리고 내가 네 변호사가 되면 어차피 나 없이는 아무도 네게 질문하지 못해."

"걱정하지 마"라는 말은 이미 오래전에 걱정했어야 한다는 의미의 가장 강한 지시어다.

“서명할 위임장 얼른 줘!” 쿠르트가 애원하다시피 청했다.

“아, 위임장. 그래… 잠깐만. 그냥 종이 한 장을 가지고 올 테니 빈 종이에 서명해. 내가 바로 사무실에 가서 그 위에 위임장 내용을 쓸 테니까.”

나는 주방으로 가서 쿠르트에게 줄 에스프레소 한 잔을 더 내리고 거실 책장에서 백지를 가져왔다.

“아래쪽에 서명해. 그러면 내가 경찰을 공식적으로 막아줄게. 여기서 푹 자고 난 다음 잠적할지 어쩔지 차분하게 생각해 봐도 돼.”

쿠르트가 잡으려고 하자 나는 종이를 뒤로 잡아 뺐다.

“서명하려면 네가 최종적인 결정을 내릴 때까지 아무에게도 연락하지 않겠다고 분명히 약속해야 해. 동생에게도 안 돼. 사업 파트너 사이에… 그 정도 신뢰는 있어야 하니까.”

쿠르트가 고개를 끄덕였다. 그는 지금 누가 봐도 뻔한 루저인데 그렇게 보이지 않는다는 사실에 우쭐한 게 분명했다.

나는 그에게 백지를 건넸다. 그는 사업 파트너로서 서명하려면 거기 쓰인 글을 우선 읽어야 한다는 듯이 빈 종이를 빤히 들여다봤다. 존재하지 않는 서류에 속임수가 없다는 걸 확인하고는 백지에 서명했다. 그런 다음 서명한 종이를 돌려주고서 두 번째 에스프레소도 단숨에 마셨다.

“웩, 맛이 쓰네. 다른 캡슐이야?”

"같은 캡슐이야. 미다졸람 샷을 추가했을 뿐이지."

쿠르트는 그게 무슨 소리냐는 듯 나를 바라봤다. 그러다 그게 동생에게서 훔친 처방전으로 구해 보리스 정맥에 주사한 수면제라는 사실을 깨달았을 때는 이미 눈이 감기고 있었다. 나는 반쯤 남은 앰풀을 찬장에 보관해뒀다. 그의 머리가 식탁에 놓인 빈 에스프레소 잔 옆에 툭 떨어졌다.

46

정체성

인간은 다이아몬드보다 소중하다. 하지만 둘 다 깎인면이 있다. 깎인면 각각은 빛이 어떻게 비치는가에 따라 완전히 다르게 반짝인다. 누군가 다이아몬드를 단 한 단어로 묘사할 수 있다고 생각한다면 그 이유는 보통 다이아몬드의 단순함 때문이 아니라 관찰자의 단순함 때문이다.

사람에 대해서도 다를 바 없지 않은가?

요쉬카 브라이트너, 『귀한 내면아이』

쿠르트는 이제부터 사샤와 나와 보리스를 제외하고는 누구의 눈에 띄어서도 안 되었다. 유치원이 문을 닫은 뒤에야 그가 내 집을 떠날 수 있으니 나는 어쩔 수 없이 폭력을 약간 써야 했다. 케이블 타이로 그의 손발을 묶어 침대 프레임에 고정하고, 양말과 넓은 테이프를 사용해 재갈을 물렸다. 안전을 위해 문을 바깥에서 잠그고 열쇠를 챙겼다. 카타리나가 또 실수로 연락도 없이 집에 들어왔다가 우연히 다시 뭔가를 발견하고 나에 대한 긍정적인 견해를 바꾸면 안 되니까.

나는 사샤에게 지금까지 모두 계획대로 이뤄졌다고 짤막하게 알려주고 지하실로 향했다. 오후에 유치원 학부모회 모임이 열릴 때까지 사실 할 일이 없었고, 오늘 저녁을 위해 두어 가지를 준비해야 했다. 오늘을 축하하려고 보리스에게 갓 내린 에스프레소까지 한 잔 가져다줬다. 보리스는 일상적이지 않은 음료를 가져다준 이유를 묻지 않았고, 눈도 깜짝하지 않고서 단숨에 마셨다. 미다졸람 맛을 느끼지 못했거나 느꼈다고 해도 이미 늦었다. 바로 다음 순간 꿈나라로 떠났으므로.

지하실에서 일이 잘 진행되어 오후 1시가 조금 지난 시각에 모두 끝났다. 집에 올라와 샤워하고 옷을 막 갈아입었을 때 라우라에게서 전화가 왔다.

"멋진 저녁 고맙다는 말을 화장실 거울에 쓴다는 걸 깜박 잊었네요." 그녀가 말했다.

나는 속으로 웃음이 터졌다. 라우라는 놀라울 만큼 복잡하지 않은 사람이었다. 우리가 어제 내 인간관계에 대해서는 한 마디도 하지 않고 그저 둘이 함께 있는 시간을 즐겼다는 사실만으로 나는 라우라를 높이 평가했다.

"그게 내가 아침을 아주 평화롭게 보낸 이유죠." 내가 대답했다. "당신은 어땠어요?"

"아주 조용했어요. 8시 반에 막스를 유치원에 데려다주고 일하러 왔어요. 지금은 점심시간이고요."

8시 반에 나는 라우라의 오빠 발목에 마지막 케이블 타이를 묶었다. 나는 통화하며 느릿느릿 복도를 걸어 침실로 가서 문을 살짝 열었다. 쿠르트는 눈을 떴지만 멍한 표정으로 침대에 누워 있었다.

"쿠르트에게서 연락 왔었나요?"

"아뇨, 이상한 일도 아니에요. 오빠는 아주 안 좋은 상황에 처하면 한동안 무척 조용하답니다. 엄청난 실패를 겪으면 이따금 몇 달씩 연락하지 않을 때도 있어요."

나는 마음이 놓였다. 라우라는 당분간 오빠를 궁금해하지 않을 터였다. 쿠르트는 침실 문간에 서 있는 나를 알아보고 무슨 일이냐는 눈길로 건너다봤다.

"동생이 안부 전하래!" 나는 한 손으로 전화기 마이크를 덮고서 그에게 소곤거렸다. 쿠르트는 넓적한 테이프로 봉해진 양말 때문에 동생의 인사에 답할 수 없었다.

“우리, 학부모회 모임에서 만나겠죠?” 내가 라우라에게 물었다.

“그럼요, 기후 중립적인 유치원에 관한 토론을 놓칠 순 없죠. 막스와 에밀리가 불러일으킨 세계 멸망 문제로 실습생과 이야기 나눠봤어요?”

“아뇨, 이제 해보려고 해요.”

우리는 전화를 끊었다. 얼마나 단순한 사람인가.

나는 유치원으로 내려갔다. 라우라에게서 자극받았을 뿐 아니라 무엇보다 내 내면아이를 만족시키기 위해 세계 멸망에 관한 일을 실습생과 얼른 처리하고 싶었다. 다른 엄마들이 뭐라고 하든 아빠로서. 사샤의 사무실 문을 노크하고 들어갔다. 사샤는 유치원 설계도에 집중하고 있었다. 내가 들어서자 그는 놀란 얼굴로 시계를 봤다.

“비요른? 학부모회 모임까지는 아직 시간이 많이 남았는데….”

“그래. 그 전에 과일 스무디 금지 일로 레이디 서렌더와 이야기를 좀 나누려고 말이야.”

“누구?”

“레이디 서렌더. 실습생 이름을 몰라서 힌트로 사용하는 단어야. 그 사람 이름이 뭐라고 했더라?”

“아, 프라우케 말이군.”

“그래, 프라우케와 이야기하고 싶어.”

“에밀리 아빠로서, 아니면 학부모회 대표로서?”

“지금 친구로서 묻는 거야, 아니면 유치원 원장으로서 묻는 거야?”

“유치원 원장으로서 부모님들에게 보육교사들과 문제가 생기면 공식적인 경로를 통하라고 요청하니까 자네에게도 그렇게 부탁해야 해. 학부모회나 나한테 말하라는 뜻이지. 그러면 학부모회는 원장이 함께 있는 자리에서 보육교사와 이야기할 수 있어.”

사샤는 전직 마피아 운전사치고 유치원을 올바르게 운영하는 방식을 아주 빨리 깨우쳤고, 그 능력 덕분에 유치원 원장도 됐다.

“난 아버지로서 여기에 왔어. 학부모회 회원으로서 말이야. 그럼 친구로서는 뭐라고 말하겠어?”

“친구로서는 당연히 학부모회와 유치원 원장과 실습생의 대치 상황이 약간 까다롭다고 넌지시 귀띔해주지. 나이 든 백인 남성 둘과 젊은 여성 하나…. 이건 사실 말이 안 돼.”

“자네는 나이 든 백인 남성이 아냐. 30대 중반이고 불가리아 사람이지.” 내가 그의 말에 끼어들었다.

“그렇게 간단히 이야기하기 어려워. 2주 전 유치원 원장을 대상으로 하는 차별 금지와 성평등 리더십 재교육을 받았어.

좀 복잡하지." 사샤가 설명을 시도했다.

"거기서 뭘 배웠는지 자세히 말해보겠어?"

"정치적 올바름. 가위바위보. 사실 무척 재미있는 게임이야."

"설명해봐."

"자, 프라우케와 자네와 나를 예로 들어볼게. 주노 여신 같은 20대 중반 여성과 이민자 출신인 30대 중반 남성, 그리고 '진짜' 독일 사람인 40대 중반 남성. 이렇게 세 명이 탁자에 앉아서 토론 중이야. 누가 옳을까?"

"토론 주제가 뭐지?" 내가 순진하게 물었다.

"그 질문 자체로 자네가 이해하지 못했다는 게 드러나는 거야. 우선권 가위바위보에서 주제는 아무 상관도 없지. 참가자의 정체성을 인정하는 게 중요해. 보호받아야 할 소수성을 제일 많이 지닌 사람이 옳아."

"도대체 어떻게 하는 거야?"

사샤는 자리에서 일어나 사무실 벽에 걸린 화이트보드로 다가갔다. 그러고는 아마도 보육교사회의 선거 결과인 듯한 명단을 지웠다.

"기본적으로 가위바위보와 같아. 그러니까 바위가 가위를 이기고, 가위는 보를 이기고, 보는 바위를 이기지."

"구체적으로 말하면?"

사샤는 화이트보드에 내용을 쓰기 시작했다.

"소수자가 다수자에게 우선해. 그러니까 여성이 남성을…."

나는 보충 설명을 하는 그의 말을 가로막았다.

"세계 인구의 절반이 여성이야. 그런데 소수자라니?"

"대규모 상장 주식회사 서른 곳의 임원진에서 여성은 소수자야."

"하지만 유치원은 상장 주식회사가 아니잖아. 게다가 여기 직원의 95퍼센트는 여성이야."

"객관적으로 굴지 마! 남성인 내가 원장이야. 그러니 여성들은 소수자야. 계속 설명해도 될까?"

"해봐. 또 무슨 말을 들을지 흥미진진하군."

사샤는 개념 쌍을 보드에 적었다.

"자…, 여성이 남성에게 우선하고, 이민자 출신이 '진짜' 독일 주민에게 우선하고, 동성애자가 이성애자에게 우선하고, 젊은이가 늙은이에게 우선하고, 건강상 제약이 있는 사람이 건강한 사람에게 우선하고, 좌파가 우파에게 우선하지. 여기까지 잘 이해했어?"

"쉽게 설명해서 잘 알아들었어."

"우리 둘이 젊고 주노 여신 같은 여성을 상대로 우선권 가위바위보에서 왜 논거상 어려움을 겪게 될지, 혹시 자네 스스로 떠올려볼 수 있을까?"

"'주노 여신 같은'이라는 말이 전에는 '뚱뚱한'이었어?"

"그게 허용되는 질문이라면 용어를 바꿀 필요도 없었겠지."

"좋아." 나는 알아들었다. "젊고, 주노 여신 같고, 여성이야. 세 번 옳군."

사샤는 자신이 거둔 교육적 성과를 자랑스러워하며 고개를 끄덕였다.

내겐 아직 질문할 게 남아 있었다. "자네는 어때? 이민자 출신이라는 이점이 있는데."

"이민자 출신이라는 배경 덕분에 나는 자네에게 우선하지."

"자네가 불가리아에서 왔다는 이유만으로?"

"어이, 나치. 그럼 아니라고 생각해?" 그가 도발적으로 내 앞에 버티고 섰다.

"아니, 아니. 됐어." 나는 할 말이 없었다. 내가 나치라고 간주되지 않는 게 중요할 뿐이다. 이해되지 않는 질문이 여전히 남아 있었다. "그러니까 여성인 프라우케와 이민자인 자네, '진짜' 독일 사람인 내가 서로 대화를 나눈다면 주제와 관계없이 탁자에 앉은 참가자 3분의 2는 소수자이니 나머지 사람에게 우선해. 그렇다면 남은 3분의 1, 그러니까 나는 사실 소수자인데 밀리다니…. 이유가 뭔지 다시 설명해주겠어?"

"자네는 나이 든 백인 남자니까."

"다시 말해 내가 누군가를 나이와 인종과 성별을 이유로 차별하지 않도록 나는 나이와 인종과 성별 때문에 차별당해도 된다는 말이군. 명쾌하게 들려. 그럼 자네와 프라우케만 탁자에 앉아 있다면 어떻게 돼?"

"성차별이 인종차별에 우선해. 남성이라는 내 성별은 프라우케와 맞서면 이민자라는 보너스 점수를 없애버리지. 혹시 프라우케가 보수적인 견해를 지녔다면 또 몰라도 말이야. 그럴 때는 좌파가 으뜸 패를 들지."

"알았어. 그럼 우리 셋이 함께한다면 이런 거로군. 나이 든 남성 둘이 뚱뚱… 아니, 주노 여신 같은 젊은 여성 한 명과 세 살짜리들을 상대로 기후 재난 때문에 공황 장애를 일으키는 일에 대해 이야기할 때, 자네에게 이민자 출신이라는 배경이 있는데도 우리는 시작하기도 전에 이미 부당하다는 뜻이야?"

"그래."

"그러니까 대화할 필요 없다는 말이지?" 나는 거의 포기하고서 재차 물었다.

"아니, 그건 절대 아니지." 사샤는 입이 귀에 걸릴 정도로 히죽였다. "난 그저 자네에게 이제 곧 일어날 일이 정치적으로 왜 올바르지 않은지 공식적으로 잠시 설명하려던 것뿐이야. 하지만 분명히 아주 재미있을 거야."

나는 사샤에게서 우선권 가위바위보에 대한 설명을 듣고 앞으로 나눌 대화 때문에 프라우케에게 양심의 가책을 약간 느꼈다. 하지만 내 내면아이는 그렇지 않았다. 가죽 바지를 입은 어린 금발 소년은 70년대에 받은 정치적으로 올바른 양육의 결과 때문에 여전히 괴로워했다. 내면아이는 다른 아이들이 이런 경험을 하는 걸 원치 않았다. 프라우케에게 따지는 게 내면아이의 명확한 소망이었고 게다가 우리의 첫 번째 파트너 주간이었으므로 나는 내 고민을 무시했다. 나이 든 백인 남성은 그냥 입 다물고 있는 게 나았다. 내면아이가 뚱뚱한 여성에게 우선한다. 내 안의 아이는 토론할 기대에 조바심쳤다.

47

유년 시절

아이들은 미래에 대한 특별한 요구가 없다. 현재에 대한 특별한 요구가 있을 뿐이다. 이 요구에는 특별한 이름이 붙어 있다. 유년 시절이라는 이름이다.

요쉬카 브라이트너, 『귀한 내면아이』

사샤, 내 내면아이 그리고 나, 우리 셋은 잔뜩 긴장한 채 프라우케와의 대화를 기다렸다. 기온이 오르고, 극지방이 녹고, 해수면이 높아지고, 종이 사라질 수는 있다. 그러나 한 가지, 지구가 죽는 일은 명백히 일어나지 않는다. 40억 년 이내에는 아니다. 게다가 과일 스무디를 마시는 세 살짜리 때문은 더더욱 아니다.

나는 딸이 유년 시절을 부담 없고 순진하게 보내길 바랐다. 다가오는 지구의 죽음이 아니라 내 딸이 지구 종말에 책임이 있다는 주장이 이 소망에 방해가 됐다.

이 주장은 내 부모님이 '네 소망은 중요하지 않다'라는 배지로 내면아이의 영혼에 남긴 멍을 고통스럽게 눌러댔다.

하지만 나는 여기에 맞서서 같이 배지를 누르는 일로 프라우케에게 반응하지 말자고 내면아이와 합의했다. 우리는 프라우케 스스로 누르는 일을 멈출 때까지 사랑을 담아 포옹할 계획이었다. 어쨌든 그러는 척하려고 했다. 나는 내면아이와 프라우케가 모두 편안하게 느끼는 분위기에서 그녀와 대화할 예정이었다.

프라우케가 포스팅한 무척 감동적인 신년 인사를 인터넷에서 발견했다. 푸른 바다를 배경으로 앞에 뷔페가 차려진 곳에서 찍은 셀피였다. "여러분 모두 행복한 새해 보내길! 지구의 미래가 걱정되긴 하지만 말이에요. 그래도 전 2~3일 동안 아이다 갑판에서 지내며 이런 일에서 멀리 벗어나 있어요. 야호!"

이 얼마나 구슬픈 사람인가. 화재를 진압하면서 자기가 영웅이라는 걸 증명하기 위해 집에 불을 지르는 소방대원은 최소한 방화광으로 인정되기라도 하지만 프라우케에게는 자기

증상에 해당하는 질병 명칭도 없었다.

나는 프라우케에게 상처를 주는 게 아니라 돕고 싶었다.

그래서 사샤에게 그녀를 유치원 바깥으로 데리고 나오라고 부탁했다. 세계 멸망에 관해서는 성인의 필요에 맞춰 조성된 사무실보다는 진흙 구덩이 가장자리에서 분명히 더 편하게 이야기를 나눌 수 있을 터였다.

사샤와 프라우케가 내게 다가왔다.

프라우케가 보육교사가 되려는 이유는 명백히 그녀의 내면아이와 관계있었다. 프라우케는 이런 식으로 유년 시절에 거부당한 모든 것을 자기 눈높이에서 다시 경험할 수 있다. 예를 들어 이제는 작은 여자라는 뜻을 지닌 이름 때문에 지속적으로 놀림받지 않아도 된다. 부모님이 어떤 신조로 그녀를 멍 들게 했든 프라우케의 내면아이가 겉으로 드러내는 방어 무기가 뭔지는 금방 눈에 띄었다. 무기의 많은 부분이 음식과 화장으로 이뤄져 있었다. 공격 무기는 세상을 구하려는 활발한 욕구인 듯했다.

"프라우케, 안녕하세요? 시간 내줘서 고맙습니다."

나는 당황한 기색으로 악수를 청하는 프라우케를 우선 안심시켰다.

"세상이 요동칠 큰일이 벌어진 건 아니랍니다. 그저 학부모들 사이에서 말이 오간 문제를 이야기해보려고 해요."

“알겠습니다.” 프라우케는 약간 긴장해서 대답했다. “무슨 일인가요?”

우리는 진흙 구덩이 옆의 놀이터 모래 상자 널빤지 구석에 걸터앉았다. 사샤와 내가 한쪽에, 프라우케가 다른 한쪽에 앉았다.

“환경 문제에 적극적으로 참여하시죠?” 내가 물었다. 프라우케는 안전하다고 느끼는 것 같았다. 눈에 띌 만큼 확연히 긴장을 늦췄다.

“네, 우리 지구와 거기 사는 사람들의 미래가 제게는 무척 중요하답니다.”

“아주 훌륭하군요. 저도 당사자로서 높이 평가합니다.” 나는 그녀를 칭찬했다. “니모반 두 살에서 다섯 살 아이들에게 과일 스무디와 기후변화의 연관성을 설명하셨죠. 맞습니까?”

“네!” 프라우케가 자신의 열정을 남들이 알게 되어 무척 자랑스럽다는 듯 대답했다. 이 자부심을 딛고 대화를 이어갈 수 있었다. “어린이들도 세상을 구하는 데 기여해야 한다고 생각해요.”

“모범적인 생각입니다.” 나는 칭찬하듯 한 손을 그녀 어깨에 얹었다. 어린이들도 정치적 이념에 기여할 수 있다는 사실은 독일에서 이미 두 번의 세계대전과 한 번의 제국과 두 번의 독재 정치에서 전통으로 인정됐다.

나는 프라우케의 자부심에 계속해서 힘을 실어주었다.

"UN 총회는 당신의 열정에 감동해 학부모회에 편지를 보냈습니다. 니모반 과일 스무디 금지와 관련해 당신에게 제안할 점이 있다고 하더군요. 다음 주 금요일에 혹시 시간 있으신가요?"

사샤는 꾸짖는 표정으로 나를 봤지만 끼어들지는 않았다. 다른 이유도 있겠지만 프라우케가 어떻게 반응하는지 그 역시 직접 보고 싶었으므로.

프라우케는 망설이기는 해도 놀란 기색은 전혀 없었다. "흐음… 다음 주 금요일이라고요? 그날은 유치원 소풍날 아닌가요?"

세상을 구하는 건 중요하지만 정규 업무 시간에만 하는 일이지 소풍 때는 아니라는 말이다. 나는 이 견해를 받아들였다.

"빌어먹을, UN 이기주의자들이 그 생각을 하지 못했군요. 좋습니다…." 나는 잠깐 고민하는 척했다. 그런 다음 사샤와 나를 가리키며 말을 이었다. "당신이 금요일에 일부러 뉴욕에 가지 않아도 되도록 저희 둘이 UN 이름으로 지금 여기에서 그들의 제안을 알려드릴 수도 있어요."

프라우케는 기뻐서 관심을 기울이느라 사샤가 소리 없이 나에게 제정신이냐는 입 모양을 만드는 걸 눈치채지 못했다.

제정신이고말고.

나는 내면아이와 함께 과일 스무디 금지를 막기 위해 거의 모든 크루즈 여행사나 항공사가 탄소 발자국과 관련해 내놓은 것과 똑같은 멋진 해결책을 찾아냈다. 가령 나무 심기를 통한 보상 같은 일을.

과일 스무디 경우라면 아주 작은 나무만 심어도 될 터였다.

"유치원에서 과일 스무디를 금지하지 말고 과잉 보상하면 어떨까요?"

"과잉 보상이라니요?"

"암스테르담에 튤립을 한 송이 심으면 과일 스무디 한 컵 분량의 탄소 배출은 상쇄될 겁니다. UN은 우리 유치원의 과일 스무디와 관련해 우리가 아주 새로운 길을 가도록 제안했어요. 우리는 유치원에서 과일 스무디를 한 컵 마실 때마다 암스테르담에 튤립을 한 송이가 아니라 두 송이씩 심을 겁니다. 과일 스무디를 마실 때마다 더 나은 세상을 위해 기여까지 할 수 있도록 말이죠. 어때요, 괜찮지 않나요?"

"어… 아주 좋은데요!"

"그러니까 이제부터 우리 아이들은 지구의 죽음에 책임이 있는 게 아니라 한 모금 마실 때마다 지구의 구원자가 되는 겁니다. 그렇죠?"

"그렇죠!"

나는 프라우케에게 수첩과 볼펜을 건넸다.

"당신은 지금부터 '바닷물고기처럼'의 공식 과일 스무디 보상 책임자입니다. 마신 과일 스무디 개수를 꼼꼼하게 기록해 주세요. 월말에 암스테르담에 튤립으로 보상하겠습니다."

프라우케는 기뻐서 말문이 막혔다. 사샤는 내 내면아이의 뻔뻔함에 말문이 막혔다. 물론 그는 뻔뻔한 사람이 내 내면아이가 아니라 나라고 생각했다. 나는 이 문제 전체가 이렇게 간단하게 사라져 말문이 막혔다.

내 내면아이는 말문이 막히지 않았다. 기뻐서 낄낄거렸다.

48

지원

'가족이 네 뒤에 있어'라는 말은 위협적이기도 하고 안정감을 주기도 한다. 더 빨리 배반하려고 뒤에 서 있는 가족이 있다. 또 필요할 때 붙잡아주려고 서 있는 가족도 있다.

요쉬카 브라이트너, 『귀한 내면아이』

집에 가려고 유치원을 나섰을 때 건물 현관에서 페터 에그만을 만났다. 그도 오늘 아침에 본 쿠르트처럼 밤을 새운 듯했다. 페터 역시 쿠르트와 마찬가지로 연기를 내뿜는 전동 킥보드 대여 회사에서 밤을 보냈기 때문이다.

“아, 페터. 좀 어때?” 나는 상황에 맞게 가볍게 물었다.

“공식적으로, 아니면 비공식적으로?”

“공식적으로는 아주 엉망으로 보여. 그러니 비공식적으로 말해봐. 무슨 일이야?”

페터는 나에게 한 걸음 더 다가오더니 아이를 데리러 온 다른 부모들이 듣지 못하도록 지하실 입구 쪽으로 나를 밀었다.

“공식적으로는 어제 네게 말했던 전동 킥보드 멍청이와 밤을 새웠어.”

“귀 없는 사람을 친 그 남자 말이야? 왜?” 나는 믿지 못하겠다는 표정으로 물었다.

“그 사람 회사가 어젯밤 불탔어. 소유 차량 절반과 킥보드 대부분이 전소됐지. 피해액이 백만 유로대야.”

“불쌍한 놈.”

“흐음, 빚이 십만 유로대인데 받을 보험금은 백만 유로대라면 비공식적으로 말해서 결과적으로 그런 화재를 당해도 불쌍한 놈이 아니지. 전보다 부유해진 놈일 뿐.”

“그러니까 네 말은 그가 직접….”

“그는 내내 이건 홀게르손 집안사람들의 보복 행위가 틀림없다고 주장하더군. 오전에 와이퍼 아래에 끼워져 있었다는 쪽지를 우리에게 보여줬어. 하지만 이상하게도 방화 폭발물이 회사 재고품 중에 가장 비싼 것들을 정확하게 겨냥해 던져졌

단 말이지. 그리고 과학수사팀이 방금 알려왔는데, 사용된 화염병 조각에 회사 소유주의 지문이 묻어 있다더군. 내 생각에 앞으로 그가 자기 조카를 유치원에 데리러 오지 않는다 해도 놀랄 일은 아닐 것 같아. 그러거나 말거나 나와는 상관없지. 중요한 건 내가 다시 밤에 잘 수 있다는 거니까."

"사건이 해결됐다고? 정말 빠르군."

"그래, 모든 사건이 이렇게 빨리 해결된다면 좋을 텐데. 생각난 김에, 알프스 산장 사건 관련 진술은 어떻게 됐어?"

"알프스 산장 무슨 사건?" 불현듯 카타리나의 목소리가 들렸다. 그녀는 에밀리를 데려가려고 건물 현관에 들어서던 참이었다. 나와 마찬가지로 카타리나도 같이 법학을 공부할 때부터 페터와 아는 사이였다. "안녕, 페터."

"아, 아무것도 아니야. 그냥 일상적인 일이지. 잘 지냈어, 카타리나?"

"업무적으로 어떤 일상적인 일이 알프스와 연결되지?" 그녀가 미심쩍다는 얼굴로 물었다.

미래의 전처이자 어제부터 가장 친밀한 이성 친구 앞에서 나는 정면 돌파를 시도했다.

"페터가 알고이 동료에게서 내가 산장 종업원의 사고에 책임이 있는지 수사해달라는 협조 요청을 받았대."

"반짝이 티셔츠를 입었던, 그 멍청하고 뻔뻔한 사람 말이야?" 이제 보니 카타리나는 산장에서만 해도 옹호했던 남자를 실제로는 부정적으로 머릿속에 저장해뒀다. "그 남자가 어떻게 됐는데?"

"죽었어." 페터는 카타리나의 당찬 태도에 눈에 띄게 소심해져서 대답했다. "테라스에서 추락했는데 목이 부러졌대."

카타리나는 지금까지 종업원이 다리 골절을 당했다고만 짐작했다. 하지만 나와는 달리 그 사건에 대해 한 번도 검색해보지 않은 듯했다. 그 종업원 상태가 어떤지 전혀 관심이 없었으니까. 이제 종업원의 맥박이 더는 뛰지 않기 때문일까. 그녀는 살아 있을 때도 어차피 관심이 없던 사람의 죽음에 걸맞게 메마른 감정을 보였다.

"그래서 그게 내 딸 아버지와 무슨 상관이 있지?" 이 표현은 좋은 징조였다. 카타리나 딸의 아버지는 좋은 사람이므로.

"으음, 비요른이 종업원과 다툰 뒤에 혼자 산장 뒤쪽으로 가는 걸 목격한 사람이 있어."

"누군데? 혹시 술 취한 군인 중 한 명인가?"

흥미롭게도 카타리나는 그날 산장에서의 세부사항뿐 아니라 학생 시절의 중요한 기본 지식까지 기억하고 있었다. 목격자의 진술을 무력하게 만들려면 그 목격자를 믿지 못할 사람으로 묘사해 진술이 신빙성을 잃게 해야 한다.

"목격자는 실제로 단기 근무병이었어." 페터가 인정했다.

"나도 목격자로서 옆 테이블에서 그 군인이 다른 군인 다섯 명과 맥주 스물 몇 잔을 얼마나 단기간에 목구멍에 쏟아부었는지 진술할 수 있어. 산장에서 그 사람들 혈중 알코올 농도가 어땠는지 측정해봤어? 아니라고? 유감이네. 판사가 그들의 진술을 적용하려면 분명히 알고 싶어 할 텐데 말이야."

"비요른이 단순하게 입장만 표명하면 돼. 혹시 혼자 산장 뒤쪽으로…"

"아니, 안 갔어. 비요른은 산장에서 내내 내 옆에 있었지 혼자 산장 뒤쪽으로 가지 않았다고. 그러니 내 질문지에 그렇게 적어. 내 남편은 진술을 거부하니까."

카타리나는 엄마 사자 같았다. 새끼에게 물을 먹이는데 끼어들어 방해한 하이에나를 보듯 페터를 노려봤다. 페터는 하이에나처럼 반응했다. 터덜터덜 사라졌다.

나는 말문이 막혔다. 솔직히 말해 카타리나가 날 위해 이렇게 뛰어든 적은 이번이 처음이었다. 하지만 나를 위해서가 아니라 자기 딸의 아버지를 위해서였다. 내가 의아한 얼굴로 바라보자 카타리나는 다 안다는 듯 나를 바라봤다. 침묵을 깬 사람은 나였다.

"고마워, 에밀리를 위해서 그렇게 해줘서."

"에밀리를 위해서가 아니야. 당신을 위해서지."

카타리나는 나를 안고, 내가 어릴 때 언제나 듣고 싶었지만

듣지 못했던 문장을 침묵으로 말했다. '당신이 뭘 했든… 큰일이 아니야.'

살면서 처음으로 어떤 어른이 내가 잘못을 저질렀다는 걸 알면서도 나를 보호하려고 앞에 버티고 섰다. 이 얼마나 엄청난 경험인가. 이 행동을 통해 내 내면아이의 상처가 얼마나 많이 치유됐는지 나는 짐작할 수도 없었다.

49

파괴

어떤 계획의 아름다움을 파괴하는 최고의 방법은 그 계획을 실현하려는 의도다.

요쉬카 브라이트너, 『추월 차선에서 감속하기—명상의 매력』

학부모회 모임은 유치원 체육관에서 열렸다. 열린 대화를 위해 우리는 둥글게 앉았다. 원의 절반에는 교사 세 명과 그들의 보조 교사, 다른 쪽 절반에는 학부모 대표 두 명과 나, 부대표들이 앉았다. 양쪽 그룹 중간에는 유치원 원장 사샤가 앉았고, 그의 뒤쪽에는 플립차트가 있었다.

라우라는 진심으로, 그러나 다른 사람들은 눈치채지 못할 정도로 평소보다 친밀하게 내게 인사하고 옆에 앉았다.

나는 낡은 난방장치에 대한 다른 엄마들의 관심을 과연 우리 계획대로 정성스럽게 마비시킬 수 있을지 몰라 긴장했다. 내가 알기로 사샤는 엊그제 우리 계획의 세부 사항을 즐겁게 고안했다.

그가 회의를 시작했다.

"여러분도 아시다시피, 전 올해 초부터 '바닷물고기처럼'의 원장을 맡아 유치원을 책임지게 됐습니다. 전 우리 유치원과 **'함께'**, 그리고 우리 유치원을 **'위해'** 방향을 하나 제시하고 싶습니다." 사샤는 일부러 말을 잠시 끊고 모인 사람들과 한 명씩 차례로 눈을 마주쳤다. 개인적으로 이런 행동은 과장이라고 생각했다. 하지만 효과가 좋았다. 사샤는 눈으로 한 바퀴를 돈 다음 말을 이었다. "전 우리 유치원이… 플라스틱 없고 기후 중립적인… 이 도시 최초의… 유치원이 되기를 바랍니다."

상황을 전혀 모르던 엄마들 사이에서 감탄과 긍정적인 놀라움이 번졌다.

나는 각본대로 거짓으로 감탄하며 입을 보탰다. "아주 멋진 아이디어입니다! 하지만 꽤 어렵지 않을까요?"

"어렵다고 해서 아무것도 하지 않을 순 없죠. 우리는 기후 비상사태에 놓인 지구에 살고 있습니다. 그러니 우리 아이들의 미래를 위해 어려움을 이겨내고, 필요한 경우 희생도 감수해야 합니다."

사샤가 계획의 정점이 서술된 플립차트 첫 장을 펼치자 놀라움은 경이로움으로 바뀌었다.

"여러분이 동의한다면 우리는 유치원 플라스틱 사용량을 당장 3분의 1까지 줄이고, 오늘부터 화석 연료를 포기하고 신재생 전력으로 에너지를 소비할 수 있습니다."

긍정적인 웅성거림이 일었다.

"우린 학부모의 이름으로 바로 참여할게요." 페트라는 이 목표에 도달하는 방법을 전혀 모르면서도 사샤의 모든 제안을 지지했다.

"여러분이 힘을 주셔서 기쁩니다. 그럼 이제 결정된 겁니다."

사샤는 방금 동의받은 목표를 이루는 데 필요한 핵심 단어들이 쓰인 플립차트 다음 쪽을 펼쳤다.

"플라스틱 사용량 3분의 1 감소는 유치원생 수가 3분의 1 줄어들면 바로 이뤄집니다. 어떤 반을 닫을지 지금 바로 추첨할 겁니다."

페트라와 그 일당의 침묵은 1분 전만 해도 그들이 감수하려던 희생과 조금 괴리를 보였다. 사샤는 변한 분위기를 전혀 눈치채지 못한 척했다.

"이제부터 집에서 돌봄받는 아이들이 얻을 장점은 당연히 가정의 온기입니다. 우리는 낡은 기름 난방장치를 오늘 저녁부터 당장 끌 겁니다. 어떤 난방 종류가 환경에 더 나은지는 아직 모릅니다. 하지만 겨울이 눈앞에 다가왔다는 이유로 탄소중립이라는 우리의 목표가 방해받아선 안 됩니다. 스웨터가 왜 있겠어요?"

부모들이 점점 소란스러워졌다. 사샤는 소음을 무시하고 플립차트를 다음 쪽으로 넘겼다. 유치원 설계도가 보였다. 설계도면상 마당 위치에 100미터 높이의 풍차가 표시되어 있었다.

"또한 기후중립의 명백한 신호로 신재생 에너지를 직접 생산할 예정입니다. 야외 공간에 풍차를 설치하려고 해요. 그러니까… 이제 곧 '예전' 야외 공간이 되겠죠. 건축법상 어려울지도 모르지만… 국토부 주무관님 자녀도 우리 유치원에 다니니 해결책을 찾을 수 있을 겁니다. 어쨌든 겨울이 되기 전에 기초공사를 위해 구덩이를 메우기 시작하려고 합니다. 그래서 다음 주부터 야외 공간을 폐쇄할 예정이고요. 제안을 받아들이시겠습니까?"

사샤는 얼굴을 환하게 빛내며 충격받은 열 사람을 바라봤다. 킥킥거림을 참지 못하는 사람은 라우라뿐이었다. 나는 터지려는 웃음을 꾹 눌러 참고 있었다.

페트라가 드디어 입을 뗐다. "아무래도… 세부 사항에 대해서는 차분하게 논의하는 게 나을 것 같아요…."

"어떤 세부 사항 말인가요?"

"반 폐쇄와 난방과 풍차요."

"유치원 반 하나를 폐쇄하는 게 세부 사항이라고요?" 내가 무슨 말이냐는 듯이 끼어들었다.

"아뇨." 페트라가 방어에 나섰다. "반 폐쇄는 당연히 세부 사항이 아니죠. 이 주제 전체를 조금 미루고… 일단 다른 주제부터 다루는 게 좋겠군요."

"다른 주제라니요?" 사샤가 깜짝 놀라는 시늉을 했다.

회음부 훙터 슈테피가 페트라를 도와주러 나섰다. "단체사진에 대해 몇 가지 질문이 있어요. 우리 아이들의 인격권을 아무도 해치지 않는다는 걸 어떻게 보장하실 건가요?"

사샤는 양모 재질의 검은 물체를 가방에서 꺼냈다.

"이 소도구로 모든 개인정보보호 규정을 충족할 수 있습니다. 아이들이 이걸 머리에 쓰면 평소와 마찬가지로 단체사진을 찍을 수 있고, 인터넷에도 올릴 수 있어요."

"그게 뭐죠?" 클라우디아가 물었다.

"유기농 양모로 만든 어린이용 가면입니다."

열 쌍의 눈이 이번에도 믿을 수 없다는 표정을 지었다.

"단체사진을 찍을 때 모든 아이가 이 가면을 쓴다면 인격권 침해는 단 한 건도 일어나지 않습니다. 게다가 지속 가능한 단체사진이 될 테죠. 이 사진으로는 앞으로 나이와 성별과 출신지 때문에 차별받지 않을 테니까요. 몇 년 뒤 여러분 자녀가 성정체성이 잘못됐다고 깨닫고 성전환한다 해도 이후 전혀 혼란을 겪지 않고 오래된 유치원 사진을 가리키며 자랑스럽게 말할 수 있습니다. '이게 나야!'라고 말이죠."

그 후 페트라와 슈테피와 클라우디아와 베아테가 플라스틱 없고 기후 중립적인 유치원을 만드는 일과 개인정보보호 규정 준수라는 소망을 갑자기 없던 일로 되돌리려고 쏟아부은 에너지는 유치원을 2년 동안 난방할 수 있을 정도였다. 소망을 이뤄주겠다고 제안하며 그들의 이유 있는 열정을 꺾어 약간 미안했다. 하지만 그 덕분에 무엇보다도 보일러가 있는 지하실로 모두 내려가겠다는 위험한 계획이 잘 처리됐다.

내 내면아이는 행복했다.

50

흔적

> 모든 것은 지나간다. 유년 시절도, 사랑도, 삶도. 머무는 것은 당신이 남기는 흔적뿐이다. 그 흔적은 당신의 아이들 내부에 살아 있거나 담의 돌로 남는다.
>
> 요쉬카 브라이트너, 『귀한 내면아이』

좁은 지하실 공간, 우리 앞 침대에 서로 1.5미터쯤 간격을 두고 두 성인 남성이 앉아 있었다. 둘 다 방향 감각을 잃은 듯했다. 100퍼센트 유기농 양모로 만든 어린이용 가면이 거꾸로 쓰여 있어 시야를 가렸기 때문인지도 모른다. 두 명 모두 양손이 배 앞에 쇠사슬로 묶여 있어 가면을 똑바로 쓸 수 없었다. 그들의 양팔은 같은 쇠사슬로 상체에 고정되어 있었다. 이 쇠사슬은 그들 뒤쪽 지하실 벽에 막 설치한 각자의 쇠갈고리를 지나 상대방 뒤쪽의 쇠갈고리로 연결되어 자물쇠로 잠겼다. 두 자물쇠에는 열쇠가 꽂혀 있었다. 포박된 두 사람의 손이 움직일 수 있는 반경은 다른 사람의 쇠사슬 끝에 달린 자물쇠까지였다.

간단히 말해 둘 모두 상대의 족쇄는 풀어줄 수 있지만 자기 것은 풀지 못했다.

사샤와 나는 두 사람의 가면을 동시에 벗겼다. 보리스는 눈이 부신 듯 껌벅이다 낡은 양말을 뱉었다. 사샤와 나를 본 그는 이런 대우에 곧장 항의하려다… 곁눈질로 자기 옆에 있는 남자가 쿠르트라는 것을 알았다.

"이 똥멍청이가 내 지하실에서 뭐 하는 거야?"

내 지하실! 보리스가 그동안 자기 삶의 상황에 얼마나 잘 적응했는지 함께 지켜보는 일은 정말 황홀했다.

쿠르트도 자기 눈앞에 펼쳐진 광경에 만족하지 못했다. 두어 시간 전만 해도 그는 자기가 보리스 죽음의 증인이 될 것이며, 그 후 새로운 삶을 시작할 것이라 예상했다. 지금 이 지하실에서 보리스 옆에 묶여 쪼그려 앉은 자기 모습은 아까 상상한 것과 전혀 맞지 않았다.

그도 양말을 뱉고 고함지르기 시작했다. "너, 이 돼지가 죽을 거라고 나한테 약속했잖아. 이 개자식한텐 더 오래 살 권리가 없어!"

조금 덜 감정적인 사람들이라면 똑같은 상황에서 묶여 있다는 사실에 먼저 불평했을 것이다. 쿠르트는 그러지 않았다. 이 상황이 사소한 오해라 얼른 풀어야 한다고 생각하는 듯했다.

나는 쿠르트의 상상과 현실 사이의 괴리를 설명할 수 있었고 몇 마디 서론으로 대화를 시작했다.

"두 신사분은 이미 서로 알고 있으니 소개는 생략해도 되겠지."

"이게 무슨…?" 보리스가 입을 열었다가 사샤에게 뒤통수를 세게 한 대 얻어맞는 바람에 말을 멈췄다.

"주둥이 닥치고 그냥 들어."

"우리, 이번 주에 서로 문제가 좀 생겼어. 쿠르트는 우리가 보리스의 목을 반드시 베길 원했지. 그러지 않으면 우리를 경찰에 신고하겠다고 했어. 하지만 사샤와 나는 이제 더는 살인을 하기 싫어. 하지만 경찰에 발각되기도 싫지. 보리스가 자유의 몸이 되면 우리 목숨은 어차피 바로 끝날 거야…. 두 사람, 우리 문제 상황을 이해하겠어?"

쿠르트도, 보리스도 수사학적인 내 질문에 대답하지 않았다.

사샤가 내 말을 넘겨받았다. "그런데 쿠르트의 행동으로 보리스와 우리 사이가 장기간 지속될 수는 없다는 걸 깨달았어. 지하실 안에서든 바깥에서든 말이야."

언급된 두 명 중 한 명이 자기 입장을 표명하기 전에 나는 우리가 처한 딜레마를 알렸다.

"우리는 우리 자신과 보리스에게 그를 죽이지 않겠다고 약속했어. 하지만 나는 쿠르트에게 보리스가 죽는 걸 목격하게 해주겠다는 약속도 했지. 그런데 사샤와 나는 이제 더는 살인하지 않겠다고 서로 약속했어. 너희 둘은 아마 이렇게 말할 거야. '우린 모두 성인이야. 원하는 걸 다시 고쳐 생각할 자유가 있어….' 놀랍게도 우리는 정말 그렇게 했어. 성실하게 꼼꼼히 고민하면서 너희 두 멍청이를 그냥 쏴 죽이면 간단하고 편할 거라 생각했지. 그러다 그러지 않기로 결정했어. 더는 사람을 죽이지 않기로 말이야. 하지만 너희 소망과 우리 약속을 방해하지도 않기로 했어."

쿠르트도 보리스도 이렇게 가까운 해결책에 스스로 다가서지는 못했다.

"그래서 이제 이런 일이 일어날 거야…."

사샤가 식칼 두 자루를 가져와 작은 탁자에 내려놓았다. 쿠르트와 보리스가 깜짝 놀라며 몸을 뒤로 뺐다.

"놀랄 것 없어." 나는 둘을 안심시켰다. "이 칼이 해결책의 일부가 될지 아닐지는 오로지 너희 두 사람의 의지에 달렸지.

너희 둘은 지금 쇠사슬에 묶여 있어. 쇠사슬은 너희 몸에서 시작해 너희 뒤쪽에 있는 쇠갈고리를 지나 상대방의 쇠갈고리로 연결되지. 거기서 쇠사슬은 자물쇠로 잠겨 있고, 거기에 열쇠도 꽂혀 있어. 그러니까 너희는 언제든 상대방을 풀어줄 수 있어. 안타깝게도 그 순간 본인은 아직 묶여 있는 상태지. 풀려난 사람은 아직 묶여 있는 사람에게 뭐든 할 수 있어. 예를 들면 여기 이 멋진 칼로 말이지."

사샤가 말을 넘겨받았다.

"물론 둘이 서로 동시에 풀어주고 무슨 일이 생기는지 두고 볼 수도 있을 거야. 파트너가 되어 이 지하실을 빠져나갈 수도 있고, 서로 마주 보고 죽일 수도 있겠지."

"아니면 아무것도 하지 않을 수도 있지. 그러면 아무것도 하지 않음으로써 서로 죽이는 거야. 둘은 성인이니 원하는 대로 해. 어쨌든 사샤와 나는 여기서 나가 문을 닫고 출입구를 벽으로 막을 거야."

"그럴 수 없…." 그 순간 보리스가 외쳤다.

"그러면 우리가 어떻게…?" 쿠르트가 그의 말을 끊으며 끼어들었다.

"봤어?" 내가 사샤에게 말했다. "둘이 같이 있은 지 3분도 안 됐는데 벌써 '우리'라고 하네."

"사람들이 날 찾을 거야." 쿠르트가 흥분해서 말했다.

"나도 찾을 거고." 보리스도 덧붙였다. 반년 동안 아무도 자기를 찾지 않았다는 걸 알면서도 그렇게 말했다. 찾는 사람이 없기는 드라간도 매한가지였다. 그러니 보리스가 죽든 살든 차이점이 없다는 게 증명됐다.

그래도 어쨌든 보리스와 쿠르트의 실종에는 예전 드라간의 경우와는 달리 뭔가 다른 이유가 생길 터였다.

"쿠르트, 넌 자살했으니 아무도 널 찾지 않을 거야. 그리고 보리스, 너는 황금 아이와 함께 도망쳤어."

"나? 내가 자살했다니?" 쿠르트는 이해되지 않는 듯했다.

"황금… 뭐?" 보리스도 머리가 돌아가지 않았다.

나는 일단 보리스에게 말했다. "홀게르손 집안사람들은 1년 전에 훔친 황금 예수상을 너한테 숨겼어. 너는 이제 그걸 들고 황금빛 퇴직 상태에 들어가 남태평양 어딘가에 있지. 모든 연락을 끊고서 말이야. 오랫동안 만족스러웠던 직업 생활을 끝내고 '모두 안녕!'이라고 작별한 거지. 모두 널 부러워할 거야. 아무도 널 찾지 않을 거고."

"누가 그런 말을 믿어?"

"발터는 이미 믿고 있어. 우리가 아무것도 하지 않아도 발터가 드라간 일당을 그렇게 믿게 만들 거야. 보리스, 네 부하들도 그렇게 믿게 될 거고. 그들이 네 소식을 오랫동안 듣지 못한다면 그 소문이 사실이라는 최고의 증거가 될 테지. 경찰은 팩트에 집중할 거야. 네가 사라졌고, 황금 아이도 사라졌다는 팩트 말이야."

"홀게르손 집안사람들은?" 보리스는 내 논리에서 모순을 찾아냈다고 생각한 듯했다.

"네가 황금상을 가지고 있지 않다는 사실을 아는 건 그 사람들뿐이니, 기대하지 못한 선물인 이 잘못된 정보에 기뻐하면서 주둥이를 다물고 있을 거야." 내가 설명했다.

쿠르트도 토론에 참가하고자 했다. "하지만 홀게르손 집안이 네가 자기 집안사람 귀를 하나 자른 걸 알면 널 쫓아올걸."

"30초짜리 쿠르티, 자살하기 전에 그것과는 완전히 반대되는 내용을 유서에 남긴 사람치고 너무 건방지군."

"내가 왜 자살한다는 거야?"

"네가 유서에 보리스의 지시로 홀게르손 집안사람 두 명을 죽였다고 썼으니까. 넌 보리스를 알게 된 지 20년도 넘었어. 처음에는 유곽 손님이었고 이제는 그의 임차인이지. 넌 지금 빚이 어마어마하게 많아. 보리스는 네가 홀게르손 집안사람 둘을 죽이고 교통사고로 위장해준 대가로 그 빚을 탕감해줬어. 네 화물차 운전사를 희생해가면서 말이야. 하지만 유감스럽게도 그 시도는 제대로 이뤄지지 않았어."

"그게 도대체 무슨 의미가 있는데?"

"왜 나한테 물어? 네 유서에 따르면 그건 보리스의 아이디어였어. 어쩌면 그가 황금 아이를 가지고 도망치는 데 두 사람이 걸리적거렸는지도 모르지. 하지만 홀게르손 살해는 너에게 아주 유리했어. 딜러 두 명이 네 화물차 운전사 중 한 명과 충돌 '사고'로 사망하는 바람에 홀게르손 집안사람들에게 방화할 동기가 있다고 남들이 짐작하게 됐으니까. 실제로는 네가 방화했는데 말이지. 보험금을 탈 수 있으니 너한테는 이익이었던 거야. 유감스럽게도 경찰은 네 말을 믿지 않았어."

"말도 안 되는 이야기야." 보리스의 반박에 사샤가 설명했다.

"'현명한 에움길'이야. 쿠르트가 생각해낸 거지."

"뭐 어찌 됐든," 내가 말을 이었다. "빚, 살인, 방화. 그 어느 것도 성공하지 못했어. 그러면 현명한 사람들도 잠깐 바보 같은 생각을 하고는 에움길 없이 자살하게 되지. 이 모든 게 유서에 쓰여 있어."

"난 그 유서를 절대로 쓰지 않을 거야." 쿠르트가 고집스러운 표정으로 나를 빤히 노려봤다.

나는 그의 서명이 있는 출력물을 느긋하게 들어올렸다.

"쓸 필요 없어. 이미 썼으니까. 오늘 아침 내 집에서 백지에 서명했잖아. 넌 엄청난 악필이라 네 동생도 이 출력물이 진짜라고 증언해줄 거야. 너를 찾지 않는 건 물론이고."

쿠르트는 말을 잇지 못했다.

사샤가 침묵을 깨고 말을 이었다. "보리스 경우는 좀 달라.

우리는 최소한 두어 달 더 그가 살아 있다는 듯이 행동할 거야. 하지만 너는 전혀 상관없지."

나는 나갈 준비를 했다. "잘 지내. 얼마나 더 살아 있을지는 모르겠지만."

보리스와 쿠르트는 동시에 다시 말문이 트였다.

"말도 안 돼…."

"어이, 기다려! 너희…."

"이렇게 유치하게 굴지 마…."

감방 문이 딸깍 하고 닫히자 말소리도 멎었다.

'순진한 거야…, 유치한 게 아니라.' 나는 이렇게 생각했다.

내면아이와 함께하는 공작에는 무척 차분한 구석이 있다. 내면아이와 나는 돌을 하나씩 차례로 올려 지하실 문 앞에 벽을 쌓았다. 사샤에게는 위에서 우리를 기다려달라고 부탁했다. 그러다 흘깃 시계를 봤다. 이미 자정이 지난 시각이었다. 금요일이 시작됐다. 파트너 주간은 이제 끝났다.

내면아이는 일이 이렇게 진행된 걸 마냥 즐거워했다.

나도 결과에 만족했다.

나는 내 내면아이를 발견했고, 신뢰를 쌓았고, 신조를 깨달았고, 그걸 다시 썼다. 내면아이가 무기를 내려놓도록 도왔고, 아이를 안내했다. 나는 내면아이의 창의성에서 이익을 얻었고, 미더운 내면의 목소리를 발견했다.

카타리나와의 문제, 업무상 골칫거리가 사라졌다. 가죽 바지를 입고 무릎에 긁힌 상처가 있는 내 안의 어린 금발 소년은 이제 더는 미래를 두려워할 필요가 없었다. 내 내면아이 옆에는 이제 파트너가 있었다. 바로 어린 금발 소년이 자라 커다래진 소년이었다.

지하실 뒤쪽 공간이 더는 필요 없게 된 지금, 우리는 앞쪽 난방 시설을 실제로 개조할 수 있게 됐다.

방금 벽 뒤에서 쇠사슬이 절거덕거리는 소리가 났나?

그러거나 말거나 상관없었다.

내 내면아이는 지하실에서 풀려났다.

옮긴이 전은경

한양대학교 사학과를 졸업하고 독일 튀빙겐 대학교에서 고대 역사 및 고전 문헌학을 전공했다. 독일어 전문 번역가로 활동하며 『폭풍의 시간』『여행자』『물의 감옥』『끝나지 않는 여름』『꿈꾸는 책들의 미로』『여름을 삼킨 소녀』『리스본행 야간열차』 외 많은 책을 우리말로 옮겼다.

명상 살인 2

내 안의 살인 파트너

초판 1쇄 인쇄 2021년 11월 19일
초판 1쇄 발행 2022년 1월 4일

지은이 카르스텐 두세
옮긴이 전은경
펴낸이 최윤혁

부대표 최동혁
기획본부장 강훈
영업본부장 최후신
기획편집 유진영 강현지 오은지
마케팅팀 김영훈 박정호 김유현
디자인팀 유지혜 김진희 김예진
물류제작 김두홍
디자인 어나더페이퍼

펴낸곳 ㈜세계사컨텐츠그룹
주소 06071 서울 강남구 도산대로 542 우산빌딩 8, 9층
이메일 plan@segyesa.co.kr
홈페이지 www.segyesa.co.kr
출판등록 1988년 12월 7일(제 406-2004-003호)
인쇄·제본 예림

ISBN 978-89-338-7172-0 (03850)